京师学术随笔

岁月匆匆

三十五载翰墨留痕

黄会林 / 著

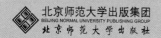
北京师范大学出版集团
BEIJING NORMAL UNIVERSITY PUBLISHING GROUP
北京师范大学出版社

图书在版编目（CIP）数据

岁月匆匆——三十五载翰墨留痕/黄会林著. —北京：北京
师范大学出版社，2015.9

（京师学术随笔）

ISBN 978-7-303-19375-2

Ⅰ.①岁… Ⅱ.①黄… Ⅲ.①随笔—作品集—中国—当代
Ⅳ.①I267.1

中国版本图书馆 CIP 数据核字（2015）第 186366 号

营 销 中 心 电 话　010-58805072　58807651
北师大出版社学术著作与大众读物分社　http://xueda.bnup.com

SUIYUE CONGCONG

出版发行：北京师范大学出版社　www.bnup.com
　　　　　北京市海淀区新街口外大街 19 号
　　　　　邮政编码：100875
印　　刷：北京中印联印务有限公司
经　　销：全国新华书店
开　　本：787 mm×1 092 mm　1/16
印　　张：25.75
字　　数：332 千字
版　　次：2015 年 9 月第 1 版
印　　次：2015 年 9 月第 1 次印刷
定　　价：68.00 元

策划编辑：曾忆梦　　　　　　　责任编辑：陈佳宵
美术编辑：袁　麟　　　　　　　装帧设计：耿中虎
责任校对：陈　民　　　　　　　责任印制：马　洁

目　录

长相忆

访谈录

后　记 / 401

静夜思

巨片意识：一个重要的信息

巨片意识的萌发，或曰崛起，是我国电影艺术事业蓬勃发展中一个值得注意的重要信息。

真正的艺术家，信守这样的信条：凡是想到的，就可以做到！如同人，看到鸟的飞翔，经过千百次搏斗，终于也学会了飞翔一样。最要紧的是，先要想到；然后，经过顽强的，孜孜不倦的追求，一切现在没有的东西，将来都可以实现。这是科学的信条，也是艺术的信条。

巨片意识的萌发，至少让我们听到电影艺术家心底的呼唤，感受到他们那种昂奋进取的激情；同时，也透露出他们将在另一个十年里雄心勃勃的追求。对于如饥如渴的亿万观众，这是一个具有魅力的精神安慰。电影艺术，天生来就应有一副创造宏伟艺术的肝胆。中国的电影艺术，必须奉献出类拔萃的巨片才能在世界上最广大的观众中筑起牢固的长城。

就我们脚下这块沸腾的土地来说，她的每

一个地质层面，都蕴含着丰富的矿藏，都可能给艺术家创作巨著提供取之不尽、用之不竭的源泉。但是，仅有源泉是很不够的，还需要卓越的头脑，更需要十倍、百倍的巨匠意识！比如，革命历史题材这个领域，惊天动地的素材多得很。我们俩在这个领域里摸索了十几年，写了几个本子，虽然不乏严肃认真的傻劲，但总的来说还处于幼稚阶段。有的显得苍白，功力不够；有的还未及消化，拘泥、琐碎，受着历史事件的局限，缺乏超越与升华。一些同志在这一领域做了很好的探索，有了可喜的突破；另一些同志在取得突出的成就之中，又失之偏颇，使多数观众迷惑不解。巨片，应当属于多数观众，它不仅要做到雅俗共赏，而且还要有振聋发聩的震撼力，甚至能使整个民族为之激动，为之颤抖。由此说来，巨片的出现，首先需要巨人、巨匠的诞生。

多少年的实践已经证明，如果没有巨片意识，仅仅满足于虚拟历史、模仿历史和所谓的"再现历史"，就很难在这块有着巨大魅力的土地上建筑起与之相匹配的辉煌的艺术殿堂。虚拟和模仿，即便做到惟妙惟肖，在摄影机前也只能是没有个性、没有魅力、没有光彩的替身、空壳。长期以来，革命历史题材的创作中，存在着自觉不自觉地模仿历史的模式。作家、艺术家的创造意识，还受着庸俗社会学的制约和束缚。当然，事情还有另一面，如果不具备大师、巨匠般的眼力和功底，对历史事件要么做出随心所欲的取舍，要么施以卑琐荒唐的堆砌，那样一来，则可能比庸俗社会学更加可怕。

生活就是这样，既给人们提出难题，又积蓄着解决难题的办法。巨片意识的萌发，就是极其鼓舞人的好兆头。

突破模仿的模式，进入艺术创造的新天地，是一个艰难的历程。它要求作家、艺术家具有全面、系统、渊博、深厚的文化修养，这是文学大师、艺术巨匠应该具有的身高、体重！把他比做擎天柱，也未尝不可。他站在那里，俯视世界，一切历史事件、历史人物，都在他的视野之内，他握有解决历史难题、人物难题的巨大手段。在他这里，既不会因为无知而采取回避政策和取巧战略，也不会因为偏见而歪曲历史、编造谎言。他观察得透彻，撷取得高明，才使得历史的真实与艺术的真实和谐地统一起来。这样的作品，便是新的天地。它是历史的，又是艺术的。要说它是历史的再现，那也是加进了作家、艺术家的独特理解。里面的每一块砖石，都渗透着作家、艺术家的心血，涂上了丰富绚丽的色彩。历史事件和英雄人物，将由于他们创造性的发掘、发现、强调、渲染而变得更加真实、亲切、生动、活泼而葆永恒不衰之生命！

作家、艺术家对于他所描写、刻画的人物的独特理解是多么重要！几百年、上千年众多的历史人物，几乎都是经过艺术大师们的独特加工，才长久不衰地活在中国人民的心中，成为人们重要的精神财富。从长远的观点看待作家、艺术家的创作个性，尊重并鼓励这种个性的发展，是使革命历史题材走出狭窄路径的重要环节。

既然中国的巨片意识已经萌发，就一定会走出一条独特的中国道路。我们希望，不要给它加上"洋"的模式。借鉴、交流、引进，都是可以的，但切不可硬搬。还拿革命历史题材来讲，不能因为在外国这一类题材已经发展到第几阶段，便认为我们国家不宜再搞人家搞过的东西。比如，第二次世界大战以后，苏、英、美、日相继拍摄了一批纪实性的全景式战争巨片，不同的电影艺术家，以他们各自对这场战争的理解，做了巨大的艺术概括工作。拍成的影片气势磅礴，场面宏伟，人物的性格、命运、意志、才华得到生动的表现，而成为不朽之作。中国在第二次世界大战之后，立即进入了国内革命战争，独特的道路和条件，使我们不可能与国外电影潮流同步。因此，不能以为别人已经进化到"战地浪漫曲"，我们再搞纪实性的全景式电影就是落后的。我们认为，这种框框是完全不必要的。像"百团大战"、"三大战役"一类的历史事件，曾经吸引了全中国人民的注意力，汇集了几百万、几千万民众的力量，直到几十年以后的今天，我们在生活中还能感受到它的力量和存在，用"浪漫曲"可以替代它吗？又如，写统帅，不写用兵；写战争，不写打仗，军事统帅在银幕上只顾和战士开玩笑、做"领袖操"。这当然不是说只写用兵，只写打仗，而是说，不要简单地主张国外已经怎么样了，我们就不应该怎么样了。我们要尊重自己的历史、自己的国家、自己的人民，走自己的路！这不能靠哪个土、洋模式划定，而要靠千万个作家、艺术家无数次艰辛跋涉走出来。

巨片意识产生，并不等于很快就会产生巨片。因为，拍摄真正的巨片是一个极其复杂的系统工程。参与这一工程的每个创作人员，都需要具有强烈的巨片意识、献身精神、创造才能。素质平庸甚至低劣的"部件"，即使交给巨匠，也是无法起飞的。此外，经费匮乏，令英雄气短！"瓜菜代"是出不了巨片的啊！

《文艺报》1987 年 1 月 3 日

校园戏剧与中国话剧的不解之缘

　　校园戏剧是我国话剧艺术的出发之地，因为那里是青年人聚集的地方，精英荟萃，人才济济。

　　回顾 1906 年，中国的话剧萌动、开端于几位留学日本东京的中国学生，他们的名字至今被中国剧人铭记于心：曾孝谷、李叔同等。他们受到当时日本兴盛的"新派剧"的感召，醉心于这种能够逼真地表现现代生活的新型戏剧艺术，正式成立了"春柳社"演艺部。他们于1907 年春首次演出《茶花女》选场，使中国开始有了"写实的、模仿人生的、废除歌唱全用对话的新戏"。中国的话剧史由此拉开了序幕。而这次成功的演出，引起台下一位观众、工科留学生欧阳予倩的极大兴趣，惊叹道："原来戏剧还有这样一个办法！"由是成为春柳社的重要人物，成为中国现代话剧创始人之一。

　　1909 年，我国北方也开展了有声有色的话剧运动，那就是发生最早、成绩最突出的南开学校的演剧活动。著名的开明教育家张伯苓校长亲自组织、指导师生，开展编演新剧活动，在中国话剧发展史上留下重要印迹。

在中国话剧史上，从我国的高等学校校园里走出的著名艺术家也是数不胜数的，例如在北京大学任教或就读的宋春舫、徐志摩、杨晦、徐盯等；在清华大学任教或就读的洪深（中国现代话剧的另一位创始人）、王文显、顾毓琇、李健吾、曹禺、张骏祥、杨绛、陈铨等；出自燕京大学的熊佛西、黄宗江、孙道临等；出自复旦大学的马彦祥、凤子等；出自大夏大学的欧阳山尊等；出自苏州东吴大学的陈大悲等；出自南京水师学堂的汪仲贤等；出自上海大学的阳翰笙等；出自北平大学的于伶、宋之的等；出自中法大学的吴祖光等。

中国话剧界对于校园戏剧的帮助与扶持，向来也是不遗余力的。这一特点已形成悠久的传统，与中国话剧90年历程相伴而行，彼此亲密无间的血缘关系不可割断了。五四时期，学校师生的戏剧活动，与"爱美剧"运动的关联也十分密切，校园屡屡得到戏剧艺术家的重要指点与辅助；再到"左联"时期，我国南方、北方学校进步戏剧活动，更直接、间接地与"左翼剧联"挂上了钩，得到非常有效的指导与帮助。有那么多的知名戏剧家或在校任教，因而成为本校剧社的主持人和艺术指导；或深入校园中，循循善诱地辅导热爱戏剧的学生排练剧目，到社会上去演出；直到抗日战争以及新中国成立前后，校园戏剧与中国话剧始终如影随形，始终在中国话剧的关怀视野之内。

1985年，在北师大中文系"现代戏剧研究"课堂上，鉴于同学们对戏剧艺术的特别喜爱，我们决定就此进行教学改革尝试：从实践入手，把学生从教室引到舞台上去。首先组织剧本创作，学生一下交来60余份习作，证明了他们的激情与潜力。经过师生认真讨论，选定六部投入排练。演出当天正是学校期末考试周，又正值高温酷暑，室内气温达36度以上，大教室作"剧场"的现场却座无虚席，连走道上都站满了人，其效果真是出乎意料，校内外反响均十分强烈。由于这次排演的成功，中国剧协和中国话研会的前辈、专家们以他们对后辈学子的关注，对校园戏剧的信赖，决定邀请北京师范大学参加中国首届莎士比亚戏剧节的演出，为此而有了"北国剧社"的隆重成立。

此后，剧社的排演活动，几乎无例外地得到话剧艺术家们的直接指导与具体帮助，如《第十二夜》、《雅典的泰门》、《雷雨》、《镀金》、《咖啡店之一夜》、《苏州夜话》、《三块钱国币》、《教育世家》、《周君恩来》等剧，由郦子柏、蔡骧、滕岩、顾威、严敏求、杜澄夫、王晓鹰亲自出马执导。曹禺先生也对剧社寄予厚望："希望你们终身爱戏剧，爱艺术，这是最高尚的享受。"

忽如一夜春风来，千树万树梨花开！愿校园戏剧这枝花，开得更加璀璨、艳丽！

《中国艺术报》1997 年 3 月 20 日

古装戏关乎一代人的历史观

　　在电视上演古装戏本无可厚非，电视的重要功能是传播知识、提供娱乐，现代观众的审美需求是多元的，古装戏正是电视文艺百花园中不可或缺的品种。

　　任何艺术作品的取舍都有个度，过了度，就可能导致相反的效果，就像人天天吃山珍海味，过了量就不见得是一件好事。如今在荧屏上的古装戏或古代历史题材戏就存在这样的现象。

　　电视是一种最现代、最有传播力和穿透力的媒体，电视也是一种文化产业，文化产业应该有文化内涵。我以为，电视上的古装戏和其他节目一样要有人文的关怀、审美的愉悦和心灵的震动。我们的电视制作人常说节目要面对市场，这没有错；问题是我们是否想到我们的作品正在以怎样的一种方式影响着一代人的历史观呢？

首先，中国老百姓有一个传统，通过看戏了解历史，尤其是经济和文化不很发达地区的观众。戏说一类的古装戏往往离开历史事实很远，却使很多人误以为历史就是这样的。我一直在想，这样的古装戏究竟合不合适？每一个历史人物的名字都已成为一个符号，而绝大多数人在观看时往往把历史真实和艺术真实画上等号，这样的古装戏过量地充斥荧屏，后果是不言而喻的。

其次，那么多的古装戏集中在一段时间，集中在各个频道，这种在时间和空间上的放大效果是变形的，对观众是否会产生误导？它其实在强迫传达一些密集的历史信息，如果这些信息再不真实，害处就更大了。

最后，每一个民族总有自己正确的历史观，电视古装戏是表现这种历史观的重要途径，而近期一些清宫历史戏表现出了相当混乱的历史观。清朝的帝王们被描绘得十分高大，从有作为的皇帝到没作为的皇帝，再到大臣和太监，似乎还有一直演下去的势头。

我衷心希望从事古装戏创作的电视工作者多一份历史责任感，好好把关，做一个无愧于历史、无愧于良知的守望者。

《北京晨报》2000 年 9 月 17 日

做无愧于历史的守望者

一、加强中国影视戏剧作品的人文内涵

　　我对中国影视戏剧作品的总体看法不悲观，但觉得它们需要有更灿烂的崛起。要想让它们再提升，我以为不外乎两个方面：一是艺术本体性要素的加强。例如电影的本体特点，如何更好地运用镜头、镜语；例如电视的本体特点，如何充分发挥其传播信息的综合优势；例如戏剧的本体特点，如何理解、掌握"舞台动作"以及冲突、情境等戏剧性的内核。我们应该对具有较高审美价值的作品进行理论升华的经验性总结。二是中国影视戏剧需要中国文化越来越多的介入。回顾我们的影视戏剧精品，必定能够探寻到中国文化的内涵。我们民族的特有风情，具有本土主体性的特质，常常反映在这些作品之中。其中民族文化传统对艺术的影响，民族文化的抒情特色及其对于人性的深入开掘，都是比较突出的，我们的影视戏剧艺术创作，如能在深层次上更进一步体现中华文化的内涵，注重把握先进文化的前进方向，相信它们定会受到观众的欢迎与呵护。

二、改善中国影视戏剧创作的文化环境

当今影视戏剧创作的文化环境有待改善。比如其中的"戏说"现象，易于形成误导。在我国的艺术演出中常有"古装戏"，这本无可厚非，但任何艺术作品的取舍都有个"度"，过了度，就可能导致相反的结果。"戏说"历史的风气造成的不良文化环境令人忧虑。这关系到我们的作品以怎样的方式影响着一代人的历史观。我们中国的老百姓有一种传统：通过看戏了解历史，尤其是经济和文化不发达地区的观众。而"戏说"一类的古装戏往往离开历史事实很远，却使很多人误以为历史就是这样的。这样的古装戏过量地充斥于影视戏剧艺术作品中，后果不言而喻。同时，有那么多的古装戏集中在一起，集中于频道、影院、舞台，这种在时间与空间上的放大效果是变形的。它其实是带有强迫性地传达了一些密集的虚假历史信息。此外，每一个民族都有自己正确的历史观，影视戏剧作品中的古装戏本应是表现历史观的重要途径，而近期的一些宫廷历史戏却呈现出相当混乱的历史观。我衷心希望从事古装戏创作的艺术工作者，多一份历史责任感，把好关口，做个无愧于历史、无愧于良知的守望者。

《中国艺术报》2002 年 8 月 23 日

在多元共存中突出民族文化主体精神

　　本土与异域、或曰民族与世界的关系问题，是一个永久性的、也是一个现实性的话题。它既是中国文化界多年来不断探讨的重点问题，更是中国文化界近年来集中关注的热点问题。在世界发展态势面前，有见识的人们常常思考着民族文化与全球化的关系。我的认识是：经济的全球化是大势所趋；而文化则必然具有各民族相异的特质，并形成异彩纷呈的人类文化的多样性。处理好本土文化与异域文化的关系，确是十分重要的问题。费孝通先生近年提出以"文化自觉"的理念，处理与不同文化之间的关系，即运用中国传统哲学中"和而不同"的观念对待之，以达到"各美其美，美人之美，美美与共，天下大同"。其要义在于既保持自己的文化传统，又汲取其他文化的优长，通过交流、融合，从而共同发展，共同繁荣，其中首要的是把握好本土的民族文化的灵魂。正如党的

"十六大"报告中强调指出的："当今世界，文化与经济政治相互交融，在综合国力竞争中的地位和作用越来越突出。文化的力量，深深熔铸在民族的生命力、创造力和凝聚力之中。"

事实上，在我们的社会主义文化艺术领域，各类体裁、各种样式的佳作五彩缤纷，大量民族风格浓郁的、高质量高品位高格调的文艺作品，呈现于国内外受众面前，这对于增强本民族在世界舞台上的思想文化影响力度、塑造本民族在国际社会中的美好形象发挥了不可替代的重要作用。同时，也有部分文艺作品，由于思想不够健康，形式十分粗糙，甚至格调低下，在本土，乃至异域，产生了不良影响。这里仅以影视为例。应该说，在将近一个世纪的漫长过程中，中国影视艺术积累了不少成功或失败的经验教训，其中的核心问题正是中国影视艺术的民族特征。从20世纪三四十年代，五六十年代，再到八九十年代，我国涌现出一大批富有中国民族风格的优秀电影作品；从20世纪50年代以后，特别是改革开放以来，我国电视业制作出大量反响强烈、脍炙人口的电视剧和电视节目，其中的部分已堪称经典或名牌。但不容否认的是，确实有不少影视创作，生搬硬套西方模式，缺乏民族特性，往往不被广大中国观众接受，也不为外国观众欢迎。"越是民族的，才越是世界的"，在一定意义上是不可推翻的。手头有两个相反的事例：一则是，中国电影人面对强手如林的国际影视市场，终于找到了自己的突破口——中国传统文化，并将其视为中国电影人主动出击国际市场的快捷方式。由中国电影业的旗舰——中国电影集团公司和中国国际信托投资公司跨行业组建的"世纪英雄电影投资公司"，精选出民族文化遗产中的经典作品，构成暂定20部600集的《中国古典名剧名作影视改编精品文库》，同时发掘出中国现代文学史部分名篇，着力在人文内涵、地域特色、艺术体验、审美情趣方面深入探求，重新发现它们被抹杀和淡化了的美学价值。这批有胆识、有魄力的中国电影人，立足于鲜活的运作方式，要用国外的投资，在中国的土地上拍摄，用中国的编剧、导演、演员，讲中国人的故事，达到"将国外的资金引进来，把中国的作品打出去"

的战略目标，我想这将是一次给业界带来宝贵经验的成功尝试。另一则是，在韩国举行的国际青年论坛的联欢晚会，要求每个国家代表出一个节目。中国代表团兴冲冲地报了名，却被刷掉，理由很简单：不够"传统"。于是中国代表眼看着印尼民族舞蹈、韩国跆拳道、日本工人舞蹈以及中国香港代表穿唐装打太极拳之后，在郁闷之中增添些许惭愧，并反思身后有五千年文明的我们，为什么没有拿出一个像样的节目？可以作为反向例证的，还有好莱坞对中国香港功夫片的借鉴。在《骇客帝国2》中，在号称美国鬼才导演的塔伦蒂诺的新作《杀死比尔》中，演员穿着李小龙在遗作《死亡游戏》里的黄色战衣，以张彻电影中经常出现的复仇天使身份，力战白眉匠，成为一部"对港产动作片的真正致敬"的好莱坞电影。而李安导演的《卧虎藏龙》，则巧妙地将中国的武侠片与好莱坞的西部片和歌舞片结合，在武侠片的情节中融会贯通西部片追求自由的个人主义，再用歌舞片的叙事手法，将动作奇观与剧情交汇，最后拍摄了一出令美国观众感到既亲切又神奇的破格之作，成为一次精彩的示范。

环视今日国内影视创作，一个深层问题油然而生：我们有丰富的文化传统可以继承，我们的民族美学与民族文化，可以对电影电视艺术产生深刻的、良好的影响，为什么不能得到大力发扬？为什么不能使我们的民族影视作品在国际上占据应有的地位？这也许要归咎于我国影视理论研究的重大欠缺。在世界电影发展中，理论研究颇具规模，并且直接影响着电影的创作和各种流派风格。然而在我国，影视理论与评论却急功近利、盲目迎合，并有种种西化现象。富有中国本土特色的影视文化的主体精神尚未真正确立，这一深层的文化困惑，已经造成了目前影视文化面临的某些实践难点。影视美学中国文化特征模糊的现状，导致了中国影视理论的严重滞后，而影视理论的滞后，必然限制中国影视实践的健康发展。最近，北京大学吴小如教授急切呼吁："找回传统的文化底蕴"，他指出："当前荧屏上连续播放的各色电视剧，从策划、编剧、导演，大都严重缺乏我们自己的传统文化底蕴，出现了各种各样可惊诧乃至令人齿冷的纰漏。而观众却'见怪不怪'，甚至积非成是，认为从前人的生活本来就是这个样子。久而久之，后果不堪设想。"老专家的当头棒喝，实令影视创作者为之汗颜。

目前，由于卫星电视、互联网络的发展，世界范围的文化交流和融合正在加速。但也应看到另一种潜在危机：发展中国家的民族文化，日益受到来自西方文化的包围与侵蚀。亚洲，尤其是中国，被西方称之为影视文化竞争的"最后的疆场"，他们竭力向中国倾销其影视产品，以及包含其中的价值观念、生活方式，因此，在影视艺术文化领域制定出民族文化的应对策略，已是一项刻不容缓的任务。向悠久的中国文化传统寻求滋养，建立富有民族特色的影视文化主体，将是中国影视今后的发展轨迹，也是蕴含于中国影视文化思潮之中不可回避的内容。

中国文化的发展历程，就是一部不断吸收异域文化、不断创造新文化的历史。但是，吸收是为了创造，而不是取代我们固有的文化。所以，如何吸收就成了一个原则性的问题。我认为，吸收必须以本民族的审美心理为支点，寻求异域文化与本土文化的交融，通过异质文化，进一步加强本土文化，使之焕发出更为灿烂的生机。中华民族在数千年的文明史中，不断融汇、改造外来艺术形式，逐渐确立了自己独有的美学范畴、审美方式、美感构成和审美价值取向。这一美学传统，也已经深刻地体现在我国的文艺创作和受众评价之中。

文化艺术是一个民族的美学纪念碑。它是特定民族和时代的形象表达，既是个人的，又是民族的、时代的。文化艺术的丰富实践及理性思考，逐渐生成具有覆盖性的潮流，并因其普遍性与概括性而形成社会文化影响力。我们要培养民族文化的海纳百川、兼容并包的包容性和天南地北、多元共存的多样性，但必须强调的是，其中主导性的、健康向上的主体精神是不可迷失或削弱的。

《光明日报》2004 年 2 月 18 日

百年电影的民族化特质

中国电影一个世纪的风雨历程，给中国观众留下了悠长的、不可磨灭的印迹。印迹的内核，正是深藏其中、浸润内外的中华民族独特的文化意蕴与风情神韵。这也正是中国电影得以获得中国观众的认同（尽管不同时期有不同的观看率）而前行至今的原动力。仔细观察电影创作的主体——主创和电影创作的本体——作品，举凡成功者，无不张扬了独特的民族精神，具有丰厚的民族文化内涵，从而赢得电影创作的客体——观众的喜爱与喝彩。综观百年中国电影，其优秀者莫不洋溢着我们的民族精神和她在新的时代条件下的发展创新。

随着时代的发展、社会的变迁，电影观众的审美取向无疑也在变化；但纵观百年影事，人们对于电影的接受，无论就其作者或作品，无论就其内容或形式，依然投射着中国电影以其深入底里的民族特性而得到观众的认可，其中有着内在的规律可循。

在中国早期电影中，明星影片公司1923年拍摄的《孤儿救祖记》，是中国电影具有民族特色之艺术特质的开端。影片一当公映即大为轰动，外国片商纷纷争购放映权。当时报载："未二日，声誉便传遍海上，莫不以一睹为快"，"营业之盛，首屈一指；舆论之佳，亦一时无两"，"不特为该公司所摄诸片之最佳，亦足为中国各片之最良者，比之舶来品，当不为低首矣"。它无愧地成为中国第一部赢得广大受众强烈认同与赞许，在商业与艺术两方面大获成功的双赢影片。由此而观察中国电影，从观众的观赏心理、审美取向、生活方式等角度分析，其中自有深具民族特色的普遍性规律存在。第一，在观赏心理方面，就其整体而言，可分为观赏内容与观赏形式两个方面。从内容看，影片需切合观众在中华大地上切身体验过的蕴含人生的表现和蕴藉人生的憧憬；要有他们从现实生活中体悟到的鲜活生命力和丰富的人性感知。从形式看，受众带有明显民族特质的审美要求是：条理清楚、章法井然、使人一目了然，易于接受；同时又能将"生命的表现"渲染得热闹紧张、活跃动人。第二，在审美取向方面，中国电影受众在经常性的观影活动中，往往会形成相对固定的观赏习惯，包括对于片种样式的选择、影院区域的选择；也包括对于故事情节的偏好。当时被称为"影戏"的中国电影，正是以演绎民族悠久的历史故事、描绘民族浓郁的风土人情、展示民族独特的风俗民性，而得到中国观众的认同。第三，中国是一个极为注重家庭、讲究亲情的国度，观看电影常常成为家庭或亲友集体活动的重要方式。因之选择看什么影片、去什么影院，往往会由家庭成员互相商量，或由亲朋好友相互沟通而决定。这里昭示出电影经营者在开拓事业的过程中，必须清醒面对的中国式独特国情。中国早期电影带有规律性的实践经验不仅属于当年；对于当今中国电影的生存与发展，亦应具有一定的借鉴意义。

20世纪三四十年代，有见识的电影家开始自觉地将电影视为民族的灵魂与精神的表现。此期的中国电影观众，面对的是国外帝国主义入侵的严重危机和国内的黑暗统治。时代特征决定了观众的观影选择，而观众的观影选择又决定了电影的生存命运。由此而有集中反映中国民众奋起抗日的新闻纪录片如《上海之战》、《抗战特辑》之异军突起，显示了观众所临民族抗战形势决定着电影生产的走向；由此而有描绘农民、将士抗日救国的故事影片如《保卫我们的土地》、《八百壮士》之亮点独具，体现了题材选择与叙事展开以中国观众审美方式为本的创作原则。同时，此期电影在观众的社会需求制约下，题材与内容发生了巨大变化。例如具有标志性意义的左翼电影《狂流》之轰动浦江两岸，鲜明地显示出广大观众的审美趋向与艺术价值取向之中的民族特质。而从艺术征服力角度观察此期电影，大批"叫好又叫座"的好影片出现于国难艰危、国运式微的年代。成功的电影作品，其内容与形式之浑然一致，艺术家的创作追求与观众的审美感受之浑然一致，来自于创作者对于观众富有民族文化特质之审美需求的自觉尊重和对于观众根植于民族文化内涵之审美心理的准确把握。归结起来，电影创作者要拥有广阔的艺术空间，一不可背离时代而违背广大观众的审美旨趣；二不可背离社会而脱离广大观众的心理体认；三不可背离生活而相左广大观众的生命感悟；四不可背离艺术而违反广大观众的审美追求。一言以蔽之，只有以观众为本，才会有创作的无尽源泉。而所有这些，都必然与作者、作品和观众处身的土壤——民族的背景紧密相连。

从新中国成立后的电影来看，特定时代格局中的电影，所指向的受众群体往往具有固定的时代印记。对于曾经遭遇民族灾难的一代中国人而言，1949 年，一个崭新的人民共和国照亮了整个民族的事业、生活和灵魂。电影成为确立新的国家意识形态、保障政治权威的有力手段；同时，也成为电影创作者抒发胸臆、宣泄激情的生命渠道。此期的中国电影，面对一个国家与人民、集体与个体之间水乳交融、亲密无间的时代，社会普遍心理、艺术自觉意识与国家强大的政治意志合而为一，往来无碍。创作者的艺术激情、生命激情与时代、国家、民族觉醒的热情，朴素而完整地融为一体。全国人民都是最热心的电影观众，中国几乎是一个大电影院。在这一格局之下，中国电影在一种近乎理想状态中孕育生长。作为当时最为大众化、最具影响力的艺术载体，此期电影除了体现审美价值之外，在更大意义上被作为树立权威意识形态的手段。在政治与艺术结合的基础上，在全国观众热情的期待与拥抱之中，一套充满时代激情和大国奋进意识的电影语言体系创立了起来。从彼时电影与人民的历史对撞，激荡出质朴而又热忱的时代之音，一直贯穿到如今，成为中国电影前行的力量。其间，一批电影工作者面对新时代的亿万观众，秉承深厚的民族文化背景，尝试建立独特的中国民族电影艺术风格，走出具有民族气派和现代特征的大国电影之路，并取得了举世公认的成就，一大批独具特色的优秀影片足以作为佐证。就其时代的、社会的、审美的特质，可以大体概括如下特点：第一，创建出美好而又实在的公共影像空间。新中国"十七年电影"之总体特征表现为：浓郁强烈的政治意识、昂扬乐观的精神气质、倾向鲜明的视听语言和通俗平易的叙事风格；而其核心是政治与艺术的合一，是在新的时代环境之中大众自发建立的公共影像空间，自强不息的伟大民族意志和锐意进取的时代精神贯彻其间。当然，跨越历史的长河，既应看到这一时期中国电影带有的时代局限性（如宣传教化色彩、艺术的公式化和概念化等）；同时，也应该认识到它产生于这一特定历史阶段的必然性，并将之作为一种艺术文本的独特形态，在不存任何先验偏见的前提下，探讨其在艺术特性和受众认知方面的独特之处。第二，"民族特质"的精心营造。从对电影美学作出贡献的角度，新中国电影有独特价值的部分，是电影工作者尝试将传统艺术精神和艺术表现形式融入电影叙事之中，从而使影片呈现出鲜明的中国特色。如空间环境营造，注重以景写情、情景交融；叙事节奏把握，追求舒徐委婉、平易流畅；整体艺术构思，强调含蓄蕴藉、抒情写意，等等。当然，新中国电影浓厚的政治氛围，也在这些影片里留下了深刻印记。虽因部分影片受到批判，艺术的探索未能形成风气，但其探求电影民族叙事风格的努力，在中国电影史上产生了重要影响。

新时期，经过 10 年"文化大革命"的中国电影从"灭顶之灾"中苏醒，重新振作起来。广大电影人焕发青春，抖擞精神披挂上阵。于是，1979 年起始一批又一批让观众为之惊喜的好电影汹涌而出。究其获得观众认可的成功之源，自然在于受众在观影之中得到的审美愉悦与心灵感悟。我以为其中确有规则可循。要而言之，给予观众之一是：老中青全阵容身心投入为受众奉献的空前活跃。各个年龄段的编导主创者，或老当益壮厚积薄发，或年富力强勇于攀登，或风华正茂异峰突起，纷纷以独树一帜的艺术成品，让观众得以赏心悦目享受艺术的盛宴。给予观众之二是：各种艺术追求的风采独具，带给受众富有独特艺术魅力的精彩电影作品。艺术的生命在于创新，此期的优秀影片，莫不闪烁着艺术创新的光芒，从而吸引着观众的目光。在美学追求方面，从纪实美学到影像美学之不同美学风格，结合着种种富有民族特色的艺术创造意识，形成了影片不同的艺术魅力。在电影语言方面，从强调本体特质到展开多种叙事样式，结合着民族传统美学情理交融、形神兼备、虚实相生等特殊气质，形成了影片不同的艺术张力。在技巧探索方面，从题材内涵的独特开掘到艺术形式的独特表现，结合着中国受众的独特审美方式，形成了影片不同的艺术影响力。总之，新时期以来的中国电影，虽仍然存在诸多问题，且遭遇广大观众的种种诘难与批评，但就其整体而言，观众也不会否认其超越以往的发展，以及带给大家的审美享受。

岁月倥偬，百年不居。中国的电影，从此开始一个新的百年。古人云：精华在笔端，咫尺匠心难。面对新的挑战与机遇，我们有理由期盼她雄风烈烈，扶摇直上；我们也有责任推动她锐气堂堂，披荆斩棘。时逢盛世，时不我待，美好的前景一定由广大的中国电影人和广大的中国电影观众共同创造而来。

《人民日报》2006 年 1 月 12 日

观众在电影中的核心地位

——再论钟惦棐美学与批评思想

钟老关于电影的观赏者——受众的相关文章，至少有四个重点。第一，关于电影与观众。钟老曾反复强调这样的意思："我们主张在两个方面坚持毫不动摇的立场：一是电影必须成为电影的；二是电影必须成为广大人民群众的。"他始终认为：观众在电影中处于权威的地位，无视观众的意向，是注定行不通的。因为从根本意义上，没有观众，电影的制作，既不可能，也无必要。我想，这一论断，实为电影安身立命之本。在钟老为此获罪长达22年的《电影的锣鼓》一文中，他十分明确地指出，电影——这一群众性最广泛的艺术，其中最主要的是电影与观众的关系，丢掉这个，便丢掉了一切。而于今看来，这场锣鼓，也正是从电影与观众的点子上敲起来的。文中引证了当时上海几部影片的过低票房和北京《光明日报》的报道，从 1953 年到 1956 年 6 月，我国发行国产影片 100 多部，其中有 70％以上没有收回成本，有的只收回 10％，个别竟连广告费也未收回。由此，他认真寻找检验问题的标准，提出了三个"绝不可以"：绝不可以把文艺为工农兵服务的方针和影片的观众对立起来；绝不可以把影片的社会价值、艺术价值和影片的票房价值对立起来；绝不可以把电影为工农兵服务理解为"工农兵电影"。从钟老的文章里，我们可以体会到，电影这一艺术形式的独特魅力，就在于观众对于银幕形象的接受是直接的，因而，在影院里，有泣之而成声、散场而不语的；有影院一片活跃，笑声连续不断的；有聚精会神，屏息长叹的；当然也有银幕内外各言其言，或漠然"抽签"而去；或终场嘲笑不已的。这些不同情况的发生，其内在根源是电影和人民发生怎样的联系。而观众对于它的态度是热爱，是漠然，还是厌烦，又自然归结到电影是否把观众作为自己的出发点和终结点这一本质问题。钟老告诉我们：观众，就是电影的文化实际，离开这个实际，无论什么鸿篇巨制、高谈阔论，便都失去了依据。

第二，关于影片与观众，他概括了电影的价值三论：发人深思的认识价值，匠心独运的审美价值，令人开心的娱乐价值；并且一针见血地指明，非如是则将宣告电影的死亡。细细想来，此言确为至理。如果一部影片既不能让观者获得新的认识，又不能满足观者艺术欣赏的审美愉悦，再不具备令人身心得到放松、娱乐，恐怕也只能走向死亡了。诚如钟老在评说新中国电影起始时期所言，亿万人民是如此欣喜若狂地从银幕上汲取他们所急迫需要的精神食粮，如此具体而微地从电影故事内容以及人物形象，学习新的思想方式和生活方式，直至新的语言。这段话语，抛开时代的特别表述，我们仍然可以从中把握受众与电影的血肉关联。电影对应着受众急迫的精神需求；而其前提必然是真实的、真切的、真诚的；而其对于现实观众的影响，也是不可估量的。他曾以观众来到影院后，从入座开始就准备听从银幕摆布的基本特质，举出观影的三种情状：一种是根本摆布不了，银幕与观众互不相干；一种是受到摆布，但影响不大；最后一种则是我们应当追求的：银幕的威力或魅力足以完全控制观众，要你笑，你非笑不可；要你哭，你非哭不可；要你激动，要你叹息，直至使你完全忘记自己是在电影场里。他特地引用了美国电影评论家戴维·罗宾逊关于"好莱坞"电影的说法："一个地方的一小群人，竟对世界各国千百万人的思想、意识和习惯产生如此深远的影响，这也许是没有前例的。"我们从观影中确已感知到，他们将美国电影当做"铁盒子大使"，通过电影的特殊功能，通过对明星的艺术包装，走遍世界，一方面获取巨额利润，一方面推销资本主义的价值观，富有实效地为其根本利益服务。我们中国影片实在应当努力学习他们的电影创作经验，树立起自己的向世界影坛进军的战略目标。

第三，关于创作者与观众。首先是电影创作者与观众是否有着取向一致的美学趣味。在这方面，钟老有十分精辟的论说。他提出，是否只有当电影和观众见面之后，才发生观众学的问题？一般意义上可以这样认为；但如再深入一层，在实质上观众与电影艺术家的创作是完全可能融合起来的。我们可以从影片创作的无数实例得到印证：无论是影片的选题、结构、人物对话，以及场次处理，无不和观众接受影片时的心理发生各式各样的联系。而最明显的可能是关于影片高潮的处理，可以说不仅和观众心理学，甚至和观众生理学也不无关系。同时，一部影片的开头和结尾，凡是考究的，也必然要对观众在一定时期的艺术欣赏取向加以考虑，否则其艺术构思或将落入窠臼，或将疏离观众。应当说，观众的取向将在一定程度上左右电影创作者的艺术思想。而一些离开现实生活的作品，也定会遭到观众的唾弃。而另一方面，我们也常常发现，一些具有高度艺术功力的艺术家，他们的作品可以或者让观众捧腹甚致于倾倒；或者当观众已经哀痛难尽，却不肯轻易罢休，还能驱使观众更剧烈的欢笑或悲痛。其中的秘密，正在于影片的创作并非出于创作者本人作为创作过程的需要，而恰恰是出于观众的需要。因为观众是付出一定代价坐在银幕前，决心来接受你的影响。如果你始终不能影响他，他就必然会为此而失望。在广大受众之中，尤其应当特别注意年轻人，因为他们是电影的主要观众。因此，电影创作者要着重研究年轻人的观看心理、爱好、愿望和要求，研究电影能否影响他们，以及电影对他们可能产生什么样的影响。

第四，关于电影与观众的交流。我们说，一部影片生命力的强弱，固然在于影片的思想与艺术质量；但这里还有一个十分重要的因素和标准，那就是是否开拓了银幕上下的交流。我们必须认识到，广大观众随着电影艺术的发展，对于电影的接受具有可以称为卓越的才智，因而他们不仅会神情专注地观看电影；也会深入浅出地评说电影。我们也可能都经历过这样的情景：友人相聚时，热烈地评说电影；师生谈论时，热烈地辨析电影；乃至在出租车上，在理发店里，在候诊室中，在各种公共场合，最普通的无名大众，常常热烈地开展着电影评论。钟老就曾在他的文章里具体描绘了住院数日，便有两位护士找他评电影（钟老称之为"地下电影评论"），甚至愤愤然地指出：某些影片是对观众不负责。虽然只有三言两语，倒像是"经"，够人琢磨一阵子，真可谓言简意赅，朴实中肯；可惜的是，大量精彩的来自观众的热诚点评，难以见诸报端。因此，我们的电影人，不论在创作构思起始，抑或在影片创作过程中，乃至在创作完成之后，实在需要把与观众的交流归于自觉。

《电影艺术》2007 年 3 月

反映人民心声，讴歌时代精神

——纪念中国话剧诞生一百周年

　　1907 年，源于欧洲的话剧，作为"舶来品"传入我国，至今正值百年。百年来中国话剧走过一条艰难、曲折的道路。它以现实主义为主流，同时也存在着浪漫主义的潮流，并各有其辉煌的代表人物；两者统一于一点：为人民而呐喊，与时代同呼吸。今天回顾历史，中国话剧的百年历程，一直和人民的苦乐、时代的发展紧密结合在一起。将百年中国话剧的艺术里程与百年中国的历史进程交相对应，我们可以从中体味其深厚的生命内涵、宝贵的创作经验和丰富的艺术发展规律，迈入戏剧与时代与人生深刻交响的多重境界，无疑是一件富有意义的事情。

　　如果我们把中国现代话剧的发生、发展大致划分为播种期（或可称为"史前期"）、萌芽期、生长期、成熟期，那么综观中国现代话剧每一幕风云历程，都刻印着中国话剧人辛勤求索的轨迹——

一

1907 年到 1917 年，是中国现代话剧的播种期。日俄战争的阴云还在中国上空笼罩。话剧自西方舶来，有其时代的与艺术的必然性，也有来自西方的艺术样式与民族本土艺术具有内在联系的必然性。当"春柳社"第一次比较正规地搬演西方戏剧的时候，在中国本土已经具备了使这一舶来品得以生根、开花、结果的不可或缺的条件和相应的土壤。正是西方戏剧形态与民族传统因素在我国现实土壤上的结合，催发了中国早期话剧的艺术之花。

1906 年，中国留日学生曾孝谷、李叔同，醉心于能够逼真地表现现代生活的新型戏剧艺术，成立春柳社，宣告"以开通智识、鼓舞精神"为宗旨，"以研究新派演艺（以言语动作感人，仅欧美所流行者）"为目标。翌年年初，首次演出《茶花女》选场，使中国开始有了"写实的、模仿人生的、废除歌唱全用对话的新戏"；同年夏，第二次演出《黑奴吁天录》，因其强烈的反对民族压迫的剧情和对于种族歧视的反抗精神，引起很大反响。戏剧家张庚评价为："这次演出，是中国话剧史上十分值得纪念的一次演出。这是春柳社第一次的正式演出，也是中国完整的话剧第一次演出。无论从内容、从形式、从技术上来说，都有相当的成功，给当时观众以及后来剧运的影响都是很大的。"

这一历史时期，还出现天津南开学校蓬勃的新剧活动。校长张伯苓坚持倡导新剧，以"改良人心，全化风俗"为指向。1914 年周恩来与同学一起组织新剧演出活动，建立"南开新剧团"。他作为一员活跃的骨干分子，担任布景部副部长，以饰演女角见长。"南开"的演出在津京一带引起强烈反响，培养出一批优异的戏剧人才。此后，比周恩来小 12 岁的曹禺就读南开学校时，同样成为南开新剧团的骨干分子，同样以擅演女角著称。南开剧团不仅自创新剧，而且重视戏剧理论建设，"对戏剧改革、话剧艺术本质特征、表演艺术、戏剧发展潮流，以及剧本创作方法、编写原则等重要问题进行了广泛的研究和探讨"。周恩来于1916年在《校风》上作为社论连载的《吾校新剧观》即为典型代表。

被国外研究者称作"中国现代戏剧之父"的欧阳予倩，是中国话剧创始人之一，是中国话剧运动名副其实的启蒙者与奠基者。自1907年参加春柳社登台演出《黑奴吁天录》，他一生投身于中国话剧运动，被誉为"春柳社的台柱，民众剧社的骨干，戏剧协社的灵魂，南国社的导师"，作为功勋卓著的著名剧作家、戏剧艺术家、戏剧活动家、戏剧教育家，在不同的历史时代，为中国话剧的萌生、起步、发展与腾飞鞠躬尽瘁，作出了巨大贡献。

二

五四新文化运动掀起的风潮，使中国现代话剧的萌芽期（1917—1927）熠熠生辉。中国话剧运动从对传统旧戏的论争起始（1917.1—1918.12），一时之间，钱玄同、刘半农、宋春舫、胡适等文化巨子纷纷将视野转向戏剧。论争的实质在于：把崭新的文化观念：反对封建主义、提倡民主与科学精神注入新型戏剧之中，论争也导致西洋戏剧在我国的传播。据宋春舫统计："20年来汉译欧美剧本印成单行本的约有一百七八十种。"[①] 宋氏于1918年介绍近代西洋百种剧目，涉及13个国家、58位剧作家；1921年他又介绍欧洲戏剧36种，涉及6个国家、25位剧作家。另据阿英所编《中国新文学大系·史料索引集》的统计，五四时期仅中华书局、商务印书馆、泰东书局三家出版的外国戏剧集就有76种、115部。其中尤以易卜生的影响最为强烈、深入、持久。从提倡小型的、

---

① 参见宋春舫：《宋春舫论剧》二，北京：商务印书馆，1935。

业余的、不以营利为目的的"爱美剧"运动兴起，到话剧理论的初步建立，话剧开始作为一种具有体系性的文化形态引发社会瞩目，引起诸多有识之士的现实关注和理论思考。洪深曾经指出的"重视戏剧娱乐性、主张舞台的戏剧、强调剧本创作、加强剧场管理、提高戏剧从业人员社会地位、改革商业弊病"等主张，显示了刚刚萌芽的中国现代话剧界脱俗的认识水平和对新事物的驾驭能力。

一批优秀剧作随之出现。1922年以后，话剧从生活的故事化展现到重心移向人的本身。前者如陈大悲的《幽兰女士》、汪仲贤的《好儿子》、熊佛西的《一片爱国心》、余上沅的《兵变》等；后者如田汉的《获虎之夜》、欧阳予倩的《回家以后》、丁西林的《压迫》、郭沫若的《卓文君》等。英国著名戏剧理论家威廉·阿契尔提出的"有生命力的剧本和没有生命力的剧本的差别，就在于前者是人物支配着情节，而后者是情节支配着人物"[①]，普遍被话剧创作者们重视。优秀的剧作家深入体察生活、研究戏剧艺术，在戏剧创作和戏剧观念上取得了一系列成就。从满足观众好奇心向满足人的情感需要演进，戏剧的审美价值有了很大发展。

作为中国话剧创始人之一的洪深，从1912年在清华学校演剧，开始其戏剧生涯。数十年中，他经历了中国话剧运动的主要过程，创作了《赵阎王》、《农村三部曲》等在中国话剧史上有相当影响的代表作品。特别是在中国的话剧理论，戏剧的时代性和戏剧家的使命，戏剧艺术的特征、戏剧创作要素等方面，较早进行了全面、系统、深入的研究与建设，他在这方面的贡献独树一帜，无人逾越，成为中国话剧的宝贵财富。

三

伴随着中国社会大变革、大进退的历史性进程，中国现代话剧发展

---

① 参见［英］威廉·阿契尔：《剧作法》，北京：中国戏剧出版社，1964。

史册掀开了崭新的一页，进入生长期（1927—1937）。风靡全国的现代话剧运动是带着鲜明的目的性和少年般意气风发的气息向前发展的。正如郑伯奇所描绘的那样："中国的戏剧运动现出了空前未有之盛况"，"社会的前进分子对于戏剧运动都抱有特别的兴会，学生大众更表现出热烈的情趣"。此盛况出现"有它不得不发生的社会的根据"，第一，"中国的文学运动已经达到要求戏剧的程度"；第二，盛况源自"最近社会的激变"①。从"南国戏剧"到"左翼戏剧"，再到"大众化戏剧"等规模较大的戏剧创作演出活动如火如荼。这一时期的戏剧创作与戏剧实践活动紧密结合，在总结以往创作实践经验的基础上尝试方式的转变，力争在被现实政治环境限定的话语空间内推动话剧事业，故多以历史剧、世界名著等主题面世。以往多表现为业余、零星、游击式的戏剧演出开始发展成为具有职业化、正规化、阵地式特点的规模性公演，扩大了观众面，增强了影响力。此时的中国话剧界从创作到演出，普遍呈现出较高的艺术水准和对舞台艺术技术的综合驾驭能力，为戏剧运动深入发展打下了坚实的基础。

　　活跃繁盛的中国话剧演出实践，激发了众多作家的创作热情，催化了一批上乘佳作问世。除前期欧阳予倩、丁西林等继续推出重要作品之外，又有夏衍、田汉、李健吾等推出代表作《上海屋檐下》、《名优之死》、《这不过是春天》等。戏剧题材进一步扩展，戏剧人物形象进一步鲜活，主题开掘进一步深化，舞台表演形式进一步丰富，综合艺术表现力走向成熟，作家作品逐渐形成独特的风格品质。

　　在戏剧作品百花争艳英才辈出的年代里，曹禺以三部重量级剧作横空出世，强烈地震撼了戏剧界。处女作《雷雨》以其艺术力量深深感染了第一个读者巴金："感动地一口气读完它，而且为它掉了泪。""觉得有一种渴望、一种力量在我身内产生了。我想做一件事情，一件帮助人的

---

　　①　参见《中国戏剧运动的道路》，《戏剧论文集》，神州国光社，1930。

事情，我想找个机会不自私地献出我的微少的精力。《雷雨》是这样的感动过我。"① 《日出》则以主人公陈白露为多棱镜，仅仅撷取社会生活的两个场景就揭开了"借投机和剥削而存在的整个寄生的社会机构"② 的本相，其内容之丰富、含量之浩大，在同时期或以后的剧作中不可多见。当时燕京大学西洋文学系主任谢迪克教授评价道："在我所见到的现代中国戏剧中是最有力的一部。他可以毫无羞愧地与易卜生和高尔斯华绥社会剧的杰作并肩而立。"③ 曹禺的创作还延伸到农村题材，话剧《原野》描绘青年农民仇虎向焦阎王一家讨还血债的故事。主人公仇虎和金子以其鲜明的生命律动，至今仍然活在中国戏剧舞台上。这三部具有代表性的剧作，足以作为中国文学发展史的里程碑之作而被载入史册。

中国话剧另一创始人田汉，自五四时期开始，以毕生精力献身于中国戏剧运动。他在 20 年代开创南国戏剧运动，成为中国话剧界一代宗师；创作近百部戏剧作品，代表作《名优之死》、《丽人行》、《关汉卿》等堪称世界艺术精品；经聂耳谱曲的《义勇军进行曲》，传唱华夏大地，1983 年被定为中华人民共和国国歌。他对于我国的戏剧艺术，特别是现代话剧的萌生与发展，有着巨大而深远的影响。

四

七七事变之后，中国现代话剧步入成熟期（1937—1949）。从气壮山河的抗日战争到慷慨激烈的解放战争，中国现代话剧界以前所未有的创作激情和社会责任感蓬勃发展，终于迈入黄金时代。正像司马长风所说的那样："抗日战争之后，戏剧竟在漫天烽火的大地上，万卉齐放，成为最灿烂的文学品种。"在血与火的殊死斗争之中，在民族生死存亡的命运

---

① 参见巴金：《〈蜕变〉后记》，上海：文化生活出版社，1947。
② 参见谢迪克：《一个异邦人的意见》，《大公报》，1936-12-27。
③ 同上。

抉择之中，中国话剧运动激发了强大的生命力。从救亡演剧队到抗敌演剧队；从名震敌后三大剧社（中华剧艺社、中国艺术剧社、新中国剧社）到历时90天的西南剧展，以及著名的"孤岛"戏剧运动，等等，进步的戏剧运动在民族解放战争中灵活作战，此伏彼起，迂回曲折，乘虚伺隙，冲破罗网，迅速成熟起来。话剧文学创作在艺术质量和作品数量上更表现出旺盛的活力。首先，现实主义创作方法有了新的突破；对于现实中国的题材覆盖和主题发掘都达到了相当的深度。其次，话剧编剧技巧趋向圆熟化，人物塑造趋向典型化，语言运用趋向生活化性格化，像《好一计鞭子》这样的短剧作品，都能表现出较为精湛的艺术水准。最后，大批重要剧作与剧作家集群涌现，如夏衍的《法西斯细菌》、陈白尘的《升官图》、宋之的《雾重庆》、吴祖光的《风雪夜归人》、丁西林的《三块钱国币》、袁俊的《万世师表》、于伶的《长夜行》、郭沫若的《屈原》、阳翰笙的《天国春秋》、阿英的《李闯王》，等等，以丰富的创作视角和成熟的综合艺术水平，为公众展示了一个时代的风云和悲喜。

作为中国话剧大师的曹禺，此时贡献了《蜕变》、《北京人》、《家》等重要剧作。《北京人》，以深沉动人的艺术风格，在"沉闷"的舞台氛围中，着力展现了曾氏大家庭内部的深刻矛盾，以艺术化的形象深刻阐释了社会发展的规律性和腐朽制度灭亡的必然性。它的格调，既不同于《雷雨》的暴烈；也不同于《日出》的嘈杂；而是呈现了一种灰暗与窒息，像是一口大棺材即将盖上的末日情景。但是它的戏剧冲突仍然尖锐、激烈。不见电闪雷鸣，没有剑拔弩张，而是在将要闷死人的环境里，描绘出人们的挣扎与死亡的到来，从而产生了独特的震撼人心的艺术力量。它的不朽生命力是迄今为止许多剧作家难以逾越的。它不仅可作为曹禺的三大代表作之一永存史册；而且可作为中国话剧第一个黄金时期最优秀的剧作之一而永存史册。深受中国及世界人民喜爱的、中国百年话剧标志性的领军人物曹禺，更与中国文化、文学、艺术乃至百年中国社会文化心理血肉相连。其作其人久已成为中国话剧艺术、文学艺术的经典文本与风范坐标。

五

关山万里，一身征尘。黄金时代落幕以后，中国话剧走过的历程曲折起伏。从1907年到2007年，可谓百年风雨征程，一条光荣道路；现实主义是她的主流和传统；其中也活跃着浪漫主义、现代主义的潮流。整部中国话剧发展历史，丰富充实，色彩斑斓，具有悠久的生命力。随着它的不断跃动，流向了社会主义时代。

从新中国成立后的"17年时期"到改革开放新时期，中国的戏剧家们在每一个历史时期都坚持自己的艺术使命，面对各种机遇与磨难，开拓进取，与时俱进；中国话剧继续着自己艰辛的路程，奉献出大量的优秀作品。如50年代的《红旗谱》、《龙须沟》、《在新事物面前》、《战斗里成长》、《万水千山》、《马兰花》、《茶馆》、《蔡文姬》、《关汉卿》等；60年代的《霓虹灯下的哨兵》、《第二个春天》、《兵临城下》、《七月流火》、《李双双》、《豹子湾战斗》、《丰收之后》等；70年代，主要是改革开放新时期开始的《于无声处》、《丹心谱》、《报春花》、《大风歌》、《西安事变》、《未来在召唤》等；80年代的《陈毅市长》、《小井胡同》、《绝对信号》、《谁是强者》、《一个死者对生者的访问》、《红白喜事》、《天下第一楼》、《狗儿爷涅槃》、《桑树坪纪事》等；各自以其独特的艺术魅力征服了爱好话剧的万千观众；90年代以后，中国话剧创作则进入到与演出实践更紧密地交融，因而剧作形态更加多姿多彩的时代。大剧场与小剧场、传统剧与探索剧、中西相融与西西相融等交互因应，呈现出一幅幅五光十色、绚丽夺目的舞台景象。但也毋庸讳言，话剧演出的萧条，票房收入的低落，正是困扰当今中国话剧人的要害所在，也是我们无法回避的根本问题。

在半个多世纪给观众留下深刻印记的剧作之中，必然包括曹禺50年代的《明朗的天》、60 年代的《胆剑篇》、70 年代的《王昭君》。这些作品无不与时代、与社会、与艺术紧密相连，在新的时代畅想江山激扬心灵，留下了无穷的宝贵精神财富。直到生命最后一息，曹禺始终关注着中国话剧。他无与伦比的艺术伟绩与独树一帜的艺术特质，润泽着中国剧作家直到永远。尤为可贵的是，前辈曹禺始终如一地积极支持大学生们的戏剧创作和演出活动，多次亲身指导学生排演话剧，出席校园话剧演出活动，他曾经为北京师范大学北国剧社题写条幅："大道本无我，青春常与君"，对戏剧青年提出殷切的期望。一代宗师对于中国校园戏剧的眷眷深情屡屡被传为佳话，感染了校园每一个热爱戏剧的学子和教师，成为后来人投身戏剧事业的原动力。

六

往事潇潇，今又换了人间。扑面而来的时代已经是以有线电视网络、移动通信网络、互联网互相整合为特征的信息时代、多媒体时代、文化产业时代。从戏剧艺术的消费主体看，以现代商业为杠杆的营销手段已经将观众范围从城市舞台扩展到社区舞台乃至全球舞台；从戏剧艺术的表现空间看，信息高速公路的延伸已经将传统意义上的剧场舞台直通千家万户的电视屏幕和电脑；从戏剧艺术的创作主体看，团队的规模和多领域、多工种的互相协同已经大大超越以往；从戏剧艺术的表达方式看，今天的戏剧演出已经是一个可能借用声、光、电等多媒体手段和现代数字媒体技术支持的系统工程；从戏剧艺术的运营观念看，戏剧已经不再是百年之前空旷舞台上演的暂短数幕，而是一个包含立体宣传、消费动员、版权交易和后产品营销在内的大戏剧战略体系。但是，无论时代如何转换，经济怎样发展，都不能从根本上改变戏剧艺术"内容为王"的真理。从经典名作《巴黎圣母院》在人民大会堂演出，到著名景观歌剧《阿依达》登陆北京工人体育场；从小剧场里上演的《青春禁忌游戏》到

《足球俱乐部》，一系列舶来名作在中国成功地进行市场运作，这深刻地说明：优秀的艺术作品是没有国界、超越时空的，经典的魅力就在于它能在不同的时间和空间里开掘出崭新的时代价值，持续获得一代又一代人们的尊重和喜爱。近年来，曹禺的经典名作《雷雨》、《北京人》、《日出》等经常在各地上演，有的还不止一次地被改编为影视形态。在公众被其艺术境界和多重主题感染的时候，一个不能回避的现实问题，是当前话剧乃至艺术领域中存在的重形式、轻内容，重明星、轻团队，重商业炒作、轻质量建设的怪现象，以致可同曹禺等诸位大师、与《雷雨》等众多名作比肩并列的作品不是越来越多，而是越来越少。这不能不使对中国戏剧艺术寄予厚望的观众们感到深深的遗憾和忧虑。

物换星移之后，《雷雨》的人物原型、叙事模式仍然在今天的电影银幕上延续，这既是经典的振奋，又是经典的悲情。在社会愈加进步、观念日趋多元的大时代中，如何传承经典中包含的深刻生命意识和艺术创造规律，如何在不同的时代演绎经典所揭示的人类共通的遭遇和处境，并解读为今天时代人生的现实参照，是今天艺术领域需要迫切思考的命题。更为重要的是，学习大师直面时代的勇气和卓越的艺术创造力，以质朴的心灵投入今天千帆竞发、群星璀璨的时代洪流，为公众奉献越来越多的艺术经典，是我们戏剧界不可推卸的历史职责。身处欣欣向荣的时代，追求创新、勤于思考，是这个时代的共同精神气质，让我们向大师学习，热忱的观照和抒写时代，启迪未来。

《求是》2007 年第 10 期

在世界舞台上发出自己的声音

　　党的十八大报告第六部分和我们的文艺工作有直接关联。这部分标题是"扎实推进社会主义文化强国建设"，它进一步明确了一定要坚持社会主义文化的前进方向，树立了高度的文化自觉和文化自信，体现了向着建设社会主义文化强国阔步前进的信心。其中还强调指出了实现中华民族伟大复兴的要义之一，是提高国家文化软实力，从而和我们正在开展的中国文化国际传播事业紧密相连。

　　在此前中国文化发展的过程中，我们更多强调的是对西方文化的引进和借鉴，以促进自身成长。当时代发展到今天，在我们党的十八大胜利召开以后，就像报告强调指出的，由于社会主义制度的优越性和党的政策的正确性，社会主义中国以迅猛的速度取得了伟大的进步，国力得到大步提升，从而成为我们中华文化自信力的一种充盈的底气。我们接触到的西方友人，从权威学者到青年精英，无一例外地表现出对中华文化的浓厚兴趣。他们期望了解并且热情接纳着中华文化。我们也深感西方世界对中国的误解，其实是因为他们太不了解我们的文化。所以，我们需要以更丰富的文化自信，在世界舞台上发出自己的声音力促中国文化走向世界。

《北京日报》2012 年 12 月 4 日

讲好中国故事

2012 年，中国电影业迎来新的挑战和机遇。2 月，习近平同志访美期间宣布将进口美国大片的数量提高到 34 部。中国电影产业随后面临更大的压力。5 月，大连万达与全球第二大院线集团 AMC 签署并购协议，一跃成为全球最大院线运营商。这条消息在中美两国都产生了巨大反响，甚至引发了一些美国媒体对中国文化的过度想象和猜疑。当今世界文化交流越来越密切，随之产生的文化碰撞也越来越强烈。即使是美国这样在文化领域拥有超强实力的国家也在文化安全问题上绷着弦。中国文化的国际传播任重道远。

2012 年又是中国"入世"的第十个年头。在这十年中，中国电影政策始终是保护与开放并存。保护的最终目的不是让中国电影产业躲在国家的羽翼之下，而是要促使它成长为能够与好莱坞正面竞争的强大力量。十年之后的今天，我们欣喜地看到，中国电影业直面与好莱坞的竞争非但没有消亡，反而茁壮成长起来。不但国内票房屡创新高，国产影片成为不少影迷追逐的热点，一些国产影片还走出国门，在国际上产生了一定的影响。

中国故事，是中国电影富于个性的名片。根据北京师范大学中国文化国际传播研究院"中国电影文化的国际传播研究"调研显示，31％的受访者认为中国电影故事非常有特点，是中国电影的重要标志。但是，高达51％的外国观众认为中国电影最需要改进的因素是电影故事。还有接近50％的受访者认为中国电影故事逻辑混乱、难以理解。可见，中国电影故事是外国观众最感兴趣的因素之一，也是观众感到最难以理解的因素。这其中有文化隔阂、语言交流方面的障碍等原因，中国电影如果想扩大国际影响力，在编剧方面亟待改进。一方面不能走纯粹模仿的路子，穿中国人的衣服演外国人的故事，陷入好莱坞的价值观陷阱，造成故事逻辑混乱。另一方面也不能闭门造车，把中国的东西都看成优秀的，钻进民族主义的牛角尖儿。中国电影国际影响力的扩大需要一种"自美其美，美人之美，美美与共，天下大同"的豁达态度，在文化交流与碰撞中发现并传播中国文化精髓。

功夫片、动作片历来是中国电影最受欢迎的类型。但是长期以来，中国电影除了功夫片和动作片，其他类型难以受到外国观众的关注。随着近年来中国喜剧片的发展，这种状况有所改变。中国喜剧片的发展成绩有目共睹，一些小成本但是非常有特色的国产电影在国内屡屡创下票房奇迹。这种现象在国外也得到了回应。相对于依靠语言和剧情取胜的影片类型，喜剧片和功夫片一样可以依靠动作和表情讲述故事，超越文化和语言的障碍，在国际传播中具有优势。因此发展喜剧类型电影是中国电影扩大国际影响力的有效途径。

过去，中国台湾电影以其开放的姿态、浓郁的东方文化色彩成为中华文化的代表。香港地区则制造了李小龙、成龙等具有国际影响力的影视明星，取得了强大的文化影响力。上述调研还发现，海外观众是将华语电影作为一个整体接受的，中国内地电影、中国台湾电影、中国香港电影都属于华语电影的整体。近年来，随着中国内地的经济实力不断增强，对外开放程度越来越高，文化影响力也越来越强大，中国内地的国际文化影响力超越中国台湾和中国香港成为中华文化的主流。

中国幅员辽阔，地区差异巨大，文化统一是维持多民族国家的重要力量。中国内地文化成为中华文化主流具有重要的象征意义。这不仅显示中国内地在文化建设上取得了巨大成绩，有助于凝聚全球华人力量，共同建设美丽中国，而且对维护国家统一具有重要意义。

《人民日报》2013 年 2 月 28 日

迎接挑战　经营内涵

　　众所周知，自从电视 1936 年在英国呱呱落地，世界上从此便有了一种不同以往的全新的传播媒体。于今算来，已有将近 70 年岁月流转了。而在中国，它的起点一般是从 1958 年北京电视台的试播开始的，也已经过了半百之寿。

　　如今，在广袤辽阔的中华大地上，在 13 亿人民的日常生活中，观看电视，已经成为家家户户每日不可缺少的事项，其普及之众，影响之广，威力之大，是任何其他媒体替代不了的。

　　有论者认为，现在有太多的新型媒体不断突起，抢占了电视的大量受众，将会挤压电视的独有位置，甚至使电视走向衰亡。应该说，此类顾忌确实有其现实的依据；但是，如果全面地观察，有数据显示，中国电视观众数量已经超过 12 亿；拥有电视机的家庭也已达到 99.89%。在众多的忠实观众心目中，电视依然是他们每日不离不弃的牵挂，由此，我们并不能得出电视已经衰落，甚至日趋消亡的结论。当然，它也正在遭遇各类生机蓬勃的新兴媒体的严峻挑战。

目前中国电视面临的关键问题，正是如何继续保持自己的优势，并使之不断加强，以维护其作为主流视听媒体的权威性。我以为，其中最为重要的一点，便是当今电视行业与电视人的文化自觉。这一自觉的核心要素，是精心地经营我们独特的电视文化内涵。首先，要把目光转向身后的悠久文明传统，从中发掘中国数千年文明传承里仍然有着鲜活生命力的深厚资源；从中把握人类共通的至今具有巨大含金量的智慧宝藏；并以此促动有着现代化生产力的电视产业，补充并强化其科学的、绿色的、和谐的文化成色。同时，要把目光投向面前的亿万电视观众，要懂得并践行"问计于民"、"回馈于民"这个朴素真理。正如毛泽东同志一再强调的："人民，只有人民，才是创造世界历史的动力。"我们的电视节目要自觉地把握广大观众的文化需求，贴近广大观众的审美取向，不被西方娱乐潮流所覆盖、裹挟，专门去模仿克隆从而派生出许多取悦于感官刺激的低俗之作。众多观众大声疾呼：打开电视，面对数以百计的频道，竟然找不到令人赏心悦目、进而拨动心弦的好节目。我想，这才是中国电视真正的危机所在！改变中国电视如此这般的现状，特别需要自觉地提升电视人的原创力，自觉地强化电视节目的原创性；尽力去创造富有中国文化独特魅力、真正贴近观众的、快乐、健康、富有吸引力的文明节目，让电视的功能显现出社会主义的中国式有效特质。近期，在中央电视台与地方电视台出台的"中国汉字听写大会"、"汉字英雄"等原创性节目，被誉为"荧屏吹来清新风"，获得观众的广泛关注与赞赏。这类节目便是以其中国化的独具内涵与创新性的表达魅力，超越各档明星选秀节目，攀升至收视高位。我们的电视业界，应当有新的规划、新的设计，自觉地深入发掘蕴藏在传统文化中的民族文化金矿，自觉地大力开发当代民众中的优秀文化资源。

以高度的文化自觉，正视现状，面向未来！中国电视不会消亡！

《当代电视》2013年第9期（开卷风）

中国电视艺术的民族化之路

20 世纪中叶以来，继电影之后，电视已成为当今世界传媒中传播速度最快、范围最广，对人们的思想意识、生活方式影响最大的艺术创造和文化传播方式之一，它的发展取向和层次，直接关系着社会的进步。高质量的、民族风格浓郁的电视艺术作品，对于增强本民族在世界舞台上的思想文化影响力、塑造本民族在国际社会中的美好形象，有着不可替代的作用。在我国，各类电视节目以其非凡的影响力，成为培植良好的民俗民风、推进社会主义精神文明建设的利器，这已是不争的事实。而当我们回眸中国电视事业的发生与发展时，却不禁有着太多的感慨。

大家知道，在世界有了电视 22 年之后，中国内地的电视事业才开始起步（港、澳、台地区的电视事业也在此前后起始）。面对着世界性的封锁，依靠着"自力更生"的精神，1958 年

5月1日，北京电视台（如今的中央电视台）试播成功，并于6月15日直播了中国第一部电视剧《一口菜饼子》，这标志着中国电视艺术的发轫。之后历经60年代的艰难创业、"文化大革命"的摧残零落，中国电视事业可谓命运多舛、举步维艰。直到1979年，中国迎来了改革开放的春天，中国电视事业也获得了腾飞的机遇，与新时代同行，开始了飞速发展的进程。短短20年，如今，全国已拥有经国家、政府有关部门批准成立的无线、有线、教育电视台3000多家，观众覆盖面达10亿人以上，电视机销售量超过3亿台，成为名副其实的世界电视第一大国，并向着电视强国疾进。回眸42年风雨历程，中国电视艺术走过了一条曲折发展的道路，各种类型、体裁、风格的电视剧与电视文艺、综艺节目，以及艺术性的专题片、纪录片，等等，相继取得了令人瞩目的成就，业已深入到千家万户，成为中国百姓生活中重要的精神食粮。从咿呀学语的幼儿，到耄耋之年的老人，电视都与之结伴而行。这个庞大的存在，对我国的政治、经济、文化产生着不可估量的影响；特别关系着青少年一代的成长，对他们的心理素质、思维方式、精神状态、道德品质，有着不可忽视的影响。同时，一些电视艺术精品之作，已走出国门远涉海外，为展示中华民族的美好形象做出了重要贡献。

中国电视艺术走过的道路，是一条具有鲜明的中国社会主义特色的民族化之路；中国电视艺术的成功与成就，正是民族化探索与追求的成功与成就。坚持"改革开放"的中国社会主义制度，使得我国经济获得迅猛发展，也正是它造就了中国电视艺术的迅猛进展，令世界为之瞠目。而其根本恰在于中国电视艺术从起步即已明确的宗旨："为中国亿万大众服务"。为实现这一目标，就必须从中国老百姓的"喜闻乐见"出发，使电视节目富有中国特色、中国气派、中国风格。中国电视艺术发展的事实已经证明，坚持民族化道路，电视艺术便得以枝叶繁茂、花果丰实；如若背离民族化的道路，盲目地食洋不化，一味地妄自菲薄，我们的电视艺术终将被时代抛弃。

国有国格，人有人格，电视艺术也有自己的品格。回眸中国电视艺术的成长过程，我以为，她的最高品格便展现在"民族化"之中。

其一，民族化的题材资源，为中国电视艺术提供了无限的宝藏。在广袤的中华大地上，有五千年的文化传统、十三亿的黎民百姓，男女老少居于沃土，工、农、商、学、兵奋力拼搏，五色缤纷的生活给予电视文化无穷尽的创作灵感，不论哪种电视艺术节目，都面对着取之不尽用之不竭的源泉。仅以电视剧为例，创作者拥有民族土壤中无比丰富的题材。如今，我国电视剧年产量已达万部（集）以上。成功者有古典名著改编的如《红楼梦》、《西游记》、《三国演义》等；有现代名著改编的如《四世同堂》、《围城》、《南行记》等；有重大革命题材的如《中国命运之决战》、《开国领袖毛泽东》、《秋白之死》等；有历史题材的如《努尔哈赤》、《末代皇帝》、《雍正王朝》等；有现实题材的如《今夜有暴风雪》、《渴望》、《和平年代》等。多年来数以千计的电视剧、电视节目精品，获得了国家"五个一工程奖"、"飞天奖"、"星光奖"、"金鹰奖"等重要奖项。

民族化题材资源，给予电视创作者极其宝贵、丰沃的营养，解决了创作中首当其冲的"拍什么"的问题。其实，只要我们能够对璀璨民族文化瑰宝，经常思之，踏实学之，不断地从中探寻、体验、提炼，自可得到并保持长久的优势。

其二，民族化的思想、情感特征，赋予了中国电视艺术以独特的人文内涵。中国电视艺术蕴藉着民族的性格与民族的气质，深入地表现了当代电视艺术家对生活的观照与思考。仔细体会我们的电视艺术，不论是文艺性节目，还是电视剧作品；不论是再现历史，还是展示现实，往往充盈着伦理化的思想判断与情感诉求，并体现在种种富有民族特色的艺术观念之中，如浓郁的宣教意识、忧患意识、苦难意识、团圆意识，等等。强烈的是与非评判、鲜明的真善美与假恶丑对照、"情"与"理"的二元对立，发生在一个巨大的抒情文化传统之内，造就了"主情"的民族文化精神。在众多长短篇电视剧、各类综艺晚会及文艺节目（包括春节晚会及庆祝香港回归、澳门回归等专题晚会）中，都可以清晰地辨别出这一悠久民族传统美学的身影，任凭世纪风云变幻，难以动摇千年来中华民族所形成的审美意识与情感方式。我们有理由认为，这正是中国老百姓所习惯接受、乐于体味的一种审美需求，理应成为我们电视人的创作原则，电视人应自觉地运用最现代化的电视手段，去展现民族精神在新的时代条件下的发展与创新。

其三，民族化的艺术表现特质，成就了中国电视艺术独有的美学范畴，确立了自己的审美方式、美感构成和审美价值取向，也深刻地体现在我国的电视创作和观众评价之中。试举一二以观之。

如"气韵"的贯注。以我的理解，这一特质关系着电视艺术的魂魄。"气韵"，是中国古典美学的重要范畴，是"审美对象的内在生命力显现出来的具有韵律美的形态"，"熔铸在艺术手段中的事物生命力的律动"（韩林德《境生象外》）。在中国的电视荧屏上，从电视剧到电视片，从电视综艺节目到不同类型的电视主持人，似乎都可以运用"气韵"的贯注加以观照，并以此把握他们的民族特色与神韵。例如北京电视台的著名栏目"荧屏连着我和你"，至今已历时十年而长盛不衰，其重要原因之一就是始终坚持潜心深入生活，熟悉与理解不同人群的思想、情感，以民族化的内容与形式，着意营造亲切、温馨、和谐、欢快的"家园"氛围，将现场串联成为一个有机的、洋溢着鲜活生命感的整体，从而"气韵生动"地与荧屏内外的观众融为一体，并以此构成栏目内在的艺术魅力。

如"情趣"的传达。情趣，既包含着电视艺术作品中借助媒介手段传达的人生情味；也蕴含着受众在审美活动中被唤起的主观的美感享受。回顾我国成功的电视作品，无不活跃着若干充满情趣的细节，不仅在深得观众喜爱的电视剧里经常出现；即使在广受观众欢迎的电视栏目里也不乏绝妙细节。例如在一期关于警察的节目中，主持人追问第一次"顶上国徽"时的感受，现场出现了坦诚、率真、独特的回答："牛！"、"精神光荣!"、"神圣庄严!"、"好奇,累!"、"照相,帅!"、"成熟了,我是一个兵!"而消防警察在电影院里听到开场铃响时,观众们都安静地坐下,他却会猛然站起,条件反射地以为是火灾报警。这个富有情趣的小小细节,使观看者在笑声中体尝到他们为人民服务的艰辛。电视艺术"举重若轻"的巧妙传达,能达到震撼观众心灵的强力艺术作用。

如"境界"的追求。王国维曾述之为:"写情则沁人心脾,写景则在人耳目,述事则如其口出是也。"他提出著名的"古今之成大事业、大学问者,必经过三种之境界"之说,几乎尽人皆知。是否可以认为,在中国电视的艺术创造过程中,也完全对应着由"寻觅"到"苦思"、再到"顿悟"三种境界。其中既有作者的艺术苦心,也有观者的艺术感悟,从而才会出现一部电视作品播出时万人空巷的盛况,或一场晚会、一档节目播出后众口夸赞的景象。皆因其贴近观众的身心,使人从中获得一种人文的关怀与审美的愉悦。

其四,民族化的理论与批评的建设,使中国电视艺术进入了自觉的理性思考阶段。总体看来,中国的电视理论与批评,在数十年中面对实践、关注现实,重视对中国电视艺术经验的总结,并努力加以提升以期再发挥作用于实践。但相对于电视事业的飞速发展,电视理论建设却显得薄弱,主要借用外来的理论,而忽略本土文化的支撑。中国电视事业发展的历史表明,它虽然属于典型的舶来品,但作为一个文化品种,却不能只是欧美电视的翻版,而应具有鲜明的中国文化特征。因为,它不仅是科技工业,也是美学和艺术;科技手段固然没有民族和国家的界限,美学和艺术却有着明确的民族性格;换言之,电视的语言是国际的,电视的语法却是民族的。它的每一种功能的发生,都离不开民族文化的土壤,电视艺术输入中国的历史,正是它逐步本土化的过程。由于未能及早建立起富有中国特色的、与中国文化相匹配的、能够有效地指导中国电视实践的电视理论体系,在一定意义上制约了中国电视的健康发展。

近年来,中国的电视文化工作者,日益认识到理论建设的迫切性,自觉地批评当今电视理论与评论存在的急功近利、盲目迎合，以及各种西化现象。事实上，一些电视理论或评论，不管中国文化的特点，不论民族传统的继承，奉行"只要是流行的就是合用的，只要是存在的就是合理的"理念，而脱离社会与观众的需要，影响着具有中国本土特色的电视文化主体精神的确立，造成了目前中国电视文化面临的深层困惑与某些实践难点。一个不善于研究和总结本土艺术与文化的民族，不可能独立于世界民族之林，甚至不能很好地吸收其他民族的艺术及文化经验，因为它缺少立足的根基。因此，向悠久的中国文化传统寻求滋养，建立富有民族特色的电视文化主体，将是中国电视今后的发展轨迹。如何在未来的信息竞争和文化传播领域里确立中华民族的文化形象，应当成为我们特别关注的命题。

世纪的钟声即将敲响，世纪的曙光已喷薄于东方。中国电视与中国的经济、文化一起，面临着无限的机遇与挑战。加入"WTO"，媒体面对新的生存环境、新型的产业化经营、机制与体制的创新，电视节目—栏目—频道的大发展时期来到眼前，凡此种种，无不检验着中国电视的现实状态与发展潜力。毋庸讳言，中国电视因其实践超速而存在良莠不齐现象，因其理论滞后而存在后劲不足问题；而其背后则是人才、文化、思想等根本性的建设与提高。中国电视任重而道远，应始终不忘自己最重要的使命："为中国百姓服务"、"为子孙后代负责"，为此必须坚持自己的民族化道路，用中国人的眼睛、头脑与文化，去拥抱世界，汲取世界文明的优秀成果以丰富自己。电视艺术直接关系着全民的审美教养，属于不可忽视的、亟待进一步开发的领域。电视艺术工作者、电视教育工作者们殷切期待着中国电视在新世纪的全面腾飞。

《人民日报》2000 年 12 月 23 日

中国文化：强大生命力的"第三极"

　　两年前，美国《新闻周刊》根据美国、加拿大、英国等西方发达国家网民的投票，评选出进入 21 世纪以来世界最具影响力的十二大文化国家和每一个国家最有影响力和代表性的 20 个文化符号。在评选当中名列第一的是美国文化，名列第二的就是中国文化，第三到第十二分别是英国文化、法国文化、日本文化、意大利文化、德国文化、俄罗斯文化、西班牙文化、印度文化、希腊文化、韩国文化。

　　新中国成立以来，我们的政治地位不断攀升，国际影响力也日趋扩大。可是中国文化的对外传播和中国经济的发展极不相称，中国文化输出相对落后，中国文化在世界上的影响力落后于强势国家、发达国家。在全球一体化和西方强势文化的冲击之下，中国文化被歪曲、降格，存在着被西方强势文化日益同化的危险。面对着西方强势文化的包围，我们应该在全球意识的关照下加强我们的文化自信，寻找中国文化的坐标。

最近，我们提出了"第三极文化"的观点。当今的世界文化格局当中最令人瞩目的、影响最广泛的是三种文化，第一种是欧洲文化，第二种是美国文化，第三种是中国文化。我们借用自然科学的概念——南极、北极是地球的最南端和最北端，第三极是最高的青藏高原——如果把欧洲文化和美国文化看作世界的两极，我们认为具有五千年深厚传统根基，同时具有强大生命力的中国文化可以定位为第三极文化。

倡导第三极文化需要从四个路径出发：第一个是学术研究，进一步明确第三极文化的内涵和现实意义。第二个路径是以艺术为依托创造有文化性的作品，融合我们深厚的文化底蕴，用体现中国文化特色的作品来推动第三极文化的战略实施。第三个路径就是要打造文化符号，充分运用各种手段开展文化传播，才能实现其价值。最后一个路径就是整合资源，调动社会各界的力量共同努力来实现我们的目标。

《中国艺术报》2011 年 5 月 4 日

面对四种现象，坚守三个责任

中国社会主义文艺事业是迎来了一个从来没有过的大好时期，可是我们也不能忽视在纷繁复杂的文艺发展过程中，还是有很多带有根本性的问题存在，我大概梳理了四种现象。

其一，在对历史与现实的关系处理上存在一些误区，大体体现在四个方面。

第一个方面，是关于题材选择问题。在影视创作当中有一种比较明显的倾向，即对历史题材的过分偏好。有些有识之士已经发出了呼吁，不要过于偏重历史题材，而忽略了对鲜活的现实生活的关照。我们文艺工作者应该运用如椽之笔，更多地聚焦、刻画当下神州大地拼搏奋进的人民。

第二个方面，历史题材的作品中出现了大量戏说现象。戏说历史的风气，造成了一种不良的文化环境，这关系着我们的作品用怎样的方式影响一代人的历史观问题。因为中国老百姓是有自己的文化传统的，通过看戏了解历史，尤其是经济不很发达的地区有这种习惯，而戏说一类的历史剧往往偏离历史事实很远，如若误导了民众，后果的严重性是不言而喻的。

第三个方面，有一些宫廷历史戏呈现了比较混乱的历史观，比如把王朝的帝王描写得非常高大，成为强国济世的英雄，忽略了他们不可克服的历史局限性。对于不熟悉历史的观众们，长期濡染于此，接受这样的历史文化观，会出现什么样的错位呢？又如何能够正确理解和承载中华民族精神的不朽精魂。

第四个方面，很多作品对于历史的描述不够准确。历史真实和艺术虚构之间有辩证统一的内在关系，如果不把这点理清楚，会造成错误的价值判断、带来不正确的是非观念。

其二，在内容和形式的关系上需要处理得更好。我们看到当今文艺百舸争流，众声喧哗，形成一股大潮，但在形式方面还有一些值得关注和探讨的问题，比如部分作品过于追求形式美感，忽略了内容的丰满，形式大于内容；比如部分的作品过于玩弄技法，搞花架子，让人眼花缭乱；还比如部分作品过于强调时尚化，呈现出了很大的盲目性。

其三，在建设与破坏的关系上，背离生活、背离受众、背离社会主义文艺基本标准、导致负面甚至反面作用的现象屡屡存在，比如出现了以感官刺激为指向的"用身体写作"，主张灵魂退位、性欲升堂的，主张用一种肆意炒作的手段来耸人听闻的作品。在建设和破坏这一对关系中把握欠准确，这类创作对于我们社会主义文化建设是起着破坏作用的。

其四，本土与异域，或者说民族与世界这样的关系，是永恒也是现实性话题。把握好本民族文化的灵魂，才能有效地吸收异域文化的精华；把大量民族风格浓郁的高质量、高品位、高格调的作品呈现于国内外受众面前，才能使我们中华文明融入世界潮流。中华民族有非常丰富的文化资源，我们应该从中吸收它的精华来应对当今文化发展。

面对这四种现象，应该明确有三种责任担在我们肩上，包括政治责任、社会责任和文化的责任。第一，在政治责任方面，文艺在国内要面向广大民众发挥它的内聚力和向心力，在国际上发挥软实力和吸引力。第二，在社会责任方面，文艺应该面向社会，我们文化人在对待消极方面和正面积极方面都有责任。第三，在文化责任方面，在文化的历时性、共时性及多样性等诸多方面都有我们需要担当的责任。

《文艺评论》2012 年 6 月 2 日

强健精神　滋养心灵

今年暑期以来，南方不少城市持续高温，而北方则阴雨绵绵，少了许多户外活动的机会。但是，正在享受假期的青少年应该不会感到失望，因为中宣部、教育部、共青团中央向全国青少年推荐的 100 种优秀图书、100 部优秀影视片，为他们带来了丰盛的精神文化大餐。

这批推荐作品范围广泛，类型多样。其中，图书有思想品德类 36 部，知识类 21 部，文学类 43 部；影视有电影 50 部，电视剧 23 部，动画片 15 部，纪录片 12 部。内容亦可谓丰富多彩，缤纷夺目，既有老一辈无产阶级革命家的传记故事，也有两弹一星科学家，"小巨人"姚明、"飞天嫦娥"刘洋等时代偶像的成长历程；既涉及中华历史知识，也包括南极科考等科普教育；既有当代文学影视作品，也有世界名著、经典童话和神话故事。百部优秀图书和百部优秀影视片，以强健青少年精神为重点，寓教于乐，让青少年在轻松愉快的氛围中，接受思想品德教育和文化熏陶，提升审美情趣，增长科学文化知识。

习近平同志指出："中国梦是民族的梦，也是每个中国人的梦。"百种优秀图书和百部优秀影片，记载着中国人民为革命和建设而进行的艰苦奋斗，为实现中华民族独立富强之梦想而付出的辛勤努力。从"鸦片战争"发出旧中国的哀叹，到"建党伟业"为灾难深重的中国带来曙光，近代以来的中国历史，是无数中国人为中华民族之崛起而拼搏的历史，记载了不同时代的"中国梦"。这些图书和影视作品是"中国梦"最生动形象、最直观具体的印证。重温历史、再铸辉煌，我们为之努力奋斗的中国梦不仅包括国家富强、民族复兴、人民幸福，还包括中国软实力的增强。正如冯骥才所言，"文明是一个民族的终极追求。缺乏文明的社会就如同暴发户，缺乏文明准则、文明底线、文明自律，一定会丑态百出。在实现中国梦的过程中，享受文明无疑是最美的，也是人们的终极梦想"。

随着中国30多年改革开放的进程，中华民族的巨大车轮以前所未有的速度向前推进，中国经济的迅猛发展令世人瞩目。但同时，随着社会结构的巨变，人们的价值观也急速改变，在经济浪潮的冲击下，信仰迷失、道德意识淡薄已经成为社会发展过程中不可忽视的问题。激发社会的正能量，增强社会的软实力，成为我们建设文明社会的重要目标。青少年是中国的未来、民族的希望，他们不仅是中国历史的传承者，还将是中国历史的创造者。同时，中国的迅速崛起，已经吸引了世界各国青少年的目光，他们向往中国，对中国充满了好奇和期待，青少年之间的国际交流活动日益频繁，青少年已经成为中国文化一股重要的传播力量。

如果可以把观看影像作品也作为一种阅读，与纸质图书的阅读并立，那么可以说，青少年朋友应当广泛阅读、兼收并蓄，阅读人文经典以涵养自己的气质，阅读红色经典以追寻先烈的踪迹，阅读当代经典以增加对时代的了解。阅读，应当成为青少年朋友的一种生存方式、一种生活态度、一种生命价值体现。

少年强则国强。少年之强不仅要体现于身体的成长、知识的积累，更应该体现于精神的成熟、文化的自信。愿百种优秀图书和百部优秀影视片，陪伴青少年朋友过一个快乐、充实的暑假，愿他们享受成长的喜悦并成为精神上的强者！

《人民日报》2013 年 8 月 2 日

中国梦与中国电影

中国文化本身是多元文化和大一统文化的矛盾统一体。多元化和大一统都是中国文化的内在需求。对中国电影来说，不仅要面对中国国内多元文化的挑战，也要面临走出去、国际上多元文化的挑战。

在中国电影的文化主体性、中国电影的创新能力、中国电影的传播能力上，有三个关键词——"中国梦"、"创新驱动发展"、"正能量"——可以概括出中国电影的关系。

首先，"中国梦"解决了中国电影主体性问题，解决了中国电影应该表现什么、传播什么的核心问题。中国梦是中国电影镜像的本体。

以美国为例，许多世界上最优秀的电影工作者怀着"美国梦"去美国，美国电影成为"美国梦"的布道者。"美国梦"是美国软实力的象征，给美国带来巨大的政治、经济、文化利益。

中国文化源远流长，但是鸦片战争之后，各种社会理论不断冲击着中国的知识分子，造成文化和思想领域多元化的局面。中国电影根植于中国文化的土壤，具有独特的个性，但是由于多元文化的影响，表现什么、传播什么这样的问题常常是仁者见仁、智者见智。"中国梦"作为一个文化核心理论，解决了方向性问题，解决了中国电影应该立足于什么样基础的问题。

"中国梦"体现了中国文化的吸引力和包容性，抓住了"中国梦"就抓住了中国文化的核心，就抓住了中国文化对外传播的核心，就抓住了中国电影的精神内核。只有本体确定了，镜像才可能美丽。

其次，用"创新驱动发展"理论解决中国电影体制发展、技术发展、创作发展的问题。创新可以擦亮中国电影镜像的镜子。

中国电影的发展有目共睹，从新技术应用到院线建设都与世界前沿保持一致，有些甚至走在世界的前列。然而，中国电影行业的问题依然突出存在。

"中国电影文化的国际影响力"调研项目，连续三年对外国观众观看中国电影的状况进行调研。从调研结论看，外国观众对中国电影及中国文化有着浓厚的兴趣。但是受访者普遍反映，中国电影在表现手法、表达方式上有许多需要改进的地方，这些问题影响了他们对中国电影的理解。问题背后的原因是复杂的，但是归根结底需要通过创新实现发展。无论是电影体制的创新、电影创作方法的创新、电影营销手段的创新，特别是电影创作内容的创新，都是必要的和必需的。如果只是沉溺于中国文化的吸引力，不认真分析方式和方法，中国电影难以取得长远的发展。

最后，用"正能量"理论解决中国电影国际传播的问题。持摄影机的人是有态度的，摆镜子的人也是有倾向性的。

多元文化既有积极的、富有活力的一面，同时也必然存在消极的一面。摄影机并不是客观记录的工具，当创作者拿起摄像机的时候，他已经有了倾向性。既然倾向性是不可避免的，那就应该努力发掘"正能量"，通过操控摄影机的人的手，向观众传达"正能量"。

传达"正能量"的方式不应该是呆板的、僵化的，应该同样充满正能量。电影工作者应当积极承担社会责任，引导观众追求真善美，鄙弃假恶丑。我们国家需要一支充满正能量的电影工作者队伍。

追求"正能量"并非一味歌颂、赞扬，对社会发展中出现的问题视而不见，而应当用积极、正面的态度面对问题，解决问题。如果一个社会的主流思想能够理性地面对问题、解决问题，那么它的发展就能更加稳定。

中国电影需要正能量，不需要厚黑学。厚黑的东西太多，电影过于阴暗，观众的接受能力就会降低。毕竟很多观众去电影院是为了娱乐，如果能够寓教于乐是最好的了。只有我们真诚地表达对光明和美好的诉求，我们的电影才能够打动国内、国外的观众。

多元文化对中国电影的影响是两方面的，一方面是电影中反映的中国社会更加丰富多彩；同时，也许会造成中国电影反映的内容越来越局部。一些负面的情绪和图像，造成了对中国形象的损伤。无论处于何种考虑，损伤毕竟是不好的。我们需要在更高的理论层面上解决这些问题。这不仅是电影创作者面对的问题，也是电影创作的指导思想和主流倾向的问题。因此表现"中国梦"，以"创新驱动发展"，传达"正能量"应该是中国主流电影的方向。

《人民日报》海外版 2013 年 12 月 13 日

让"第三极"电影文化向世界绽放出她独特而璀璨多姿的风采

当今世界多元文化格局中，最有影响力的莫过于欧洲文化和美国文化，堪称世界文化的"两个极"。而具有数千年传统的中国文化在其独特性、影响力和对世界文明的贡献上，足以成为欧洲文化、美国文化之外的"第三极文化"，它与欧洲文化、美国文化以及所有其他文化或相互影响、相互冲突，或相互吸收、相互借鉴，共同构成了丰富多彩的人类文化图景。

中国文化是一个有独立传统，且具有强大文化根基和绵长生命力的持久存在。历经百年不屈的斗争和考验，证明了古老的中国文化必须改造和创新。探索文化复兴之路，正是今天中国文化的发展要义。

作为文化载体和表征的电影，或者说世界电影文化，亦大致呈现出与当今世界文化格局相对应的分野。电影诞生于欧洲，并在欧美形成了世界电影的主流发展模式，二者在电影形态和影响力方面各有特色，也互有交织，共同构成了世界电影的主流模式，在电影文化格局中形成了两个既相互关联又彼此区别的"极"。如果说欧洲电影在艺术理念与文化表现性方面居于重要的一极，那么美国电影则在电影产业与文化影响力层面居于最为重要的一极。在欧美为代表的主流电影文化之外，尽管亚洲有印度、日本、韩国、伊朗，以及南美、南非一些国家的电影各自独立地在发展着，但从文化和艺术影响力层面还很难构成独立的一极。我们认为，秉持着华夏文明数千年之辉煌、又阅尽近百年之沧桑而充沛着现代变革之活力的中国电影文化，恰恰可以构成与欧洲电影文化、美国电影文化并肩而立的"第三极电影文化"。

这是针对世界电影发展格局提出的带有一定战略性思考的学术构想，它来自我们对中国电影文化在新世纪全面复兴发展的悟性，也体现了中国电影面对全球化挑战而觉醒了的时代必然。作为舶来品，电影传入中国已经有 110 多年的历史。一个多世纪以来，几代中国电影人孜孜以求、百折不挠、兢兢业业，创作出一大批不朽的经典之作，书写了中国电影史的一个又一个辉煌。1923 年拍摄的《孤儿救祖记》甫一公映即大为轰动，外国片商纷纷争购放映权。当时报载："未二日，声誉便传遍海上，莫不以一睹为快"，"营业之盛，首屈一指；舆论之佳，亦一时无两"，"不特为该公司所摄诸片之最佳，亦足为中国各片之最良者，比之舶来品，当不为低首矣"。此后，从 20 世纪三四十年代到新中国成立后的五六十年代，再到八九十年代，中国电影创作高潮迭起、硕果累累。中国电影在世界电影中一直有着自己独特的地位。

新世纪以来，中国电影生产数量急剧攀升、票房收入屡创新高、产业规模日趋扩大。2010 年，中国电影票房突破百亿大关，全年故事影片产量达到 526 部，跃升为世界第三大电影生产国，跻身全球十大电影市场。2011 年，全年生产故事影片 558 部，全国电影总票房达到 131.15 亿元，较 2010 年增长 28.93％。毫无疑问，中国已经步入世界电影大国行列。但同时我们必须看到，从整体上讲，中国电影在艺术水准、制作水平、票房收入等方面的国际影响力和竞争力，与欧洲电影、美国电影相比，还存在相当大的差距。由北京师范大学中国文化国际传播研究院开展的"2011 中国电影国际影响力全球调研"发现，三分之一以上的外国观众对中国电影"一点也不了解"，32.3%的英语观众"完全没有看过中国电影"。此外，中国电影已经连续 8 年与奥斯卡奖无缘。近年来，在以柏林、戛纳、威尼斯三大电影节为代表的世界重要电影节的领奖台上，越来越难见到中国电影人的身影。电影界有一个基本的共识，好莱坞电影占领了世界电影 90%的票房，欧洲电影夺走了世界电影 90%的国际大奖。可见，中国虽然步入了电影大国行列，但要成为电影强国，还有很长的路要走。

在当今以多元对话、多极共存为其时代特征的全球性文化语境里，各种文化不断交往、相互借鉴、日趋融合已是大势所趋。对中国电影而言，在坚持民族文化主体性前提下，根据时代和社会发展需要，吸收、借鉴、融合包括欧洲电影文化、美国电影文化在内的各种电影文化，不断丰富、发展和创新中国电影文化，使电影这种艺术形式更好地反映"第三极文化"所代表的核心价值和民族精神，发展、倡导和弘扬"第三极电影文化"，显然是从电影大国走向电影强国的必由之路。

"第三极电影文化"并不是要使中国电影在技术手段、艺术表现或票房收入上与欧洲电影、美国电影或其他国家电影一争高下，而是要使中国电影真正成为"第三极文化"的重要载体，通过弘扬和传播"第三极文化"所代表的核心价值和民族精神，在提供休闲娱乐、审美愉悦和艺术享受中重塑全民族文化自信，建构社会核心价值体系。另外，在此基础上，"第三极电影文化"要使代表和反映"第三极文化"的电影作品真正走向世界，为世界观众所共享，使其与欧洲电影、美国电影及其他各国电影一起，为构建和谐的世界文化、建设人类美好精神家园做出应有的贡献。这是"第三极电影文化"的根本宗旨和终极目标。

倡导"第三极电影文化"是一个长期、复杂的系统工程。我们所做的一切还处在探索和起步阶段。由于缺少可资借鉴的已有成果，缺乏相关研究经验，研究遇到的困难可想而知，研究成果也一定存在若干问题和不足。

"合抱之木，生于毫末；九层之台，起于累土；千里之行，始于足下。"我们会把这项研究继续下去，矢志不渝地倡导和推动"第三极电影文化"，并希望能有更多的人加入到"第三极电影文化"学术研究和艺术创作的行列中来。相信通过与世界多元电影文化的交流与对话，来自东方的"第三极电影文化"这棵大树一定会更加根深蒂固、枝繁叶茂。

中国电影事实上已屹立于世界电影艺术之林。让"第三极电影文化"向世界绽放出她独特而璀璨多姿的风采。

《"第三极文化"论丛》2013 年版

观赏汇

艺术不朽

——电影《家》重映有感

　　根据巴金的著名长篇小说改编的同名电影《家》重新放映了。坐在影院里，看着银幕上那个腐败黑暗的封建大家庭一步步走向崩溃的故事，万端感慨油然而生。

　　在"四害"横行的时候，我曾反复地思索过，这样的作品，为什么要禁看、禁映呢？它的"毒"究竟在哪里呢？无论对于从旧社会过来的饱经沧桑的老年人，还是对于沐浴在党的阳光下幸福成长的新一代，它都有着不可磨灭的教育作用啊！也许，正是因为这一点，才使它遭到"处决"的命运。

　　电影《家》忠实于它的原著。它通过一个"正在崩坏中的大家庭的全部悲欢离合、仇视和倾轧的历史"，来反映青年一代的挣扎和反抗，来向一个垂死的制度叫出"我控诉！"这是一个十分严肃的主题。从小说中和银幕上，我们可以看到，注定要灭亡的封建腐朽势力与正在滋长发展的新生力量之间你死我活的斗争。封建统治的"君主"高老太爷和他的继承人高氏兄弟、孔教会的余孽冯乐山等人，是垂死阶级的代表。他们预感到新生力量的觉醒和反抗，将意味着封建制度的衰败和死亡。为维系其摇摇欲坠的统治，他们凭借权势，对青年一代加以无情摧残和任意践踏。鸣凤、婉儿、梅芬、瑞珏……在他们的淫威下呻吟，呼号，含冤死去。死者的血泪，唤醒了追求自由与幸福的觉慧、觉民、琴，震动了懦弱苟安的觉新，振作起来，反抗黑暗制度的压迫。新生力量的代表觉慧，终于冲出牢笼，走上了叛逆的道路。巴金同志曾把新生力量比之为"生活的激流"。他说："一股生活的激流在动荡，在创造它自己的道路，通过乱山碎石之间……具着排山之势，向着唯一的海流去。"作品告诉人们，这股激流冲击的结果，是作为封建制度代表的高家解体、灭亡。

这样的作品，在那黑夜沉沉的旧社会里，曾经以它对旧制度的强烈憎恨和对反抗变革精神的热情讴歌，对当时的青年读者产生过很大的影响，强烈地震撼着在垂死制度下受难、呼号、挣扎着的青年们的灵魂，使一些青年由此"迈开了走向革命的第一步"。一个青年学生曾回忆到：是《家》这样的作品告诉了他，那个社会是人吃人的社会；告诉了他，有些人把自己的幸福建立在别人的痛苦上；告诉了他，青年人应当反抗那个社会，使他燃烧起一团献身的烈火，立志做一个革命青年。后来，他终于找到了通向真理的道路。事实无可辩驳地说明了《家》在历史上所曾起过的不可磨灭的教育作用。

新中国成立了。把《家》改编为电影，搬上银幕，使之再现于广大观众面前，有没有必要呢？对于今天光明的中国，它还有没有现实的教育作用呢？我认为，答案是不容置疑的。

这样的作品，在今天仍然"可以帮助人了解封建社会的一些情况"。新中国与黑暗的旧社会有着天壤之别，但是，今天的中国是从昨天的中国发展而来的。人们只有懂得过去的苦难，才会更加珍惜今天的幸福，才会更加自觉地为明天而奋斗。人们仍要从前人走过的道路中受到启发，从历史的对比中得到教益。人们对于今天生活中所发生的许多事情的探求，追根求源，也需上溯到昨天、前天的历史，从中发现旧社会的死尸在今天散发出来的恶臭及其对人民的毒害，并找出医治的办法。影片对于今天的青年形象地认识旧社会的黑暗和残酷所具有的认识意义，是不能低估的。

这样的作品，在今天仍然可以告诉人们，历史的发展是不可抗拒的。它指出了五四运动以后，随着新经济、新政治的发展，以封建经济作为基础的封建家庭必然走向没落和崩溃。它遵循现实主义的创作原则，充满勇气地宣告了一个不合理制度的死刑。影片对于今天的青年具体地认识历史发展的必然规律，有着自己独特的作用。

这样的作品，在大声为一代青年呼吁，把未来的希望寄托于青年一代的身上。它歌颂反抗、斗争就是胜利，它宣布忍受、妥协就是灭亡。它告诉人们，虽然有那么多的阴暗的场面和惨痛的牺牲，但是年轻人终于得到了胜利。旧的、老的死亡了，新的、年轻的在生长、发展，逐渐成熟。"春天是我们的！"这是当时青年的呼声。影片结尾处，在奔腾的激流中、在乘风破浪的江轮上，"觉慧坚定地朝前望着，深深地吁出一口积压的郁气"的形象，对于今天已经迎来了美好的春天，并且正在用双手给春天增添更多光彩的青年们，仍然能够产生一定的鼓舞力量。

纵观"五四"以来的历史，当时为科学、民主而奋斗的任务，由于种种客观原因，尚未彻底完成。随着革命的不断深入，这个问题的最后解决已经提到日程上来了。从这一点来看，《家》的重映，具有很大的现实意义。

《家》原著写作于近半个世纪前，不可避免地会有这样那样的缺点。巴金同志在《〈家〉重印后记》一文中曾进行了十分严格的自我批评，对作品存在的问题做出了新的分析。电影改编的原则是要忠实于原著，不允许超越时代做出不符历史的重大修改，因此，也有着类似的缺欠。但是，它毕竟写出了生活中的一股激流。这股激流一旦汇入人民革命的大海，即将冲垮庞然的封建大坝。它作为一面旧时代的镜子和一幅旧社会的写照，镶嵌在我国现代文学的史册之中，归属于当代优秀影片的大势之下。任凭罪恶黑手的涂抹，任凭风刀霜剑的侵袭，如今反而发出了更新的光彩。人民需要的，将永远存在，这是历史的必然结论。

《北京日报》1979 年 1 月 4 日

看《茶馆》所想到的

最近，北京人民艺术剧院重新公演了老舍先生的优秀剧作《茶馆》。在剧场里，舞台上的大幕已慢慢合拢，舞台下的观众却迟迟不散，还沉浸在作家与艺术家们打造的艺术境界里，久久地回忆着、思索着，思索着中国的历史与命运。

《茶馆》对中国半个世纪前后的历史，给予了形象、具体的再现。裕泰茶馆经历了三个历史阶段，从晚清末年的戊戌政变，到民国初年的军阀混战，到国民党统治下的独裁专政。在半个多世纪的漫长岁月中，尽管改朝换代，政权更迭不已，但它们具有一个共同的实质：同属于半封建半殖民地的旧中国；将它们连缀起来，正是一幅苦难深重的旧时代的缩影。在那个时代里，豺狼当道，暗探横行，国家贫弱，民生凋敝。生活把民众逼到了逃荒乞讨、卖儿鬻女的绝境。剧中比较着力刻画了三个人物：

安分守己的掌柜王利发，为维持赖以安身立命的茶馆，费尽心血一次次跟着潮流行"改良"，"不过是为了活下去"，到老来却被逼得投缳上吊；耿直正派的旗人常四爷，"凭良心干了一辈子"，"只盼国家像个样儿，不受外国人欺侮"，到最后提着卖花生米的破竹篮，悲愤地喊出："我爱咱们的国家呀，可是谁爱我呢？"一心想搞维新的资本家秦仲义，把全部家产办了实业，以为能抵制外贸，富国裕民，结果落了个倾家荡产。最后一幕里，三个老人凄凉地在台上转着圈子，撒着拾来的纸钱，为自己祭奠的那场戏，是作家笔下一幅着墨深重、色调沉郁的旧中国葬礼图。它发人深省，告诉人们，这就是我们国家的过去，这就是旧中国的命运！在那个令人窒息的时代里，中国人民在三大敌人的压迫下呻吟、挣扎，要寻找一条求生的道路；国家在黑暗中颤抖、震荡，要寻找一个光明的前途。上百年来，多少仁人志士探索者探救中国的道路，以资产阶级革命救中国的幻想，一次次地破灭了。终于，在中国共产党的领导下，在马列主义、毛泽东思想的照耀下，中国人民找到了社会主义这条唯一的生路。《茶馆》以激动人心的艺术力量，有力地宣告了，在中国一切封建主义的、资本主义的道路都是走不通的，只有共产党，只有社会主义，才能彻底埋葬裕泰茶馆所经历的那个漫长痛苦的黑暗时代。

《茶馆》使人们思索着 30 年来的现实。经过党和人民的艰苦奋斗，我们赢得了中华人民共和国的诞生。革命先辈们在血与火中为之献身的新社会、新时代的到来是十分不易的。人们领悟到，要把《茶馆》中展现的旧时代、旧社会的污秽涤荡干净，还是一项十分严重艰巨的任务；要完全达到人民梦寐以求的理想境界，还需要经过长期的奋斗和多次的曲折反复。如果一旦放松警惕，《茶馆》的时代就会再现，《茶馆》的悲剧将会重演。新制度毕竟在中国的土地上建立起来了，它正以无比旺盛的生命力，冲破前进路上的重重障碍，按照历史发展的必然规律，向着人民的理想境界奋进。这是任何反动势力无法阻挡的，谁要敢于和它对抗，谁要想让《茶馆》的时代复辟，谁要想当高踞人民头上的封建皇帝、反动军阀，必将碰得头破血流。林彪、"四人帮"的覆灭就证明了这个真理。这是《茶馆》给予人们的又一个现实教育。

《茶馆》使人们展望着 20 年后的未来，毛主席、周总理为我们祖国的未来规划了四个现代化的美好前景。在打到"四人帮"以后，这个美好前景已由党中央大力付诸实施了。看了《茶馆》，使人们联想到"四个现代化"对人民的切身利害。要使《茶馆》的时代永远不再重现，必须实现"四个现代化"；要把落后的中国建成灿烂的新世界，让所有的人民都过上幸福美好的新生活，也必须实现"四个现代化"。正因如此，"四个现代化"成为全国人民的根本利益所在。在这个意义上讲，《茶馆》也具有一定的教育意义。

《茶馆》也给人们以强烈的艺术享受，和老舍先生的其他优秀作品一样，有使人看不厌的艺术魅力。我以为，《茶馆》的艺术成就，不以结构的精巧取胜，而以语言的锤炼见长。作为一代语言巨匠，老舍先生在语言运用上的特殊造诣也充分体现在《茶馆》剧中。人物语言的简练精干、不枝不蔓，体现了老舍剧作的民族特点。北京方言的运用，使作品充满浓郁的地方色彩和强烈的生活气息。剧中人物用语来自生活，又经过作家的加工提炼，不仅熟练流利，而且准确生动；不仅描写出人物的外在面貌，而且传达出人物的精神世界。大幕拉开后不久，王掌柜的巴结，常四爷的豪爽，秦仲义的矜持，松二爷的胆小，刘麻子的狠毒，庞太监的暴戾，马五爷的跋扈……不仅人各一面，而且由此带出了时代的风貌，交代了人物的命运，表现了大手笔的大功力。作家对于字词搭配抑扬顿挫的讲究，使得人物对话念起来顺口，听起来顺耳，产生了很大的艺术感染力。

北京人民剧院的表演艺术家们，在多年严肃认真的艺术实践中，已经开创了自己的艺术风格。这种风格具有真实、洗练、深沉的特色。《茶馆》中的人物，特别是于是之、郑榕、蓝天野、胡宗温等同志扮演的主要人物，表演得那么真切、自然，不温不露，恰如其分，可以说达到了炉火纯青的程度。在他们的演出中，完全没有"四人帮"文化专制时期舞台上大吵大叫、大蹦大跳，以致满台烟尘滚滚，演员声嘶力竭，观众疲劳不堪的情景，而是以质朴、深沉的内在的艺术力量，征服了观众，使人感受到现实主义的无限生命力。

《北京日报》1979 年 4 月 22 日

艺术引进的杰作

——评《洋麻将》的演出

话剧《洋麻将》是 20 世纪 70 年代后期震撼美国剧坛的一出名剧，曾荣获美国戏剧作品的最高奖——普利策奖。剧作问世以来，在美国各城市频频公演，至今盛况不衰。北京人民艺术剧院的艺术家们在美国友人的热情协助下，以自己独到的艺术见解和精湛的演技，创造性地将大洋彼岸的艺术之花，成功地引种到中国的土地上，使之成为中国话剧舞台上一出和谐生动、统一完整、韵味无穷的艺术精品。《洋麻将》是美国的，如今在东方演出，又镌刻上中国艺术的印记，它堪称艺术引进的一部杰作。

这出戏只有两个演员。男主角魏勒，女主角芳西雅，都是年过七旬、住在养老院里的老年人。他们都曾经组织过家庭，生育过儿女，在竞争激烈的角逐场上，都扮演过重要的角色。不管他们是成功者抑或是失败者，对于美国社会的繁荣，总是做出过贡献的。可是，到了晚年，诚如魏勒所说："我得的是医学史上最严重的发展到后期的一种病——衰老。这种病死亡率之高，说了你都不信。"这话听来幽默，却夹带着无限的辛酸与心理恐惧。从古至今，人，都会衰老的。然而对衰老充满恐惧和绝望感，却是生活在物质高度发达的美国社会所特有的病态心理。这是资本主义高度发达的结果，是任何科学、技术无法医治的精神危机与心理危机。剧情就是在这种心理背景下展开的。两个素不相识的老人，在养老院的被废弃的角落里相遇了。为了排遣心灵上的空虚和烦恼，他们凑在仅有的一张桌子上，以打洋麻将来消磨寂寞的时光。不料，小小的牌桌，风暴迭起。洋麻将老手魏勒屡战屡败于新手芳西雅足下，于是，排遣不得，反勾起他一腔燥火、满腹忧愤。全剧两幕四场，写了十四次牌局，真像是命运之神在故意作弄人，魏勒局局惨败，而芳西雅虽然场场得胜，精神上也并不轻松，她为魏勒的痛苦所折磨。在无法解脱之时，二人都以揭露对方的隐痛与伤疤作武器了。戏剧在雷雨、闪电中凄凉地收场，留给观众的是深沉的思考和灵魂的震颤。

《洋麻将》确实是一部深刻的现实主义剧作，它虽然写的是西方国家日益严峻的老龄问题，却尖锐地触及了资本主义的弊病。美国，是一个商品经济高度发达的社会。社会的财富，表现为"一个惊人庞大的商品堆积"，商品经济的原则统治着一切，甚至淹没了家庭，渗透到人的灵魂之中。以追逐利润为目的的商品生产，是在剧烈的竞争中实现的。正如19世纪中叶一位评论家说的那样："一有适当的利润，资本就会非常胆壮起来。只要有10%的利润，它就会到处被人使用；有20%，就会活泼起来；有50%，就会引起积极的冒险；有100%，就会使人不顾一切法律；有300%，就会使人不怕犯罪，甚至不怕绞首的危险。"魏勒和芳西雅，就生活在这样以竞争为生命的国度里。竞争不仅需要力量，而且是无情的。随着他们年龄的增高，不可避免地要被社会所抛弃。魏勒曾沉痛地说：养老院"只不过是一个智慧和精神都已枯死的人们聚集的仓库，只不过是他们咽气以前可以待着的一个地方而已"。这是多么可怕的现实！老年人最需要的是亲情的温暖和灵魂的抚慰，高度发达的商品经济却像洪水一样把这些淹没无余了。发达的资本世界正在为自己的日渐老化苦恼着！

剧中的男女主角魏勒、芳西雅，是从严峻的生活里提炼出来的典型人物；而剧情却是在夸张的氛围中进行的，充满了讽刺喜剧的格调。

全剧的焦点，集中在一张洋麻将牌桌上。这本是一种轻松的游戏，按照生活的常规，作家这一大胆设计，使戏剧具有了轻松、幽默、滑稽、欢快的基调。而夸张手法的运用，却使这个基调变了形，将剧情推入紧张、激烈、电闪、雷鸣的深渊里。在这里，"夸张"堪称一绝！这一绝的惊人之处在于：全剧仅有一个主要动作——打牌。从开始到结束，一气写了十四局。而十四局牌，魏勒竟然局局败北，芳西雅居然场场得胜。不管牌场老手如何自信，如何不服气，如何拼命挣扎，总归占不了上风。而那个新手，不管怎样胆怯，怎样自卑，怎样想逃脱胜局带来的难堪局面，也是枉费心机。这样的夸张，用得淋漓尽致，而毫无重复、拖沓的感觉，虽属偶然，却令人信服，人们在笑声中吞下了辛酸的泪水：生活就是这样的！

这个戏的演出，难度极大。一张牌桌，两个演员，除了一副货真价实的洋麻将，没有任何凭借物，更没有什么伏线、悬念、曲折的情节。将这样的外国戏搬上中国舞台，确实是对演职人员勇气和智慧、才能和功力的考验。中国艺术家消化吸收能力是卓越的。《洋麻将》演出的成功生动地证明了这一点。

《洋麻将》演出最成功的地方，我们以为在于导演、演员出色地把握住了这出戏的节奏。著名戏剧家金山曾指出："节奏是艺术中一种最高的表现形式"，"是主宰艺术生命的钥匙"。这是十分精辟的艺术见解。于是之、朱琳在演出中呈现出的节奏美，观众听不见，却可以感受到，强烈地感受到。这种感受来自演员生动幽默、抑扬顿挫的语言，从容及时、恰到好处的配合与交流，来自自然和谐的舞台动作，简练精确的内心独白；来自这一切成分的有机融合所形成的鲜明、统一的节奏，波澜起伏、跌宕有致的韵律，从而使这出戏具有流水琴音般的乐感。这既是导表演艺术追求的出神入化的理想境界，又是话剧观众难得的一次艺术享受。狄德罗在论及天才演员创作时说过："把握一个重要角色的全部广度，在这个角色身上做到明暗映衬，既有温情，也有弱点，在平静的地方和激动的地方做出均衡的表演，在细节上富于变化，在整体上和谐一致，掌握一套成体系的朗诵方法，甚至能补救诗人一时的随心所欲。所有这一切，只有冷静的头脑，深刻的判断力，高雅的趣味，辛苦的揣摩功夫，长期的实践，牢固的不同寻常的记忆力才能办到。"在艺术王国里耕耘的劳动者，需要付出多少辛勤的汗水和心血，做出怎样的牺牲，才能取得这样的成功啊！

《人民日报》1985 年 12 月 30 日

危楼可以借鉴

——关于《天下第一楼》的思考

厚重的绿绒大幕慢慢地合拢了，舞台上"福聚德"那座危楼，却像楔子一样"钉进"观众心里，无论如何也拔不掉、抹不平。人们用掌声、用流连忘返、用散场后热烈的议论和深长的叹息、用潮水般的踊跃，来宣泄难以平静的心绪，感慨艺术家们卓越的才华和创作的赤诚。

北京人民艺术剧院最近上演的《天下第一楼》，是《茶馆》以后京味十足的一出好戏。

帷幕轻轻拉开，恰如时针倒拨，艺术家们一下子把观众带回到本世纪初那个阴霾满天的时代。辛亥革命已过去五六年，清朝的小皇帝却仍然住在宫里，而民国的新贵们，虽然穿上共和的制服，依然视皇上为幼主。男人头上那根辫子，还被相当一部分人视为命根子。一阵子盘上去，藏匿起来，一阵子拖下来，张扬开去，真个是风雨如晦，望不到天晴。

那是一个腐败者需要拼命地享乐，创业者需要拼命地搏击的年代。中国的美食文化，往往是在这种条件下艰难地、屈辱地发展起来的。

坐落在前门外肉市口的"福聚德"，以自己顽强的敬业精神，创造了闻名京师的烤鸭店。独特的烧烤技术，完备的细心服务和出色的经营头脑，使他们在激烈的竞争中立于不败之地。可是到了"福聚德"第三代传人唐德源的晚年，由于年老、多病，只得将店铺交给两个儿子。这两个不肖子孙，抛弃了赖以起家的敬业精神，用他们的话说："我们俩各有所好，就是不愿意侍候这些鸭子。"显然，他们觉得像父辈一样做人是太艰难了。他们沉湎于玩票、练武，店里事哥俩轮流坐庄，"两个人四个主意，不知听谁的好"。相邻的"全赢德"虎视眈眈，摆出兼并的阵势，唐家祖先留下的产业，到了岌岌可危的境地。万幸，老掌柜气绝身亡之际，将事业托付予年轻有为的企业家卢孟实，走出了关键的一步。"福聚德"在卢孟实手里重振雄风，不仅摆脱了厄运，而且平步起飞，迎来日进百金的黄金时代。

卢孟实这个形象，给予人很多的思考。

他出身贫寒，却并不自轻自贱。他认为："不论写书的司马迁，画画的唐伯虎，还是打马蹄掌的铁匠刘，只要有一绝，就是人里头的尖子。"在腐烂了的封建阶级身边，说出这等话，可以称得上是第三等级的自信！这是新意识的萌芽，是旧观念的更新。最下贱的"五子行"也有人尖子，也可以同圣人比肩。这一笔，犹如画龙点睛，开掘出这位企业家出类拔萃的灵魂。正因如此，他比谁都懂得人才的价值。他对堂头常贵肃然起敬，关照备至；他毅然聘任厨师李小辫，因为这是个爱手艺胜过爱性命的人尖子；烤鸭师傅罗大头，仗恃着一手绝活和老资格，一再向他的权威挑战，到了关键时刻，他毫不含糊地站出来保护罗大头："大罗，我不辞你，好好烤你的鸭子，正经做人。"

福聚德烤鸭店所以闻名遐迩，在于它集中了一批人尖子。所有的尖子里，卢孟实的封建主义偏见最少。常贵，一辈子受奴役，一辈子敬业如神，拼着性命做人，不肯有丝毫的懈怠，可敬复可哀；罗大头，有超人的技艺，却夹杂着狭隘的偏见和不良的嗜好，可惜复可怨；修鼎新，"琢磨了一辈子美食，跑了半辈子饭庄"，对中国美食文化造诣颇深，却只喜欢一句话："天下没有不散的筵席"，对生活已然绝望，没有任何斗志，可叹复可悲。唯独卢孟实，他是生活的强者。在前门外——这条商贾云集、尔虞我诈的竞技场上，他主张"江湖买卖，不干欺生灭义的事，有本事，买卖上见"。显示出十足的信心和将才。在竞争中，他一方面严格保持"福聚德"名牌，不断推陈出新，以适应社会需求的变化；同时，对债主，他大胆地欺骗；对同行，他不惜引入毁灭之境；为了抢生意，他在大庭广众之中，反掌之间把一桩行贿丑行，做得严丝合缝，自然从容。"福聚德"正是在这样一个有勇有谋、有胆有识的人物主持下兴旺发达起来。然而，卢孟实纵有天大本事，也经不起"内耗"，所谓"一个干，八人拆"，拆主不是别个，恰恰是"福聚德"的主人——唐家两兄弟。

难道这不是自杀吗？

是的。他们宁肯自杀，也不愿意看到卢孟实的成功！这是典型的社会环境中无法医治的痼疾。卢孟实空有一腔抱负，轰轰烈烈之后，落了个败北的下场。金碧辉煌的楼宇，在唐氏两兄弟手里，只能是一座危楼，这还用怀疑吗？

历史，是一面镜子。

年轻的剧作家何冀平，深入美食行业凡三年，励精图治惨淡经营，终于铸镜成功，较真实地再现了带着镣铐创造美食文化的大师们的凄惨命运，实实的难能可贵。当年老舍先生写《茶馆》的时候，以如椽大笔，浓墨重彩地为旧制度之下的人杰写出一曲震撼人心的挽歌，抒发了伟大作家对新制度真诚的憧憬、向往，凄楚悲怆，令人落泪。生活告诉人们，善于从失败中汲取教训，是使自己变得聪明起来的捷径。在某种意义上，这便是向历史借鉴。何冀平笔下"福聚德"厅堂里那些进进出出的人物，在现实生活中依然留下了他们的印迹。一百多年前，马克思说到 19 世纪中叶的德国时，有一段名言：我们都像西欧大陆其他各国一样，不仅有资本主义生产的发展苦着我们，而且有资本主义生产发展不够的情形苦着我们。除了各种近代的灾难，还有一系列过去遗留下来的灾难在压迫着我们。这各种灾难，是由古旧腐朽生产方式的残存，以及跟着起来的各种不合时代要求的社会关系和政治关系引起。我们不仅为生者所苦，而且也为死者所苦。死者捉住生者。①

同样的一大堆苦，使现代的中国人活得非常艰难！去掉迷雾般的尘埃，把苦的本质揭示出来，廓清生活的透明度，让活着的人更清醒、更自觉，岂不是功德无量！

北京的前门大街像条河，几百年来烟波浩渺，送往迎来了多少风流人物。何冀平毅然投身其间，搏击、开拓、浪遏飞舟，她的勇气和才华，令我们惊奇、羡慕。

北京人艺《天下第一楼》剧组，集老、中、青艺术家于一炉，把戏演得光彩照人。他们在排练厅高悬八个大字"站碎方砖，靠倒明柱"以明心志。这叫人想起"福聚德"百年烤炉旁的对联："金炉不断千年火，银钩常吊百味鲜"，这也正是北京人艺成功的秘诀，正是艺术家无私赤诚的写照。

《人民日报》1988 年 8 月 9 日

---

① 《资本论》，第一卷"初版的序"，北京：人民出版社，1963。着重点原文即有。

评《国魂》

六集电视艺术系列片《国魂》，是一部抒写革命先烈崇高情怀，进行革命传统教育的好作品。这是一项具有重大意义而又十分困难的艺术创造工程。

看《国魂》之前，心里曾存在着一点疑虑：它能够撼动当代人的心灵而被接受吗？因为，一则，历史已经很久远了。鲁迅先生当年曾经说过："真的猛士，敢于直面惨淡的人生，敢于正视淋漓的鲜血，然而造化又常常为庸人设计，以时间的流逝，来洗涤旧迹，仅使留下淡红的血色和微漠的悲哀。"而今时逢太平盛世，恐怕千千万万后来者连这一点也全然不解了。记忆，毕竟随着时光淡泊而去。二则，从 20 世纪 50 年代过来的人，长期接受过纪念革命英烈的教育，大多还记得列宁的一句名言：忘记过去，就意味着背叛。但是，过去习惯采用的说教式、训导式的宣传方法，在 90 年代的今天，不仅会显得过于简单、生硬，难以奏效，而且极易引起逆反的心理。必须寻找到一种全新的艺术表达方式，使人们为之心动神摇，从而心领神会、心悦诚服，这又谈何容易。特别是此类革命教育题材，难度自然更大些。三则，时代发展如此迅速，在近代、现代为了比生命更宝贵的信念，献出头颅的先烈们的人生观、价值观，是否能与当代人的人生观、价值观达成一致呢？想到这些，不由很为《国魂》剧组经过千辛万苦摄制完成的作品能否得到应有反响而担心。带着这样的问题，我们进入了《国魂》营造的独特艺术天地。

看《国魂》之时，却不由抛开了疑虑与担心，随着创作者们驰骋于历时 150 分钟的时空之中，灵魂受到了强烈的震撼。其艺术魅力之巨大，超出了预料，这又是什么原因使然？

仔细想来，首先，在如何编织叙事框架的问题上匠心经营，创出了新路；其次，着重以当代人的眼光、感情与思考，去追怀、理解、把握先驱者创造的奇迹、留下的企盼，使历史与今天水乳交融、血肉相连。要在有限的时空里描述近两个世纪中为民族、为真理献身的两千万英灵，仅写其生平与事迹，不论按编年、按类型，都将书不胜书，娓娓道来，恐怕也难以抓住观众的心。《国魂》的创作者们明智地将笔力集中于追寻先烈们坦然告别人生之根本动因，以当代人的思索去回视先驱视死如归的情怀基于何等人生价值取向，努力探求历史与现实的连接点。为此而摒弃传记常用的编年、划类之线性思维方式，以若干个思索团块作为轴心，打乱时空界限，实行立体交叉，做到每集有各自的核心、灵魂、特色。作品第一集由何处起始对全局至关重要。《国魂》的第一个思索，以人生之根本要义——"生与死"带起全篇，升华到哲理的高度。世间万物，以人为首；人之存在，全赖生命，故而生命具有绝对的价值，人皆有恐惧死亡的心理。通过解说与画面展示的第一层常理阐释，无疑具有很强的逻辑说服力量。继而笔锋一转，切入主题：人类文明史上却涌现出许多不怕死的人物！他们为了生命以外的崇高目的，甘愿撕碎自己的肉体，掏出自己的红心，燃作熊熊的火把，去照亮暗夜中行进的大众。以悲壮的牺牲换取历史的演进，这类永生的烈士，在悠久、古老的中华民族历史上又何止千千万万！当无产阶级的先驱者们聚集在马列主义大旗下，为共产主义信仰而前仆后继时，烈士二字又被赋予崭新的、具有永恒意义的内涵。哲理的思考配合着相应的画面，点透了问题的实质，因而增加了作品的深度层次，此其一也。

其二，记述先辈们壮怀激烈的人生追求，尚属于单向的回视，层面单纯而易显单薄。创作者们不把视角停留于此，而是同时牢牢地立足当代，与观众站在一起，一次、再次、三次、五次，从不同角度、不同深度对旁观者、淡忘者、不知者提出沉重的询问。画面与解说相辅相成，构成双向交流的复式结构，揭示出历史与当今、先烈与后人之间的内在关系，发掘出中华民族最宝贵的精神矿藏。于是，人们在清明节的霏霏细雨里、在巍峨矗立的天安门烈士纪念碑上，看见了千万双期待的眼睛，感受到无数道灼热的目光，任谁也无法回避生者与死者的庄严对话——回答前驱者留下的种种问题。以情达理，以理述情，在双向交流之中，观众已不知不觉地由旁观者转为参与者，被引入下几集的思考之中。第二集题为"夸父的追求"，深入开掘了为人民的幸福而追赶太阳的英雄们的精神所在。其中，赤膊扛挑、艰难登阶的场面里蕴蓄着奇绝壮美的情致；棚厂老板为李大钊献出珍藏棺木的细节拨动着人们的心弦；还有，围绕雨花台的蜿蜒小路；"左联"五烈士墓前的潇潇秋雨与萋萋小草；一位又一位为了信仰昂然走向铁钉、走向屠刀、走向刑场的民族之子……如此惊心动魄；有谁能不为之动容？他们的英灵不散、生命永存，呼唤着如潮如云为正义而斗争的后来人！第三集"血与火的塑造"，集中记叙了屹立在侵略者面前的不屈的勇士。从普通士兵到高级将领，从左权同志到张自忠将军……炎黄子孙在他们身后开始了团结奋发的新起点，他们的英名，是每个后来者庄严人生的路标。特别是《山海经》中"刑天舞干戚"的古老传说用得极为精彩，属神来之笔，似画龙点睛，魅力无穷。史前武士刑天被砍掉头颅仍不屈服，复以双乳为目、肚脐为口，大声呼喊着，再次冲锋的巨人形象，对照着被灭绝人性的刽子手割去舌头、鼻子，剜去双眼，砍断双手，仍然挣扎挺立决不屈服，直到连中三枪后，倒在大地母亲怀抱里的当代刑天杨闇公的壮烈事迹，当代人正是从他们的血液遗传中获得了向"四化"进军的魂魄与勇气！第四集"诀别的爱恋"，情感炽烈，感人肺腑，向心灵的圣地再进一层，突出表达了先烈对人民的爱，人民对先烈的情。这爱与情如火如荼，生生不灭。红军战士为保护孕妇临产打一场你死我活的阻击战，因为"干革命正是为了孩子们！"，这难道不正是最深刻的人生哲理？铮铮铁汉心底激荡着："可爱的中国，生育我们的母亲！"怀无限情思而从容赴义，是无私的爱使他们不惜洒满腔热血灌溉大地。为了战友们的安全，把幼子挂在树上，又终于在刑场告别世界的父亲；为了乡亲们的生存，抱着儿子跳下万丈深渊的母亲；五十六年不间断地摆上碗筷让牺牲的爸爸共同品尝人生的女儿；在村头跪行为老父叩首送终，挺身走向屠刀的儿子……夫妻父子，手足同胞，悲壮赴死，情爱至深，它给予当代人的震撼与启迪深重而久远。作品以内在的逻辑结构导入第五集："不尽的思念"。参与者们跟着摄像机凝神步入精神的殿堂：辽沈战役纪念馆、"二七"纪念馆、江西烈士纪念馆……在这里，不仅记录着永生者的历史，而且铭刻着真理的准绳与良知的天平。通过老人颤抖的手指、妻子忍抑的泪花、儿女庄严的敬礼、战友深情的寻觅，一组组采访画面、精彩瞬间的引申、展开，将观众带入一层又一层感情旋涡之中。怀无价之母爱，数十年照看、陪伴无名烈士墓地的"大胆媳妇"和她的女儿，体现着千万幸存者、后来者心灵深处永恒的爱。这个细节的价值岂能以数量来衡量？剧组在长沙烈士纪念馆抢拍下一组盲人观众的镜头独特而珍贵，非有心人焉能得之？盲人们用"心"在倾听、注望、抚摸、感悟的专注神情，配以"历史的精华就这样流入当代人的血液"的解说词，思索再度升华了！创作者们对于死亡与牺牲的概括精辟、有力、富有见地：死亡，是一个生命的结束；牺牲，却是许许多多新生命的开始。结合着《国魂》的全部内涵，细细体味其中的道理，核心全在"奉献"二字之中。第六集"金秋的回答"，起始于欢庆亚运会的焰火照亮谭嗣同祠堂的风火墙。创作者们爆发出艺术想象力与创造力的火花，百年历史于刹那间竟近在咫尺。祖先的梦想融入今人的血液，于是而有代代后来人可歌可泣的奋斗乃至献身。杨根思、黄继光、雷锋、王杰、向秀丽，以及战海啸沉没于巨浪间、救伤员累死在瓦砾堆的无名战士们，出生入死与壮烈牺牲的父子两代军人……形象不同，神采各异，却共同证实着先烈的精神、生命、梦幻、憧憬在延续，这是历史的延续、追求的延续，先烈由此获得永生。永生的灵魂铸就民族的脊梁、国家的魂魄，后来者将世代虔敬地手捧永生者的灵魂去衡量自己的人生。六集电视片的整体体现着亿万后来人与历史之间进行的深长而动情的对话。当人们以摄像机为前导，进入先驱者的灵魂深处时，眼前的一切事物便呈现出本质的特征；当人们把自己的生命与先烈们紧紧相连时，内心的宇宙便点燃起明亮的火炬；当人们凝视着纪念碑上闪烁的两千万双询问的眼睛时，决不会忘记后辈子孙应当作出的庄严回答：希望的太阳，永远不会落下。

看《国魂》之后，心绪难平，浮想联翩，归结到一点：对于以周振天同志为代表的海军政治部电视剧制作中心，从心底产生了由衷的敬意，深深感到这是一个有独特个性、有执着追求、有精神、有干劲的创作集体。他们以开发民族的精神能源为己任，显示出不同一般的眼光与胆识。《血沃中原》、《蓝色国门》、《国魂》、《热血》、《壮士行》……以广阔的视角，纵横上下地寻找、发掘中华民族的精华，去引领观众潜心思索，在振奋中获得心灵的净化。颂英雄，令人肃然起敬；揭错误，令人痛定思痛，灯红酒绿的娱乐场与蓝色国门的高脚屋遥相映衬，在艰苦卓绝的物质环境里高扬起生命的风帆，信仰与理想成为不可战胜的精神力量。精神的力量是巨大的，没有动力，人间一片死寂，缺了能源，世界行将停滞，从这一意义上讲，精神能源的开发，关系到一个民族的兴亡。百年来反动统治造成中华民族国势衰微，长期受到列强欺凌。中华民族以原始的武器对付船坚炮利的侵略者，屡遭劫难却始终保持了民族的尊严、民族文化的完整，靠的是精神的力量。新中国成立，面对一片废墟，外有封锁，内有颠覆，由经济、政治、文化领域极艰难的局面发展到今日之国威国力，靠的还是精神的营养。开发精神的能源从而转换出巨大能量具有根本的、决定的意义，有志者值得为之付出毕生的代价。但是，改革开放大潮中难免泥沙俱下，利用现代化的电视技术手段，去捞钱者有之，去坑人者有之，争名夺利，只图眼前实惠者亦有之。而周振天创作集体却如同一支精神能源钻井队，高扬铁人式的坚韧精神，不倦地探寻民族的精神文明宝藏。他们以深刻的笔触、历史的眼光，发掘民族的精神能源，编、导、摄、美、音……协调配合，通力合作进行艺术的创造，完成了一项又一项综合性的系统开发工程，向人民贡献出高品位的贵重金矿。他们力图正确地认识中华民族在近、现代史上经受的无穷屈辱与磨难，准确地揭示中国人民走过的抗争与发展道路。先行者们为了民族献出自己又献出子孙的献身精神，与创作者们不畏严寒酷暑不图私利的奉献精神，构成了一曲和谐壮美的交响乐章。

《中国电视》1991 年第 7 期

创意绝妙的五个 "一"

——说北京电视台春节晚会《情暖京华》

新春新岁到来，北京成百万、上千万电视观众都希望看到有上乘水平的节目；都关注着北京电视台将奉献出怎样的精神佳肴；这恐怕已是人同此心、心同此理的一种心理定式了。当然，对于北京电视台，这也是一块一年比一年更难啃的硬骨头。

不夸张地说，看了北京电视台大年初一推出的拜年晚会《情暖京华》，心情竟如此激动，确是出乎了意料，"创意绝妙"四个字油然扑上心头；自然也愿意拿起笔写下一点最主要的观感。反复思量，我以为创意者们的精心策划，突出地呈现为五"大"特色，简要记之如下：

第一大舞台。这台晚会完全突破了已往集中于演播厅、体育馆、大剧场的模式，而把触角伸向了祖国的最东（威海）、最西（喀什）、最南（三亚）、最北（漠河），及中（延安）、高

（拉萨），还有四处重大工程（大庆石油城、三峡大工地、南昆铁路线、酒泉火箭发射基地）。它通过一个主会场与十个富有特殊意义、特殊色彩、特殊性格的外景地连成一体，构成了气势恢宏、幅员辽阔的"大舞台"；同时，又通过主会场的大屏幕与会场内外精选的演出节目，使它们内在关联，而融化为有血有肉的有机整体。

第二是大视野。这台晚会有四位主持人，难得的是特意安排了外语主持人。一般地说，电视节目通过形象化手段，可以使不同的观众获得共同的审美享受，不设外语主持人是无可非议的，但创意者们却精心设计了这一环节，虽仅此一人，却有举足轻重的意义：整台晚会通过他，连通了世界，融合为更大的整体。北京是首都，首都者，国之首府也，自然亦列于与世界沟通之首；在首都北京，聚集着来自世界各地的友好亲朋，他们关心中国、热爱中国、为中国与世界的交流贡献着自己的力量；他们也需要得到中国人的关心，也愿意与首都人共享节日的欢乐。晚会的这一举措，证明了北京电视台的创意者们，不仅有明确的首都意识，把为首都人民服务放在目标之首，而且有鲜明的环球意识，把为各国人民服务也自觉地纳入创意之内，体现出国际性的视野。

第三是大生活。这台晚会的总体结构与节目编排，显示出创意者们把最大限度地贴近生活，放了最重要的位置。据我的粗略统计，37项各类节目，不论主会场的、外景地的、内外结合的，无一例外地都与生活紧紧相连，充满浓郁的生活气息、生活情趣，使观众感受到它们的创作灵感正是来自于生活深处。例如才旦卓玛在拉萨布达拉宫前唱起《北京的金山上》；关牧村在南疆喀什广场上吟诵《我们新疆好地方》，刘秉义在大庆井台旁高歌《我们为祖国献石油》，等等；又如主持人深情讲述了酒泉火箭基地的科技工作者"献了青春献终身，献了终生献子孙"的崇高奉献精神后，在清脆的童谣《马兰花》后，蔡国庆的一曲《马兰谣》引起观众几多遐思；漠河戍边的年轻军人与母亲深情对话之后，阎维文引吭歌唱的《母亲》，赢得观众由衷共鸣；由春联"美德常与天地在，英灵永垂天地间"引出人间楷模孔繁森之后，宋祖英吟唱的《英雄》，激发观众钦敬之情……还有各种"非节目性"的节目：如母与子、师与生的异地对话；延河畔、主会场的同曲高歌；体坛宿将把千朵玫瑰献予观众，等等，都是最能启动人们深层思绪与情感的重音，且具有震撼人心的审美魅力。

第四是大胸怀。创意者别出心裁地推出了一组重场节目：10 位来自京外的歌手，用各自的乡音说一句心底的祝福，再唱一段富有家乡韵味的代表曲目。"10"是有限的数字，却寄寓了无限的情意。它不仅代表着为首都奉献青春的"外地北京人"；更连接着千万北京人与亿万中国人的心；也说明着创意者们不仅从心里关注着 1100 万首都人民，更从心里牵挂着爱我北京的全国人民。其中还有 4 位美国、日本友人，他们用中国歌曲表达了对中华民族的一片深情。最后 10 人合唱一曲《我最爱我的北京》，把这组节目推向了高潮，更把这一创意推到了极致。在这里实实在在地透露出北京电视台身居首都、心怀寰宇的博大胸怀。

第五是大色彩。在这台晚会中，意外地没有加入相声、小品节目，从而突破了常说的"晚会三大支柱论"。它不仅未让人感觉单调、乏味，反而呈现出色彩斑斓、绚丽多姿的风情、格调，歌、酒、花、灯，落英缤纷，前呼后应，鼓乐齐鸣；主会场精心设计的动人细节，与外景地独具魅力的特色生活交相辉映。生活中的真情得到了淋漓尽致的显现，如几组对话间的真情呼唤；国安队与足球迷的真情传递；1100 朵玫瑰送予 1100 万首都人民的真情交融……特别是"拜年"的主题，获得了多层面、全方位的展现。有市领导到工厂、农村、劳模遗属家专程拜望；有驻外机构、援外人员对祖国、亲人的深情思念；有多家寻呼台联袂问候，给观众送来"春天的第一祝愿"……更独特的是来自外景地的感人祝福：漠河官兵点燃红烛，将"平安"送往北京；三亚人民点燃火把，把"吉祥"传到首都；酒泉基地点燃美酒，高举祝祷；新疆父老点燃烽火，昭示祝福；威海舰队操作灯语，寄托心意；三峡工人闪烁焊花，传递喜悦；

特别让人心动的是延安窑洞外那 365 盏萝卜灯，跳动着的火苗，好似老区人民的颗颗红心，挚诚地祝福着祖国大地从年头到年尾，365 天天天幸福、人人吉庆。

关于这台晚会，想到的与可说的还很多，限于篇幅，只能点到为止。由此而生的联想是：晚会年年要办，越办越难，又不可不办，这无疑已成为各电视台的一项重大攻关课题。北京电视台的《情暖京华》，从万分艰难之中起步，经历了千辛万苦，以超越过去的大决心、大气魄、大风度，终于向首都人民交出一份出色的答卷，并从中锻炼了一支过硬的年轻队伍，摸索了一条艰苦的成才之路。至于明年春节如何亮相？人们又将拭目以待！

《北京广播电视》1996 年第 3 期

形神兼备　情理交至

——《笑傲苍穹》的艺术追求

　　《笑傲苍穹》，这是个很提气的题目；它描绘的也是个很提气的人物、很提气的故事。其原型来自空军某部笑傲苍穹的"试飞英雄"邹延龄；而其创作者：空军电视艺术中心所精心摄制的这部五集电视连续剧，从起始的酝酿、构思，到最后的录制、完成，恐怕也同样需要"笑傲苍穹"的勇气与胆识。

　　笑者，注释简单，乃欢快、粲然之意也；傲者，释意略微复杂，有骄傲、藐视、坚强不屈等相反相成的内涵。在这里，"笑傲"之所对，乃"苍穹"；而苍穹者，系指称"上天"，"苍"言其色，"穹"言其形。我们的试飞英雄，面对日月星辰罗列的广大空间，驾驶着我国自行设计的、最新研制的、性能未卜的最大型运输机，腾云驾雾，迎接风险，笑傲苍穹，以粲然的胸怀笑迎鬼门关前的锤炼；以不屈的精神搏击大宇宙中的雷电。其间的故事该有多么的惊心动魄！而其核心与魂魄集中到一点，即时时处身在生与死的关口，时时经受着生与死的较量，这是一次又一次、一场又一场严峻的生死考验。我们的剧作家，在受到强烈的震撼之后，主动请缨披挂上阵；我们的创作者们，面对这个动人的题材，以不拔之志全力投入，终于作成一部真切感人、独具匠心的好作品。

古人云："精华在笔端，咫尺匠心难。"一部电视剧要作得既好看又动人，必须有吸引人的故事与感动人的人物。其第一位的要素恐怕还在于人物；而对于这部作品来说，人物的塑造具有更重要的意义，因为它是以人物为中心的题材。

在中国传统美学观念中，有"君形"说。其内涵是指对于创作的对象、亦即审美的对象，从"形"（形象的外在质素）、"神"（形象的内在生命）两个方面把握他的特征。至于二者的关系，有许多美学家指出，神是形的"帅"，或曰：灵魂，因而艺术创作活动的关键就在于"传其神"。晋代顾恺之曾概括"传神论"："四体妍蚩，本无关妙处，传神写照正在阿堵中"，辩证地指出了形似与传神的内在联系。而明代美学家叶昼在评论《水浒传》时也精辟地评点过："不惟能画眼前，且画心上；不惟能画心上，且并画意外。"正如论者所言："'眼前'，指人物外在形态、举止和动作；'心上'和'意外'指人物内在心理活动深浅不同的两个层次。"

仔细地琢磨《笑傲苍穹》，可以发现创作者对剧作的主人公周雁鸣进行了精心的设计。从大处着眼，从小处落墨，既重形，更重神，使他的个性既突出又丰满。为此，他们在作品中为主人公寻找并创造了许多精彩的、光彩的、既有形又有神的动作与细节：例如，要凸显周雁鸣接受任务的坚定，一方面，从宏观上强调了"试飞"是飞机的极限边界，飞行风险极大，让观众从开始就进入了提心吊胆的状态之中。同时，又重笔浓墨地描写他为填补国产运输机试飞史上的空白，面对生死考验，"架天梯视死如归"的气概，以及关于做人和人生的感慨："人的一生会不断面临各种选择。而选择的过程应该是灵魂净化和境界提高的过程。选择的原则首要的自然应该是利国、利民、利他；而自己做人处事则必须有根底、有志向、有追求！就比如搞试飞，对艺高胆大的人，飞机能使你在天上尽情翱翔、壮志凌云；而对缺乏坚实功底和精湛技艺的人，飞机也确实可以送你进地狱！当然，你即便有天大的本事，也可能有不能胜天的时候，那就要看你有没有为自己选择的理想和职业不惜献身的精神了！"话语虽然平实，却因其平实而别有一种力度与深度。另一方面，从微观上着重于"试飞"的几次关键"战役"：从"小吨位失速特性"到"大吨位失速特性"、再到"发动机空中再启动"前后的独特细节，比较充分地展现了主人公的独特魅力与精神世界。例如，描绘周雁鸣苦心钻研高难技术，富有独创性地使用妇女"坐月子"的比喻性细节，反复强化他盘坐在床上一圈书本的中间，头扎毛巾，认真研读，并不断苦思，以手掐头的形象。先是由贤惠的妻子郭秀点出："你在这床上一糗就好几天，都快赶上女人坐月子了！"然后又让他的年轻助手李亚威与女工程师秦燕遛弯儿时，发现了这个情景，先由小李解释："我们的大队长又在'坐月子'！"进而告诉不明就里的小燕："这是我师傅的典故！……"于是秦燕有感而发："这故事说明了周大队长钻研高科技的刻苦精神，而你缺的恰恰就是这一点。也不知道你这个徒弟是怎么当的？"于是二人高兴地回到房间去"坐板凳"了。应该说，这样的细节因其独特的设计而具有很强的感染力。又如，描绘周雁鸣在惊险异常的试飞行动前内心的细微活动，剧作设计了"买三包香烟"的细节：在"小吨位失速特性"试飞前，他在路上对总工许竣讲，飞行前要买烟，而且买三包，总工不理解，"你不是飞行前不抽烟吗？"买那样多做什么？"他坦然地解释道："两包揣在身上，死了到那边也有烟抽；一包放在家里，到时候好让我爱人招待到家里来慰问的人。要是死不了，一下飞机我就给大伙散烟！"受到他感染的许竣心领神会："那我也去买三包。"于是二人谈笑着走进了小卖部。在更危险的"大吨位失速特性"试飞前，他们又走到小卖部前，这次是许竣问："哎，还买不买烟？"他豪迈地回答："买！老规矩，三包！"二人再次谈笑着走进了小卖部。这个细节可谓以小见大，把他们"跟死神兜圈子"的严峻现实、面对死亡内心深处不能没有的动荡，细致入微地展示出来，不落俗套又意蕴无穷。

对剧中女主人公郭秀的塑造，也独具神采与韵味。仅举一例以作佐证：作品开始不久，周雁鸣决定接受试飞任务，回家与妻子相见。在层次丰满、跌宕有致的情节中，周雁鸣欲言又止，而郭秀却已知其事。两个人的对手戏，围绕着郭秀一波三折地展开，从中展示出郭秀的秀外慧中、善解人意。第一个层次是丈夫为说服、为补偿而献殷勤，做出一桌鲜美的菜肴，并讨好地说："让你和楠楠舒舒心，换换胃口。"妻子话里有话地："不是为了让我和楠楠换完胃口后，跟着你迁户口吧。"做丈夫的顿时泄了气："你，都知道啦？"由此转入第二个层次，郭秀在床头委屈地抹泪，丈夫凑近安慰她："郭秀，我本想……"引来妻子的爆发："啥事都是你想咋样就咋样……"丈夫坦言："以前飞过八种机型，全是外国货；这回终于能飞咱们自己国产的最大型运输机，而且要通过自己的手给它发通行证……这是一种什么样的滋味呀！"妻子进一步质问：是否想过妻女得跟着钻山沟，或者两地分居的滋味？还有那团职已过六年，有希望再上升，去试飞则职务封顶，永远不再挪动的滋味？对此，丈夫只有打趣："哟嗬，底摸得比我都透嘛！"接着一个转折，夫妻的对话走向纵深，郭秀的形象趋向立体，由委屈、怄气到体贴入微。她饱含感情地说："就你那点事，全门儿清。这两天你抽烟、发愣、直转磨！我就知道你心里头准有事，可你为什么不露……要不是我……到现在还蒙在鼓里呢。"当丈夫激情地："今天下厨请你们，不就是……"；她立刻回应："你把生米做熟了，让我们不吃也得吃……"丈夫心怀歉疚："啊不……我是怕你们难受，担心。"她激动而感伤地："我知道改不了你。……我实在怕你万一有个闪失，你叫我们娘俩……"经过三层转折后，她忍不住泪珠滚落，却起身开柜，拿出已经为他准备好的行装，这一节奏变化，实有峰回路转之妙。于是，老周深情地揽妻入怀："秀，嫁给我，委屈你啦。"郭秀长叹："我嫁给了你，可你嫁给了飞机……我就这命。"情节发展到这里，一场戏已比较充分而完整，作者却还不满足，又浓浓地添加了一大笔：以母女情感的交流，再次强化了郭秀丰富的、多层的内心世界。面对活泼可爱的女儿的发问：我爸怎么又献殷勤？她强笑转身："他觉得亏心了呗。"为掩饰自己的痛苦，又岔开话题："你爸我俩谁做的饭好吃？"而女儿得知老爸要去试飞，提出：妈，你自然又是无条件服从喽？她再次强笑着："啊，军人得服从命令，咱军属嘛，自然得支持啦……"最后引出周楠的举杯："周雁鸣同志，你就放心地去干你的事业吧，千万别为我们分心，我和妈妈会相依为命的，反正从六岁我就已经学会了跟妈妈往五楼上抬煤气罐儿，现在我快十六了，还怕什么？举杯吧，我和妈妈祝你一路顺风！"这段形象生动的话语，既表现了聪明懂事的女儿对爸妈深厚的感情和久经磨炼的性格，更蕴含了近 20 年的岁月中，郭秀茹苦含辛操持家务、抚育孩子，为老周、为这个家所付出的艰辛和长期承载的巨大心理压力。在温馨的家庭氛围中，郭秀对丈夫、女儿深沉的爱，她的贤淑、明理、善良、美好的心灵，她独有的风采气韵，以形传神而神形兼备，没有一个褒扬、夸赞的外在词语，却已一一凸显出来。如果说在人物塑造方面有什么不足，我以为，创作者对于本剧的副线人物，虽然也做了比较细致的铺排，如李亚威与秦燕，金泽海一家；或比较集中的勾勒，如厂长秦川、总工许竣、领航员阎鹏等，但从总体上笔墨渲染的着重点，仍觉不够突出，不能让人很快抓住各自的主要特征，因而一时难以区分，影响戏剧的整体张力。

　　好戏，必须有好故事作依托，这本是不言而喻的。在中国传统美学理论中，有一种"情理说"，它是关于情与理关系的论说；经过重理、重情、情理并重的螺旋式发展，达到了"情理交至"的共识，亦即思想性与艺术性二者的统一，正如清代叶燮在《原诗·内篇》中所说："夫情必依乎理，情得然后理真，情理交至，事尚不得耶？"它注重于真情，注重于艺术创作中主观情思与客观现实的密切联系，认定这是艺术的生命力之所在。以此把握《笑傲苍穹》，我以为，它的故事就比较好地体现了这一学说。在剧作的重心方面，大到以"笑傲"面对"苍穹"，其中之情与理的融合可谓通体合一了；小到几个小家庭处理情（越飞越难，越飞越险，以致家人"心提到嗓子眼儿"的担惊受怕）与理（试飞是为了国家航空工业的大局）的细节，可歌可泣，又悲又喜，几乎是不可解的矛盾，却又最终取得亲人间的共识，妻子成为丈夫拾遗补阙的"铁杆僚机"。其中在主人公之间反复运用"戒指"的细节，给人以十分深刻的印象。它的五次出现，展现了多层的艺术意蕴。一是老周离家去西北报到，郭秀醒来见到丈夫留下的信和戒指，他深情地告白："这是我俩爱情的象征啊，你一定要戴上它。"并一语双关："可是真金的……"对着这爱情的信物，其微妙而复杂的心境有几多内涵，给观者留出了广阔的想象空间；二是老周在天上试飞"大吨位失速"，郭秀在家里心慌意乱地洗衣服，洗衣机翻滚的衣物幻化成盘旋下跌的飞机，她一阵眩晕，忽然发现手上的戒指不见了，她感到不祥，神经质地在地下、机内翻找，发疯般地把衣物一件件扔出洗衣机，终于找到了戒指，万分珍重地贴在脸上，忍不住喜泪盈眶，而此时，老周正向地面报告试飞成功，并打破世界纪录，填补了试飞史的空白。主人公们在天上、地下共时经历着生死攸关的特殊情境，内外穿插，悲喜交集，情理互融，主题的强调与渗透，恰在于不知不觉之中；三是在部队转往外地进行"空投空降试飞"的紧要关头，接到周母病危电报，郭秀毅然请假回乡，并再次情深意切地要老周此次成功后退出，他抚摸着妻子手上的戒指，充满依恋地："容我好好想想，行吗？"郭秀善解人意地点头理解。在艰难时刻，以戒指为表征的忠贞爱情，给他们鼓起了人生的风帆；四是由于助手小李、老金的原因，试飞出现意外，靠周的紧急措施才化险为夷，为此郭秀后怕地伏在丈夫肩头饮泣，他抚慰着妻子，更依恋地抚摸着她手上的戒指，此时虽然缄默无语，但人们完全能够体味到二人内心的汹涌波涛；五是即将进行最重要、最危险的空中再启动试飞了，周雁鸣和妻子翩翩起舞，"带着戒指的女手与有力的男手亲密地搭在一起"，音乐把人带入一种悲壮而又崇高的境界之中。在作品里，戒指的反复出现与相关细节的一再铺衍，代替着千言万语，描绘着心与心的交流与碰撞，发挥了以情示理、情理交至的重要作用。此外如小女儿为祝祷平安，从爸爸当试飞员那天开始，一天一颗，叠了1800颗幸运星的细节；为描写父女二人的亲昵，以"弹脑嘣儿"作为"惩罚"之独特构思，等等，使这部作品，在反映独特的、有意义的现实生活时，既有效地避免了枯燥乏味的伦理说教；又不仅限于激动情绪的宣泄，而是以独到的艺术追求，求真情现真理，沁人心脾，感人肺腑。但欲言其欠缺，我觉得有些情节，特别是重点的、重场的情节尚嫌过简，比如最后、最险、最难的"发动机空中再启动"试飞，仅以很短的篇幅比较简单地加以表现，与观众紧张的心理期待产生很大的落差，因而影响戏剧总高潮的强度与审美力量。

拉杂写来，言已过多，意犹未尽。限于篇幅，文字总归难以表达所有思绪，只能留待以后了。

《当代电视》1998 年第 11 期

人，天地之性最贵者也

——从《五爱街》的王大山形象说起

　　中国辽宁电视台拍摄制作的十六集电视连续剧《五爱街》，是一部紧密结合现实生活、很有深度与力度的好作品。

　　《五爱街》的剧名，来自一条街道，这是一条在今日中国的大、中、小城市里普遍存在的、有各类人群卜居的、有国营工厂又有贸易集市的街道，在这里栖息的人们，以不同的谋生手段，过着不同的生活，维护着各自的家园。其中作为故事主干描写的，则是处于五爱街上的服装贸易市场，以及代表国家管理集市的工商管理所；它的主要人物，就是生存其间的众多个体户，以及与之关系密切的处于困境的服装厂职工和工商所长王大山。这部作品，通过独特的艺术形式，描绘了围绕着国营企业、个体经济的发展，剧中人物的困惑、挣扎，比较真实地记录了我们经济处于转型时期的艰难步伐与历史重担。应该说，今日社会所面临的"转变"，是一种十分痛苦的历史性转变；同时，它又是我们在探索之中寻找把国家推向进一步繁荣昌盛的必经路径。生活在《五爱街》的人们，不可避免地在社会的进展中转变着自己，包括思想意识的转变、价值观念的转变、生活方式的转变，等等；随着"五爱市场"由露天买卖，到进入宽敞的"服装城"，看到了我国的市场经济由无序到有序、由低级到高级的转变，这自然是一种积极的转变。这部作品成为我国特有的社会主义市场经济的一幅缩影，而具有"见微知著"的审美价值与艺术魅力。

已有学者指出："人"，是中国文化的核心，中国人在精神意志上，向不以"神"为核心，更不以"物"为核心，而始终以"人"为核心。正如《礼记·礼运篇》所云："人者，天地之心也，五行之端也。"；《说文解字》中则释为之性最贵者也。在艺术创作中，这同样是一个基本的规律。试观任何一部电视剧作，题材、内容皆离不开剧中的人物。甚至可以认为，人物的分量，决定着剧作的分量；人物的成功，决定着剧作的成功。在《五爱街》里，围绕着故事的两条主要线索（即五爱市场与工商管理所、光明服装厂与港商的东方公司），创作者塑造了众多的人物形象，有主有副，有轻有重，有美有丑，作品正是通过他们在剧中的生活与呼吸，传达出剧作的主旨。

其中，最有意味的一个人物，是五爱街工商管理所所长王大山。这是在荧屏上尚不多见的角色。根据作品的提示，他曾经是个军人——一名老战士。他经历过战火硝烟的考验，为新中国的成立和社会主义制度的创建，出过力、流过汗；如今又在工商管理的新岗位上，为共和国发展的新道路、社会主义经济新体制的建设，做出自己的贡献。而这二者的共同点与相通处，恰在他肩膀上那份沉重的"为人民服务"的责任意识。我以为，在《五爱街》中，这个人物是最有特色的，而其独特的审美价值，正在于通过他的言语和行动、他的性情和心理，特别是他的工作风格与人格魅力，体现了社会主义特有的人道主义精神。在剧中，创作者经过精心设计，为王大山安排了具有连续性的三处关键情节，不仅串起了全部故事，且使这个人物形象丰富生动、立体凸显、呼之欲出。

其一，是王大山的出场。由于光明服装厂在市场经济的竞争中濒临破产，设计师文斌把抵作工资的衬衫，在五爱街头摆摊出售，属无照经营，被抓住后，厂长老陆到工商所缴纳罚款40元，却只能掏出仅有的20元钱。此时，所长王大山一方面坚持原则、维护制度、坚持照章处罚，一方面从自己的钱包里为之垫付不足的20元，同时语重心长地说服老陆，要跟上经济改革的步伐。这里没有不符原则的妥协，也没有正颜厉色的说教，在平淡之中孕育着风浪的现实环境里，观众既体会到他以自己的言行，坚决而善意地规范着贸易市场法制秩序的效果；又从中感受到他将面临的是更为复杂、尖锐的矛盾与冲突。当然，这仅仅是个开端与铺垫，最主要的情节，是王大山深入五爱服装市场、深入形形色色的服装个体户之中，为领导、指导、引导市场的健康发展，直面种种问题，这也是即将展开的最好看、最吸引人的"戏核"部分。

创作者很有见地地把笔墨集中到人物身上，特别是集中到王大山的身上，对戏剧的核心部分进行展示，并采取了先小后大、先个体后整体的手法，而延展到其二。作品细致地描写了王大山善心地帮助混迹于五爱市场、衣食无着的小李泽。他首先细心观察这个有痞子习气而无经营资本的青年，为其对奶奶的一片孝心而感动；然后一个个地去说服市场中有条件的个体户，请求他们收留李泽，给予一次谋生的机会，却遭到无一例外的拒绝；无可奈何之中，把李泽留在所内作临时勤杂工，小李却偷穿工商制服到市场耀武扬威，把他气得晕倒在地；最后在小李确有长进时，又用自己的积蓄助其买摊位，使之得以正式进入个体经营的行列。这个贯穿全剧的情节，虽然还不是故事最主要的部分，却十分生动地展现了：作为个体人物的王大山，内心世界的善良与美好；代表政府形象的王所长，心灵深处的社会主义人道主义精神，而这一点，应该说正是社会主义制度的本质要求。

其三，进入了作品的主要矛盾冲突：工商所为了市场更好地发展，动员个体户们进入新建的营业大厅；个体户们却认为政府要控制、整治市场，而千方百计地坚决抵制，甚至为此不惜动手殴打所长王大山。创作者设置了多个精彩的细节：例如，个体户中的"霸主"雷子（也是剧中的主要人物），借有前科的吴大为儿子过满月，集聚队伍；发着高烧的王大山，为了说服、引导大家，赶到会场"随礼"，众人却不理不睬不买账，全体退席，把他一个人"干"在那里。在空荡荡的大厅里，王大山眼含热泪伫立着，这时，没有一句有声的台词语言，没有任何激烈的形体动作，却从里到外地让观众体味到他的艰难、他的痛苦和他对职责的无怨无悔，内心受到震撼。接着，王大山登门拜访雷子，力图规劝其勿与政府对立。雷子蛮横地倒下八大杯茅台，王大山不顾自己的病体，把酒一饮而尽，雷子为之目瞪口呆，他却依然娓娓地说服着、谆谆地劝导着，用朴素的道理辨析是与非。随着事态的发展，雷子召集众人准备上街游行、到省府静坐，王大山又赶到现场劝阻；闹事者群起攻之，乃至把他打倒在地拳脚相加。公安部门准备严惩，他却力主不要处罚，以免激化矛盾，使问题更加难以解决。其忍辱负重的自律、顾全大局的意识，使人物形象趋向饱满，充盈着"人为贵"的美学意蕴。最后，雷子折腾得与妻子离了婚、摊位泡了汤，没有了立足之地时，还是王大山关心他、信任他，给他安排工作……他终于被感动得五体投地了，心悦诚服了。这个富有个性的、独特的工商所长形象、鲜明、挺拔地站立起来了。这部剧作也通过真实感人的艺术形象，富有深度、引人入胜地完成了自己的题旨。

剧中的王大山，没有说什么振聋发聩的道理，没有做什么惊天动地的事情，只是一点一滴、一步一行地做着自己认为应该做的，而在他的言行背后，却渗透出对他人的关怀、对社会主义事业无私的责任感和奉献精神，提炼出一个以"为人民服务"为本分的、称职的国家公务员的形象。这个重要的形象，以及从他身上展现出的新思想，在如日初升的新体制艰难建设的时期，无疑具有很重要的意义；同时，也让我们对"人，天地之性最贵者也"的寓意，有了一种现代的理解与诠释。

《电视艺术》1999 年第 1 期

《文艺报》2000 年 3 月 9 日

《人大复印资料》2000 年第 3 期

《百年中国》的文化意蕴

一

　　近观中央电视台为迎接 21 世纪的到来而精心制作、隆重推出的大型长篇历史文献片《百年中国》，深感诚如其总编导陈晓卿所言，"这是迄今为止反映中国百年历史最为全面完整的文献纪录片。数万幅照片、数百分钟的录音、数万米的胶片和数百箱资料磁带，纷繁的画面和沧桑的声音，再现了我们风云变幻的百年历程"。其中，充溢着我们民族的文化与民族的精神。

　　就我们中华民族五千年悠久历史而言，一百年仅是她的五十分之一；但是对于面临着新千年之际的中国，最近的一百年，无疑具有至关重要的意义。在这一百年里，中国结束了延续二千年以上的封建帝制，开始了争取民族独立、人民民主、国家富强的艰难历程。"多少事，从来急，一万年太久，只争朝夕"，中国人民为了实现自己的理想与追求，前仆后继，英勇搏击，体味了太多的忧患，付出了太多的牺牲，终于迎来了自己的新中国、新生活。应该说，此期间浩繁的历史事件、复杂的社会百态、丰富的生活积淀，客观上已有相当厚重的史料积累，却由于种种原因至今尚缺乏细致的清理与系统的整合，而散落于国内国外、四面八方。此刻时值百年之交，心头时常涌现古诗中的两句"生年不满百，常怀千岁忧"，在中国广大民众的文化生活中，讲古说史是民间文艺的一大传统，它昭示着亿万百姓对民族历史发展的关注，对自身生存环境的关切。特别是不通文墨的人们，大多只能通过口头传播的各种方式，获得对于历史的认识与把握。从这个意义上讲，中央电视台在新的千年、百年之始，及时播出长达 1500 分钟（每日 5 分钟，前后将历时一年）的大型历史文献片，通过"纷繁的画面和沧桑的声音，再现了我们风云变幻的百年历程"，实乃顺应民心、体贴民意的一件大好事；也是对我国电视文化的一个大贡献。

如此庞大而繁复的电视创作，从选题到完成，其间经历的困难是不言而喻、可以想见的。同业者们都很明白，需要在限定的日期内实现的这项系统工程，以我们目前所占有的资料与素材，实在有太多必须勉力克服的贫弱之处乃至空白之处。敢于面对这一巨大选题，已充分显示了创作者们的气魄与胆识，令人感佩；而将千方百计地收集到的大量照片、录音、胶片，加以巧妙地编织组合，构成一个有机的整体，从而成功地完成了这部迄今为止中国最长的电视纪录片，更让人赞叹。这个创作集体，倾心竭力地寻找着"一种书写中国百年史的电视方式"，以"最高级的智慧体操"，对每个画面、每个声音字斟句酌地精心编辑、加工，因为，他们明确地意识到，自己是在从事一项神圣的使命，是在为世界、为中国、为中国人留下一份弥足珍贵的"世纪中国"影像历史；他们真诚地表示：为此付出的一切代价，都是微不足道的；而且，这个拥有 29

人的创作群体，其平均年龄只有 29 岁。所有这些，让我们深受感动，对这支年轻的创作队伍的敬意油然而生。

二

细细地体味这部鸿篇巨制，可以感受到它富有民族文化意蕴的鲜明特征。

其中最重要的，我以为是其中关于民族精神的体现与民族文化的渗透。中华文明具有极为丰富的文化资源，从"有无相生"注重整体功能的宇宙观、"天人合一"的和谐观等文化观念，到具体的审美方式，都有着大量可供汲取的民族智慧的精华。著名前辈学者张岱年先生在《中华文明的现代复兴和综合创新》一文中指出：中华文化传统孕育了"自强不息、厚德载物"的民族精神，而"民族精神乃是民族文化、民族智慧、民族心理和民族情感的集中体现，是一个民族价值目标、共同理想、思维法则和文化规范的最高体现"。我们的电视创作应当表现的，正是这种民族精神和它在新的时代条件下的发展创新，我们电视人的重任，正在于用最现代化的手段，弘扬我们民族的独特精神。

在《百年中国》里，我们随处可以看到，围绕着我们民族百年历程、凸显我们民族文化精神的宏观视野与微观视点的结合。比如大标题：从"风雨世纪初"到"迈向新中国"，包容着东方古国五十年的历史沧桑；从"共和之梦"到"救亡之路"，描述了华夏民族追求民族解放与民族独立的艰难征程，如此等等。又比如内容的选择，既包含了政治、经济、社会、文化等宏观的方方面面，也书写了"《苏报》案"、"临城劫案"等具体事件的史实。从帝国主义列强瓜分中国的邪恶野心与残暴行径，到中国人民的同仇敌忾与奋勇抗争；从蒋介石的黯然下野到毛泽东的"进京赶考"；无不进入了创作者的视界之内，并得到真实、生动的展示。尤其要指出的是，在系列片中，特别关注了文化领域的大量信息，如文坛巨匠鲁迅的《狂人日记》作为中国第一篇白话小说的发表、北大校长蔡元培关于小学教员的社会位置与责任重于大总统的演讲、中国的第一家幼稚园第一所现代学校第一张报纸第一份杂志的创办、中国境内第一座广播电台的开播、中国电影第一部长故事片的首映，等等。它以丰富的影像与丰厚的声音告诉人们，在这一百年间，广袤的神州大地上，历经封建王朝的坍塌、抗日战争的胜利、"三座大山"的倾倒、人民中国的诞生，直到改革开放的巨变、香港与澳门的回归……它带领人们回首往昔峥嵘岁月，重现当年激荡风云，从而使人们更加珍惜来之不易的、翻天覆地的今朝。因此，它给予我们的启迪是十分深刻而巨大的。

在《百年中国》里，我们随时可以感受到，民族传统美学中独特的抒情与论理的交融。在它的画面与声音中，充盈着伦理性的思想判断与情感诉求，并体现在富有民族特色的艺术创造意识之中，如浓郁的宣教意识、忧患意识、苦难意识、团圆意识，等等，不论大小标题，还是长短章节，无不包容其间。在状绘上半世纪的篇章里，呼唤民族的觉醒，宣扬家国的灾难，张扬民众的反抗，憧憬百姓的安康；在描述下半个世纪的篇章中，则放眼祖国河山，对新中国成立后，特别是改革开放以来，中国政治的稳定、经济的腾飞、社会的进步、文化的繁荣，给予了理性的剖析与热情的讴歌；通篇以视听艺术的强大冲击力，感染与吸引着观众的身心投入。在我们民族古往今来的文化历史中，强烈的是与非评判、鲜明的真善美与假恶丑对照、"情"与"理"的二元对立，发生在一个巨大的抒情文化传统之内，造就了"主情"的民族文化精神。在整个电视片中，同样可以清晰地辨别出这一悠久民族传统美学的身影。这部作品里，既有多处客观、冷静的论述，以表达创作者深入的理性思考，如对于黑暗政局的描绘，从"大清王朝"的苟延残喘，到"蒋家王朝"的分崩离析等史实的铺衍；更有大量饱含真情实感的抒发，以显示作品浓厚的民族文化特征。我们不仅可以从各章的大标题如"暮鼓晨钟"、"山重水复"、"风云变幻"、"众志成城"……到众多小节标题如"山雨欲来"、

"同仇敌忾"、"粉墨登场"、"众叛亲离"……的拟定，看到它的印迹；更可以在众多的画面与解说词如"瑞雪兆丰年，这场雪将会给中国带来什么呢?"、"鸦片战争教会了慈禧太后'租界'这个词"、"战争与胜利、血泪与光明，1949 年的画面构成了物换星移的历史篇章"里，感受到充满激情的民族文化精神。

在《百年中国》里，我们随意可以捕捉到，内中蕴含的民族传统美学特质的形象与神韵的共生。在中国传统美学思想里，"形"与"神"是一对非常重要的范畴。我国美学大师宗白华先生在许多文章里反复阐释过关于"形神交至"的绝妙文化意境，他指出："一个民族的盛衰存亡，都系于那个民族有无'自信力'"，而"这种民族'自信力'——民族精神的表现与发扬，却端赖于文学的熏陶"，我想，我们完全可以把这个有力的论断转换于艺术，特别是影视艺术领域。因为，影视艺术与宗老所论："文学是民族的表征，是一切社会活动留在纸上的影子"有着本质性的相通。固然影视作品主要不是"留在纸上的影子"，但恰恰因其特有的活动影像与鲜活声音，而更具有把民族的表征和社会的事件，形象地呈现观者面前的优势；因此，它也就可以更有力地"左右民族的思想，激发民族的精神"。白华先生还深刻地论述过"描象的价值"，指出："艺术的描摹不是机械的摄影"、"我们在艺术的描象中可以体验着'人生的意义'，'人心的定律'，'自然物象最后最深的结构'，就同科学家发现物理的构造与力的定理一样。艺术的里面不只是美，且包含着'真'。"这些发人深思的过人见解，给予我们的启发是极其重要的。在这里仅就《百年中国》里一个比较典型的例子佐证之。作品重笔浓墨描述了上半个世纪结束前，经过志士仁人前仆后继、忘我献身的奋斗，中国终于获得了民族独立与人民解放的伟大胜利，并于 1949 年举行了震动世界的开国大典。作者们"走笔"至此，激情满怀地展示着那些珍贵的历史镜头；同时，深情地告诉观众："通往天安门城楼的古砖道有整整 100 级。100 个台阶并不长，然而为了登上这 100 级台阶，中国共产党经过了 28 年前赴后继的浴血奋斗。为了登上这 100 级台阶，中华民族进行了长达一个世纪的英勇斗争。"这段话说得多好啊！古砖道上的 100 级台阶，是非常具体的形象，但在它们的背后，却不动声色地隐藏着 100 年的历史；其中蕴含着我们民族面对的灾难与浩劫，以及中国民众为此付出的鲜血与生命！

三

《百年中国》内里厚重的民族文化特质，也必然表现于它的形式表述之中。正如宗白老所言，"每个艺术家都要创造形式来表现他的思想"。他多次引用德国大文学家歌德的名言：文艺作品的题材是人人可以看见的。内容意义经过一番努力才能把握，至于形式对大多数人是一个秘密。他认为每一个艺术家必须创造自己独特的艺术形式，因为，艺术品要能感动人，不但依靠新内容，也要依靠新形式。我以为，这部大型系列片的创作者们，在作品中突出地显示了他们在艺术形式方面的民族化追求。

其一，是对比手法的运用。对比，是中国古典文学中常用的技巧。因为它便于反正相生，能够有力地概括现实生活的矛盾。中国方块字的特点，更使它甚至可以在诗文中营造巧夺天工、精美如绣的对仗，并用平仄交叉对称，达到声调铿锵的音乐效果。而电视艺术的视觉形象和蒙太奇结构，更可让创作者随心所欲地剪裁时空，调遣声色，使对比的艺术显得更为灵活、鲜明和有力。在《百年中国》里，无论是影像还是声音，无论是镜头组接还是解说词语，我们都时常可以发现"对比"手法的出色运用。例如作品讲述年代起始于 1900 年，面对浩瀚纷繁的历史事件，作者首先遇到的问题就是"从何说起？"。他们删繁就简，抓住当年新旧历的特殊巧合：中国历法的腊月初一，正是世界公历的元旦；然后从紫禁城的"异常宁静"，转向地球的另一端：新世纪给人们带来新的希望。并具体地对比了意大利正在上演风靡一时的新歌剧；法国如期举行展示工业革命最新成果的万国博览会；而美国的经济学家，则得意地用"繁荣的恐慌"形容经济的上升势头。在这里，通过电视艺术的特有手段，明白如话地展示了地球的两端完全不同的氛围与节奏，呈现了进步与落伍、革命与守旧的对立态势，强烈地渲染了："新世纪到来的时候，中国与世界的距离正越拉越远！"再如以"甲骨文之父"王懿荣之明亮清澈的眼睛，与出卖祖国珍宝的"敦煌道士"王圆箓之呆滞浑浊的眼睛相对比，形象而又真切地对比了善与恶、美与丑泾渭分明的人性，给人以是非分明的教益。还有在清末的一张外国明信片上，洋人把中国妇女的脚和手做了对比，并以此作为中国封建社会的象征，当我们看到和听到这里，怎能不为之扼腕顿足？紧接着，作品在表现上海刚刚建立女塾学校的同时，没有忘记告诉人们，此时欧洲的居里夫人已经获得了诺贝尔物理奖的桂冠。通过这些对比鲜明的情节，既挑明了当时中外女性绝然不同的命运，也引发人们深思社会革命的不可避免性。经过影像与语言、时间与空间艺术化的对比处理，既可将作品的内容点染得生动、感人；又可使作品凝炼、简洁，笔墨经济，产生引人入胜、发人深思的艺术效果。这也体现了创作者的匠心追求。

其二，是细节情趣的传达。在我国成功的电视作品中，无不活跃着若干充满情趣的细节，电视艺术往往通过许多"举重若轻"的巧妙细节情趣的传达，达到震动观众心灵的强力艺术作用。在《百年中国》里，也同样可以发现这一体现中国传统美学特点的艺术手法。例如当作者以十分沉重的"笔墨"，描绘了100年前那段不堪回首的历史：展现八国联军入侵的纪录影片之后；又以十分凝重的"语言"告知观众："今天，在天安门那对威武的石狮子胸前，还能看到100年前深深的弹痕。"此时此刻，不知是否有人能够做到无动于衷呢？又如作品叙述慈禧下令签订丧权辱国的"辛丑条约"，得以重返京城时，创作者用心良苦地选用了一个细节："她第一次坐上了当时最现代化的交通工具——火车。乐队演奏着《马赛曲》，这首法国大革命时的战歌，成了欢迎慈禧的迎宾曲。"紧接着，又说了一句意味深长的话："看来，许多事情都在变，也必须变了。"在这里，人们会想到"变则生，不变则亡"的真理；当然，这个"变"字的内涵，必须是根本性的革命。在作品里，我们还会不断地被各类生动的细节吸引，比如描绘 20 世纪 20 年代末期社会生活状况的事例：既有"电车公司调度平焕文，月收入 40 元，根据 1928 年国民政府上海普通居民生活统计，可成为小康之家"之例；又有"胡蝶和阮玲玉是当时最红的影星，月收入达 2000 元"之例。50 倍的差距，给人提供了重要的社会经济信息，又让人感受到社会生活水平的巨大悬殊，平民百姓生活的艰难困苦尽在不言中。富有情趣的细节，既包含着电视艺术作品中借助媒介手段传达的人生况味，也蕴含着受众在审美活动中被唤起的主观的美感享受。它有利于贴近观众的身心，使人从中获得一种人文的关怀与审美的愉悦。

艺术创作之中，一定包括形式的创造；而形式的创造之中，又表现着作者的人格与个性。在新千年、新世纪到来之际，多少媒体与作者为迎接新时代，热情地投入了艺术的创造；但是所有的作品，即使是同一主题、同一体裁的作品，也必然因为不同的艺术个性，而呈现出不同的形态与风采。以"百年中国"为题材、以爱国主义为主题的作品，已纷纷面世，构成了百花争艳、异彩纷呈的美妙风景。在其中，《百年中国》无疑是一朵硕大、绚烂的鲜花；是一份富有生命力、独创性的重量级成果。

《现代传播》2001 年第 1 期

以小见大　举重若轻

——析电视连续剧《全家福》

　　电视剧是电视文化的一个重要组成部分；是使亿万观众端坐在电视机前的一个重要吸引力；大众的审美需求，是促使我国电视剧年产超过万集的根本原因所在。也正因此，电视剧创作者承担的使命与压力是如此巨大而不容懈怠。面对一年四季在荧屏上"你方唱罢我登场"纷至沓来的热闹景观，人们对电视剧的观赏与评判，也就越来越在意其内容与形式的生活内涵与艺术魅力。最近，由中国电视剧制作中心奉献给广大观众的22集连续剧《全家福》，可以看作是电视人为中国老百姓精心创作的一部剧作。

　　剧作立意在于"讲述老百姓的故事"；追求朴素、平和的纪实性审美风格。一个大院，三户人家，五十年风雨，在平实的日子里，铺衍人世沧桑，展现人性光彩。灯盏胡同九号院居住的老工人王满堂和妻子大妞，干活出全力，生活见真情，以"平不过水，直不过线"作为做人原则，指导着全家几十年岁月，是全剧的核心；与儿子相依为命的孤寡女佣刘婶，新中国成立后翻身当了街道干部，全心全意听党的话，真心诚意为大家，却一次次陷入迷茫与尴尬，是剧中起伏巨大的、最活跃的因素；医术精湛心地善良的国民党军医周大夫，为完成指标被划为右派，由于刘婶暗中帮助，原地劳动改造了 40 年，最后却发现压根儿没入档案，他魂牵梦绕 40 年等回了从美国来的太太，却已无共同语言只有离婚，他苦笑着，感叹一生过的竟是两个大笑话。全剧始终围绕着灯盏胡同九号院三户人家过"日子"：上班尽力、下班归家、柴米油盐、生儿育女、婚丧嫁娶、睦邻互助……故事写的是北京平民百姓的平凡生活与喜怒哀乐，但深层的内涵中蕴藉着中国万千平民百姓的普遍命运，并从中展示出新中国五十年社会生活的巨大变迁。以小事情说大主题，在中国传统艺术中常见的：以小见大，举重若轻的笔法，便是它讲述故事、表达主题的重要艺术特色之一。

任何一部电视剧成功与否，最重要、最关键的恐怕就是人物形象的塑造，特别是其中能否有几个人物给观众留下难忘的印象。《全家福》里人物不少，男女老少各色人等，有名有姓的、加上参加演出上名字的，粗算下来也有 60 余人。戏剧展开与人物活动的主要场景是灯盏胡同 9 号，剧中所有的人物也都与大院相关；看罢全剧确有若干活跃于 9 号大院的人物在眼前站立起来，应该说这正是剧作成功的一个标志。限于篇幅，这里只想就几个女性形象做一点具体分析；并以此印证冰心老人的名言："世界上若没有女人，这世界至少要失去十分之五的'真'，十分之六的'善'，十分之七的'美'。"我以为，剧作描绘得最生动、最具独特性格的正是几个女性，特别是其中两位：大妞和刘婶。她们属于在其他作品中很少见过的"这一个"；而在艺术手法的运用上，同样具有以小见大、举重若轻的特色。她们二位既是九号大院相携相扶共渡半世风雨的好街坊、也是人民共和国五十年沧桑的历史见证人；都是"真善美"

兼备的好女人，但又各有自己的个性特色与审美魅力，让人铭记在心。大姐，这个大字不识的家庭妇女，心里却有着鲜明的做人准则。创作者运用大量细节，从外到内地展现着她鲜活的生命过程，她的有情有义、多情多义：对丈夫和儿女的爱，几乎是她生活的全部，买菜做饭、缝补浆洗，照看孩子，服侍大人，整日里像陀螺一样不停地旋转着，多苦的日子都能过得有滋有味，从来没有半句牢骚和不满，一段"当年你姥爷50万银元变成了2毫零1丝银元"精细算账的情节，道尽了她真诚热爱新社会的缘由；对两户老街坊的情义，她有自己独特的处理方式，比如周大夫被错划右派后，她给全院定下规矩："往后咱们院不许提右派这个词！"当刘婶为儿媳受到非议痛不欲生时，她毫不含糊地为之撑腰打气："我就不信几个跳蚤能拱起被窝来！"正如导演所言："她是家庭的内务府，直接掌管着人们生存的第一需要。"在她独具的人格魅力里，我们也自然而真实地领略到中国千百万母亲的身影。刘婶，以自己的个性在剧中焕发着独特的光彩，从中可以感受到创作者对她的格外关爱。她由一个受制于人的女佣，一跃成为9号大院的居民组长，身份变了性情没变，依然表里如一地把街坊们当作自己的亲人，千方百计地关照着全院的进步与安定，却时常搞不懂现实的许多事情；当她传达文件念着"凯歌高奏"时，我们不由发出会心的微笑；当她因为周大夫没有音信而心绪不宁地对儿媳说"我怎么跟掉了魂似的"时，我们心里也深感隐痛与辛酸；特别是导演在剧中设计的一场长达4分钟的长镜头场面，让她和周大夫绕着院里水缸辩论"人心惶惶"，小小的一个情节，既富有动作感地渲染了刘婶对党的深厚情感；又饱含真情地演绎了她唯恐周大夫犯政治错误的良苦用心；同时内里蕴含着笼罩灯盏九号院具有戏剧性的幽默与无奈的时代氛围。

《全家福》的五十年里包含着三户平民百姓相濡以沫的岁月，开头全院拍摄一张"全家福"照片；然后就是起伏跌宕、风雨兼程的五十年代、六十年代、七十年代、八十年代、九十年代，正如主题歌唱的"月复一月，年复一年，平凡的日子也有苦和甜、悲与欢"，院里的人们"心里头点燃着不灭的灯盏"；最后全院再次拍了一张"全家福"，讴歌着"国泰民安，生活越过越美满！"前后严谨呼应，首尾紧密相连，以小见大，举重若轻，在现实的真切日子与浪漫的憧憬展望中，在平实的纪实风格里，散发着中国电视剧特有的民族美学神韵。

《文艺报》2001 年 3 月 22 日

内容、形式与整体诠释

——《那时花开》析

《那时花开》是一部经过几年创作、几次修改而面世的电影。透过作品我们可以看到并感受到创作者对于艺术创新的追求，和强烈地表现一部分当代青年中特殊生活状态的创作欲望。应该说，他们的创作心态是很投入的，并且有着自己要竭力展示的思想情感的艺术呈现方式。但是，仔细地观摩这部影片，也感到其中存在一些让观众不可把握的、离开现实社会生活，也不符合艺术的内在规律的问题。黑格尔曾说过："内容和完全适合内容的形式达到独立完整的统一，因而形成一种自由的整体，这就是艺术的中心。"事实上，所有的艺术作品，其创作者所致力的，必然会在内容与形式的统一，以及它们之间通过诸要素而构成辩证的、统一的整体上用心尽力，而艺术的魅力，正是来自艺术作品的整体。以此观察《那时花开》，既可体察创作者的用心与努力；又可发现作品中多处不可用艺术规律加以诠释的瑕疵——混乱。这里谨就其内容与形式两个方面做些探讨。

一

从内容方面读解《那时花开》。影片的主要人物共三人：女大学生欢子（周迅饰）、男大学生高举——化身为农民企业家时则是高乐（夏雨饰）和张扬（朴树饰）；主要事件是欢子反复说的："他俩是一对情敌，为了我！""在这个世界上我只有你们两个人"。于是，由三个人构成的三角关系，以一种特殊的方式："欢子从周一到周五归张扬、周六归高举、周日归自己"反复轮回。其中夹带着高乐与莫名的、不可解释的、非当代时空的"双秀园一号"之间的神秘来往。让我感到遗憾的是，这部作品里存在着理念的、生活的、情感的混乱。描写当代青年男女，包括当代大学生的青春与爱情，是我们文艺作品中的常态题材，也有许多受到读者欢迎的佳作问世，因为，它是我们社会中自然的、朴质的、健康的、充满活力的生命存在。但是，关于爱情，有着社会的常规道德理念，它应该是热烈的、充实的、相互呵护的、属于两个人的温馨世界。而作品中关于爱情的创作理念，则是带有奇异性的、有悖于常理常情的呈现。比如欢子和两个男性的所谓"一个礼拜所属的分配"，比如三个人之间"发毒誓：谁违背誓言谁去死！"而最后果然欢子说："愿意去死，早就该死！"于是和高举买药自杀，结束了这段特殊的关系。这里面寻找不到生活的、爱情的必然理由与规律，我们看到的只是非理性的率性而为。此外，在三名大学生的生活中，除了爱情的无尽缠绵、情感的疯狂宣泄之外，社会现实隐退了，年轻人对于社会的一份责任更隐退了。同时，除去高举谈毕业论文构思的细节外，另两个人完全没有学习的内容。我为此困惑：我们当今的、最受社会关注与宠爱的大学生群体，就是这样的存在吗？所有的艺术作品，必定需要呈献于它的受众：读者或观众，呈献于它所处身的社会，方可体现出它应有的社会价值与艺术魅力。那么，这部作品的创作者，意欲给予社会、给予受众的社会价值与审美愉悦之主要指向是什么呢？

描绘当代大学生，自然会撷取丰富的社会生活中相关的原生态；但又必然经过创作者的提炼加工，以体现创作者的主观情感和思想倾向，其中蕴蓄着作品的灵魂——创作者对于社会生活的独立思考、情感经验与人生感悟。而它们的呈现，依赖着诸多细节的支撑。在一定意义上艺术是由细节构成的，没有细节就没有了艺术。在这部作品中，借以展示生活的细节，来自生活又经过了加工，有些也具有艺术的冲击力，如"拍摄广告"的片段。但是影片中有许多细节因其脱离了生活，特别是脱离了普通大众的真实生活，而令人感到虚假，不可理解，也不可接受。例如关于"双秀园1号"；关于欢子突然被高举"劫持"到海边，双双被捆绑，奔来一群青年"我去扔炸弹！"；关于欢子和张扬突然失踪一年，等等。细节作为完成艺术表达的重要手段，往往是作品中最富于艺术魅力、令人激赏回味久久难忘的部分，因而它的失真也就成为作品的败笔所在。

二

从形式上读解《那时花开》。探讨这部影片的形式时，一方面可以感受到创作者的艺术灵性与苦心经营；但同时又困惑于其刻意追求新异怪诞而不惜肢解生活，乃至造成结构的、技巧的、语言的混乱。首先，作品的结构可视为其内在组织和构架，它的功能在于将各个部分和谐统一，以造成浑然一体的艺术效果，它的重要更在于直接关系到作品是否成功。正如清代著名戏剧家李渔在《闲情偶记》中提出的："至于'结构'二字，则在引商刻羽之先，拈韵抽毫之始，如造物之赋形，当其精血初凝，胞胎未就，先制定全形，使点血而具五官百骸之势。"《那时花开》的结构有两条不同时空而又互相交织的情节线，一条是现实时空中三个大学生所处的生活情境；另一条是模糊时空中欢子走出的和高举（高乐）三次进入的、不知所在的双秀园1号。作品的情节发展是跳跃的，它起始于欢子离开双秀园，旁白曰："和欢子离婚后，我一天也没离开双秀园1号。"而这位双秀园的主人，在作品中始终未得显影。接着跳到：面目不清的男性举着一把模拟手枪对准出现在电脑屏幕上的照片射击，叭，叭；又接着跳到：现实中天桥上高举看欢子拍摄广告、大雨、称体重的男人；再跳到酒吧里唱歌的歌女（田震）；又跳到高举（高乐）身着长衫、围巾，找到双秀园，敲门而入，在仆人面前写下自己的生日，从而得到相等数字（1972.9.8）的金钱，如此等等，实在让平常观众，尤其是普通百姓如入五里雾中。当然，创作者也许会说：这部影片本来不是给平常的、普通的观众欣赏的。但是，学贯中西的美学大师宗白华先生曾经深刻指出：一切文艺"都下意识地有几分适合于一般人，所谓'俗人'或'常人'的文艺欣赏的形式和要求"。"所谓'常人'，是指那天真朴素，没有受过艺术教育与理论，却也没有文艺上任何主义及学说的成见的普通人。他们是古今一切文艺的最广大的读者和观众。文艺创作家往往虽看不起他们，但他自己的作品之能传布与保存还靠这无名的大众。""常人的朴素的宇宙观是一切宇宙观的基础，常人的艺术观也是一切艺术观的基本形式。"① 经过不止10遍学习，我依然认为，这是不可推翻的朴素而又具有科学性的道理，它应该可以涵盖影片《那时花开》及其创作者。

其二，艺术技巧是一切文艺作品不可缺少的因素，任何艺术样式都有自己独特的艺术表现技巧。关于电影，人们常说的镜头运动如推、拉、摇、移、跟，场面调度，蒙太奇、长镜头等，更是电影艺术的专用技巧。在《那时花开》里，我们可以看到创作者在运用电影技巧方面的努力实

---

① 宗白华：常人欣赏文艺的形式，《艺境》，北京：北京大学出版社，1987，166～167页。

践，如镜头剪接力求简洁，时空穿插力求灵活机动，还有"闪回"的插入、黑白与彩色的色调对比、有声与无声的听觉对比，等等。同时，也确有一些比较精心的创意与构图，给人以审美的享受，如通过吉他面板上的空洞与琴弦，拍摄的一组欢子与高举在铁路轨道间拥抱的镜头等。但也不可回避它存在的一些比较粗糙，或不合情理的布局和情景，甚至穿帮的镜头。如高举踢球腿部骨折，被欢子和张扬搀扶架到宿舍右侧上铺躺下，随后由欢子帮他写信时，时空没有割断，人却无理由地移到了左侧下铺，而且脚也已全无问题；又如海边生日聚会的一段重场戏，生日蛋糕的突现、圆舞曲之疯狂，还都可能进行艺术的诠释；接下去高举对着蛋糕蜡烛反反复复地点燃、吹灭、点燃、吹灭；两个男性青年一个大叫：为什么让我吻你？一个挖坑，抛撒照片（当然是欢子的），然后又是英文或中文朗诵；高举喊着：天亮了，欢子睡了，突然海上出现一条船，欢子大喊：那条船是来接我的！男伴却说：那是条渔船，难道你等的是渔民！又伴随着另一黑暗场景里小屏幕放映，高举在海里游……这一段落里有大量似曾相识的西方现代影像技法运用，但却不是大量中国观众的审美乐趣所在。

其三，关于艺术语言，这是专门用以完成艺术表达的独特媒介。每一门艺术都有自己特殊的艺术语言；而无论鉴赏哪一门艺术，也都得从艺术语言入手。我们说，作为一种视听综合、时空综合、艺术与技术综合的最富于潜力的艺术，电影语言就是指作品的画面、声音和镜头运用，以电影表现手段作为语言符号系统，用以对观众形成强烈的美学冲击。《那时花开》的电影语言也同样，作品里不仅欢子、高举、张扬在说话，其画面中的所有视觉因素和听觉因素也在说话。其中一些对话具有一定的哲理色彩，如"让孤独的人不再孤独，让不孤独的人感到孤独"，在绕口令式的语言表述里，留有听者思考的空间。乃至影片最后，面部有裂纹的欢子头像大广告、风中摇荡的破碎的大伞，也蕴含着作品消沉、倦怠、无可奈何的思绪。因为主创者是音乐人，作品中从片头曲到片尾曲，其音乐因素更得到了张扬，并得以形成了影片的独特美感。但是，毋庸讳言，作品的艺术语言运用，包括对话、旁白、歌词依然有着混乱、含糊、不雅，乃至不通的地方。比如歌词："谁倾听一叶知秋的美丽"，"你曾唱一样月光"等；比如三番五次出现的"我要拉屎"等；比如日历是13日，却说"新年快乐"，要开"元旦晚会"，然后在人们耳熟能详的电影歌曲"花儿为什么这样红"的乐声中，不断出现小站的假面舞会和高举在大雨中爬墙到欢子窗外的交替镜头；这些都让人感到创作者不顾艺术的内在规则，而力图把创作的随心所欲发挥到淋漓尽致。让我们仍然回到宗白华先生的论述：常人对于艺术的形式方面潜伏的要求是"在形式结构上要条理清楚，章法井然，俾人一目了然，易于接受，符合心理经济的原则。"以此观之，尽管创作者希冀着艺术形式与视听语言的创新，但过于珍爱自我，则必然远离自己不可离开的最广大的无名受众。

中国古代经典文献《文心雕龙》的"才略篇"，强调了"华实相扶，文质相称"的原则。我以为，这一具有深意的概括，可以用来理解文化艺术在内容与形式结合上的一种本质关系，它包含着作品内容的充实与丰富，也包含着作品形式的鲜明与通达，并通过整合使其相互间形成内在的关联，从而以真实的生命表现，引发接受者的感动。对于电影或其他各种艺术的创作者，是否也可以以此进行把握与要求。因为，如果要追求"第一流"的创作果实，那么，它不但在文艺价值方面应属于一流；在读者及鉴赏者的数量方面也应是数一数二的，为其他文艺作品所莫能及，这才可以算作创作者的艺术丰收与对社会作出的贡献。如果只是为了个人或少数人而呕心沥血，那么，你的艰辛奋斗也许全然失去了它的审美价值与社会意义。更何况面对广大观众的电影作品，确实有一个以什么样的世界观、生活观，潜移默化地影响着你的忠实受众，特别是年轻的、追求时尚的、喜爱你的"追星族"们的问题；对于他们，你确有一份沉甸甸的责任啊！最后，我还想真诚地说：在此类作品背后，存在着观众自身思维逻辑、价值观、生活观的介入，和在一定程度上对上述缺失的矫正，并进而产生对影片形态不自觉的认同。我们由此认为，一类叙事混淆、情节游离、意境迷乱的影片之混乱部分，一旦与电影形态深处的对话与潜对话机制相遇，后果将是可怕的。所以希望文化人以清醒的态度对待它；同时，对于今后文艺创作的健康发展寄予很大的期待。

《电影艺术》2003 年第 5 期

"权力观"的文化与艺术辨析

——电视连续剧《绝对权力》读解

一、围绕"权力观"的深刻文化阐释

27集电视连续剧《绝对权力》，有其不同寻常的思想震撼力与艺术吸引力。它以独特的视角、独特的构思、独特的形象，运用电视剧独特的叙事手段，紧紧地围绕着在当今社会十分敏感、从领导到百姓各行各业无不关注的"权力"二字做足文章，使作品因之产生了振聋发聩、动人心魄的巨大张力。

顾名思义，《绝对权力》的核心自然是"权力"；剧作的命名显示了它的明确指向。

"权力"，在词典上被诠释为"政治上的强制力量"；《辞源》则释为"权势和威力"；总之，是执掌权柄，掌权、当权者也。在封建社会，帝王执掌着最高的权力，国家即朕，朕即

国家，黎民百姓只配当统治者的牛马和奴隶。在社会主义的中国，各级干部理应作为人民的公仆，为广大人民的根本利益而鞠躬尽瘁，绝非手握权柄高踞于人民头顶上的统治者或老爷。但是，数千年的封建主义之深度影响，使我们的干部在"权力"这一重大问题上屡屡跌跤；而几乎所有的腐败现象，也无不与"权力"二字有着密不可分的联系。近年纷至沓来的现实题材，尤其是反腐题材的电视剧作，如《大雪无痕》、《省委书记》、《人间正道》、《中国制造》，以及《黑洞》等作品中，都不可避免地涉及"权力"存在之显性或隐性的正负作用，却都没有像《绝对权力》如此鲜明而深刻的暴露与解剖。这部剧作正是通过富有感染力的艺术创造，紧紧扣住"权力观"，深入地、集中地开掘出发人深省的社会人文内涵。姑且将其概括为四个"一"字：即一个错误观念——权；一串黑恶毒瘤——钱；一群红色勇士——情；一场红与黑的生死搏斗！

《绝对权力》以当代改革开放的社会生活为背景，以中国某省经济高度发达的第一大市镜州为中心，上通北京和省会，下达乡镇和村民，构筑了一座有着巨大空间的舞台，围绕着"权力"，上演了一出"全方位立体战"式的惊心动魄的戏剧。

第一主人公市委书记齐全盛，为人堂堂正正、敢作敢为，是一个典型的富有开拓精神和感情内涵的领导者。7年前，他向当时的省委索要"绝对权力"，要以这种独断专行的钢铁意志开拓局面干大事，创造镜州的辉煌局面。7年后，他做到了自己的承诺，实现了自己的梦想，得到了镜州百姓的爱戴。但是，正是在这"绝对权力"的笼罩下，酿成了镜州从未有过的严重腐败大案。我试着就剧中比较重要的人物制作了一份立体关系图，并配以鲜明对比的红、黑二色，于是发现了其中令人深思的现象：身在红色营垒的主角齐全盛，在全身心投入镜州的改革开放、经济建设，赢得了辉煌成绩的同时，却又发展了一个极其错误的观念：坚持拥有不受监督的"绝对权力"，并从而构筑了一个以他为轴心的权力磁场，他成为此中最强有力的磁极，迫使进入磁场的每一粒铁屑都按照他的意志运行。他坚定地认为，这样做不仅仅是对自己的政治生命负责，更是对镜州改革开放的成果负责。事实上，他的确充分运用自己的铁腕政治指挥着镜州这一方土地，7年间，镜州的平均经济增长率达到26％，是全国平均经济增长率的188％，人均国民总收入和人均国民收入双双进入了全国前5名……但也正是因其坚持拥有这种至高的权力，而直接或间接、密切或不密切地勾连起黑色营垒中的大大小小邪恶势力，造成了几乎使镜州"翻船"的巨大灾难，犯下了极其严重的错误。而正气凛然的齐全盛绝未想到的是：自己的妻子（高雅菊）和女儿（齐小艳）竟然双双落马，一个因为收纳犯罪分子的一枚钻戒和在犯罪集团指使下炒股获得230万元巨款，被实行"双规"；一个更深陷泥淖，作了犯罪分子侵吞国家数亿资金的挡箭牌，二人皆成为黑势力手中的筹码。为此，自己不仅必然受到组织的审查，也给全局性的大案查处增添了巨大的困难。究其根源，仍然在于"绝对权力"带来的恶性结果。

令人赞叹的是，剧作的深刻性并未停步于此。它又进一步向纵深开掘。随着剧情的起伏推进，随着人物的命运跌宕，创作者明确地提出了一个新的命题与概念："递延权力"。所谓"命题"，按照权威辞典的界定，是指"表达判断"；所谓概念，其同样来源的界定，则是指"反映对象的本质属性的思维形式。人们通过实践，从对象的许多属性中，撇开非本质属性，抽出本质属性概括而成"。剧作的主人公之一、红色营垒里公正无私、疾恶如仇、胸怀宽广、智勇双全的省纪委常务副书记刘重天，在经历了查处腐败大案的风雨历程，在深入地思考造成镜州重大腐败事件的种种复杂交错的不正常现象之时，得出了一个重要结论、一个"在脑子里突然冒出的自己创造的词汇：'递延权力'"。可以认为，这是剧作核心立意的扩展与深化。难得的是，创作者隆重推出这一创造性的新概念，不是依据自己的推理和判断，而是让人物（刘重天）在现实生活当中遭遇各种"权力现象"，不仅仅围绕着情节主线，而且涉及相关、相连的各个方面。不论第一把手齐全盛，还是反派女市长赵芬芳，甚至假冒的国家领导人之子肖兵，等等；特别是触及自己，虽然一心为公、严于自律，却依然未能杜绝身边人如酒鬼小舅子、家庭小保姆乃至其兄，以及触犯刑律关在监狱里的过去的秘书，皆能因为权力的"递延"，而拥有各种足以产生腐败的"特权"。针对这些享用"权力"的林林总总怪现象，从"几乎涉及我们每一个党员干部"的腐败现实，他对省委书记郑秉义阐述了："领导干部本人的洁身自好并不能保证不出腐败问题啊。如果不警惕，不在制度上堵住漏洞，我们手上的权力就很可能经过亲友、身边工作人员之手，完成利益的交换。"应该说，刘重天经过深思而发现的关于"递延权力"的重要结论，的确是关系到我们执政党生死存亡的根本问题；但作品并未诉诸理性论述，而是以浓墨重彩铺衍开形象生动的描绘。由刘重天自己的亲身体验、到齐全盛事件的深入调查，经过情节的一次次展示、细节的一层层叠进，才有了那突然爆发的、闪动着思想光芒的灵感。这也很符合一个新的概念形成的规律：人的认识从感性上升到理性，把握了事物的本质，对事实加以总结和概括，从而获得科学性的成果。当然，在《绝对权力》中，这是通过艺术的手段完成的。

围绕着"权力"的争斗，必然包括正反两个方面，而这两个方面，又必然有着内在的、紧密的联系。剧中着意展现的"一串黑恶毒瘤"的牵头人、黑色营垒的主角女市长赵芬芳，正是深谙齐全盛刻意掌握"绝对权力"内涵之奥秘，凭着在齐书记面前见风使舵、乖巧逢迎，得到了齐的赏识，被提拔当了市长；但对她而言，这只是攀登权力阶梯的一个台阶。随着权力野心的膨胀，她费尽心机去实现她苦苦追求的"老一梦"。在她看来，"一把手"意味着说一不二，意味着一手遮天，意味着指鹿为马！不是一把手，就不可能有自己的政治意志；没做过一把手，就等于没当过官，哪怕高居市长之位！于是，她不惜用卑劣手段勾结黑恶势力，作权力与金钱的交易，以牺牲巨大的国有资产为代价，企图达到买官升迁、登上镜州市权力顶峰的险恶目的。她权欲熏心、利令智昏，错误地估计了形势，在镜州市兴风作浪，制造政治地震以图抢班夺权，取齐书记而代之。为此而结党营私、形成了一条粗大的黑线，串连起两个市委常委：副市长白可树、市委秘书长林一达的腐败大案；串连起市内占据了相当权力的腐败分子，如为虎作伥的公安局副局长吉向东；更串连起本市黑恶势力的总后台、金字塔集团老板金启明妄图吞并大型国有企业蓝天集团的狼子野心；甚至串连起北京来的冒名国家领导人之子的政治诈骗犯肖兵，等等。这一串黑恶毒瘤，形成了一个盘根错节的立体交叉网。活跃其间的黑色企业家金启明，正因为认准了权力与资本相结合可以建造一切，依靠一次次对"权力"的投资、收购和经营，铸就了显赫的"金字塔帝国"。腐败分子和邪恶势力相勾结，不仅在太阳的阴影之下，吞噬着人民创造的财富，更进而妄想使人民的镜州改变性质，成为属于"金字塔集团"的"新时代"。而其所以得逞，不可否认与齐全盛在镜州实行一言堂、家长制、不受监督的"绝对权力"之间的内在关联。

《绝对权力》是一个故事，也是一个话题。这个话题的意义远远超过了这个故事。这个故事的结局，是给人以鼓舞和力量的；而从这个话题中，更深刻揭示出"绝对权力"是一种十分危险的封建主义余毒。如果说，"绝对权力"是一个在新的历史时期出现的新概念、新提法，其源头却是陈旧的，是几千年封建专制建立在小农经济基础上的"乾纲独断"老古董的变种。在中国历史已经发展到全新的社会主义阶段之时，还要坚持不受监督的"绝对权力"，否定集体智慧和民主集中制度，必然与我们遵奉的辩证唯物主义哲学及共产主义世界观背道而驰。特别是一旦陷入盲目时，其危害性更大。无数事实已经证明，失去人民监督的绝对权力，必然导致绝对腐败；因而，它也必然严重地破坏社会主义的根基。它给予我们的教训是惨痛的，更是发人深思的！

鲜活的、富有生命质感的红色、黑色形象，以其深邃的思想内涵与艺术展现，带给人们关于"权力观"的无尽思考。

二、围绕"权力观"的精妙艺术展示

剧作构思的精妙，还在于创作者在精彩地演绎一场红与黑的生死搏斗之中，在艺术地展现这场全方位立体式的、惊心动魄的较量之中，一方面如上述深入三个主人公灵魂深处，开掘其曲折复杂的人生轨迹；另一方面又生动形象地描绘出一群红色勇士所面临的政治道德和人性良知的双重考验，和他们面对着党性原则和战友情义的庄重选择。在红色营垒的人们投身于这场没有硝烟的激烈战争之严酷氛围里，创作者特别提出了一个富有意蕴的概括："同志加兄弟"。同志讲原则，兄弟讲感情，这是一种既简单又复杂的真诚关系，既可以覆盖作品中所有搏击于这一特殊战场的大小人物相处的本质；更可以囊括现实生活中为崇高理想而奋斗的志同道合的战友结合的基础，将会引发观者广泛的联想与体悟。就《绝对权力》而言，对于齐全盛一力主张的"绝对权力"，从现在北京的老领导陈百川，到现任的省委书记郑秉义；从前后搭档的刘重天，到廉洁奉公的常务副市长周善本，无不坚持原则，旗帜鲜明地进行批判甚至鞭挞。但是，对于齐全盛的道德与良知，又都有其本质性的正面分析与认识，因而真诚地给予他兄弟般的情感关怀。刘重天初到镜州，与齐全盛在风雨中别有意味地握手，进行了第一次暗藏机锋的交谈。但在主持办案不断深入的过程中，他深切地理解着齐全盛的苦恼，而深沉地叮嘱助手把握好对齐的分寸："共产党人也是人"，要"讲人的正常情感"；并且明白无误地向齐全盛表示："在做人上我还是服你的，你这个人，搞阳谋，不搞阴谋。"老领导、原任省委书记陈百川返回省城，敞开心扉开导身处逆境的齐全盛，要正确对待举步维艰的老搭档刘重天。他激动地强调："为了国家利益、人民利益和改革开放的大局，我们已经付出了这么多，就不能在同志的感情上再付出一些？"使齐全盛为之动容、动情，热泪盈眶。在经历了双方的坦诚交锋、与心灵的激烈撞击之后，齐全盛心怀坦荡地告诉解除"双规"的妻子："重天的党性、人格、政治道德，都是我齐全盛比不了的，都是我要学习的！"。经过严峻、激烈的搏击与道德、良知的洗礼，全剧结尾处，当两个战友的双手紧紧地握在一起之时，我们的眼前宛如出现了一座巍然屹立的长城、任何邪恶势力摧毁不了的钢铁长城，人性之美所蕴含的美学意味油然而生。

围绕着人与法、情与理之间的"原则"与"感情"，值得我们关注的，还有创作者倾注心力、颇见光彩的一位贯串全剧的主要人物："既讲政治原则、又讲个人感情"的智者——省委书记郑秉义。作品中对他虽然着墨不多，但赋予分量很重，通过情节进展，在几处关键部位，着力点染出他善于在错综复杂的形势中，将社会主义的巨轮引向正确的航道。在这一形象塑造上，其特别的闪光点，也可看作点睛之笔的，也正是关于讲"原则"与讲"感情"的笔墨。我们可以看到，在牵动上下的镜州反腐斗争中，他既能坚定地维护改革开放的大局，又能丝丝入扣地把握下属干部的命运曲直。面对镜州市如此严重的腐败大案、与几乎遭遇全局性颠覆的突降灾难，他忧心如焚却又清醒镇定，从选择专案组长刘重天、到适时把握镜州形势的发展变化；或身在省城而随时关注案情进展，或亲赴镜州以深入研究事实情状。作为省委一把手，他不仅处变不惊指挥若定，强有力地推进着案件的查处；更重要的是进入深层思考、破解根源、寻求治本良策。创作者以俭省的笔墨让他仅有几次出场，但每次都突显其鲜明的原则与浓烈的情感：如对刘重天委以重任，又细心地体贴刘的难处，给予考虑的时间；但同时又强调原则，明确指出：齐全盛不应该有什么绝对权力，你也没有这种绝对权力。继而他来到镜州，一方面实事求是地肯定了经济的飞速发展、改革开放的成就；又着重强调对权力监督制约的制度创新，要求刘重天思考腐败问题的根子何在，到底该怎样从根本上解决。面对错误严重却未能清醒认识的齐全盛，他着意表扬市委门前太阳广场的设计构思："人民就是太阳，创造人类历史的动力只能是人民！"时，又语重心长地借题发挥："我们的权力是人民给的，我们是人民的公仆，只有人民才拥有这种至高无上的绝对权力，而我们任何一个人都没有什么不受监督的绝对权力。"并强调指出："父母官"的称谓散发着封建僵尸气息。公仆，就是人民的儿子孙子，这个位置不摆正，没法不犯错误！他一面要求齐全盛对镜州的经济发展继续负责；一面又恳切地表示，可以不惜代价到北京专请大医院的名医为齐诊治疾病。其原则立场是非如此分明；但在严格与严厉之中，对干部的挽救与爱护之情也溢于言表。而之后，齐全盛因为妻子出事被留在省城"回避"时，他仍然郑重地向副书记李士岩交代：有问题一定要查清楚，任何时候都不能违背原则；同时，又不能伤害这些同志的感情，影响我们改革事业的深入发展。同志必须讲原则，兄弟一定有感情；"同志加兄弟"，既是我们所有革命者克敌制胜的法宝，更是每个党员干部面对复杂错综的社会现实，所应怀抱的党性原则与人性良知。这也是《绝对权力》给予我们的一个鲜明而独特的人文启示和美学启示。

在作品中给人留下难忘印象的，另有一个普通却不平凡的人民公仆——常务副市长周善本。创作者着力塑造的这个朴实无华却闪耀着强烈人性光芒的形象，不仅涵盖了剧作里的一方世界：镜州市和省城红色营垒中不可或缺的人群；更具有伸展开来广及全国的典型意义。这位兢兢业业、勤政廉政、鞠躬尽瘁、死而后已的"人民公仆的标杆"在剧作中的独特展示，首先在于他以几乎毫无声息的低调姿态工作着、生活着。他默默地为镜州百姓的衣食住行拉车驾辕，自己却一直居住在破旧的工人宿舍；他默默地为镜州经济的持续发展辛劳奉献，自己吃的却是一盘生黄瓜；他默默地为另一类"公仆"擦屁股、为腐败势力造成的灾难局面力挽狂澜，自己却刚刚拔掉输液的针头；一切都是心甘情愿地付出，直至心力交瘁，因其高难度、强节奏的工作效率，猝死在行驶着的汽车里。作为一位廉政奉公、勤政为民的人民公仆，从他身上散发出的感染力，是以"润物细无声"的艺术形态，一点一滴地浸润着观众的心田；使人不由得从内心感喟不已。但创作者的笔力并未至此而已，还有第二个层次的开掘与发挥。在红色与黑色双方交锋的过程中，面对大是大非，他从另一个方面展示了人格的魅力：他不只是"讷于言"的行动者，而是运用自己切实的判断，明确辨认齐全盛的人格、品性；主动对齐表示："您对咱镜州是有大贡献的"，"省委会凭良心对待您的"；还一再提醒主持调查工作的老同学刘重天：镜州干部群众对齐全盛有口皆碑，对老齐一定要有个正确认识。特别是在斗争趋向白热化的时刻，在市委常委会上，他一反平日的木讷，挺身而出历数齐全盛开拓与发展镜州经济的辉煌业绩，批驳赵芬芳对齐的疯狂攻击，并直言不讳地揭露赵芬芳的阴谋，保护镜州国有企业蓝天集团的生存权利。而在逝世前一刻，遇到被赵芬芳扔到远郊垃圾场的数十位退休老同志时，他震惊、痛心、悲愤交加，不仅主动采取措施解决问题，并且流着眼泪对大家表态："我们这个政府，是为人民服务的政府，不是没心没肺、祸害人民的政府！"正是此时，他自己也走到了作为"人民公仆"的最后时刻。创作者以这个普通而不平凡的丰满形象，树立起一个真正的共产党人的标杆。

统观全剧，我们通过艺术的展示，看到了一幅具有一定真理性的图表：

相对权力——公仆——奉献——清廉

权力——权力观——监督——人民——生死搏斗——同志加兄弟

绝对权力——老爷——索取——腐败

在这张简表中，我们可以发现权力与清廉、与腐败的内在关系与逻辑规律。其间强烈的对比印证着：最优秀的同志在共产党内，最无耻的败类也在共产党内，这就是中国在向市场经济和法治社会转换过程中的现状！每个当权的党员干部，都面临着做周善本，还是做赵芬芳的拷问。而其实质，正在于：应该怎样使用人民交给的沉重权力？是以权力为梯子，爬到人民头上做人民的老爷，吃人民的肉，喝人民的血，再把人民当垃圾一样扔掉；还是像周善本那样，俯下身子，为人民拉犁负重，为人民做牛做马！这的确是一个历史性的问题、严峻的问题！正如郑秉义的大声疾呼：我们这个党在战火中没有倒下，也绝不能倒在腐败的深渊泥潭中！这也正是我们看完这部对于人的灵魂具有精神震撼力与审美冲击力的作品之后，心中留下的长久思索及明确结论。

《中国电视剧名篇读解教程》

北京师范大学出版社 2005 年版

民族电影的独特审美魅力

——观《吐鲁番情歌》、《美丽家园》

有幸参加了以"弘扬民族团结进步，构建社会主义和谐社会"为主题的"少数民族题材电影研讨会"，观摩了两部由天山电影制片厂精心制作的影片：《吐鲁番情歌》与《美丽家园》，受到很大的感动与教益。

首先，两部影片又一次印证了我们的少数民族电影对于中国电影发展具有的重要价值与文化意义。通过这两部影片，以及过去观赏的部分影片，深深感受到民族电影蕴藉的我国少数民族文化的深厚内涵是十分惊人的。其中突出呈现的丰富题材与敦厚情怀，感动着每一个观影者。仅就天山电影制片厂而言，位于祖国西部边陲，自然会遇到许许多多创业过程的艰难险阻，但是"天影人"却始终不渝地坚持"二为"方向和"双百"方针，以"艰苦奋斗、敬业奉献"的"天影"精神，在 48 年的历史征程中，创作拍摄了 105 部故事片，49 部（312 集）电视剧，119 部（集）科教片、专题片纪录片；以及译制了 2376 部少数民族电影、电视剧，大量作品获得国家级、省部级大奖。翔实的数据充分地显示了他们对于中国电影所作出的突出贡献。近年来，曾经在电影观众中留下深刻记忆的《良心》、《真心》、《爱心》和《库尔班大叔上北京》等作品，已经成为天影厂社会文化效应的优秀品牌标志，让喜爱电影的广大观众更加关注天影厂及其他少数民族电影的面世，并因其独特的民族艺术风格而得以享受独特的审美愉悦。

其二，《吐鲁番情歌》与《美丽家园》为我们带来了强烈的新鲜审美感受。

两部同为天山电影制片厂新出品，在艺术的呈现上可谓有同更有异。在观者的感受中，这两部影片总体上都达到情致感人、内涵动人，明显地渗透着创作者的真情；同时，人们又可以鲜明地捕捉到二者迥异的艺术风格。在观影过程中，前者绚丽明艳的维吾尔风情扑面而来；后者天宽地阔的哈萨克草原沁人心怀。

观看《吐鲁番情歌》，我们可以感悟到：在绚丽的青春质感之中的生活冲撞所给予观众的审美冲击力。——影片以一个家庭的故事为主线，串联起女主人公小女儿阿娜尔罕、大女儿康巴尔汗和儿子普拉提的爱情追求，由于老父亲哈里克的固执而引发的家庭矛盾和情感纠葛。父母与儿女之间的冲突与和解、姊妹和兄弟之间的亲情与理解，乃至过去与现在的历史情分与恩怨，等等，故事情节在日出日落、月圆月缺的时空之中曲折发展，终于化解为"有情人终成眷属"的圆满结局。其间充溢着真实的生活情境、真挚的情感付出，从中更可以触摸到创作者们的真心投入。与情节紧密相连，影片中有机地穿插运用了在新疆和内地广为流传的四首经典情歌《吐鲁番的葡萄熟了》、《掀起你的盖头来》、《半个月亮爬上来》、《阿拉木汗》，在歌声的陪伴中，演绎了两代人不同的情感追求与苦乐人生，从而生动地展示出影片蕴含的现实生活的典型性。

鉴赏《美丽家园》，我们可以体味到：在平实的生活情境之中的生命追求所赋予观众的审美感召力。——影片细致地描绘了一个草原人家老少三代在艰难生活中前行的故事。老伴离世、长子车祸，孤独的老牧民胡纳泰把草原视作自己的生命，为守住一个"完整"的家，他苦心盘算着让小儿子阿曼泰迎娶守寡三年的大嫂加娜；而阿曼泰却一心要得到漂亮的大学生玛依拉的爱情，并在她的影响下，向往现代化的城市生活；同时，邮递员海拉提又苦苦追求着善良贤惠的加娜。这里，在看似平静的日常生活中，蕴含着人物内心并不平静的灵魂博弈；在悠长的乐声中，铺衍着老人、青年、女人和孩子无尽的生命追求。尤其难得的笔墨是：当阿曼泰经过现代城市的磨砺，回家送别亡故的父亲时，面对苍茫的草原和洁白的毡房，他深刻地感悟到自己与故乡永远联结在一起，草原就是自己生命的根。影片给人留下了深长的回味。

这两部影片给予电影创作者的启示是多方面的。它们以自己的艺术呈现而彰显其浓重的文化含量，尤其是充溢其间的各个人物的生命律动，影响着观看者于不知不觉中受到牵引，产生与之共振的生命律动，于是，审美感应也就不期而至了。而立足本土，突出新疆特色，使作品因其独特的不可替代性，赢得广泛的观众认同与喜爱，更是非常重要的规律。影片的情节与细节的民族特性、人物与语言的民族特色，包括《吐鲁番情歌》中一些比较夸张的语言和肢体动作，如阿娜尔罕的舞蹈；或《美丽家园》中一些富有特色的民族风习，如阿曼泰的叼羊；由之构成了丰富生动、色彩独具的风情与格调，因而产生强烈的审美张力，成为吸引观众的关键因素。特别是创作者准确地把握维吾尔民族与哈萨克民族自有的独特情感脉搏和心理特质，运用符合于民族格调的独特电影语言进行艺术的诠释，更增加了影片的艺术吸引力。当然，我们也不可忽视两部影片贴近生活、贴近群众、贴近实际的艺术特征。其题材选择、主题确立、故事编织、人物塑造、语言运用，等等，无不来自对于当前鲜活的社会时代旋律的体认，体现出电影厂和创作者关注现实、关心社会、关爱人民的创作思想；也正因如此，从作品中散发出来的新鲜的生活理念、新鲜的情感剖露、新鲜的心灵展示，新鲜的语言色彩，配以朴素、流畅的镜头画面，形成了与众不同的独特艺术魅力。两部成功的艺术创作，作为标志性成果，不愧为天山电影制片厂自觉进行新的艺术攀登的里程碑石。

《当代电影》2006 年第 3 期

江与人的生命交响曲

——《再说长江》之"再说"

看了中央电视台近期播出的 33 集大型电视纪录片《再说长江》，不禁思潮起伏，深受震撼。

纵观世界上任何一个民族发展的起源，似乎都与一条河流紧密相连。即如人们熟悉的"四大文明古国"，就包括了"两河流域文明"之巴比伦王国，位于底格里斯河与幼发拉底河两岸的美索不达米亚平原；"尼罗河流域文明"之古代埃及，是世界文明发源地之一；"印度河流域文明"之古代印度，同为世界文明发源地之一；再就是有着五千年文明史的中国，拥有流淌了亿万年的母亲河：长江、黄河。由此可见，长江对于中华民族的重要意义是如何估计也不过分的。在我国文化史上，历朝历代的文人墨客写下了无数吟咏长江的诗文，都在"话说"长江。20 年前，中央电视台隆重推出了我国第一部大型系列电视专题片《话说长江》（25集），一时间，这档独具视听震撼力的节目令国人为之倾倒，百姓奔走相告，城乡家喻户晓，很多家庭每个星期日晚上"像过节一样，早早地坐在电视机前"，等待着它的到来；每周一集的《话说长江》，创下了至今未能超越的40％收视率。时光荏苒，20年后，中央电视台又向广大观众倾力奉献出这部极具视听震撼力的《再说长江》，让我们民族的母亲河再度作为我们伟大时代崭新变化、我们和谐社会崭新发展的鲜活印证。从"话说"到"再说"，我国电视创作者一次又一次带给观众以愉悦身心的视听盛宴。我想，若干年后，还会有"再再说"……因为她孕育了中华民族的悠久生命，她承载着中华民族的精神文明，她是一个永远说不尽的话题。

此番"再说"，其核心在于一个"再"字，而其落点则在于一个"变"字。创作者们以此为主旨，走向万里长江，从源头到入海口；走向长江沿岸，从西南到东南，足迹遍及半个中国；更走向千百万长江人，乃至亿万中国人的心田，悉心探寻着新时代的中国从物质到精神的巨变。

首先，是20年长江的巨变。总编导李近朱说过一句富有哲理的话："古希腊的哲人曾经说过，没有人能够两次踏进同一条河流。这是因为万事万物都处在不停的变化当中。"对于《再说长江》创作者们，这种唯物辩证的观念给他们以追求的动力，推动他们从北京奔向长江之源"姜根迪如冰川"。在海拔5800米雪线之上，在充满生命凶险的地方，他们不仅以朝圣的心情，去寻找那通过"话说长江"滴落在亿万人心头的"圣洁的一滴水"；更以生命为代价，创造了电视拍摄的新纪录：动用人民空军高原型黑鹰直升机，第一次用高清摄像机，"用鸟的视角、飞的视角"、常人不能看到的视角，拍摄出冰山的海洋，记录了长江源头的最新影像和76条巨大现代冰川的壮丽身姿。生长在长江边的总制片兼总编导刘文告诉我们："向下俯瞰的那一刻，我被深深地震撼了。巨大的冰川如利爪般从山谷中探出，汇聚成一条蜿蜒的通天河，在阳光的照射下，像一条生命的血脉，这就是长江的源头，是这条奔腾了亿万年的大江生生不息的心跳。"诗一般的语言表述了创作者发自内心的激情。在创作者们的心中，长江是一个巨大的生命体，不同的地段，有不同的容颜；不同的天气，有不同的情绪。从起始到如今，长江活在他们的心里，他们活在长江的水中，直至永远。为了让观众形象地看到这条养育了无数子民的大江，创作者们又创造了一个新纪录：第一次使用了中央电视台自有的 11 机型直升机，对长江全流域的干流、支流，进行大规模航空拍摄；并运用高清动画和卫星遥感合成长江水系的全貌，为观众展现了万里长江的雄姿，观照其亘古造化的自然奇观、流淌千古的生命迹象，真实地记录了华夏万里河山巨变、民族千年梦想成真。而当摄制组行至长江入海口，他们又再次创造了一个新纪录：第一次使用 A109 机型，对世界最大的河口冲积岛——崇明岛进行航拍，用高清摄像机记录下长江口最新陆地的壮观影像。当然，长江的巨变也必然包含并印证着祖国 20 年来经济形势的巨变，因为她流经的是改革开放以来中国高速发展最集中最典型的地域。现今的中国业已成为发展中国家中一个备受世界关注的强国，它的惊人变化即时地刻印在长江的变化之中。人们常说的我国"四大跨世纪工程"就与长江紧密相关。世界最大的水利枢纽"三峡工程"，以一百余项"世界之最"，被国际中国问题专家誉为"中国走向世界强国之林的标志性工程"。这一"截断云雨，矗立西江"的旷古绝唱，实现了一个民族几代人的梦想，保护着沿江的千里沃土，造福于中华万代子孙。在世界海拔最高的高原，面临着"多年冻土、高寒缺氧、生态脆弱"三大世界性铁路建设难题，创造了让人瞠目结舌的奇迹，建成线路最长的"青藏铁路"，从根本上解决了西藏与内地，乃至与世界的贯通共融；同时，也凸显其巩固国防安全的战略意义。世界最大的横贯长江上、中、下游的水利工程"南水北调"，和世界最大的电力工程"西电东送"，正是伟大的长江给予中华民族新能源的爱心抚育。亿万年来自各拉丹冬雪山的清澈水滴凝聚融入滔滔江流产生的水能，终于变成巨大的电能资源。在当今全球能源危机和中国电力短缺的情况之下，三峡产生的巨大电力将为我们带来巨大的惊喜，"清洁的、可再生的三峡电流将照亮半个中国"。此外，还有长江上游中国最大直辖市重庆之令人不可思议的高速变化；长江下游"长江三角洲"的迅猛发展和上海浦东的急速崛起，等等，均与浩瀚长江血肉相连。所有这些内容，一一进入了《再说长江》影像记录之中，创作者与观众共同见证了长江的巨变，也大大开拓了《话说长江》原有内涵，铺衍了新的篇章。归结为一句话：通过影像展示的现代化长江，对于民族振兴、国家强盛、社会和谐、百姓幸福的意义和价值，是如何估计也不会过分的。

第二，是 20 年人的巨变。正如《说文解字》对于"人"的诠释："天地之性最贵者也"，《再说长江》的创作者们秉承"天地之间，唯人为贵"的理念，一再强调：如果要寻找它与《话说长江》最大的区别，"一定是一个'人'字"。从中央电视台的领导到这部作品的制片人、总编导，到参与其间的创作人员，在阐述《再说长江》的独特内涵时，莫不突出了这个"人"字："新时代的长江，充分体现出了 20 年来中国在人与自然、人与经济、人与文化等多元发展中的巨大变化。"于是，创作者们首先确立的是"以人为记录主体"的创作理念；于是，创作者们遵循着"以人为主角，以故事为载体，以情感为核心，以真实为灵魂"的创作原则，投入自己的全部智慧和才华。于是，我们随着长江而走，看到了通过影像记录的数百位生活在长江边的，有着鲜活的形象、生动的面孔、灿烂的笑容的人物和他们真实感人的故事。

在长江源头，我们看到了寒冷荒芜的生命禁区里执着坚守着的布尕玉一家人，这是万里长江住得最高的家庭。女儿白玛每日汲取着各拉丹冬雪山的第一瓢水，日复一日地操持着家里的柴米油盐、照顾着三个男人，这就是长江母亲施与恩泽的第一户人家。他们的生活与大自然达成了如此亲密的默契，与壮丽的冰川共同展示着生命的顽强与坚忍。我们还结识了高原上的铁血卫士——喝着长江源头水长大的、可可西里国家级自然保护区管理局局长才嘎。这位有着典型高原人相貌的藏族汉子，和同伴们拼着性命巡行于雪域高原，让觊觎珍贵动物藏羚羊的盗猎分子闻风丧胆。他还是把藏羚羊推向国际奥运会的大功臣。他以智慧的头脑，总结了与奥运会宗旨不谋而合的藏羚羊精神：一、"更高"：生活在世界屋脊，被称为"高原精灵"；二、"更快"：在严酷的自然环境中，每小时能以 70～110 公里的速度驰骋；三、"更强"：生活于"生命禁区"的可可西里，足以证明其顽强的生命力，最后终于使藏羚羊入选奥运会吉祥物。在《再说长江》中，卫士才嘎作为来自长江上游的"长江之子"，代表着一群为了生命和信仰而奉献的人，为观众呈现了生态保护与长江的关系。面对这些多少年来用鲜血守护生命，以心血浇灌自然，捍卫着人类家园的勇士，我们的心灵在瞬间获得了净化和升华，又一次体悟到生命的意义。紧接着，我们又在北临玉龙雪山、三面环绕着金沙江的丽江古城，看到了中国独一无二的景致：每天的清晨和黄昏，以清澈泉水洗街的丽江人。其间 50 来岁的李实的家已成为丽江敞开大门迎接宾客的古宅之一；而他的知名度，却来自客人们争相一见的"激沙沙"（纳西语：用锁把象征吉祥的水锁在房子里）。他的家正是丽江古城少数有水流进的地方。水从他家的灶台下流过，在院墙外分出两条小溪，当地人称为"激沙沙"；他的客栈就命名为"激沙沙"。在丽江，人们深深地感受到日复一日地流动在古城之中"天人合一"的和谐给予人类生命的无尽愉悦。

在长江上游，我们走进举世震惊的"三星堆"巨大博物馆。这一古文化遗址接续 30 年代因"殷墟"发掘学术界确立黄河流域是中华文明源头的观点，在水量超过黄河数倍的长江上游，曾经只存在于神话和传说之中的远古蜀国身影渐渐呈现。数以千计的出土文物，里程碑式地印证着中华文明的多种起源。《再说长江》的创作者以现代影像的魅力告诉观众，是这一有着更接近人类的蒙昧和野性，也更接近天空和神灵的长江流域文明古国和青铜盛世，改写了中华民族古老的文明史。国际的历史研究者将这一发现与古埃及、巴比伦、古希腊和玛雅文明相提并论，称之为"世界第九大奇迹"。而中国学者则从中得出结论："如果没有对巴蜀文化的深入研究，便不能构成中国文明起源和发展的完整图景。"同时，我们在可以称为"童年长江"的段落中，既看到了佛的故事，又收获了人的故事，有的时候人与佛已难分彼此。在四川乐山三江交汇处，一座世界最大的、依托整个凌云山系的巨大佛像，让人们发出惊叹。这座稳坐于激流江畔巨崖之上、代表光明和幸福的弥勒大佛，临江镇水神力无边，彰显着古人充满象征意义的选择。而大佛的背后，是佛教的神圣教义和佛学的深奥哲理。人们怀着虔敬追寻巨佛来源之秘密，影像中选录的唐代碑文揭开了谜底：僧人海通为镇住江中兴风作浪的妖魔，终其一生修造巨佛，至后人续修完成历时九十余年。而影像中呈现的2006年峨眉山消失已久的巨佛和寺院群从与天相接的金顶脱颖而出，在神话般的画面里蕴含着佛教的至理：这意味着来自一个时代的殊圣因缘；再过千百年，人们又可从这一形象的史志中，看到当年兴盛的时代。长江一路广纳百川，于是而有了赤水河畔的茅台镇，茅台人酿制了茅台酒。1915年在美国的世界万国博览会上，土陶罐偶然摔破奇香四溢，征服了各国评酒师赢得金奖，从此以其无与伦比的品质蜚声海内外。而它的发生，既受益于大自然的造化，更得益于人的智慧与力量。创作者通过影像中的细节和故事，告诉我们其最大秘密来自于人，而人与水都是富有生命的事物；从而启示我们对长江和长江人进行生命意义的关注与思考。当然，还有已经被媒体瞩目的《话说长江》中重庆的晨跑男孩李曦，20年光阴浓缩于同样的晨跑，在鲜明对比中凸显人的故事和情怀。他生存于有着3000年岁月年轮、以水火为悬念的城市；从事于制作最新的重庆城郊地图的工作，地图翻新率已缩短到每三个月变换一版；李曦习惯用"奔跑"二字来形容自己今天的生活。在重庆不可思议的高速发展中，聚集着重庆人的血性和胆识，"奇特的环境形成了人与城市的性格历史，刚猛迅疾却又极具韧性"，因此创作者得出如此的判断：从根本上讲，重庆人急促、快捷的言行，源于险山恶浪中的一个个生死瞬间；重庆也由此而被命名为"水火相生的城市"。

在长江中游，围绕着"三峡"，有太多引人遐思的故事和鲜活生动的人物。在这里，人们可以看到因为创造奇迹的三峡工程建设而开展的文物抢救和由此带来的严峻课题。20 年前《话说长江》摄制组来到此地时，三峡地区还是考古学家未曾涉足的处女地；20 年后《再说长江》摄制组来到此地，处于淹没线下的古迹，已成为抢救的重要对象。是"三峡大考古"，使得一个朦胧的民族渐渐显影；当今世界第一个 40 米深的水下博物馆中 30 万件文物，让人确信这里有过大唐盛世和宋韵明风，雄辩地证明了三峡的文明史与中华文明史息息相通。而举世无双的三峡百万（113 万）大移民，又是一出令人惊叹的人生活剧；这是世界水利移民史上一次空前的人口大迁移。其中可以作为典型代表的是家门正对着瞿塘峡的冉应福。这位和长江风浪打了几十年交道、驾驶技术极好、又最勤快最能吃苦的船长，带领全家 9 口人告别故土，举家迁徙到安徽。在难舍难分的时刻，他把自己人生半百的故事留给了家乡和大江，将所有的言语凝聚成一句掷地有声的心声："为了国家建设，舍小家，保大家！"正是这样以百万人计的离别，正是这样"反正爱国"的冉应福们，成就了新时代的伟大工程，使它成为人与大自然亲密对话的杰作。25 年前，被称为万里长江第一坝的葛洲坝落成，为当今的三峡旷世工程埋下伏笔；今天，2000 多米的三峡大坝全线贯通，让亿万年奔流不息的长江又开始了更新的变化。将近 30 年没有离开过葛洲坝，把宝贵的青春献给了长江的李秋菊，就是最有说服力的历史见证人。20 年前，身穿花布衫、扎着小辫子的姑娘，如今已是精神焕发的短发大姐。岁月流逝，她对于长江的情意却没有丝毫削减。位于长江中游的圣地张家界的一幅幅独具一格的砂岩石作品及其作者李军生的人生感悟；能唱"猴歌"、与猴对话的"猴王"吴玉才的奇特故事；在有着水一样质感的城市"江湖武汉"，从 78 岁还在教习书法的老人冯伟，到诞生于大洪灾年份大雨中的 8 岁女孩小雨婷的生活轨迹；守护在武当山太子洞年过古稀的贾道士和终年陪伴他的无数小生灵，每天感受着万物融合、天人合一的独特人生；

被评为"世界文化景观"的庐山，与中华民族精神、与今古中外各色人物相依相伴，一山六教和谐相处，创造了世界文化史的奇迹，处处令人叹为观止。明代戏剧家汤显祖吟咏的诗句"一生痴绝处，无梦到徽州"所暗示的徽州特有文气，这里的小小庭院"正是人们梦开始的地方"。还有被誉为"将天下名山之胜景集于一身"的"无形黄山"之无比绝妙：山人合一，乃至瀑布也画为人形奔流而下；人所共知的黄山象征便是"迎客松"。1990 年到此的联合国教科文组织特派专家桑塞尔博士慨叹道："在我看过的山中，黄山是最特殊的、最绝妙的"，不久，黄山在第14 届世界遗产大会上成为唯一获批的世界文化与自然双遗产。

在长江下游，从《灯火石头城》到《江海交汇的地方》，《再说长江》丰富而灵动的影像表述，同样集中于通过人与家的变迁，展现时代的巨变。从南京城墙边一对制作彩灯的老艺人夫妇，把自己生意的开展和2005 年"秦淮灯会"被评为"国家非物质文化遗产"相联系体现出的时代眼光，到一户常姓兄弟思考为 600 年前未能修建而今建成的"阅江楼"题写牌匾，最后归于"得水载舟"，以表示对国家强大的祝福之文化意义；从"南京三桥"电气工程师李浩小学时便与长江大桥结下情缘，大学毕业终于圆梦的生动故事，到为治理环境而动迁的城墙周边居民面对拆迁户讨价还价终于圆满解决的鲜活细节，一座现代化的古城顿时活跃在人们心中。特别是那 25 年前街头偶遇，《话说长江》随机拍摄女军医张静用自行车推着儿子行走于闹市的画面，和今日由儿子开车护送妈妈购物的现实场景，鲜明的今昔对比，时代与人的巨变尽在不言中。桨声灯影里的秦淮河如梦如幻，导游在提醒游人：船两侧璀璨的灯光，正是这座城市最动人的眼睛。而位于长江三角洲、闻名国内外的华西村，在老书记吴仁宝带领下，年销售收入达到 300 亿元；在有胆有识带头人的指挥下，被工业抚育的已是现代化的大农业。太多的故事证明了江村的巨变来源于人的头脑与智慧。《再说长江》中还有最后三个精彩落点：其一是"时速上海"，那里的典型民居"石库门"内，有着数不清的生动故事和鲜活人物。创作者撷取了一对普通市民、老年夫妇季颖和李惠英作为描述对象，因为他们历时 48 年不间断记录的一份家庭账簿，已被上海市档案馆收藏。厚重的 45 本家庭收支账，以半个世纪积累下的事实告诉人们，从 1980 年到 2002 年，尽管两位老人都已退休，家庭收入却提高了 17.75 倍，这无可辩驳地成为上海市民生活巨变的形象印证。其二是"浦东新高度"，作品具象地描绘出浦东的崛起，展开了一幅 20 世纪末期中国的神奇画卷。这里有高达 468 米的亚洲第一高塔，被英国《今日建筑》杂志拿来作封面文章，评价为："上海的标志，就像埃菲尔铁塔对于巴黎和伦敦塔桥对于伦敦"的上海电视塔"东方明珠"。上海市民、摄影爱好者姚建良，从 1993 年起，连续 12 年在"东方明珠"塔太空舱里，在同一高度、同一角度，执着地用相机记录着浦东一年年的变化；这里有 4300 户浦东农民集资建造的十层高度的"由由大酒店"，以中国农民特有的机智命名的"由由"，含义是农民种田出了头，渲染出独特的人生情趣；而到 2005 年，37 层楼高的五星级"由由大酒店"又已开工。这里还有专攻金融来自美国的年轻人陈支左，全家定居上海，只因发现了符合自己发展的用武之地。其三是"江海交汇的地方"，剧组专程来到长江入海口崇明岛，经过坚持努力，找到了 20 年前被记录在《话说长江》影像中的挤奶工范明关。经历了 20 个寒暑春秋，当年的小范，已经变成负责管理监督 600 头奶牛繁殖生育的范队长；当年的长江牛奶厂，已经更名为上海牛奶集团；当年人工挤奶的生产方式，已经全部由机器代替。随着经济效益提高，"小范"的工资，也由每月 23 元升涨 50 倍以上。这位朴实厚道不善言辞的历史与时代见证人，在给剧组的一条短信中发出由衷的感叹：这 20 多年社会的进步发展"对我的震撼太强了，真是惊涛拍岸，长江后浪推前浪，祖国强盛人民幸福，相信我们的母亲河长江，会给我们带来更加辉煌的奇迹"。真诚的话语跳动着万千民众激动的心，平凡的人生印证着中国的巨变。《再说长江》中描绘、渲染的所有景物和人物，归结为一点：长江沿岸这些随着岁月而发展变化的真实人物和故事，和时代的命运已经难解难分。

《再说长江》给予人们情感的冲击与心灵的震撼如此巨大，可以毫不夸张地说：观片的过程实为一场令人心醉神迷的视听盛宴，而它的成功必然归功于创作者的倾心创造。20 年间长江的巨变、国人的巨变，如何更好地落实于影像记录之中，无疑是摆在创作者面前的难题和挑战。古人云："精华在笔端，咫尺匠心难"，电视人的笔就是他最心爱的摄像机，而神魂合一的创意、精彩独具的画面、张弛有致的节奏、圆润无间的剪辑和统一灵动的风格，等等，所有的精华皆来自每位创作者的心血。他们呕心沥血地追求艺术的创新，用新的色彩表现新的气象，用新的方式展示新的活力，这一切又由于新锐电视人组成的创作团队新的创作理念：以富有鲜活生命质感的"人"为作品的出发点与终结点："无论是在片中还是在片外，他们在天地间书写了一个大写的'人'字。"作品不仅收纳了数百位有名有姓的人物，也不仅包容了难以清点的无名无姓的大众，那作为全片指向的壮丽长江，同样是有血有肉、有神有魂的存在。历经20 载流传至今的"长江之歌"，已把我们对于她的深情眷恋倾注其中：12 个"你"字，联结起"母亲"的风采和气概；颂扬着"母亲"的甘甜乳汁和健美臂膀；倾诉了对"母亲"的赞美和依恋；从远古到未来，是她掀起的巨浪荡涤了尘埃，是她鼓动的涛声回荡在天外；她用纯洁清流灌溉花的国土，她用磅礴力量推动新的时代！当年，曲词作家以拟人的笔墨，托出了我们挚爱的母亲迷人的形象，历久而弥新；今日，她又和儿女们一起奋力拼搏，去灌溉花的国土，去推动新的时代，日新而月异。

因为想说的话太多，文字也就过于冗长。也许正是因为对于我们而言，这条中华民族的生命之河，是一个永恒的主题；这首"江与人的生命交响曲"，是一支永远唱不完的歌。

《中国广播电视学刊》2006 年第 9 期

雄风猎猎　长调悠悠

—— 评电视文艺民族风

　　电视文艺晚会是文艺节目的万花筒，也是电视文艺的狂欢节。在明媚的夏日里，带着强烈的审美期待，观看了内蒙古电视台制作的"我们是双翼的神马——2005年内蒙古电视台春节联欢晚会"、"你好内蒙古——2006年内蒙古电视台春节联欢晚会"、"吉祥欢歌——2006年内蒙古电视台春节联欢晚会（蒙语版）"、"敖包相会——中国锡林浩特第二届国际旅游文化节文艺晚会"，实事求是地说，它给予我的审美愉悦，超出了自己的期待，使我感受到从北国草原吹拂而来的清远浩荡之风、民族文化之风、文艺创造之风。

一、浓重的民族特质构成独特的审美震撼力

　　扑面而来的民族风情，蕴含着丰厚的民族

文化，彰显着民族魂魄，整体形成了不可替代的民族审美特质。而且是和现代化相融的民族审美特质。

从呼伦贝尔的歌曲到科尔沁的好来宝，从鄂尔多斯的舞蹈到阿拉善的长调，浓郁的民族风情集中呈现，崭新的现代气息尽收眼底。例如"你好，内蒙古"晚会的开篇，动画片头将民俗剪纸、草原意象和卡通狗有机结合，烘托出浓郁的喜庆祥和氛围。歌舞组合"快乐新干线"，展现了"呼伦贝尔大草原"、"美丽的科尔沁"、"鄂尔多斯风情"的独特文化意蕴，金色的长调咏叹着富饶辽阔的阿拉善，动人心魄地展示了蒙古民族现代生活的广阔画卷。由原生态歌手作词谱曲并演唱的"喊春"，伴以娃娃们的舞蹈，冲击着观众的心灵。"沸腾的河套"小羊、大牛和骆驼齐登台，配合着男演员的歌舞，又在鼓声齐鸣中跳出女演员，演绎了一段带有戏剧性的片断，这一充满生命律动的节目，融民族风情与地方特色于一炉，给予各民族观众赏心悦目的审美享受。在"快乐的牧羊姑娘"浑厚的女中音歌声中，鄂伦春、鄂温克、达斡尔、布里亚特民族舞蹈五彩缤纷，令人目不暇接。特别是"搏克雄风"舞蹈的剽悍、雄烈、威猛的阳刚之气，其审美震撼力不可阻挡。总体而言，这些电视文艺晚会紧密依托内蒙古自治区的民族特色，充分发掘内蒙古地域多元文化风貌，在文艺节目的创作中巧妙地把握了民族与现代、传统与时尚、乡土与都市之间的辩证关系。从民族融合的高度和多元艺术元素整合的深度，将歌唱与舞蹈、民族风情与大众趣味、民谣旋律与摇滚曲风、独唱与组合演唱，乃至马头琴和电声乐器等具有不同个性和特征的元素有机地组织起来，多姿多彩而又浑然一体，显示出内蒙古电视文艺工作者优秀的专业素质和对电视文艺形态高超的驾驭能力。

几台晚会坚持充分发掘民族文化母题和经典文艺题材，通过创作电视文艺精品，通过对民族文艺资源给予人文开发、时尚包装和娱乐改造，确立内蒙古电视传媒的核心竞争力，并带动文化产业成长。蒙古族是中国北方古老的游牧民族，在漫长的发展进程中，创造出了历史、文学、医学、天文、地理等方面的大量珍贵典籍。其中,《蒙古秘史》是中国最早用蒙古文写成的历史文献和文学巨著,现已被联合国教科文组织定为世界文化遗产。蒙古族的英雄史诗《江格尔》以巨大的概括力生动反映了蒙古族部落战争时代的社会历史,是中国文学史上"三大英雄史诗"之一。从成吉思汗到郭守敬,从元好问到乌兰夫,积累了丰富的世界级的文艺资源和文化财富,是现代电视取之不尽的宝库。晚会中展现的蒙古民歌"长调"字少腔长、高亢悠远、舒缓自由,宜于叙事,又长于抒情,表达出草原儿女独有的深情。晚会中展现的蒙古民族舞蹈节奏欢快,动作刚劲有力,以抖肩、揉臂和马步最有特色,展示出蒙古族人民淳朴、热情、粗犷的气质。晚会中自拉自唱、即兴创作的表演艺术"好来宝",曲调朴素无华,似小溪流水,韵味优雅,在草原上流行很广。特别是在大量节目中使用的蒙古族传统乐器马头琴,演奏技法成熟完备,表现力非常丰富,既可展现蒙古族粗犷豪放、浩瀚深沉的性格,又可显现圆润婉转、如歌如泣的效果。同时,在这些晚会中,不但可以看到蒙古老艺人的演出,也可以看到能歌善舞的蒙古族青年的身影。我们从中体味到:蒙古民族深厚的历史文化传统和丰富的文化艺术形态,都是现代电视文艺宝贵的资源。对这些资源进行深度开发和实现梯级利用,全方位地展示内蒙古风物文化,正是广大电视文艺工作者的使命和责任。

晚会给予我们的重要启示是,内蒙古电视传媒品牌崛起的关键之处在于:明晰内蒙古电视传媒品牌的差异化本质在于民族特质,坚持电视传媒的民族化战略。立足内蒙古,联动大中华,辐射全世界,充分发掘民族文化艺术资源并致力于民族文化的现代化、国际化传播。

二、真诚的情感渲染构成独特的审美穿透力

人云:"真情无价。"晚会的节目组特别注重发扬民族真情的艺术魅力,尤其在几组非表演性的节目里十分凸显。其中既有蒙古族人民相互

间款款深情的优美艺术展示，更有蒙古族人民与外面世界和各族人民的亲密感情连接。

如在"你好，内蒙古"晚会中的"我在草原有个家"，一家三口的问答式的歌曲流露出现代蒙古家庭的和谐与幸福，显示出情感的动人力量。而由外景小分队拍摄的短片"边防情"中重笔渲染蒙古族民众此时此刻对于边防战士的牵挂，配上主持人表述大众心中"边疆情"的深情话语与真情致意，必然引起广大观众的强烈共鸣。"我们是双翼的神马"晚会中，主持人请出草原书法家：一位是 105 岁的晏老，一位是蒙文书法家。二位同时在纯真的童声歌唱"请到我们草原来"声中泼墨挥毫当场献艺，表达对新春吉祥的真情祝福，让人感到透心的温暖。又在"忘不了我们草原"的女声歌唱声中，请出了两位来自祖国的西南和东南，并已在内蒙古扎根 50 年，培养了众多音乐人才的老师，当他们和自己当年的学生深情拥抱时，观众的心灵被"真善美"的魅力穿透，双眼不由为之湿润。还有晚会特意重点展示的"特殊家庭"：来自广东的"爱心团"，他们创办了"七子王旗小学"，用 700 多颗爱心，8 年来资助贫困儿童 1000 多人，晚会的外景小分队来到这里，以弘扬这项"爱心传递"的工程。当孩子们在屏幕上真诚地表达激动的心情时，观众们受到的强烈感动，比单纯的歌舞节目演出带来的更为刻骨铭心。特别富有创意的是这台晚会由内蒙古与广东联手打造。由此而有了运用蒙古语和粤语演唱的"敖包相会"精彩出场；有了长期生活在深圳的内蒙古人激情朗诵"深圳·内蒙古"发自肺腑的真情诗篇；有了特邀主持人白岩松关于"鲜"字的绝妙阐释：此字一半是鲜美之水产"鱼"字，一半是鲜美的肉食"羊"字。两字分别正是广东与内蒙古的特色所在，从表层上，二者合一成为极具吸引力的美味；若从深层上，则意味着南方和北方的强强联合将爆发出的超强的生产力与竞争力。而后白岩松再次演绎的长横幅"沙漠的孩子，向往着大海……大海的孩子，向往着草原……"更把南北两地不同血缘，却有地缘的浓浓亲情展露无遗。

三、饱满的创作激情构成独特的审美感染力

由于创作人员执着的艺术追求，几台晚会呈现出主题鲜明、编排集中、匠心独运、异彩纷呈的艺术特色。

"敖包相会"晚会中，别具匠心地突出了人文主题。首篇"人文历史篇"，在别致的景观衬底上，醒目的两行字："体验——天堂草原的人文魅力""品位——蒙元文化的传承圣地"；二篇"生活篇"的两行字是"感悟——天地人和的永恒真谛""共建——和谐社会的幸福生活"；三篇"旅游篇"的两行字是"放眼——游牧文化的万种风情""领略——敖包相会的神奇韵味"。以娱乐民众为旨趣的节庆晚会，却有如此明确的、富有意蕴的文化主题揭示，无疑增加了厚重的底蕴，给人以深长玩味的无限空间。

《草原夜色多么美》是一首马头琴、笛子、小提琴配合无间的协奏曲；《草原迎宾歌》将流行曲风、马头琴配器和蒙古风格的演唱技法三合为一，时而热情奔放，时而婉转低吟。苍凉的蒙古旋律转化为隽永悠长、深情绵绵的现代气质，显示出民族文艺的和谐性、开放性和进步性，令人赞赏。"吉祥欢歌——2006 年内蒙古电视台春节联欢晚会（蒙语版）"鲜明地传递出现代民族大家庭欣欣向荣欢聚一堂的质朴气息，仿佛看见当代蒙古族群众围坐在蒙古包里欢歌笑语其乐融融的场景，具有很高的文化亲和力和艺术感染力。"敖包相会——中国锡林浩特第二届国际旅游文化节文艺晚会"在挖掘和展现蒙古文化深厚民族积淀的同时，积极塑造现代蒙古文化的国际化气质，蒙古老额吉的庄严祝福，蒙古国演员的倾力加盟，蒙古族时尚明星的热辣表演，传承着浓郁的民族情感，激扬着奔放的青春旋律，整场晚会仪态万方而又浑然一体、气韵贯通。更为珍贵的是，通过这场晚会，雄辩地揭示出内蒙古文艺背后的民族文化生命力和地缘文化向心力。

精心的主持人组合选择：朱迅与王志一双爱侣的联手，成为蒙汉两个民族亲密无间的标志；内内蒙与广东联手已成晚会的亮点，又加上生长于内内蒙草原的央视名牌白岩松，其艺术的感召力不言自明。名牌电视主持人的加盟、蒙古语主持人的配合以及手机短信平台的开通都给晚会注入了现代和开放的气质。这些地方也体现出创作者的苦心与匠心。

在长期的生产生活实践中，蒙古族形成了自己独特的生活习惯和生活方式。蒙古包是蒙古族的传统住房，其特点是易于装拆搬迁。一座蒙古包只需两峰骆驼一辆牛车就可运走，两三个小时就可搭盖起来。蒙古包内使用面积大，空气能很好地流通，采光好，冬暖夏凉，遮风挡雨，很适合牧民的生活。这种民族习惯与电视求新求异的制作原则存在着天然的契合关系，利于制作远游类节目。蒙古族人热情好客，迎宾文化和酒文化都和电视的娱乐性之间存在着紧密关系。蒙古袍身长宽大，夏袍冬袍羊皮袍，棕色、深蓝色、橘红、浅绿色和粉红色，漂亮的首饰，为电视画面注入了天然的色彩，形成缤纷时尚、新奇而抢眼的收视吸引力。额尔古纳河、鄂嫩河到贝加尔湖之间洋溢着浓郁的群众性风情，每年7月、8月间，草原要举行盛大的"那达慕"大会。"那达慕"源于古代"祭敖包"的仪式，现已成为欢庆丰收的娱乐节日。摔跤是"那达慕"的主要内容，除摔跤之外，"那达慕"上还举行射箭、赛马、马术、赛骆驼等丰富多彩的比赛和歌舞表演。这些风俗习惯利于综艺竞技节目的制作和特别媒介活动的展开。

四、问题与建议

文艺晚会是一种仪式感、现场感较强的群众文艺活动，群众的微笑和陶醉的表情是文艺晚会获得成功的证明。但作为电视文艺晚会，不仅要考虑到现场观众，同样要高度重视数以百万、千万计的电视观众，怎样把现场的氛围通过电视有效地传递或者还原给千家万户？怎样合理地运用现代电视语言，使组织舞台现场和整合综艺元素之间达到和谐和统一？涉及对于电视传播与电视形态的科学认识和巧妙运用。这不仅是内蒙古电视台百尺竿头更进一步的要义所在，也是每一个电视人都要认真考虑的课题。基于观看过的几个电视文艺晚会节目，提出几个小建议。一是能否在电视画面调度意识和电视语言的剪辑意识方面继续强化；二是能否进一步加强灯光的作用，利用灯光的层次感强化舞台效果、突出舞台主体；三是能否进一步挖掘和协调节目和舞台的关系，使表演和舞台之间形成更为和谐的配合；四是能否在晚会节目形态之间构成一定的节奏，加强节目段落之间的呼应与配合关系。总体而言，我认为需要明确几个观念。首先，电视文艺晚会是艺术传播活动，其本质是使在场和不在场的每个人都能无差别地接受文艺节目的熏陶感染，那么舞台和观众席就不能总是灯光大亮，这不但不利于现场观众对文艺节目进行封闭性的体验，也不利于场外的电视观众集中精力欣赏文艺节目。如果舞台和观众席都灯光大亮，很可能使电视观众感觉收看的是收视现场直播而不是一场文艺晚会。其次，视听剪辑是电视节目制作的重要手段。电视文艺晚会如果将观众反应镜头过多地与现场表演之间进行切换，会干扰电视观众的欣赏过程；有时候演员众多，画面里的流动更需要对章法与规则的把握，画面剪辑、景别切换之间不可逻辑散乱。这些问题说明电视文艺晚会特别需要场面调度意识和视听剪辑意识，要高度重视视听节奏和观众心理节奏，重视现场观众的表情和正在表演的节目氛围之间的关联性，提高现场导播和后期导演的反应能力。最后，所谓寓教于乐，晚会的制作和宣教的意识要水乳交融，浑然一体，不能在文艺欣赏的过程中穿插牵强的说教。

此外还有几点具体意见提供参考：其一，节奏把握："度"的问题。过犹不及，过一分则嫌长，欠一分则嫌短，这是关系艺术创造的关键，甚至可视为艺术的生命所在。表现在几台晚会中，节目过长而致产生审美疲劳的现象有所发生。主持人过多、串词过满、话语过水的问题也时常出现，令观众不耐其烦；且易使主持人过于"自我"，乃至"自恋"。其二，流行与品位、格调的问题。电视作为一种强势媒体，直观影响力巨大。因此舞台上演员，乃至主持人要特别注意品位与格调。如："我们是双翼神马"晚会中，整体服饰设计很好，特色独具；但歌曲"月亮之上"的歌手，特别是男歌手、"天鹅湖"演唱者"金色男孩"的打扮欠庄重，动作也欠庄重，这些地方对青少年观众产生的影响也不容小视。其三，个别地方结构似可再讲究一些。如"敖包相会"晚会中设计的板块有"魅力内蒙古·文化"与"魅力内蒙古·电影"、"魅力内蒙古·电视剧"，题旨鲜明，提示性很强；但节目继续之后却又回到"魅力内蒙古·电影"，然后又是"魅力内蒙古·电视剧"，显得结构欠严整，会影响观众的审美思绪。

一点突出的建议是：进一步发掘内蒙古文化的珍贵题材。内蒙古在旧中国、旧制度、旧时代时经济落后、人民生活困苦；而如今得到全面发展，走向现代化、创建工业化，进入了崭新时期。这是内蒙古人民在中国共产党领导下经历近一个世纪艰苦奋斗得来的，其间可歌可泣的历史伟绩与文化内涵十分丰富精彩，值得我们的电视工作者深入开掘、大书特书、大力弘扬，以使我们的子孙后代永远不忘自己民族真实的、生动的、引人回味的历史。同时，蒙古民族走向现代化，离不开各族人民的支持。蒙古族与他族，一方面你是你、我是我；另一方面又是你中有我，我中有你，共同创造了今日的精彩中国。各民族相互支持，民族大家庭亲密融合的动人故事，正是电视艺术创作的绝好题材。

包括电视传媒在内的民族传媒的存在和发展，对于发展中的民族国家而言，具有重要的战略价值。中国电视传媒品牌的民族化，其本质是民族文化、中华民族的现代化和国际化；中国电视传媒品牌民族化，不能禁锢在民族传统文化的时间维和大陆地缘的空间维里原地旋转，而是要坚持民族文化生态坐标，坚持民族文化的独立、开放和进取，坚持以实验精神、创造精神、对话精神、先锋精神鼓舞和活跃电视传媒品牌生态氛围，从跨文化的视野出发，在中国现当代进程中，在中西、古今关系的多元格局和多边演变的巨大系统下，建构具有中国作风、中国气派的现代电视传媒品牌文化生态体系，努力在文化、经济、传媒及社会文化心理的错综勾连中，在区域化与国际化、民族化与全球化的辩证运行中传承中国电视及文化生态系统的传统渊源，确立中国电视传媒品牌的国别特征和实现中国电视传媒品牌的全球价值。在 WTO 介入的动态媒介环境中，中国电视传媒的品牌化、民族化、国际化里程，将不断启迪文化自觉，使电视传媒深层次地呈现民族气性，挖掘和展示民族文化、民族精神的恒常价值，使华人得以在更绵长的时间维度和更广袤的地理范畴接通民族历史与民族渊源，将民族文化带入一个历久弥新、生生不息的新境界。

中国电视传媒的品牌化和民族化也是现代产业竞争和产业升级的紧迫需要。事实证明，包括电视内容在内的无形产品，其品牌特质往往来自自身独特的、不可复制的文化生态环境。民族化策略，是对电视讯息和电视观众的高度概括和深度覆盖；民族化内核、地缘化特质及其运营体系，是最不易被现代工业仿制和复制的核心竞争力；民族电视传媒品牌所表达出的地缘文化的差异性和奇观性，以及对世界性事件的差异化视角，常常比数字特技营造的绚丽场面更具视听震撼效果和深入人心。近年来，中国文化元素和资源正逐渐吸引着包括好莱坞在内的境外投资者。好莱坞制片商正加紧开发中国题材，"唐装"、《花木兰》在西方掀起中国风，而随着华语电影《卧虎藏龙》、《英雄》的风靡全球，很多电视传媒机构移师中国发掘信息、兴办特别媒介活动、制作电视内容，中国的潜力被再次证实。电视传媒品牌的民族化生态体系和产业体系的区域化、国际化、全球化，将是一个庞大的文化机缘、资本机缘和产业机缘。

文化的独特性能够有效召集区域收视指向，充分发挥地缘与多种形态节目的整合功能。内蒙古电视台地缘位置特殊，自身具有独特的民族文化、地域特色，极易构成鲜明的传媒特质，并在此基础上建构强大的全球性号召力。

卫星电视无国界，内蒙古电视传媒品牌的传播定位可以是大蒙古、大中华。我们要从民族融合的角度、从全球化的高度、以中华一家亲的态度定位蒙古文化在中华文化中的价值和在全球文化中的价值，深入发掘和展示蒙古族人民生活、蒙古文化生态的现代时空。

清清的昆渡伦河、茫茫的大青山、辽阔的呼伦贝尔草原、沉静的阿拉善戈壁，都正在因现代蒙古族民众的奋斗和建设而改变了模样。从文艺晚会中可以看出现代蒙古族文化的风范，有一种草原赋予的豪迈和自信，也有着现代文化和民族大融合潮流带来的智慧与灵动、热情和远见。今天的内蒙古大地不仅有游牧文化，有马奶酒和老山羊，更有包括乡土文化、森林文化、渔猎文化、小城镇文化在内的多元文化风情，有涵盖钢铁、航天等现代高科技产业在内的综合产业生态和现代经济生活。除了考虑到民族特质，也要考虑到地缘的跨度，文化的多元性、独特性和多样化的民俗，并在此基础上实施综合化特质竞争，将民族化资源进行中国化、国际化传播，将国家化、国际化事件进行民族化审视。蒙古族文字的剪纸已经出现在晚会的舞台，草原已经被注入了现代的气质，除了哈达之外，这里还有更多令人感动和惊奇的细节性事物；除了蒙古族长调以外，这里还有东北黑土地的文化和秦晋大风。崭新的内蒙古电视传媒品牌，将成为区域性的地缘中心传媒，为中国文化注入刚健的气质和多元的情趣，同时，我们也可以积极抢占传媒制高点，专门做面向内蒙古，服务全球的特色传媒。从元朝的拓展来看，蒙古民族有世界性的一面；通过电影《英雄》，胡杨林和阿拉善走向世界。在大中华复兴和崛起的广袤时空之中，我坚信蒙古族文化、内蒙古电视传媒必将承担更为重要的使命，创造更令人惊叹的成就。

《中国广播电视学刊》2007 年

精彩的人文图景与人生壮歌

——观《迁徙的人》后

春节期间，中国教育电视台隆重推出了三部大型电视纪录片：《迁徙的人》、《春天里的七次聚会》、《客家情》（各七集），以供广大观众在中国传统佳节里，获得一份独特的审美享受。认真观看之后，深感受益匪浅，好似在丰盛的物质世界中，领受一次精神的盛宴。而其中，最强烈的心灵冲撞，则来自《迁徙的人》。于今想来，其成功之处可以从不同方面作出多向概括；而就个人浅见，拟列两点体认。

其一，精彩的创意。

首先，是题材的选择。《迁徙的人》共七集，包括《大风歌》、《关山行》、《动地颂》、《青春咏》、《别乡曲》、《远行谣》、《拓荒吟》。其突出特色或可归结为三个"大"字。一是大视野。创作者以历史的宏大背景，撷取了在中国走向现代化的进程中必然发生的大迁徙运动里富有典型性的事件，描绘了视野中"波澜壮阔的人文图景"和事件所及的"人生壮歌"。一是大胸怀。创作者怀抱着天下心，关注着大迁徙中无以计数的黎民百姓，描绘了这些普通劳动者，用自己的奉献，把握自己的命运，"用双脚走出了时代奇迹"。一是大手笔。创作者以如椽之笔，深入到大迁徙的现场，描绘出在独特的人文环境中"现代中国发展长河中最富动感冲击力和时代史诗美的巨浪"！因而，使众多受众在观看的过程中心神为之激荡不已，确有感人肺腑、催人泪下、促人深思的审美感兴。

然后，是片名的确定。从"迁徙的人"出发，以独特的视角，围绕着共和国铸就宏图伟业的艰苦历程，选择具有典型意义的七个方面，架构起全片的骨架；而七集片名的精致组合，更让我们感受到创作者的匠心独运。大风之歌，讴歌远赴边疆、屯垦戍边的千万"兵团人"可歌可泣的奋斗长卷。关山之行，描画数百万来自沿海地区的工业骨干"三线人"，为了祖国的发展，抛家舍业，万里远行，从繁华都市奔赴西南、西北，迁徙到杳无人烟的山沟里，为三线建设创造奇迹的图景。动地之颂，赞颂为新中国摘去"贫油国"帽子而进入辉煌史册的"大庆人"。在漫天冰雪、戈壁风沙、一望无际的荒原上，数万头戴铝盔的石油大军，掀起油田勘探开发大会战，在天寒地冻的艰苦环境里书写了一部艰苦卓绝的创业史。青春之咏，咏叹在 10 年间，我国 1600 万知识青年响应党的号召，到边远地区上山下乡安家落户的动人事迹。此事因其持续时间之长、动员规模之大、历史影响之深远，而在共和国历史上留下深刻的印记。"知青们"历经泣血沥汗的艰难磨炼，把自己的青春年华无怨无悔地奉献予祖国母亲。别乡之曲，谱写为建设人类历史上最大的水利工程："三峡工程"，而致百万"三峡人"离开祖祖辈辈生息的故土，迁徙到全国 11个省份的激扬乐章。虽然家乡难以割舍，但具有大局观念的人们，为了国家的全局利益，不惜作出个体牺牲。特别是影片以朴素的语言，说出"一粒好种子，放在哪里都会发芽开花"的境界，令人肃然起敬。远行之谣，经查古辞典，"谣"者，无伴奏之歌唱也。而古诗亦有以此名之，如李白的《庐山谣》。此片为我国改革开放 20 年来出现的庞大人口迁徙现象而作，集中描绘了亿万农民工从贫困的乡村涌向工业化大城市的生动故事。正是他们从根本上改变了中国农民的命运，加速了中国农村的城市化，促进和推动了社会主义的现代化历史进程。拓荒之吟，则将视角凝聚于敢为天下先的开拓者"深圳人"。通过鲜活的人物与故事，吟诵了我国改革开放时期的重大成果：深圳特区的崛起。20 年来，千千万万的中国民众，怀着改变自身命运的梦想，进入深圳。深圳拥抱了一批又一批寻梦者，也因为他们而获得了震惊世界的迅猛发展。在这里，印证了一个简单而又深刻的道理：一部生动的移民史，亦即一部凝重的文明史。

透过这七集丰富、醇厚，或热烈，或冷静的镜语，我们又一次体悟到古代圣贤留下的古训"天行健，君子以自强不息。地势坤，君子以厚德载物"的深刻内涵。

其二，历史的记忆与美学的感召。

观看《迁徙的人》时，不由想到当年恩格斯评论歌德的文章和致斐·拉萨尔的信中所强调的衡量作品两个最高的标准：历史观点和美学观点。

在《迁徙的人》中，我们可以从历史的角度，真切地感受到它纵跨时代的分量。不论是来自亲历者直接的体味、永久的记忆，抑或是来自后来者间接的体验、悠久的回味，无不通过其深刻的历史内容，给予观者强烈的思想冲击。通过《大风歌》，我们感知于中国有如此庞大的农垦、军垦系统，12 个建设兵团成为主战部队；我们更形象地看到新疆生产建设兵团千万名战士，在一望无际的蛮荒大地上改天换地，使荒原变成了现代城市，建设崭新的工业体系的动人景象。通过《关山行》，我们感受于从 20 世纪 60 年代中期开始的长达 15 年、横跨三个"五年计划"的"三线建设"，以 2000 亿资金与 400 万人力，进行包括 1100 个建设项目的造福民族的浩大工程。通过《动地颂》，我们感悟于 60 年代初期感动中国的伟大创举：从无到有地开拓震动世界的中国大庆油田。通过《青春吟》，我们感动于在共和国史册上永存的知识青年"上山下乡"运动，怀抱着"广阔天地，大有作为"的信念，从北京、上海、天津、广州等城市，奔向祖国的天南地北，投身于广袤的黑土地、黄土地、红土地，实现他们宏伟理想与抱负。通过《别乡曲》，我们感佩于为完成被国际中国问题专家誉为"中国走向世界强国之林的标志性工程"的世界最大水利枢纽"三峡工程"，而眼含热泪、告别故土、远赴他乡的三峡百姓。是他们的牺牲与奉献，奏响了"截断云雨，更立西江"的旷古绝唱，实现了民族的千年梦想，造福了中华万代子孙。通过《远行谣》，我们感慨于中国经济飞速发展过程中，数以亿计的农民进城打工的奇观。他们在新的时代主动掌握自己的命运，并从而有力地推进了我国城市的发展；同时也有力地推进了广大农村的城市化。通过《拓荒吟》，我们感叹于由于百万梦想者的到来，更由于他们为了实现梦想而日以继夜地拼搏，一座中国最具标志性的最纯粹的移民城市拔地而起，使世界为之震惊。综观作品，全景式新中国大迁徙的图景，或浓墨重彩、或水墨皴染，犹如一幅动人心弦的长卷，使观者进入人文价值的深层思考。

在《迁徙的人》中，我们还可以从美学的角度，感知其中蕴含的生命特质。以个人的体验，作品所给予我们的审美旨趣，至少有两个方面，一曰真实；二曰典型。真实性，是任何一部成功的作品必须具备的品格，也是纪录片创作的核心理念，正如恩格斯指出的，事关"真正艺术家的勇气"；而典型性，则亦如恩格斯的著名论断："真实地再现典型环境中的典型性格。"在这部作品中，我们也正由此得到强烈的审美感兴。其囊括新中国发展历程中七次大迁徙的独特题材选择，其迁徙流动中的独特人物描绘，其以独特视角与细节构成的独特结构骨架，其中华民族交汇融通的独特人文环境，如此种种，无一不是真实地再现了历史并深刻地昭示着未来。在作品中，我们看到：《大风歌》里的"兵团人"，彰显着"一步跨千年"的兵团精神。其中一位颇有典型意味的人物杨更臣，从浴血奋战的疆场来到新疆建设兵团，屯垦戍边数十载，最后义无反顾地担当起在这里献身的战友们陵园的守望者。我们看到：《关山行》里的"三线人"，一批又一批创业者，从繁华城市来到大三线，钻进深山沟，在国家困难时期，粮食不够以野菜充饥，却无私忘我、全心倾力建设攀枝花钢铁厂、核潜艇生产基地、成昆铁路，奉行着"以牺牲为己任"的"三线人精神"。我们看到：《动地颂》里的"大庆人"，成千上万转战石油工地，不分日夜苦战鏖战、铁人式的英雄工人，创造出 60 年生产石油 22 亿吨的世界级纪录。其间的一位典型人物"更夫"杨天元，在数十年岁月里，思念家乡却永留大庆，年届七十依然高唱秦腔，还准备找个老伴以度晚年。我们看到：《青春咏》里的"知青人"，一个个胸怀"滚一身泥巴，炼一颗红心"的宏大志向，哪里艰苦向哪里行。其中有 15 岁的刘小萌、17 岁的李秀人，有经受严酷锤炼、百炼成钢的学者王东、市长王岐山、作家梁晓声、电影人陈凯歌、电视人敬一丹……他们永远不会忘怀在其中经受的人生洗礼。我们看到：《别乡曲》里的"三峡人"，带头从重庆黄金旅游县巫山，远迁广东的村长罗光虹和乡亲们。特别是《远行谣》里给观者留下深刻印象的"远行人"四川武胜陈家三姐妹，以及《拓荒吟》里的"拓荒人"，那些五光十色异彩缤纷的寻梦者——来自河南的纪实摄影师余海波，来自台湾的"青青世界"女老板魏秋琴，来自山东的"环球数码"总经理许翎，巍峨的"知本大厦"老板吴宇，富有创意的"左氏影务"艺术总监左力……所有人物身上展现的艺术真实性与艺术典型性，深入观者的心灵，产生巨大的审美张力，从而使作品成为富有人文意蕴的典型之作。

细细想来，在人类文明发展进程中，"迁徙"确是众多人都会遇到的经历。而纪录片《迁徙的人》以独具的胆识，抓住了在共和国波澜壮阔的史册中具有重大意义与价值的、亿万迁徙者为民族振兴而启动的七次迁徙之旅，唱响作为共和国基石的"迁徙人"可歌可泣的人生壮歌，尤其具有历史的与美学的独特价值。在万众欢腾的时刻，中国教育电视台送上这份节日的文化大餐，不仅为广大受众传统的春节生活增添了丰富而精彩的内涵，更充实了万千百姓对于精神家园的守望与渴求。因此我们应当向作品的策划者、创作者以及参与者，表示真诚的祝贺与致敬。

《当代电视》2007 年第 5 期

宽广无垠　朴实无华

——富有审美感召力的《戈壁母亲》

　　近期有机会观赏了由中央电视台隆重推出的、中国电视剧制作中心精心打造的 30 集电视剧《戈壁母亲》，心灵受到了一次强烈的审美震撼，精神获得了一番纯净的艺术感召。作为一部时代正剧，剧作描绘的是在新中国艰难而辉煌的史册上需要大书一笔的、深刻体现中华民族精神的奇迹——开拓千年沉睡的戈壁荒漠、献身崭新时代的新疆生产建设兵团。而其令人耳目一新之处，不仅在于选题的独特，更在于视角的独特：在宏阔的历史背景中，塑造出一位平凡而又独特的女性——戈壁母亲。中国古代经典文献《文心雕龙·才略篇》强调了"华实相扶，文质相称"的原则，我以为，这一具有深意的概括，可以用来理解艺术创作在内容与形式结合上的一种本质关系，它包含着作品内容的充实与丰富，也包含着作品形式的鲜明与通达，并要求通过整合使其相互间形成内在的关联，从而以真实的生命表现，引发接受者的感动。我想，这一原则完全可以适用于《戈壁母亲》进行审美的观照与思考。

看罢全剧，感受良多；限于篇幅，谨录一二。

其一，剧作内容展示的"宽广无垠"。尽管作品的主题指向十分集中：抒写富有献身精神的男女老少兵团人。尽管作品的形象塑造也十分集中：描写一位普通的农村妇女历经风雨的人生历程，但是由于它围绕着主人公刘月季，在纵与横两个层面尽情拓展，而成就了剧作显示出来的"宽广无垠"的丰富内容和丰厚内涵。首先，从整体上，在纵的方面，从 1949 年几十万解放大军脱下军装，扛起锄头，进军茫茫戈壁，到苦难的"文化大革命"岁月终于结束，百万兵团人迎来改革开放新时代，前后长达半个世纪。在这段每个中国人刻骨铭心的历史中，在 30 集的剧作里，以"戈壁母亲"刘月季为中心，展开了跌宕起伏的情节。而故事的背后，正是人民共和国的特殊群体：250 万兵团人，在新疆 160 万平方公里的土地上屯垦戍边，建起 14 个师、174 个现代化农牧业团场，为国家实施西部大开发战略建功立业，为祖国边陲的长治久安，建立了巨大功勋。从中，我们完全可以想见其无限厚重的分量所在。其次，在个体上，从横的方面，又以典型人物刘月季为核心，串联起父辈与子辈两代兵团人奋战大漠荒原，几十年如一日艰苦创业、无怨无悔、无私奉献的活生生、沉甸甸的人生。来自山东的刘月季，经历了旧时代包办婚姻的痛苦，坚持"儿子不能没有爹"的人生道理，不远千里寻夫到边疆。于是由她自然地联系起周围的男人们：一群充满阳刚气息的兵团战士。其中有她的前夫、英勇无畏的战斗英雄和全身心扑在开垦亘古荒原的兵团首长钟匡民，有钟的搭档、为祖国开创伟业而甘心奉献的政委郭文云，有正直坦荡具有真才实学的工程师程世昌和她表现出色的两个儿子钟槐、钟杨……由此生出一组血肉丰满的英雄男子汉群像。剧作以刘月季为中轴，从三条线索连接起钟匡民和月季的两个儿子、他的第二个妻子团部秘书孟苇婷和女儿钟桃，又连接起钟的亲密搭档郭文云与其妻子向彩菊，再连接起兵团工程师程世昌，而程的幼女莹莹又因随母投奔父亲，途中母亲被土匪杀害，幸而被钟杨搭救，被月季认为女儿，改名钟柳，直到20年后找到亲父，并与深爱的钟杨结为伴侣。由于长期屯垦戍边而长期未能成家的郭文云，亦因程的妻妹向彩菊来到新疆，而终于找到了终身所爱。剧作的结构与内容可谓华实相扶，文质相称，环环相扣，丰满生动而层次分明。当然，最重要的无疑是植根于中华民族五千年传统道德沃土之中的主人公刘月季，她"没有传奇，只有人生"的独特旅程，在艰苦岁月里历尽生命的沧桑，她朴实，善良，坚韧，决断，重大义，识大体，是非分明而又胸怀博大，其独特的人格魅力，给予观众以独特的审美体验。导演沈好放以成功的艺术创造，着力展现了："她的心胸像戈壁滩一样的宽广，她的人生像胡杨林一样的忍辱负重。"于是，由她和整部剧作状绘出一幅宽广无垠的浩瀚图景，传递了华夏民族五千年文明传承的长城精神。

其二，剧作形式呈现的"朴实无华"。世上没有离得开内容的形式，也没有不负载内容的形式，艺术创作之中，一定包含着形式的创造；而形式的创造之中，又表现着创作者的人格与文格，从而显现出不同的形态、风采与品位。我以为，这部剧作与内容的厚重坚实相称，其形式也有着自己独特的追求，而其整体特点，似可用"朴实无华"来概括，重点表现在人物的塑造方面。作为中心人物的刘月季，编导对她的形象塑造，着重于其善良、隐忍、包容、深明大义，还有她的侠义和豪情，但在全部戏剧的进展中，没有矫情的粉饰，没有空话的堆积，更没有虚假的装扮。在暴风雨袭击孤苦母子的夜晚，她收到了离家13年、远在新疆的丈夫钟匡民离婚的信件，她的决断则是举家千里寻夫，只是因为内心的一个信念："儿子不能没有爹。"在进疆的泥泞道路上，她遭遇了神秘而凶险的客栈、凶狠而残忍的土匪，到达目的地，面对的却是与丈夫办理离婚手续的现实。然后，在国家经济困难时期，她真诚地照顾着前夫再婚的妻子；在屯垦开荒的艰难岁月，她真诚地照顾着周围的战友和孩子们；甚至在乌云翻滚的"文化大革命"时代，她不顾造反派的压制，照顾着被关押的钟匡民、郭文云、程世昌……而所有这些行动，都并非诉之于华丽的语言；而是展示于默默无语的行动。特别是剧作中几个令人难忘的情节：如在战火硝烟中呼喊着追赶丈夫，并告诉儿子，他就是你们的爹！如为救活困在荒地，即将被饥饿夺去生命的战士，她忍痛答应杀掉儿子在进疆路上给娘买下的毛驴，为此用尽全身力气，拼命搂住剧烈挣扎着要奔向母亲的小毛驴；如大儿子钟槐驻守边卡，因雪崩冻伤失去右腿时，她拍打着病床，向钟匡民发出撕心裂肺的呼喊：你还我儿子！以及背着心脏病发作而又被管制的钟匡民，奔跑在大戈壁上；直到最后，积劳成疾昏倒在地，病重入院……所有这些，无不闪烁着善良人性的熠熠光芒。主演刘佳，竭尽全力投入了角色的创造，当哭当笑，全然不顾形象，只追求与剧中人物的合二为一，由形似到神似，达到了形与神的兼备。正如她所期待的：要得到观众的认同，不仅需要通过剧中"母亲"的容貌、台词、动作，更需要通过真情的演绎，把人间至真至善的亲情，散发于空气之中，让观众不仅看到、听到，而且嗅到，从而获得深深的感染。

华实相扶，文质相称，朴实无华的情节结构、朴实无华的音容笑貌、朴实无华的台词对话，构成了朴实无华的艺术风格，却实实在在地点染出独特且宽广无垠的生命内涵、充满张力的优秀作品。由是，我们通过电视剧作，观看到的是真实而又生动的人生写照，体味到的是难得的一份真诚和感动。

《文艺报》2007 年 12 月 21 日

民族精神与民族精魂的精彩呈现

——观《闯关东》后

近日，中央电视台播出了由中共山东省委宣传部、山东省广播电视局、大连市广播电视局联合摄制的长篇电视剧《闯关东》，因其丰厚的内涵与艺术感召力，在广大观众中引起强烈反响。观罢全剧，心头涌上一腔热血，作为华夏百姓，我们理应为国家奉献绵薄之力，脑海浮现八个大字，我们每人必须坚守的——民族精神与民族精魂。

"闯关东"是我们中华民族发展史上一件极其独特的、世界罕见的人类壮举，跨越时间周期长达三百余年，跨越空间关联山东、辽宁、吉林、黑龙江诸省，乃至遍及华北、全国，累计参与人数约三千万。而电视剧《闯关东》的主创者，富有胆识和气魄地选择了这一具有艺术典型性、又蕴含独特文化性的题材，通过一户来自山东农村的普通百姓"朱氏家族"背井离乡"闯关东"求生存，历经坎坷磨难，饱受人生风雨的遭遇，抒发了闯荡江湖，漂泊关东，为生存、发展而屡创奇迹，为国家、民族而英勇抗争的崇高情怀。其中充沛着、激荡着中华民族的伟大精神。在现实中，我们长期面对并经常思考的一个重要问题，就是：为什么中华民族历经磨难而久远不衰？权威的回答是：功在千年传承的"自强不息，厚德载物"的民族精神。诚如大学者张岱年先生所说，"民族精神乃是民族文化、民族智慧、民族心理和民族情感的集中体现，是一个民族价值目标、共同理想、思维法则和文化规范的最高体现"。我们在长达52集的《闯关东》中，在叙事结构四个段落"闯荡、生存、学艺、生命"，"家园、亲事、抗争、命运"，"较量、复仇、善恶、和谐"，"动荡、裂变、大义、人生"层层递进的展开之中；在涉及到淘金，伐木，放排，采参，匪帮等闯关东的典型故事之中；在朱家父辈、故事主人公朱开山和慈爱大气、深明大义的妻子文他娘，厚道胆小而怀揣私心的长子传文，英武无畏而暴躁叛逆的老二传武，聪明乖巧而小有心计的老三传杰，以及他们身边的四个女性那文、鲜儿、秀儿、玉书，周围的善恶人群所经历的传奇生涯之中，在浸润其间的文化、智慧、心理、情感之中；体味着剧作思想主旨的"大义大勇，大诚大信，大仁大爱，大智大谋"，故事编排的"大起大落，大开大合"，人物命运的"大生大死，大悲大喜"，人物性格的"大刚大柔，大美大丑"，从而得到令人久久难忘的、鲜活而又深刻的审美感悟。在这里，剧作从小业到大业，从小人物到大担当，突出地呈现了我们民族几千年持续发展的文明传统，其中极为丰富的文化资源，从"有无相生"注重整体功能的宇宙观，"天人合一"注重和谐共处的文化观，到具体的审美方式，无不包含着大量可供汲取的民族智慧的精华。《闯关东》中民族精神的承袭者，自觉地担当起传递和发扬中华文化精神的历史责任。

通过淋漓尽致的描绘，高扬中华民族的主体精神，是这部剧作的核心艺术追求。而其点睛之处，正在于创造出传承中华民族精神的不朽精魂。电视剧《闯关东》赢得举国上下一致赞誉，最重要的亮点，无疑在于对第一主人公朱开山的形象塑造。正如主演李幼斌所言："它塑造了典型的中华民族男人的代表。"对于这个人物，主创者曾如此概括："他所负载的是文化上的价值体现。"在剧中，朱开山作为灵魂人物，辗转山场、水场、金场、农场、商场、矿场，从齐鲁大地到白山黑水，率领全家一路闯荡，在风风雨雨、生生死死的历程中，"把家仇到国恨细细演绎，将农业文明到商业文明到工业文明——跨过"。他的故事本身具有很强的传奇色彩，再加上生动细腻的细节渲染，一闯山海关，二闯淘金沟，三闯开餐馆，四闯开煤矿，直到最后，在城市沦入日寇之手的危难关头，他手刃强敌，携全家离去，重新踏上闯关东之路。他不屈不挠的抗争与奋斗，既是为了家庭的生存，也是为了国家的强盛。在关键时刻，他没有一句豪言壮语，只是通过自己的行动，毫不含糊地彰显出国家利益高于一切、民族尊严超越一切的自强信念。饰演者李幼斌在剧作中的音容笑貌不温不火、张弛有度，达到了传统美学所推崇的形神兼备的艺术境界，显示出不断提升的艺术功力。早在 20 世纪 30 年代，亦即《闯关东》剧作反映的那个时代，鲁迅先生在他的名篇《中国人失掉自信力了吗》中，鞭辟入里地剖析了当时部分国民失掉了自信力，也失掉了他信力，却在发展着"自欺力"之后，语重心长地着重指出："我们有并不失掉自信力的中国人在。""我们从古以来，就有埋头苦干的人，有拼命硬干的人，有为民请命的人，有舍身求法的人……虽是等于为帝王将相作家谱的所谓'正史'，也往往掩不住他们的光耀，这就是中国的脊梁。""这一类的人们，就是现在也何尝少呢？他们有确信，不自欺；他们在前仆后继的战斗，不过一面总在被摧残，被抹杀，消灭于黑暗中，不能为大家所知道罢了。"时过七十个春秋，我们在《闯关东》剧作中，依然可以明确地印证鲁迅的名言。朱开山，就是如地火般奔腾于地底下的、保证着中华民族历经磨难而久远不衰的中国的筋骨和脊梁，就是我们民族不朽精魂的象征。

我们说，文化艺术是一个民族的美学纪念碑。是特定民族和特定时代的形象表达，但又因其独特的创造性，而具有既是个人的，又是民族的、时代的特质。《闯关东》剧作经过匠心构思，精心打造，以艺术的形象力量，凸显了具有中国人特殊风骨气质的民族精魂；张扬了传之千古泽被当今的、富有无限生命力的民族精神。为此，我们要向剧作的创作者表示衷心的敬意，并有理由期待他们更多、更好的佳作问世。

《人民日报》（海外版）2008 年 1 月 31 日

《潮涌中部》：精华在笔端　咫尺匠心难

费孝通先生离世之前给我们留下了一笔宝贵的财富：他特别强调了文化自觉，对文化自觉做了一番阐述，从文化自觉引出了 16 个字，"各美其美，美人之美，美美与共，天下大美"，并且他用这 16 个字亲笔题字给学校的百年庆典。

湖北台送的这台晚会深深吸引了我，我从头到尾看了，但不觉其长，说明它对于我是很美的，对我而言这台节目有一种艺术的吸引力。

看完以后，我用一个词来形容它："震撼力"，这台晚会确实给人一种震撼力，它不是细水长流的，不是婉约的、低回的、缠绵的，而是给你一种民族文化的震撼力，让你边看边想到五千年的文化，你会从秦汉文化想到荆楚文化，它给我们一种很深厚的，又是很充裕、很有张力的审美体验。这是我直接的感受。

现在有很多的世界名牌都在挑选形象代言

人，不管是国外的品牌，还是我们中国的大品牌，都要有自己的形象代言人，聘请这种形象代言人，花多少钱都在所不惜，因为这样的代言对企业而言具有形象代言的性质，它是通过艺术，通过艺术内在美，把自己所代表的文化内涵，一种久远的绵延不断的活力散发出去，去笼罩、去覆盖它所能够笼罩、覆盖的范围，这种形象代言所产生的力量是不可替代的，无法用金钱来计量。同样地，我认为大型文艺晚会也完全可以起到一种形象代言人的作用。

唐台长是以擅长这种大型文艺晚会和纪录片而著称的。我对纪录片没有发言权，但是我认为就大型的综艺文艺晚会而言，湖北台是翘楚，楚文化文艺晚会真成了翘楚了。我观看了上一次湖北台几个晚会，包括三个名楼，包括龙凤呈祥，没有想到没有几年，又推出来一台，而且又超过了以前的晚会。我感觉到作为楚文化或者是作为湖北整个荆楚大地的形象代言，它起到了用钱无法度量的作用。其影响力不在一时一地，还会有一定的历史绵延。

看节目的时候，我心里又出现了十个字，两句古诗，"精华在笔端，咫尺匠心难"。"精华在笔端"的那支笔，我们不妨看作是摄像机，所有能传播的工具，"咫尺匠心难"，咫尺之间的东西就非常难表达，何况是作为一个荆楚文化的形象的、质的、美的、内在的展现呢？这种咫尺匠心在这台晚会中体现得淋漓尽致。以唐台长为核心的湖北台晚会创作团队有无限的爆发力，相信今后他还会创作出一台又一台让我们震惊的晚会。这一台晚会跟以前比，我认为是一次冲锋，又是一次呈现，还是一次文化艺术的高峰。地方台的这个节目跟中央台的某些春节晚会相比而言更有分量。

就这台晚会本体来说，经过了独具匠心的设计、打磨、呈现的一个过程。从本体来看，首先我觉得这台晚会的主题是通过鲜明的形象来展示的，形象性非常鲜明，从头到尾凸显了一个形象——凤凰，或者说凤文化，非常鲜明。荆楚形象用一个凤来代替，它和龙既有结合，又有区别，与齐鲁的文化、中原文化相比，一下子就展示出了不同的艺术风貌。

最开始是片头的"凤舞九天"，接着舞台完全是用一个凤的形象打造。接着开场的凤形的舞台上展示了一个凤形的舞动，叫"凤舞中部"。不是完全固定的，而是推着凤在舞台上走动，有一种流动感，是非常清新的，这是一种非常精彩的设计。经过了这样一个开场之后走出了三个主持人，这只是一个序，这个序给人以与众不同的感受。

随后又出现了六个男主持人，他们代表了中部六个省，对这六位主持人的选择也是非常精心的，每一个都是当地主持人行业里的翘楚，比如胡一虎就是祖籍安徽的优秀节目主持人，这种匠心独具的安排，如果没有精心设计是达不到的，这些风格各异的主持人各自为自己的家乡尽心尽力地展示。而这六个男主持人真是各显风采，而且是口若悬河的，一个一个都争先恐后、各不相让，要为自己的省份代言。这样六个省出来之后，上篇、中篇、下篇的设计，首先是一个整体形象凤的设计，荆楚形象一下子托出来，一下子跳出水面了，一下就升腾起来了。

接着是用章回曲的结构，这个我以前没有看过，我看过一章、两章、三章，看过了上篇、中篇、下篇，但是用一个章回曲来钩起每一篇的构思也是很巧妙的，三个章回曲分出上、中、下三篇，即风情篇、风采篇、风流篇，这三篇又有一个归总，上篇是"中部风情"，章回曲叫"大江听风"，中篇是"中部风采"，章回曲叫"长河问雅"，下篇是"中部风流"，章回曲叫"山水和颂"，这三篇每一个尾字组合成"风、雅、颂"，回归到《诗经》去了，回归到2000年前，起得好，归得好。结构上归结到这里，也结束了第三篇。而且在第三篇，归到了《风雅颂》，这是很自觉的，这就是费孝通先生说的文化自觉，有了自觉和没有自觉绝对不一样。我觉得这一台晚会将文化自觉性呈现出来了，有这样一种内部的结构。

这里到底有什么可以作为一种共同的财富提供给我们的电视文艺或者电视文化？这台晚会告诉我，你要做出好东西，它必须是独特的，它绝对不可以是克隆别人的，不可以是浅尝辄止的，也不可以是表面浮躁的，而一定要产生一种独特性，就这种独特性来看，目前我以为全国的电视文艺需要的是民族化和现代化的结合，单纯的克隆现代化、克隆西方，是没有出路的，单纯的只宣扬、只去承接民族的古老传统也是不可以，一定要把古老的传统的精华部分，让它现代化，一定要把西方的最现代的元素、因素，让它中国化。古老传统的现代化和世界精华的中国化，可能就是我们需要做的事情。我们这里已经看到那么多元素的结合，这个特性是民族化和现代化的结合，这种结合完全是一种融汇，而不是简单的相加。我一直信守一个最简单的道理，就是 1＋1＞2，而这种 1＋1 是指一种融汇、一种内在的结合。这台晚会，中心非常突出，是六个省市，但是最突出的就是楚文化，说白了就是湖北，尽管撒贝宁说我们湖北人很有气度、度量，先让你们，其实他也没怎么让，该说的也说了，突出的就是湖北。但是六朵花瓣，每一瓣花都是很香的，都是很肥沃的，都是很抢眼的，并没有为了突出一个而掩盖了另一个。

这种独特性的核心是什么呢？两个字，文化。现在有很多的文艺晚会或者说文艺节目，或者电视文艺节目，包括一些栏目，真的是低俗化，真的是没文化，真的是用电视手段在贩卖一种不利于民族广大受众审美提升的东西，这种东西真的不可要。这台晚会的一个独特性的内涵就是文化，文化是存在一种意韵的，这种意韵需要一种自觉度，像我们这台晚会用凤作为中华母亲的一种特质，以无尽的文化内涵的开发，来整合于它的形式之中，而不是宣扬形式，不是制造肤浅，不是表面地煽情，更不是搞咿咿呀呀莫名其妙的拼凑，而是每一个节目拿出来都有它的文化自觉，每一个节目都有它的文化内涵、文化意韵的散发。

《现代传播》2008 年第 3 期

融古贯今　济世救人

——探析《中华医药》的独特奉献

十年，说长不算长，在历史的长河里，只是浪花一朵；但说短也不短，在历史的记录中，含有三千六百五十个日日夜夜。今年，欣逢中央电视台的品牌栏目《中华医药》创刊十年纪念，我对于这个一直关注着的著名品牌，有许多体认在心中萦绕。

当今，无论放眼世界，抑或环视国中，在迅猛发展的电视文化事业遍布全球、一日千里的跨越态势之中，数以万千计的电视栏目时而萌生，时而消亡，让人眼花缭乱，目不暇接。当然，探究起来，它们的萌生与消亡，内中自有不可违抗的规律存在。而这档不以过度包装、花样翻新为特点的《中华医药》，不仅取得了长达十年的生存优势，更以不断跃升的骄人收视效果，屹立于潮头浪尖，我们又可以从中获得怎样的思考与发现呢？

以我之浅见，至少有以下三点，可以作为对其独特的生命力与价值规律的发掘与探索。

其一，标志性。《中华医药》十年行进，最为醒目的一点，我以为是她的"民族化"标志性，其中包含了民族的精神、民族的精华和民族的精魂。从创办的第一天起始，在栏目主创者们的自觉追求中，就明确地把她的主旨定位于充溢着民族特质的"关爱生命健康，服务全球华人"，以智慧而和谐的中华医道，为天下华人解开健康的密码。由此而有了以玄妙精深的中华民族中医药文化为主打品牌，伴以淡雅质朴的民族化氛围，和身着中式服装、温润如玉、极具亲和力的主持人，从而在海内外观众心中展示出富有独特民族精神和独特文化魅力的独特标志。"中医药学是中华民族的大智慧"，是"中华文明的瑰宝"，亦可认为是具有标志性的民族文化精华。经过十年匠心经营，《中华医药》栏目组通过坚持不懈的实践，以中华传统文化精华为载体，以中华特有的健康观、生命观为内涵，搭建了一个融汇全球华人之文化认同、凝聚全球华人之民族情感的重要平台，从中发散出强烈的民族文化精神。在《中华医药》出版的丛书中，我们看到一封来自美国旧金山的信函，其中写道："本人是旅居美国旧金山的华人，《中华医药》在中央电视台的节目中为我们华侨、华人所偏爱，每周我们都一定要收看此节目，并为中华民族博大的文化远播海外而感到自豪。在今天的美国，无论医学界还是普通的美国人，都愈来愈多地感受到中医中药的神奇魅力。"这封真挚质朴的来信，代表着海外广大华人的心声。关于民族精魂的体现，其最突出者非十年不变的主持人洪涛莫属，她正是"中华医药"最具标志性的人物。诚如中国传媒大学的长江学者特聘教授、博士生导师胡智锋所概括的：《中华医药》栏目能保持十年不衰，很大程度得益于洪涛内心深处的真诚、平和、诚朴和大爱。在她的言谈和行动中，充盈着一种使人如沐春风般的温情，她以自己独特的温柔、善良、亲切的主持风格，出现于电视荧屏，使观众感受到来自对方充满真情的关爱，也成为《中华医药》的独有符号。

同时，她不仅是一位被海内外观众誉为温婉大气、充满东方女性魅力的主持人，而且是一位有思想、有智慧的专家型主持人。她曾在写给海内外观众的"春节寄语"中表述自己的观点："中医养生之道，不在求仙丹灵药，而首在养心调神。养心养性可称为是养生之道的'道中之道'。"她以自己的话语方式，形成其独具东方气韵和民族风范的主持风格，而成为《中华医药》栏目民族精魂的集中体现。首任制片人、现任中央电视台海外中心专题部副主任刘文告诉人们：栏目组曾接到一封海外来信，信封上的邮票竟然是洪涛的肖像。由于加拿大是世界上极少数允许申请个人邮票的国家之一，侨居加拿大已三代，仍然念念不忘祖国山水人情的苏畅老人，为全家钟爱的《中华医药》主持人洪涛申报了这张特殊的深情款款的邮票，给予作为中华文化传播使者的洪涛巨大的温暖与感动。

其二，丰富性。《中华医药》十年发展，一个突出的特点，我以为是她的丰富厚重的内容与形式，其中包括了内容的多维度与多层面，形式的多彩与多姿。

首先，在内容方面，十年之中大约 530 期，约为 350 小时的播出时间，我们可以看到栏目之多维向度与多层指向。既有针对国内与国外不同对象、老中青不同年龄对象的不同设计，如 94 岁依然风流潇洒的国学大师文怀沙的养生之道，遭遇严重车祸的凤凰台主播刘海若九死一生的康复之路，面对高考烦躁不安的高三学生减压消虑之法等专题，又有针对医疗与防病的不同设计，如"100 位主任医师讲解"、"100 个健康话题"等专题；既有祛病与药膳的不同设计，如"200 个专家门诊"、"200 种病案解析"、"200 种经典药膳"、"如何调配食疗药膳"等专题，又有健康感悟与健康理念的不同设计，如"80 个健康问题"、"健康新主张"、"养生新理念"、"健康备忘录"等专题；既有健康知识与健康故事的不同设计，如"无药养生"、"快乐养生"；又有文艺界名人张瑞芳、秦怡、郑小瑛、德德玛等人祛病养生故事等专题，更有中华传统医学大师名家和经典国药的不同设计，如"一代医圣张仲景与各种疾病"、"百位大医望闻问切"、"100 位国家名医"、"权威中医求诊地图"、"26 种家庭必备国药呵护全家健康"等专题。如此种种，涉及了国医、国药几乎所有内容，从中点滴渗透着中华民族积淀数千年的中医药文化的精华，可谓琳琅满目任由取舍。继之，在形式方面，《中华医药》的呈现方式亦摇曳多姿。在栏目组精心策划下，不仅保证了每周一期的屏幕相见，以及为重要节目便于普及推广而制作的 DVD 光盘；并且推出了一套丛书，大约 240 万字。从而使期待它的海内外广大受众，可以通过收看和阅读两种方式，不受时间或空间限制，随时查阅和吸纳自己最需要的临床成果和实用资讯，以提高每个人的生命质量。一位澳大利亚朋友在《中华医药》的帮助下得以联系名医，治愈疾病，恢复健康，给栏目组寄来表达心情的书信："我能够在《中华医药》得到需要的治疗资料，实在是太幸运了，我正如在绝望黑暗中看到了曙光，重新有了希望。洪涛小姐主持的《中华医药》栏目，更是济世救人，让我们受惠良多，衷心感激。"由此足以印证《中华医药》以其广泛的传播方式，使人们在面临生存环境严峻挑战的今天，获得和谐、有效的健康之道。手边有一套《中华医药》栏目收视研究报告，对于《中华医药》的播出、收视及竞争力，进行了科学的数据调查，并就其观众特征、收视特点、栏目竞争力、栏目价值等方面，与其他健康类栏目进行收视对比，作出全景式的收视研究报告。从中可以看到对于关乎电视传播成败的核心问题——观众的分析，据调查统计数据显示：《中华医药》栏目在 2007 年平均每期首播观众规模为 830 万；其中 5 月 9 日超过 1700 万；其后收视率不断攀升，到 2008 年更创新高，比 2006 年高出三倍。回望十年间《中华医药》栏目所获中宣部和我国政府众多奖项；2007 年高居全国健康类电视栏目收视榜首；并在同年中央电视台全台节目综合评估评比中，连续三个季度名列中文国际频道第一名的业绩；再以栏目开播十年，回复海内外来信 8 万多封、电话 20 万个、电子邮件近 3 万件作为佐证，从而富有说服力地凸显出《中华医药》

的栏目竞争力。在全国健康类节目普遍收视低迷的情况下，《中华医药》以其独特追求脱颖而出，开辟了新的道路与发展方向。

其三，人文性。《中华医药》十年建树，一向追求的要点，我以为是她的人文性内涵，其中包含了国医国药的人文性特质和《中华医药》栏目的人文性特质。关于"人文"，经典古籍《易·贲》中云："文明以止，人文也。""观乎人文，以化成天下。"各类辞典一般释义为"指人类社会的各种文化现象"。而在《新华词典》解释"人文主义"的词条中，注释其为欧洲文艺复兴时期资产阶级文化思潮，强调了"以人为主体和中心，尊重人的本质、利益、需要及多种创造和发展的可能性"。把这些解释综合起来，我们可以清晰地把握到，人文与文明，与文化，与尊重人的主体、尊重人的创造与发展，以达到密不可分的关系。作为中华瑰宝的中医、中药，其内涵确有此义；而《中华医药》栏目的内涵，同样有此涵义。中华传统医学文化中充满了中国传统文化集大成之"儒"、"道"、"释"思想精髓，千百年来呵护着国人，乃至全球华人的身心康健。而其核心正在其立足于"以人为本"，明确地"从人出发"关爱生命。当今，人类进入了竞争激烈的社会发展新时代，健康的体魄更加成为安身立命之根本保证。作为中华医药学开山鼻祖的经典著作《黄帝内经》，蕴含着中医药学取之不尽用之不竭的宝藏。我们在《中华医药》出版的《大医精诚》等书中，接触了众多医德医术彪炳天下的大师名家，从中体会到国医国药的精华所在。如岭南温病学派继承人、大医彭胜权强调的来自《黄帝内经》的学理：诊治疾病必须考虑天、地、人，包括地域差异、气候差异、人的体质差异、治疗药物差异等错综复杂可变因素的规律性；大医吉良晨引述《黄帝内经》所言："平则不病，不平则病，贵乎于平衡"，并由此生发出"食养、药养、气养"的养生三宝，他特别推崇运动养生，描绘了"未来的医学应该是以预防为主的智慧医学"；还有大医任继学主张的来自《黄帝内经》的"寿在动静之间"的学术理念，等等，无不散发着浓郁的文化气息，显示了中华医药学的独特人文禀赋。同时，我们在其中还可以看到关于国药的精彩表述。如被誉为南方中医领军人物的大医邓铁涛断言："21世纪是中医药腾飞的世纪。"中药方剂学代表人物、被誉为北方中医领军人物的王绵之所述："在中医看来，天下万物，远至飞禽走兽，近到百草矿物，都可以入药。而由药物组合成的方剂，则又是另一个变化无穷的大千世界，就像是一篇用词简单，却又文采出众的大文章。其实，一名中医是否高明，就要看他能不能驾驭方剂中的这种无穷无尽的变化与神奇。"他深入分析了中药之间相辅相成、相反相成构成整体，及其产生新的作用的神奇现象。专就《中华医药》栏目而言，同样呈现出鲜明的人文特性。在当前众声喧哗的电视传播领域，在经济效益占据突出地位的社会取向之中，她独树一帜的品质和风格呈现，表现了真诚的人文情怀。从栏目理念、选题把握、节目内容到传播方式，无不围绕着华人的生存与生命，展示着栏目组对所有受众亲如家人的关爱。制片人兼主持人洪涛，在她央视国际网站个人主页上，曾真诚地表达自己的人生感悟："生命对于每个人都是珍贵的。有时也许为了体现它的价值，我们过于追求物质与虚荣，而忽视了它的根本。抛开一切身外之物，其实，拥有健康，才拥有了人生最大的财富。"融汇其间的人文思索，自然引起大家的共鸣。而在《常备国药》一书中，开列出21种经典名方以供患者之急需，亦彰显了《中华医药》栏目贯穿着人文关怀的特色。

结束本文之前，特别想说的是：《中华医药》之所以获得如此巨大的成功，获得海内外受众的衷心喜爱，成为我国优秀的电视品牌，在于她所拥有的十分出色的创作团队。这支团队经历了十年的历练，锻造出怀抱理想、承担重任、充满爱心、倾注全力、尽职尽责、精益求精的团队精神。在这里可以个人一次亲身经历为证。我曾经荣幸地被《中华医药》列入选题，由此和创作者有了近距离的接触。本以为和经常碰到的情况一样，只要确定一个地方，进行简单的访谈，便可完成这一任务。没有想到的是，几位团队成员竟然专程陪伴我到上海参加国际会议、到母校探访、到墓地为母亲扫墓……并在回程的飞机上继续他们的采访，他们的敬业精神和执着态度，着实让我感佩不已。不料，回到北京后，他们仍然不舍不弃，在精心的设计下，又陪同我和老伴到颐和园，在游船上拍摄了极富生活质感的精美画面。除去在上海采访了若干熟悉的专家、友人之外，以后又来到学院，陆续采访了我的学生和同事们，最后完成了《因爱而美丽的黄会林》。就是这样一部小小的专题片，他们认真、严肃的工作精神，映照出一以贯之的仁爱之心与一丝不苟的责任之感。推己及人，可以从中感受到他们对待所有工作的倾心投入，体现出《中华医药》创作团队对于理想信念的坚守，对于人文精神的传承。

在开启新的十年里程之际，作为忠实的观众和朋友，我衷心祝愿为世界华人的健康与生命保驾护航的良师益友——《中华医药》，"长风破浪会有时，直挂云帆济沧海"，在新的起点上，再度创造新的辉煌！

《中国广播电视学刊》2008 年第 9 期

壮阔的时代　艰难的坚守

——观《乔省长和他的女儿们》

　　近期观看了由北京金英马国际文化交流有限公司和北京中录电视制作有限责任公司联合摄制的长篇电视连续剧《乔省长和他的女儿们》，为其别具一格的艺术追求而深受感染。

　　顾名思义，剧作的立意在于塑造一位坚守信念、尽职尽责的共产党高级干部——副省长乔良，由坚守职责，深入矿井，经历生死风险，被老矿工舍命救出的煤矿技术员；到走上领导岗位，由矿长、副市长、市长，直至承当金山市全面发展重担，后又因勇于承担矿区白马大桥坍塌事故主动辞职的市委书记；再到面对严重局面，大义凛然整治官煤勾结的省安全监察局长；最后被推选为主管安全的副省长。伴随着他的人生历程，在这个壮阔时代的起承转合中，国家、民族、党和百姓的利益，永远是至高无上的。而剧作的着眼点却在于"父"与

"女"，从中展开这个特殊家庭的悲欢离合。这无疑会带给观众一个别开生面的情感故事，吸引着人们的观赏兴趣与审美期待。而更有意味的，则是剧作的匠心所在：通过对这个非同一般的干部家庭日常生活的描述，对"父亲"与"女儿"深厚亲情与错综冲撞的描绘，折射出中国改革开放三十年形形色色的社会矛盾和冲突，不仅包含着父辈与儿辈不同人生观、价值观的双向碰撞，而且包含了家里和家外关乎情与理、情与法的尖锐对立；剧作"于悬念丛生之中，巧妙而不露痕迹地展现了重大的思想主题"。以小见大，以大观小，正是展示创作者艺术创造功力的关键之处。

清代著名戏剧家李渔，在他的代表作《闲情偶寄》中指出"立主脑"的重要性。"主脑非他，即作者立言之本意也。"围绕着乔良，本来普通而平常的一家人，却在时代的大潮中经历众多带有必然性与偶然性的起伏跌宕，从而构成了剧作丰富而饱满的故事情节。一位温柔贤惠的妻子，四个互相关爱的女儿乔媛、乔焰、乔蓉、乔莉（乔蓉是领养的救命恩人、遇难老矿工之女），过着温馨美满的日子。然而，正是因为乔良社会地位的变化，时而顺水顺风，时而一落千丈，时而峰回路转，时而风云突变，在冷暖炎凉的世事中，性格迥异的女儿们也随之而大起大落。于是，端庄大度的长女乔媛，误嫁别有用心的干部汤中仁，又因父亲辞官被抛弃，更导致母亲猝然去世；再被"明升暗贬"到濒临破产的建筑公司，靠着传承自父亲血脉的坚强意志，艰难起步奇迹般救活了企业；却又在父亲走上高位后，利用其影响力，做了违背党纪国法的事情；但终于在父亲的教育和感召下迷途知返。于是，敢爱敢恨的二女乔焰，为向父亲证明自己，辞去公职背井离乡远走天涯，受到巨大伤害；但咬牙坚持终于做成了大事业，更领悟到人生的真谛，却英年早逝，将灵魂留在了为圆父亲一生梦想捐资修建的白马大桥上。于是，体弱柔顺的三女乔蓉，唯恐青梅竹马的于向东图谋父亲的权位，而婉拒他的追求；却又因他在父亲失势后赶到母亲墓地求婚，深受感动而嫁给了他，并由此使乔良破例请下属帮助将二人调入省城；但当她觉察丈夫利用父亲的地位从事不法勾当后，临产前勇敢地出庭作证使于向东伏法；同时，又准备独自抚养幼儿，等待丈夫刑满归来。于是，青春前卫的幼女乔莉，先是游戏人生，未婚先孕，让妈妈着急突发心脏病；又在父亲遭受挫折后，到证券公司当了操盘手，整日拼杀于险象环生的股市风险中，终至全盘尽输；又因父亲铁面无私执法，而被奸商勾结的黑社会贩毒集团劫持控制；最后因警方将犯罪集团一网打尽而得救。一条主要叙事线索，串联起四个女儿的四组分支叙事线索，再辅以省、市、矿区三方天地，上级、同级、下级三层关系，在乔良的前后左右，一方面笼罩着温暖的亲情、友情、爱情，另一方面环绕着时刻窥视、阴谋暗算的社会蠹虫。错综复杂的纠葛，彰显了剧作的主旨，浓缩了数十年的社会变迁，展示了两代人的生命轨迹，构成了剧作厚重的艺术张力，给予观者以强烈的人文思索与审美体验。

同时，剧作之独特艺术魅力，来自鲜活生动的人物形象。探究其艺术手法，大体概括为四。其一，浓墨重彩。由作品的命名，我们可以明确认知，第一主人公自然就是乔省长——乔良。创作者倾注全力，从纵、横不同向度，集中地塑造了这一真实而又充满生命质感的人物。他来自基层，完全凭借自己的才学、能力，特别是一腔报效国家的热血，逐步走上重要的领导岗位。在剧中，创作者赋予他三重身份：普通的老百姓、坦荡的领导者、深情的好父亲，从而使他立体地呈现于银屏，鲜活地进入人们内心。从开始那个认真负责、不畏矿井下生死风险，在突发事故中一心拯救工友的小小技术员，以其真实的行动和语言，很快就得到观众认同与接受。经过 20 年历程，他成为市委、省委领导，依然念念不忘地强调珍惜与感悟生命，强调安全生产为第一要义。在人生旅途中他三起三落，屡遭挫折，身陷逆境，但始终坚守信念，无怨无悔，襟怀坦荡。作为父亲，他外刚内柔，饱含深情，自觉地担负起父辈的责任，一方面对于女儿们教育引导、严格要求；另一方面又时常为自己未能给予她们更多的关心与爱护而深深愧疚、自责。多层次的内心开掘，使这个人物独具魂魄，获得了充盈的美学风貌。其二，形象比喻。剧作的第二主人公，可以认为是群体：四个性格迥异的女儿。创作者富有诗意地以鲜花作为比喻：大姐乔媛，以其成熟稳重、顾全大局，而如同端庄的牡丹；二姐乔焰，以其不安现状、争强好胜，而如同带刺的玫瑰；三妹乔蓉，以其柔弱默然、委曲求全，如同朴实的勿忘我；四妹乔莉，则以其张扬自我、叛逆独立，如同桀傲的仙人掌。不同的花朵，体现着不同的性格，花朵拟人化的不同命运，蕴含着不同的美学意味。仅此四项形象比喻展示于观众面前，剧中人物音容笑貌便已呼之欲出了。其三，细节渲染。对于第一主人公，几乎随处可见出彩的细节，如只为养女乔蓉郑重过生日；如在升职名单中划去长女乔媛；如主动承担大桥坍塌事故的责任而递交辞职报告；如拒绝公车送刚出医院的爱女乔莉；如亲自陪同乔蓉到法庭作证……对于第二主人公，亦不放过重点细节，如乔媛在起落中与前夫汤中仁的恩怨离合，与恋人周欣的嬉笑怒骂；如乔焰留给父亲表述心意的前后三封书信，以及逝世前留下三个令人怦然心动的心愿；如乔蓉遇到抢劫银行的歹徒，不顾生命危险挺身搏斗的场面，和挺着即将生育的大肚子到法庭为丈夫犯法作证，又在探望时告知等他回家的情义；如乔莉拼搏于股市的疯狂，和觉醒后与黑社会头目搏斗的英勇，等等。其四，华丽凤尾。特别富有震撼力的是剧作结尾处。在历经磨难、终于回归的老大乔媛，外柔内刚、直面人生的老三乔蓉和尝尽百味、绝处逢生的老四乔莉陪伴下，乔良来到大桥落成典礼，以动情的演说祭奠为大桥作出重大贡献的老二乔焰：他娓娓动情地诉说女儿心愿的实现；祖露内心撕心裂肺的体味；回忆不堪回首的往事，系念矿工兄弟给予的第二次生命……他深沉地宣告：乔焰的灵魂已永久地灌注在大桥中！他激动地呼吁：要用更多的桥梁沟通人们的心灵，连接人们的命运，一切为了民族、百姓的利益，为了国家的前途！最后，剧集以他真诚邀请大家一起为大桥落成典礼剪彩而落幕。十分精彩的重笔，淋漓尽致地回应了剧作蕴含深意的主旨，正是全剧终场时翘起的华丽凤尾！

《乔省长和他的女儿们》以创作者的智能才情，抒发了秀杰之气，铺衍了真挚之理，给观众留下了深刻的文化诗情与深长的文化思考。

《光明日报》2009 年 2 月 1 日

《北京广播影视》2009 年第 1 期

《寻找微尘》与"微尘"精神

欣逢新中国成立 60 周年大庆，有幸观赏到若干部由制片部门精心制作的优秀影片，其中许多是以真人真事为题材的，它们不仅在艺术上有所创新与突破，同时彰显了我们社会主义的核心价值观，不仅为我们留下了美好的记忆，同时让我们对中国电影的未来产生了更加强烈的期待。由青岛市委宣传部、青岛凤凰世纪传媒有限公司北京九州同映国产电影院线有限公司等联合摄制的《寻找微尘》，即属此列。

观看《寻找微尘》后，有以下三点感受：

第一点：传播的威力。《寻找微尘》的故事来自于现实生活，其原型"青岛微尘"，原是一位化名"微尘"，为"非典"灾难、新疆地震、湖南灾区、白血病儿童等多次提供大额捐款，并捐助失学女孩助学金的青岛爱心人士，因而被评选为 2006 年"感动中国"十大人物之一。而今成为电影的选题，将这一发生于有限时空的事情，通过影像的无穷魅力，传送到全国各地的千家万户，使观者深受感动。这一点突显出媒体传播的力量不容小觑，完全可以看作是我国文化软实力的一种体现。近几年来我们已经看到，作为文化软实力重要组成部分的电影，不仅在国家有效政策的大力支持下，在电影业界的倾力拼搏中，有了巨大的发展；同时也得到了国内各地省、市、县的高度重视，许多地方对于媒介传播的威力有了更为明确的认识，各级主管机构从社会主义文化发展战略的高度出发，加强了对电影文化事业的推进，聚合相关的社会力量，选择当地富有意义的各类题材，组织起具有实力的摄制团队，生产出一批富有地方特色、弘扬人间真善美的优秀影片，为我们的电影百花园增添了绚丽色彩，同时也借助电影艺术富有影响力、感召力、亲和力的传播特质，从而增强了地方的文化软实力。《寻找微尘》即为明证。

第二点：心灵的净化。《寻找微尘》突出呈现了我国民族文化与现代文化的精神特质。影片通过艺术的创造，着意宣扬了"仁为己任，援手援溺"的"微尘"精神。这是一种"仁者爱人"的传统文化精神，也是一种和谐共生的现代文化精神；传统与现代交织互融，必定会产生强大的文化感染力量。世间流传着一个比喻说我们现在穷得只剩下金钱了。这其实可以看作是一种危机意识；同时，也是一种精神呼唤。人们在物质条件得到相应的满足以后，便开始寻找心灵的家园。这部影片告诉我们，精神的富裕，才是真正的富裕；心灵的滋润，才是真正的滋润。影片撷取了动人心弦的故事，编织了丰富感人的情节，塑造了引人注目的形象，深入地诠释了人们心灵深处对于真善美的追求与理解。其中没有刻意地渲染激烈的矛盾冲突，却依然能用淳朴、真挚的情感直击观众的内心，从而令人发生心灵的震颤。古希腊大哲学家亚里士多德在其传世经典《诗学》中论及文艺的社会功用问题时指出，艺术能够陶冶、净化人们的情感。我们在观看《寻找微尘》时受到感动，实际上也正是心灵被陶冶、被净化的过程。而这种陶冶与净化，在当今现实生活中强烈的物质诱惑面前，无疑具有格外重要的意义。

第三点：审美的愉悦。《寻找微尘》的成功，在于它给予观众富有情感冲击力的审美享受，其中蕴含着影片的创作者们，特别是编剧、导演、表演的艺术功力。其一，就剧作而言，整体叙事结构绵密，紧紧围绕一对母女的艰难生活展开故事。农村少女杨念念因为妈妈罹患癌症生命垂危，放弃上大学的机会来到青岛求医，尽管急需医疗费用，仍然坚持做人诚信为本、维护人格尊严的信念，寻找资助万元助学金的恩人"微尘"，以归还求学专款；又由广播电台主持人唐影帮助母女寻找"微尘"串连全剧，并由此引出一个又一个感人的爱心情节。其主题十分鲜明，中心主线清晰，头绪铺排有序，诚如清代戏剧家李渔曾归纳的作剧法则所云："立主脑，脱窠臼，密针线"，主次分明，分寸得当，艺术把握恰到好处。其二，就导演而言，其艺术追求特别体现于人物塑造之中。无论全剧的主人公母女二人及电台主持人唐影，抑或各个小故事中的各色人等，虽然风采各异，却又集中展现出真挚动人的深情，亦如李渔所述："贵浅显，重机趣，戒浮泛，忌填塞"，没有深奥的言辞、虚夸的形体、浮躁的表达和臃肿的填充，整体洋溢着淳朴无华的独特人文色调。其三，就表演而言，影片独特的创意还在于囊括了倪萍、唐国强、巫刚、丛珊、朱媛媛、黄渤、黄晓明等45位青岛籍演员的倾情出演，于是让观者既看到并非大明星的主要角色——母亲、女儿和主持人扮演者质朴纯情的全身心投入，也看到了众多受到观众喜爱的明星甘当绿叶不计报酬出演的无名角色，从而满足了观赏者多元的审美心理追求。可以说，大家是在用"微尘"精神参与到弘扬我们宝贵民族精神的影片之中。

《寻找微尘》影片所体现的"微尘"精神，已然化作山东青岛的"爱心符号"，成为高扬社会主义文化精神的独特品牌。事实上，当人们努力破解"微尘"密码时，一个又一个"微尘"出现于现实生活之中。在青岛市红十字会收到的上千笔捐款中，很多捐助者不约而同地署名"微尘"，默默无闻、不图回报的"微尘"，在青岛愈来愈多，由一个人发展成为一个爱心群体，由一个群体演化成为一种普遍风气。从城区到农村，从大街到小巷，几乎每一本募捐册上都能看见署名"微尘"的记录，几乎每一个募捐站旁都会听到"我叫微尘"的回答。一粒"微尘"，扬起了整个青岛的爱心风暴，千千万万个"微尘"，汇聚成了爱的海洋，一张亮丽的"青岛"名片由此展现于世人面前。在当前我国致力于构建和谐社会的过程中，通过影片的传播，我们可以预料"微尘"的精神将扩展到全国各地。因此，我们有理由相信并殷切期待着：这部重在开掘植根于人们心灵深处善心、爱心的主旋律公益电影，对整个社会的风气必将产生有益的影响。

《文汇报》2009 年 8 月 16 日

感天动地《沂蒙》魂

　　刚刚看到 42 集电视连续剧《沂蒙》时，有点因其浩大的篇幅而迟疑；但是，从那个身处沂蒙山腹地、最普通的、甚至连名字都没有的李于氏（参加革命后才有了自己的姓名于宝珍）出场亮相开始，从头到尾专注其中直至终篇。最后涌上心头的是一个字："魂"，这个字集中概括了我的一种感受与体悟。

　　《沂蒙》之所以能够给我们以萦绕于心灵、久久不能散去的艺术感染力，正是由于我们民族绵延 5000 年来的魂魄凝聚其中；正是由于我们民族绵延 170 年来的魂魄凝聚其中；正是由于我们民族绵延 90 年来的魂魄凝聚其中；当然也是由于我们民族绵延 60 年来的魂魄凝聚其中。这里有四个数字"5000、170、90、60"，在这四个数据的背后，是文明古国从来没有中断的文化传承；是中华民族不屈抗争的历史华章；是人民革命波澜壮阔的永恒记载；更是新中国艰难前行，走出了一条独特而不可替代的中国道路的印证。

关于"魂"字，试从三个层面——巾帼魂、沂蒙魂、民族魂进行分解。

第一，巾帼魂。《沂蒙》每一集的第一个画面都是一句题词："献给我们的母亲和天下所有的女人们"，这句话是这部剧作的点睛之笔，字号很小，分量很大。因为，这里的"母亲"，是生养了我们所有人的母亲；这里的"女人"，是天下所有的女人！这句题词可以看作是作者在表达他们对于"巾帼魂"喷薄而出的真诚礼赞。事实上，剧中的女主人公身上浓缩了中华民族的巾帼魂。

剧作中沂蒙女人的群像，实际上是巾帼魂的标志性代表，其中的标志性人物就是于宝珍。作为一个女人，她是沂蒙山区普通农户李忠厚家的主心骨，对老婆婆恪尽孝道，对丈夫尽心扶持，对儿女倾注爱心……从内心保持着中国传统的伦理道德操守决不走样。但最关键的转折，在经历了与日本鬼子面对面的惨烈战斗之后，革命的火种深入到她的心灵，改变了她的生命轨迹：为了消灭侵略者，保卫自己的家和国，她倾其所有，竭尽所能，无怨无悔地参加共产党，组织妇救会，收养八路军的孩子，坦然面对儿子的英勇就义、老伴的战场牺牲，把刻骨铭心的伤痛深埋在心里，带领着儿女、媳妇和乡亲们一起奔走于血火交织的前线，用最质朴的行动实践着她最纯朴的语言。这个语言就是她们的誓言，就是把最后一粒米当军粮，把最后一块布做军装，送最后一个儿子上战场。这段话是画龙点睛之笔，这就是沂蒙精神，就是沂蒙以巾帼为代表的老百姓，对于我们的民族、国家和大地母亲的赤胆忠心。《沂蒙》里以于宝珍为代表的沂蒙女性们，如同传世的佘老太君率领满门忠烈的杨门女将的再生。

第二，沂蒙魂。山东是孔孟之乡，是中华古老文化的起点。在它绵厚深长的风土人情之中蕴含着无尽的精神文化宝藏，剧作中淳朴的沂蒙山村正直、善良的村民们为观众展现出沂蒙人、沂蒙魂的精髓所在，它集中凝聚于为国尽忠的村民李忠厚一家，成为一种最典型的凝练。家中白发苍苍的老奶奶为八路军护粮惨死炕头；当家人李忠厚推着小车徒步千里支援前线，在长江边告慰英灵，被流弹击中倒卧战场；大儿子李继长、儿媳罗宁坚守信仰宁死不屈，英勇就义于日寇刑场；小女儿三妮惨遭敌人奸淫，浑身赤裸浸泡于水缸……也如同老少三代慷慨赴死永载史册的杨家将。五座暂栖后院的棺木，陪伴着大义凛然、朴实善良、无私奉献、屹立于世的于宝珍及其儿女，正是彰显沂蒙精神的铁证。

第三，民族魂。《沂蒙》DVD珍藏版封面题词上说"有这样一个地方，有这样一个民族"。剧作实际上是通过这个沂蒙山区，反映了华夏大地；用一个马牧池村，代表了全中国遍及东、南、西、北四面八方殊死抗击日寇的广大农村。

就在华夏大地、沂蒙山区、马牧池村，以及它的周围，剧作描绘了一些令人不能忘怀的剪影式、片段式人物，也设置了一些具有关键作用的贯串性人物：在这里，李忠奉夫妇舍弃生命与日军小分队同归于尽；村民老四为保住八路牛，宁愿承受酷刑；继财媳妇不堪受辱义无反顾地纵身跳下山崖；继善全家为报答抢救垂危小孙子的八路军女护士钟慧，保存她的遗书而致父子被抓去当劳工，婆媳避祸四处逃亡乞讨为生，最终完成了烈士的托付；孙旺的老母为保护藏在山洞里的首长，挺身而出大骂搜山的鬼子而被打死……所有这些或浓墨重彩、或简洁勾勒，却一幕幕深入到观者的魂魄之中，如同一方又一方浓缩在人们心头的人民英雄纪念碑。

所以，我以为《沂蒙》体现出的从精忠报国到献身理想，正是蕴含在我们民族文化之中的民族理想人格的一种展现，献身精神、牺牲精神、奋斗精神，这些是我们中国文化的底版色彩，在中国人的心里保留着永久的记忆。而百年来中国人不畏强暴、前仆后继、可歌可泣的无数英雄人物和故事，亦如《沂蒙》所鲜活呈现出来的中国魂魄，无可辩驳地昭示世界：正是从古到今不朽的民族精神导引着中国人坚持走自己的道路。

我觉得这部作品给予我们的审美感悟在于它上接骨血下连筋脉，铭刻着天安门纪念碑的不朽精神，直到现在。

《中国电视》2010 年第 4 期

从"痛"到"暖"的《唐山大地震》

　　观看《唐山大地震》感触良多。走出影院，一直在想，影片给予自己最大的感动是什么。思来想去，心灵中最主要的感受似可集中于"从'痛'到'暖'"这四个字。

　　正如原作女作家张翎所言，《余震》的核心表述在于一个"痛"字。当她在机场候机厅偶尔读到《唐山大地震亲历记》时，立即抹去了三十年的时光和几千公里的距离，心灵被猛然击中而感到内心的疼痛。对于她而言，这个"痛"，通常是她创作灵感萌动的预兆。由此，她在艰难的探寻中，先是找到了一块可以歇脚的石头——孩子，并且定格于孩子们没有流出的眼泪和没有被深究的后来。然后，在她锁定的视点里，中心人物王小灯鲜活地向她走来……最后，作品以"小灯的痛是无药可医的"结局全篇。我们看到，在《余震》中，在小灯的人生路程上，这个"痛"字几乎无处不在，九死一生被救以后无可疗救的心灵创伤；养母的严厉乃至苛刻和养父的性骚扰；大学毕业、结婚、生女、漂泊异邦到婚姻破碎、女儿出走；加之伴随了 32 年的剧烈头痛；以及在心理治疗中体味的一扇又一扇挡在面前而无力推开的窗户……从 23 秒到 32 年！如此被作家着意渲染的故事，细腻地呈现出打动人心的"怎一个'痛'字了得！"我想，也许这正是冯小刚导演慧眼识珠、认定作品的起点。

在《唐山大地震》里，我们可以强烈并深刻体悟到的，却是一个"从'痛'到'暖'"的感受。影片的主创者，面对着中国这场空前的大灾难，面对着如此惨烈的人生境况，突出了"痛"，更突出了"暖"！导演的创意，鲜明地指向："最大的群众基础就是可以让每一个观众内心都感到非常温暖。"编剧的立意，默契地呼应着："写一部关于感情的、温暖的电影。"而以徐帆为代表的各位演员，无一例外地全身心投入剧中，在无比的痛苦历程里，以各自无私的爱，对待每个瞬间，化解着、填充着人间苦难在心底留下的"黑洞"，用真诚和温暖，诠释着唐山人的顽强精神。于是，我们在电影里，通过情节的展开，特别是具有独特魅力的细节，一方面感受着那撕心裂肺的伤痛；另一方面又浸润于那沁人心脾的温暖。如被压在同一块预制板下的一双儿女，只能救一个的残酷现实，导致元妮一生的自责和小登 32 年的积怨；在惨烈的灾难中，冒着生命危险的解放军和刚从废墟上挺立的百姓们舍身忘我的救援行动；一对军人夫妻满怀温情地收养小登；乃至一条街上百姓烧纸祭奠亡灵的情景；两次别有意味的"西红柿"特写……特别是编导匠心设置的汶川救灾，相隔万里旦夕思念的同胞姐弟意外重逢，从而顺天应人地连接了母女相见的重场乐章。母亲面对女儿发出的悲唤和谢罪下跪，引出无数观者不可遏止的泪水；女儿面对墓穴里年年岁岁一本不缺的课本软瘫于地，发自内心地喊出"妈妈！"那一连声的"对不起……"水到渠成般地相拥相认，冰释前嫌，更拨动了观众内心深处最柔软的丝弦。

"心有多大，电影就有多远"，从时代变迁到人物命运到情感纠结，影片建构了一个完整的格局。在这一格局中，如何浓墨重彩地描绘"人"从大灾难中重新站立起来，影片并未把笔力着重于家园的重建，而是集中地专注于心灵的拯救。诚如冯小刚导演所说的："这部电影拍的是人和人的感情"，也如《电影》记者江湖所言："情到深处是心灵的震撼，如何在心灵的废墟上重建人生"，既可以看作是《唐山大地震》执著的艺术追求，更是《唐山大地震》给予我们"从'痛'到'暖'"的独特审美体验。

《电影艺术》2010 年第 5 期

纯净如水的《山楂树之恋》

近日有幸观看了张艺谋导演的最新作品《山楂树之恋》。涌上心头的整体感受是：这部影片堪称艺谋导演的一次大转身——具有代表性和标志性的大转身：既是导演本身的大转身，在一定意义上，也是中国电影的大转身。去掉了繁复，抛弃了浮躁，潜心追求一种纯净的美、一种别有意味的美，从而与当前乃至相当长时间以来那些喧嚣着远离真正的艺术品位的影视成品，形成了强烈反差，是众多观众心向往之的审美追求。

影片通过一个情节简单、情感凄美的爱情故事，讲述了在特定的时代、特定的社会、特定的人物之间发生的充满真诚、真情的真实人生境况。

故事发生的特定时代，是 20 世纪 70 年代中期。人所共知，那是"文化大革命"后期，是一个"欲望节制"、甚至不可以公开谈情说爱的时代，是一个年轻的相互爱慕的男女连拉手都要有所顾及的特定时代。就在这个朦胧的、甚至是蒙昧的时代里，生发了静秋与老三这一场别有况味的爱情。有了心中的爱，不问金钱，不论地位，只要心心相印，便如同飞蛾扑火般全身心投入，以死相换，至死不渝。面对没有一丝杂质的爱的铺展，从如此纯情的体验中，使观者获得了心灵的净化与审美的提升。

故事发生的特定社会，是生活贫困而理想高扬的独特存在。男女主人公，其中一方，是县城的苦难百姓家：父亲被打成"右派"离家去劳改，妈妈带着即将高中毕业的静秋和年幼的弟妹，靠母女日夜赶工糊信封（10个可挣一分钱）维持着艰辛的生活；另一方则是驻扎农村做勘探队员的知识青年劳动者老三。双方生活的交叉点，先是老三在村头山楂树下偶遇被派往西坪村编写教材的静秋，眼前闪亮，一见钟情；然后二人又在静秋寄居的生产队长家相遇而渐生情愫。从此，在无处不有的社会压力下，他们默默地坚守着心中汹涌的真爱。影片中醒目的毛主席语录、静秋参与表演的语录歌舞、老旧的公共汽车、照相馆里师傅摆布两个恋人："靠近一点……这是无产阶级的革命友情"，等等，不落痕迹地渲染出在当时独有的社会氛围中纯净的恋人关系，给观者带来了久违的审美感动。

故事发生的特定人物，主要落点于两位主人公，落点于二人内在的纯真与纯美人性。正如制片人张伟平所言："不管社会发展到什么年代，人类进步和文明到什么程度，都离不开人与人之间的真诚与真情。"我们看到，就在"文化大革命"那人性颠倒的特殊时刻，清纯透明、胆小羞怯又内心自卑的静秋，一旦认定了心中的真爱，便义无反顾地迎难而上，甚至冒着犯"政治错误"的危险，请假到医院陪伴老三；英俊清朗一脸阳光的老三，更是一朝爱上静秋，便毫不迟疑地主动追求，他拼命加班只为多得一刻偷看一眼静秋的机会；他为了赢得静秋的芳心，不惜用小刀划破手臂，留下永久的念想；最后，他用生命实现了自己"会等你一辈子"的承诺。独具匠心的"隔河相拥"细节，印证着他们心里永久的、无限的情意！对照当今肉欲横溢、谎言遍地、低俗风扑面而来的景象，影片描绘出这样清新与清澈、这样纯真与纯美的人性，带给观者无尽的慰藉与思考，达到了出奇的审美效应。

影片自觉的艺术追求，彰显出张艺谋导演独特的艺术创造功力。特别是围绕着主人公形象塑造，影片抛弃了雕琢、刻意与夸张，以简朴、含蓄、内敛的手法，呈现出"只可意会，不可言传"的民族美学意蕴，从而使作品具有了与众不同的独特艺术品位。影片的细节无不带有当时的印记，但又无不体现艺术的独到。如二小在自行车上的飞翔；如老三变魔术般捧出的山楂树脸盆；如静秋用塑料绳精心编织的小金鱼；如公共汽车上分别就坐而眉目传情的情景；如静秋羞涩地把游泳衣穿在衬衫外面的别样风情，如此等等，营造出时代的与个人的特有情境。影片的色调则一反张导以往惯用的浓墨重彩，而以生活的原色返璞归真，不动声色地引领着观众进入当年那个可以发生"纯爱"的特殊天地和人物的特定心境。影片的节奏也因应着作品格调的要求，在平实的叙事中富有疾缓张弛的变化。整体上是徐徐渐进、娓娓道来，但在重场戏与闪光点之处，又基于情节进展的需要而发力，形成冲击观众心灵的激流，感人肺腑，引人涕下。特别是最后诀别时，静秋来到病房，哭喊着："我是静秋，我是静秋，我是静秋……你不是答应我，一听我的名字就会回来吗？你不是说我穿红衣服好看吗？我穿着它来了啊……"此时此刻，病床上弥留中的老三眼角边流下一行泪水，呼应着伤心欲绝的静秋。两个生死相恋的有情人，终于天人永隔，但他们的纯情至爱将留存于观影者的心中。

《光明日报》2010 年 9 月 30 日

一部内涵丰厚的革命史诗

《寻路》破题很好。全剧破题就是两个字——寻路，这两个字贯穿了全剧，其实也就涵盖了我们中国现代历史发展全部的精髓所在。

《寻路》的立足点是什么呢？我想还是毛泽东思想精髓的四个字——实事求是。马克思主义很伟大，但是它来到中国，必须和中国实践相结合，如果不能和中国的实践相结合，它就不可能成为指导中国革命的武器。我们民族有着五千年的智慧。一路走过来，多次的探路，多次的寻路，不断地向西方、向外国学习，但历史已经证明了照搬是不行的。由此体会这部史诗，它的内容核心就是寻找中国革命之路。

到了今天、社会主义建设的新时期，我们所探求的正是独一无二的中国道路。

整部电视剧看下来，内容的核心展现，可以概括为两条战线、两个营垒。第一，是两条战线。两条战线是城市和农村，是国民党和共产党，是双线并进的结构。两条战线的斗争写得如此之饱满、如此之充分。一方面是血雨腥风，一方面是漫漫征程，最终落定在那句经典，就是：中国的革命必须走农村包围城市，武装夺取政权的道路；必须有一支在中国共产党绝对领导下的军队！就这么一个结论，而这个结论在中国此前没有人能够总结，世界上也没有一个国家能够总结出来，这就是它的独特的、不可替代的最大的分量所在。这一点真的给予我很大的震动。

第二，是两个营垒。这两个营垒，你中有我，我你交叉，也很有意思。全剧有名有姓的人物竟然有二百多人，这多么宏大，主创者们又如何把握住如此浩繁的人物呢？电视剧集中呈现了毛泽东从小学教员到政治、军事战略家的历程，成为"寻路"的主导；突出描绘了周恩来"顾全大局、相忍为党"的品质，成为"寻路"的保障；重点渲染了朱德从旧式军阀到红军统帅，成为"寻路"的支柱。看罢全剧，三位主要人物的形象得以铭刻于观者的内心。而作为对立面的蒋介石，同样以复杂的内心表现出独裁者的强势和无奈。此外联合主演的八人，其中有几名女角还是挺出彩的，如贺子珍是那样有情有义的性格。几个女角在这部戏里妥帖的分布，一下就把戏剧调剂得刚柔相济，阴阳结合。

一部《寻路》重现革命史，具有重要的价值和意义。它真实地再现了这段错综复杂的历史，客观地写出这些领袖人物的不同性格，及其在探寻中国革命之路中的缺点和错误，让今天的观众从繁杂的历史中，从历史人物的精神世界中认识过去，鉴知今天，以求得在新时期的寻路中能够少走一点弯路。我想，这就是作品在今天的意义所在。今天，我们的国家正在继续探寻祖国强盛之路，国家富强、民族复兴、人民幸福，这就是我们的中国梦。

《中国艺术报》2013 年 7 月 12 日

长相忆

风范永存

——追念唐弢师

　　每个时代的青年都需要良师的教诲，渴求寻找到指点人生、训教学业，以至可以终生受益的导师。唐弢师曾满怀深情地忆念他少时授业的几位老师："他们教我识字、发音，告诉我做人的道理，指导我怎样获得生活必须的知识。他们都是平凡的人，诚恳严肃，循循善诱，希望我很快成为一个有用的人，我至今还感激他们。"当年，年轻的唐弢师有幸得到了文化巨人鲁迅先生的关怀、指导，凭着自己锲而不舍的苦学，终于由一株幼苗长成参天大树。为此，三十年代报上说他是鲁迅的学生，叫做"鲁门弟子"。他却那么真诚而谦虚地表示："能够做鲁迅先生的学生是幸福的、光荣的，但我还不配，因为从来没有听过他讲课。""虽然曾经向他请教，他的确指导过我。"为此，又被称为"私淑弟子"。若干年之后，在文学园地作出卓越贡献、已成为卓然大家的唐弢师，又踏着鲁迅先生的足迹，扶持着一批又一批后来者、后学者，为了他们的成长甘当人梯，呕心沥血，无私奉献，堪称楷模，令后学无限钦佩、敬爱。

我有幸于六十年代初拜识唐弢师，但未敢贸然向他求教。七十年代初期却侥幸得到了机缘。那是"四人帮"肆虐的岁月，大学校园里除去浓重的火药味，知识领地几乎一片空白。一日，我悄悄去琉璃厂中国书店，逡巡于旧书间，忽然发现了唐弢师，他也正在店内浏览，连忙趋前问候，他亲切地询问起学校的情况。交谈之中我鼓起勇气冒昧地提出请求：能否就现代文学专业惠予后辈以较系统的指导？他竟欣然允诺，只是叮嘱不要声张，以免招来"横祸"。从此，便荣幸地经常到唐弢师府上受教了。虽然到今天仍没有资格列为"唐门弟子"，却确实从唐弢师那里得到一生受用不尽的指导与帮助，在内心里把他当作自己最敬爱的师长，以老师称之，以师礼敬之。

与鲁迅先生一样，唐弢师对后学者的指导是那么循循善诱，关怀又是那么无微不至。对于专业学习，从最初占有资料，到最后完成文稿，每一环节皆不放过。他指出：做学问必须重视第一手材料，必须学会动脑筋深入思考。为此，他提出要求，开列书目，检查笔记，解答疑惑，耳提面命，一丝不苟。他严格地要求我从二三十年代的原始期刊入手，一本本、一期期阅读，认真作出札记。今天随便翻开其中一本札记，便录有 25 种杂志、275 篇文章的笔记。这里面渗透了唐弢师多少宝贵的心血！现在，我还珍藏着他亲自开列的刊物名称，并以"正"、"反"、"中"等字样标明它们的性质。还有他回答疑问的记录，对所写习作逐字、逐句、逐段的指导意见，具体到引文的长短、段落的划分、例证的列举、小标题的使用，乃至几页几行应加注，"冲决网罗"词组的特定含义……正是由于唐弢师的指引，才使我得以进入"中国现代文学"的学术大门。至今使我感到歉疚的是，在乌云压顶的处境中，还曾给他找了麻烦。有一次，与一位青年老师外出公务。时间有余，又恰恰在唐弢师家附近，便与她一起去看望了老师。不料，下周再去受教时，他郑重地告诉我，工宣队为此找他谈话，"批判"了他。见到我懊悔、沮丧的神色，他又慈祥地安慰道，不要紧的，以后注意不要和人同来就是了。唐弢师在《回顾》一文中无限眷恋地赞颂道："青年们无论怎样幼稚，怎样浅薄，只要老老实实，不流于浮夸和虚伪，狂妄和无聊，鲁迅先生总是愿意培植他们的，这体现了他'俯首甘为孺子牛'的精神。"对于一批又一批后学者，唐弢师不也正是这样的身体力行的嘛！

我的爱人绍武热爱文学创作，我们也曾就此向唐弢师求教。自 1972 年初试文笔，创作描写陈毅将军赣南三年艰苦生涯的《梅岭记》（后改名《梅岭星火》）起，他不厌其烦地审读我们每份幼稚的习作，一次又一次以工整的字迹写下长篇指导信件。为《梅岭记》写的长达五页纸的五点意见，是在春节前夕手头积压多项任务的情况下"发个狠心，一口气读完"后草就的；为《彭德怀在西线》写的三大篇纸，更是忙得在"连看病理发也免了"的情况下"花了两天时间一口气读完"后草就的。他的每封来信，字里行间充满了对年轻人的深情爱护与殷切期望；又无保留地对习作提出深刻、中肯的批评、指点，条分缕析，入木三分。翻出我们在 1972 年 1 月 27 日给唐弢师信的底稿，上面发自内心地写到全家的感激之情，"很自然地使我们想起了鲁迅先生。我们这一代也同样需要他啊！"

1978 年 2 月，《梅岭星火》修改本又送给唐弢师。4 月 20 日中午，突然收到一封信，笔迹是陌生的，中式红格信封下端写着"夏缄"二字。当时我们根本未敢想象这竟是影坛宗师夏衍同志的亲笔信。夏公对两个素不相识的初学者给予热情鼓励，并指出不足之处。以后，又亲自对作品作了逐字逐句的修改，连标点符号也未放过。洒满夏公点点汗水的剧作终于与广大观众见了面，但夏公是如何看到剧本的呢？原来又是唐弢师的一手提携。他审读此稿后认为："剧本已修改到一定水平，可以请权威长者予以评判了。"于是在参加全国人大、政协会议期间找到夏公，请他关心一下。如此，才有了后来的一切。

1982年，我们受出版社之邀编辑一套《夏衍剧作集》。几经周折后，又去拜请唐弢师为之作序，而时间已极急促。蒙他慨然承诺。手边有一封唐弢师为此事而写的信：

会林、绍武同志：

我因家里找的人多，住在外边赶写序文，即可完稿。（大约星期六回家），但下星期一（28日）即去桂林开会，无法亲自送给夏公，当面请他指正。这样，只得不客气地请你们两位中有一人于星期日（27日）来寓，我把稿子当面奉托。

不情之请，尚乞鉴谅。

即颂

日绥

唐弢 83.2.23

他就是这样为了后辈的请托而不辞辛劳，赶工加班，挥笔写下近万言的长序《沁人心脾的政治抒情诗》，以独到的见地、精辟的论述，抓住了夏公戏剧之精魂。其中蕴含的精神不必多著一字，令人遐思无限。

正如他的老师那样，唐弢师不仅教我们怎么学习，如何创作，而且"告诉我们做人的道理，指导我们获得生活必须的知识"。他在1983年2月手书条幅惠赠，录的是一首书怀诗："平生不羡黄金屋，灯下窗前常自足。购得清河一卷书，古人与我话衷曲。"这首诗既可视为他高洁品格的自况，也可体味到他对后辈做人处世之嘱望。他一生不谋名利、安贫乐道；他博古通今，追求创作与学术之至境，承继了中国文化传统之优长；他对青年人更是期待殷切、一片至诚。其间，可以感受到鲁迅先生的深刻影响；更可以捕捉到唐弢先生的毕生探求。他无私地奉献自己，直到最后一息，诚可谓"鞠躬尽瘁，死而后已"！回想起来，我们这些后学者消耗了唐弢师多少无可估量的珍贵生命啊！

记得前年年初去看望唐弢师和师母，谈得兴浓时当场约定，待春暖花开日，由女儿和我去接唐弢师和师母到北师大家中小憩一日，尽情地放松一下。万万没有想到，不久他便因风寒而生病、住院。病情迅速恶化，却又奇迹般好转。盛夏，去医院看望，竟能认出并高兴地示意，一时顿觉希望之光照亮了病房，连周围的空气都充满了生机。

但，唐弢师终于走了！他的辞世，对中国文学界、学术界造成的损失确是无法弥补的。唐弢师二十余年来给予我们的指导与帮助更是刻骨铭心、永远难忘的！

他留下的作品、论著浩瀚如海；他留下的精神财富——思想、品德将永恒存在！

1992 年 3 月

云水襟怀　彪炳千秋

——悼夏公

哲人长逝，千载德馨。

敬爱的夏公逝去了，给后辈留下了无尽的思念。

他走得那么从容而潇洒；对身后之事安排得如此大公而忘私，确确称得上云水胸襟、人间典型！

他在充满惊涛骇浪的 20 世纪中国文坛上奋战 70 载春秋，以不知疲倦的独特品格、英勇善战的辉煌业绩，赢得了人们的尊敬与爱戴，成为我国卓越的新文化运动的先驱者、文化战线的领导人。

他一生奖掖后学、提携后进，从不稍怠。在晚年体衰身残、视力极差的状况下，依然废寝忘食地悉心指导后辈，直到不能看字为止。他把自己仅有的、极其宝贵的一线光明，无私地赠予了青年后辈。

一

    1978 年 4 月，我们的电影文学剧本《梅岭星火》面临夭折之时，校党委宣传部转来一封信。印着长长的红格子的中式信封下款，写着"夏缄"二字。我们久久端详这陌生的字体，不肯轻易拆开。"会是电影界那位老前辈吗？"脑中闪过这一念头，却又根本不敢相信。因为，我们既未给老前辈送上习作，老人家又不认识这两个后生晚辈，怎么会亲笔来信呢？

    原来，身处逆境的导师唐弢先生，自 1972 年起便暗暗地、循循善诱地指导我们创作这部作品。1978 年 2 月，修改本又一次送给唐弢师。他审读后认为"剧本已修改到一定水平，可以请权威长者予以评判了"。于是在参加全国人大、政协会议期间推荐给影坛宗师夏公。

    夏公是在眼睛几乎失明的情况下看完剧本的，并亲自写了一封信：

    绍武、会林同志：

    大作《梅岭星火》已拜读，因视力不佳，耽搁很久，甚歉。

    这个剧作是我最近看到的十几个本子中的较好的一个。写陈毅同志的形象、气质、风采都很精彩，尤其是他执行毛主席军事路线、军民关系的那些细节。写项英也恰如其分，留有余地。几个次要人物写得也不落套。整个剧本所记史实，基本上和陈总 1952 年和我及宋之的同志所谈相符。

    假如说有缺点的话，拙见以为在下述两点：

    一、篇幅长了一些，一部装不下，分上、下两集又不适当。"二十"节以后，有些枝蔓、重复，以致剧情显得松散。建议大力割爱、压缩、精炼。

    二、正面人物写得好，反面人物写得差。——特别是语言，不合当时的环境和相互关系。其中，最突出的是两次中外记者招待会的描写，整个戏是现实主义的，而这两场戏，却用了漫画的手法，显得很不调和。国民党的中央军和地方军有矛盾，英美和日本有矛盾，但这些矛盾，在当时的环境下（典型环境），是绝不会在大庭广众之间直统统地说出来的。

以上意见供参考。

这个剧本是否已列入"长影"的献礼片计划，便时乞告。

问好。

夏衍 18/4（1978）

（通讯处：东城、南竹杆胡同113号）

这封信既有热情的鼓励，又有中肯的批评；对我们创作的严肃性给了充分的肯定，也指出了缺点与不足。

当我们第一次去拜望老人家时，没有料到这位国内外著名的作家竟住在一个大杂院里。听了我们的自我介绍，他摸着身边的拐杖从靠椅上站起来。他是那样瘦弱，右腿已经残废，但伸出的手是热烘烘的，刚健有力。他靠在躺椅上仔细地听取我们的汇报，询问到江西老根据地采访当年陈毅同志坚持三年游击战争的情况。谈到剧本的缺点时又安慰道："当然这不能怪你们。你们没那种生活，不像我见过蒋介石，跟那类人打过交道。"他还直率地说："现在有一些青年作者，自己的东西不愿让别人改。你们的剧本可不可以让人改呢？"我俩激动地连连点头。于是他诚恳地说："你们自己把本子再改一遍，最后我给你们加加工。"

像是在攀缘中看到了希望，像是在疲惫时注入了动力，我们感受到巨大鼓舞，在创作道路上又迈开了脚步。

在一个暑气炙人的午后，我们把修改后的剧本送到夏公手中。其时正当文化伟人郭沫若同志治丧期间，他忍受着巨大悲痛，奋战酷暑，在电扇下苦干一周，将《梅岭星火》修改定稿。我们至今珍藏着这份修订稿，几乎每一页都记载着他的心血，逐字逐句，连标点符号都不放过。年近八旬的老人，尽管视力极差，修改时还用了红、蓝两种颜色的笔迹，并注明：蓝色是改定的，红字是供参考的。这部洒满夏公点点汗水的剧本终于在 1982 年陈总逝世 10 周年时由珠江电影制片厂摄制完成了。

孙家正同志说：夏公是中国电影的根。真乃一语中的。

夏公为发展中国电影事业，如此关怀、帮助学习电影创作的后来者，其感人故事是不胜枚举的；而他自己对于中国电影发展的贡献，更是无与伦比的。

30 年代初期，由于斗争的需要，党派夏衍进入文化界，并深入到电影界。遵奉党的"将令"，他全力以赴地投入了新的征程。

他与郑伯奇将苏联电影大师普多夫金的《电影导演论》、《电影脚本论》翻译介绍到中国，奠定了中国电影重视文学创作与导演运用蒙太奇语言的理论基础。犹如"窃火者"将火种与技艺送到人间。

党决定成立以夏衍（化名黄子布）为组长的电影小组，开拓左翼文化阵地。他们在上海各主要报刊陆续开辟了电影副刊，发表大批有分量的电影评论文章；他们加强了左翼电影队伍的组织工作，形成了一支相当强大的创作力量；他们大力译介苏联电影创作及理论，由夏衍化名丁谦平翻译刊出苏联有声电影剧本《生路》，这是中国翻译的第一部苏联电影剧本……他们用辛勤的劳动与有力的斗争，促进了 1933 年左翼电影创作高潮的出现，为中国电影史写下了光辉的一页。其中，不可磨灭地记载着夏公的劳绩与奉献。

为了摸索电影创作的规律，他成了电影院里特殊的常客，手持秒表、手电与笔记本，一部电影要看上几遍。用他自己的话说："先看一个镜头是远景、近景还是特写，然后分析这个镜头为什么这样用，为什么能感人。一个镜头或一段戏完后，用秒表算算几秒钟或几分钟，然后算算一共多少尺长。这样一个镜头一个镜头地加以研究，逐渐掌握了电影编剧技巧。"

他创作的第一部电影《狂流》，于 1933 年 3 月问世，在上海引起轰动。从一定意义上讲，这是中国新电影真正的诞生。它第一次把摄影机对准中国农村，称得上中国电影第一部现实主义杰作。本年度，他向观众奉献了4部优秀剧作；此后每年均有两部以上影片问世。10余部姿态崭新的电影，以广阔的生活视野、鲜明的主题思想、巧妙的艺术构思，赢得了广大观众，奠定了他在电影界倍受尊崇的地位。

《春蚕》是茅盾的力作，他成功地把它搬上银幕，开创了名著改编电影的先河。这也是中国新文艺作品改编电影的第一次尝试，上映后被认为是中国影坛的重大收获，获得观众、文艺界和鲁迅先生的赞扬。经过半个多世纪风雨沧桑，在80年代意大利举办的中国电影回顾展上，《春蚕》又受到西方电影同行的赞美。新中国成立后，他创造性地把《祝福》（鲁迅）、《林家铺子》（茅盾）、《憩园》（巴金）、《我的一家》（陶承）、《红岩》等改编为电影搬上银幕，使之成为我国电影史上的名作，达到电影艺术的高峰而具有永久的生命力。

他写于50年代的《关于写电影剧本的几个问题》，是一部电影艺术创作理论的重要著作，里面既有从事电影创作的宝贵经验总结，又有电影艺术领域普遍规律的概括与阐述。大艺术家欧阳予倩评之曰："言简而意赅，语近而旨远，对于学习编电影剧本和话剧剧本的人都是很好的路标。"此书成为新中国第一代电影工作者案头必备的著作。

新中国成立后主管电影的夏公，还常常动手为他人修改剧本。许多著名影片的脚本都经他亲笔改过，如《青春之歌》、《五朵金花》、《风暴》、《聂耳》、《白求恩大夫》，等等。《早春二月》经他修改的地方达240多条。

邓小平同志曾赞之为"电影医生"。

夏公对于中国电影事业作出的不朽贡献难以尽述。在这位前驱者九五寿诞暨从事革命文艺工作65周年之际，国务院特授予他"国家有杰出贡献的电影艺术家"荣誉称号。

这，就是深受电影界景仰的一代宗师夏公。

二

《梅岭星火》完稿以后，夏公语重心长地对我俩说："不要停下来，要继续写。"并问我们有什么打算。过了几天，他给我们出了题目，由我们选择。这就是创作多幕话剧《故都春晓》的由来。

四幕话剧《故都春晓》是以著名的三大战役为背景，着重写北平和平解放这一历史事件的。我们自问，敢碰这么大的题材吗？生活底子不厚，历史知识匮乏，创作实践又刚刚起步，能够完成这个任务吗？我们把这一心情告诉了他老人家。他说，闯闯看，三大战役过去30年了，陈毅同志早就号召大家写，应该写！我会帮助你们的。面对情真意切的鼓励与斩钉截铁的命令，老前辈崇高的责任感教育了我们，鼓舞了我们的行动。

夏公的帮助是十分具体的。可以说，《故都春晓》创作的全过程是在他的指导下进行的。在长达三个多月的紧张采访过程中，他总是抽出时间以极大的兴趣与热情听我们的汇报，随时指出哪些材料可以入戏，哪些材料可以加工，并以他从事地下工作和统战工作的丰富经验来补充我们采访的不足之处。有时，他和我们一起为采访中的重大收获高兴得哈哈大笑。在构思全剧的过程中，他给我们讲，一个剧的开头很难，一定要开好。第一幕写出人物关系、时代风貌，还要与第二幕衔接好。第三幕不要太长，只要剧情发展了就可以。第四幕是全剧的肚子，要写得饱满。第五幕收得要好，要耐人寻味。他还跟我们约法三章：一、全剧四到五幕，人物不超过十二三人；二、场景不超过三个；三、字数不超过五万。我们曾经为这个严格规定而苦恼，感到对付这么大的事件，这样的要求是不是太严了？但又想到他曾说过的："戏剧是人生的缩影，在舞台上表现出来的应该是压缩精炼了的人生。要把一天、一月、一年，乃至一生的人生压缩到三小时的舞台上演出，那我们必然在舞台上就不能有'可有可无'的一言和一句。"他一再对我们强调：精炼是才华的姊妹，要的是艺术概括，舞台上装不下那么多人。在老人家谆谆引导下，我们只有硬着头皮去闯难关。现在看来，这个约束起了重大的指导作用。如果按最先的构思，忙于把精力花在调度二三十个人物在舞台上出出入入，哪里还能把笔墨认真地集中于刻画人物呢？

《故都春晓》的写作提纲，是在 1979 年春节前夕的下午在他的办公室里由他主持讨论定下来的。他反复给我们指出：写戏要为观众、为演员着想，戏要真，不要追求情节的惊险，不要热衷于搞情节戏，一定要着力于塑造人物。他还讲到，在三四十年代就不赞成为了"讨好"观众，而凭空去幻想紧张热闹的故事，空空洞洞地构造非现实的传奇，那样写出来的作品虽然很紧张、很有趣，但也很公式化。无原则的"闹剧第一主义"会阻碍演出和演技的进步。根据这样的写作原则，我们开始动笔了。在创作中，往往是赶写出一幕就拿去念给他听，而他总是听完以后随即提出下礼拜某天某时来念下一幕……我们心里暗暗叫苦：这下一幕可八字还没有一撇呢！但正是在这样严格的督促下，剧本一幕幕地推进了。我们深深地为能得到这么一位严师而自庆、自幸啊！

最后修改《故都春晓》，是在夏公住院期间念给他听的。他从头至尾整整听了两遍，推敲琢磨再三，竟至忘了自己是在病中。他要求我们：人物对话要尽量精炼，一般情况下不要超过三行半，太长了就想办法拆开。台词的内容要尽量单纯一些，能用一层意思讲清楚最好，语言要通俗，让观众一听就懂才成。他批评我们：有些人物的台词政治性太强。社论式的语言要尽量去掉，换之以形象化、个性化的语言。他还说《梅岭星火》就太长了，那时不熟，不好意思批评你们，现在要严些了。

正是在夏公悉心的无微不至的关怀与指导下，《故都春晓》不仅在庆祝新中国成立 30 周年的时刻发表于《剧本》月刊；而且在首都由中央实验话剧院、北京人民艺术剧院、中国评剧院（移植）先后搬上舞台公演了。这个戏耗费了他老人家多少心血啊！只是由于我们的能力、水平所限，与他所提出的要求还相距很远，只能在以后加以弥补了。

受教于夏公使我们深深体会到他在戏剧领域卓尔不群的大家风范。自30年代开始戏剧创作至50年代止，20年间夏公发表多幕剧、独幕剧、翻译剧、与友人合作剧等近30部之多，其中《上海屋檐下》、《法西斯细菌》、《芳草天涯》以其永久的艺术魅力而被认为是他的三部具有经典意义的代表作品。他的剧作对中国话剧产生了巨大影响，他成为中国话剧史上独树一帜的著名剧作家。他的常用名"夏衍"也正是由于其第一部多幕剧作《赛金花》的发表、公演与轰动而闻名于世的。

综观夏公的话剧创作，从思想到艺术确有自己的突出特色。首先，它们是鲜明的政治性、强烈的时代感与娴熟的艺术表现力的有机统一。他的剧作无不环绕着时代、社会与人生，但又总是通过艺术的手段加以表现。因其大部分写于抗日战争时期，故而内容几乎都与抗战有关，无不弥漫着全民抗日的时代氛围。他善于从社会一隅的现实事象中描写旧时代的变质和没落、新时代的诞生和成长。他一方面通过剧中的人物与故事，反映出那个令人窒息的黑暗时代；另一方面又寄托无限希望与憧憬于未来。正因如此，他的剧作每每在观众和读者的心头，勾起他们的悲苦与欢欣。著名评论家唐弢先生誉之为"一首首沁人心脾的政治抒情诗"。

其二，夏公剧作中的主人公，大都是他所熟悉的普通而平凡的小人物。他擅长描写一些出身不同、教养不同、性格不同，但同有一颗善良的心的人。他常常把这些人物放置在一个特殊的环境里，让他们受创、爱憎、悔恨，最终达到一个可能到达的结局。他笔下着重歌颂的正面人物，也总带有缺点，带有时代与阶级的烙印，因而显得更真实、更自然。描写人物，他以塑造性格、深入发掘内心世界为主要艺术手段。他严格要求自己的人物要有血有肉，要符合生活的逻辑，要真实。他说：只有真实才能令人信服，只有通过人物真实、复杂的思想感情，才能与观众交流，激起共鸣。他以细腻的心理描写，准确再现不同人物的不同性格；他以洗练的动作勾勒，深入剖示人物独特的内心感受；他以有机的情境渲染，使人物与身处的环境构成生活中不可分割的整体；这些独到的手笔，昭示了夏公卓越的艺术功力。

其三，夏公剧作的艺术结构单纯集中，严谨匀称，意境深远，与他整个艺术风格相统一。他的戏剧情节总是紧紧围绕着主题而发生、发展，很少有旁生的枝蔓，譬如《芳草天涯》。他很注意戏剧结构的起承转合，讲究布局谋篇。例如《上海屋檐下》，就很典型地体现了他的这个特点，整部剧脉络分明、层次清晰、针线细密，构成了一幅完整和谐的社会风俗画。有人说他的戏过于平淡，我们恰恰认为这正是他的独特之处，正是他不同于别人的艺术追求。他总是把笔力用于渲染冲淡、深远的意境，从中深入刻画人物精神上的振荡、心灵中的挣扎，比如《法西斯细菌》。它的结构技巧自然、合理，不露痕迹，几乎让人觉察不到作者的匠心，仿佛是生活的自然流淌，而这正是夏公与众不同的艺术才华。

夏公的剧作，对后人显示着悠久的艺术生命力；夏公富有真知灼见的戏剧观念，他对戏剧创作艺术规律的探索与总结，对于后代同样具有长久的启迪作用。

三

在从事中国现代文学教学与研究中，认识到夏公是一位中国现代革命文化运动（包括文学、戏剧、电影等）的重要代表人物，而已往对他的系统研究基本上处于空白状态，于是萌发了对夏公进行重点研究的想法。我们决定先从"年表"开始，一步步开展此项研究工作。从1980年起，我们发表或出版关于夏公研究的专著、专论及搜集、整理出版的夏公作品及研究资料约在300万字以上，另有电视作品220分钟。

在"夏衍研究"过程中，我们对夏公艰苦拼搏的一生、卓著奉献的功业，有了进一步深入的理解。这位世纪老人在那么多的文化领域不倦地开拓、耕耘，成就斐然，彪炳千秋。

20 年代后期，正当中国最黑暗的时代，夏公首先以翻译外国理论书籍及文艺作品在上海站稳了脚跟，并逐渐以翻译家沈端先的名字为文坛所知。他的第一部译著是法国杰出的马克思主义者倍倍尔撰写的《妇女与社会主义》。这是一本最早、最忠实地用马克思主义理论研究妇女问题的著作；也是经过他的笔，第一次被介绍到中国的关于妇女问题的马克思主义经典著作。出版后在妇女界产生了很大影响。我国早期妇女运动工作者胡子婴写于 80 年代的回忆中曾专门提及过，她们当时组织妇女界进步团体时，特地选用此书作为学习教材。此后，夏公又以不倦的劳动翻译了许多进步文学作品与论著，如芥川龙之介、木村毅、金子洋文的作品等；他选译的《欧洲近代文艺思潮论》、《新兴文学论》等，在进步文化界亦发生过重要作用。由于这方面的显著成绩，1928 年成立中国著作者协会，他被选为 9 名执行委员之一。当然，在夏公翻译事业中最重要的是高尔基《母亲》的译成。世界上第一部社会主义现实主义的巨著，经过他的笔介绍到中国。对于处身在高压下的中国民众，《母亲》是一线点亮心灯的光明。正因为如此，它成为一部畅销书，一年内重版两次，但很快遭到查禁，聪明的书店老板把封面由红色改成绿色，印了第三版，又被通令全国禁止发行。文化名人夏丏尊当面质问国民党元老邵力子，并将书名改为《母》，署名改为"孙光瑞"，"破例来个冒牌"，由开明书店一连出了 5 版，又遭禁。然而此书在读者中的强烈影响是无法禁绝的，它总是生命不息地流传着，直到今天。

　　1936 年 6 月，夏公发表了被誉为"中国报告文学典范"的作品《包身工》，并立即获得巨大的社会反响。他是在艰难地、认真地进行了大量调查、体验的基础之上，以惊人的透视力，对"包身工"所处的人间地狱作出了精确的判断，得出了深刻的认识，然后运用他特有的冷峻、锐利的笔锋，把 20 世纪 30 年代中国工人最底层的生活，血泪斑斑地呈现在读者面前。这篇脍炙人口的经典之作，具有震撼灵魂的文学意义；又无疑是投向帝国主义、封建主义的一把利剑。它用铁一般的事实，揭露了西方文明在东方制造的奴隶制度。读这样的文字，让人想起马克思、恩格斯对西欧、北美无产阶级悲惨命运的描绘。资本在西方是靠吮吸无产阶级的血长大的；它来到东方，则是连血带骨一起吞噬的。作品的末尾指出："不过，黎明的到来还是没法推拒的。"当年索洛警告过美国人当心每根枕木下横卧着的尸骸，夏公则在《包身工》中警告这些殖民者当心呻吟着的每一个锭子上的中国奴隶的冤魂。这部作品至今还被选作中学语言教材。直到老人家离去前不久，与李子云同志聊天时，他说：我觉得我的作品中只有《包身工》可以留下来。这固然是夏公对自己作品过于苛刻的评价，但也从中透露出他对这部传世之作的重视。

1937年8月，由郭沫若任社长、夏衍任总编辑的《救亡日报》在上海创刊，这是夏公开始新闻记者生涯的时刻，是他走上新的达12年之久的坎坷征程的起点。他曾不止一次地表示："我平生最怕被人叫做什么什么家，只想做一个诚实的新闻记者。"他常幽默地讲：自己只是个业余作者，正业则是新闻工作。从中至少可以让我们感悟到他对新闻战线岗位的重视。是的，12年新闻记者的劳绩，实实在在地体现于约五六百万字的成果。在他自认为"毕生最难忘的12年"、"工作最愉快的12年"中，他几乎每日手不停笔，每天至少一两千字。政论、杂文、散文、随笔……各种内容无所不包，古今中外的政治、思想、理论、文化、艺术、科学、人物、社会生活、时事评论、旅游札记……真可谓丰富多彩、文情并茂。廖沫沙同志在为《夏衍杂文随笔集》而作的序文《凌云健笔意纵横》里就此而论曰："夏衍同志实在是中国文坛上罕见的作家之一。"除去在《救亡日报》等报刊上每日必写的社论、报道、补白等之外，他还有十分擅长的一手绝活：自然科学小品，每每意趣盎然、生机无限。正如廖老指出的："像夏衍同志这样集中地描画与介绍自然界事物的生长变化，或者以自然科学知识来论人论事，入情入理而又引人入胜，在我国文坛上却还是罕见之作。"于此可用他写于1940年战火频仍的桂林之小文《野草》为佐证，从中很可以看到这位前辈的灵魂。文章写道：

......

　　没有一个人将小草叫做"大力士"，但是它的力量之大，的确是世界无比。这种力，是一般人看不见的生命力，只要生命存在，这种力就要显现，上面的石块，丝毫不足以阻挡，因为它是一种"长期抗战"的力，有弹性、能屈能伸的力，有韧性、不达目的不止的力。

　　种子不落在肥土而落在瓦砾中，有生命力的种子决不会悲观和叹气，因为有了阻力才有磨炼。生命开始的一瞬间就带了斗争来的草，才是坚韧的草，也只有这种草，才可以傲然地对那些玻璃棚中养育着的盆花哄笑。

文如其人。只有他那支笔，才能写出这样的文章！寥寥数百字，讲述了一个涵盖古今、包容宇宙的真理。笔法如此简洁、生动、深刻、透辟，言情言志，惠及友朋。此文一直被选入中学教材。

新中国成立后，夏公自云："一个当惯了编辑或记者的人，一旦放下了笔，就会像演员不登台一样地感到手痒。"于是又应《新民晚报》之约，开辟了"灯下闲话"专栏，以匡正时弊，扶正祛邪。60年代，他又应《人民日报》之约，针对大跃进的失误，以黄似笔名在"长短录"总题下，与文友们连续发文总结经验、评价得失。其精妙的文字在读者中流传颇广。

夏公在艺术方面取得的卓越成就，没有成为他事业上的包袱或局限。他热爱艺术，但不止于艺术。在他投身革命的一生中，做了许许多多在艺术家看来也许是不屑一顾的组织、说服、动员、劝解、安置、迎送、争取、营救等工作。这是如此具体、细致、困难、艰辛的跋涉，是直接用自己的体温去温暖生活、温暖大地的人世间最宝贵的挚情。"夏公"这个称呼始于何时、出自何人尚待考证，但在抗日战争时期的陪都重庆，文艺界朋友们就这样称呼他了，公，是正直无私的意思；在我国传统文化中，公，又是对长者、显者的尊称。当时的山城重庆，是大后方政治、文化中心，是知识分子云集的地方。生活困苦，环境险恶，矛盾交错，困难重重。刚刚步入不惑之年的他，在这个特殊的圈子里工作，获得这样的称呼绝非偶然。据有的老同志回忆，文艺界天生的矛盾多，意气用事多，而夏公以清醒的理智、平和的耐心，常常使面红耳赤的纷争，变作一团和气，他堪称文艺球场上的一位"清道夫"。

夏公对党有一颗忠诚的心。他童年时家境衰败；在8个兄弟姐妹里他最小、也最瘦弱。三岁丧父，全靠寡母辛勤劳作和亲友接济帮助，勉强解决衣食问题。贫穷、窘迫，使他性格内向，不苟言笑，慈母爱怜地称他"洞里猫"。14岁高小毕业，当过染坊学徒；15岁以"品学兼优"被推荐进入浙江省立甲种工业学校染色科读书；19岁被卷入五四运动的狂潮，发表抨击封建、守旧舆论的激烈文字，得到陈独秀的赞许；20岁以优异成绩毕业，带着师长们"工业救国"的嘱托，东渡日本求学。在明治专门学校电机科，他读到了《共产党宣言》等马克思主义著作，"洞里猫"的思想深处掀起了波涛，从"工业救国"的"洞"里走出，成为留学生中一名激烈左派。在孙中山先生亲自关怀下，指定李烈钧将军介绍他加入了国民党，但随即为右派所不容。1927年回到上海，在扑面而来的白色恐怖中，共产主义信仰向他展示了真正的风采。他彻底醒悟了，毅然走进被血与火包围着的革命者行列，成为一名共产党员。找到马克思主义，找到党，他从此坚强而自信，虽然还是那么瘦，但他不再弱了。遵照党的思想路线，他一生坚持"实事求是"精神。为了求是，他甚至表现出一种执拗性格，由此而不时受到某些不公正的批评甚至"挨整"。在史无前例的"十年浩劫"中，他被打断了腿，在狱中关押将近9年。对于这段荒谬的历史，他作了深长的思考与总结，但每当问起他在这场灾难中的遭遇，他只是淡然一笑。他的确是个虔诚的党员，葆有一颗战士的赤诚之心。

当璀璨阳光冲破浓重阴霾的时刻到来时，民心大快，万众欢腾！党中央为夏公平反，恢复名誉，安排他重新工作。他老当益壮，锐气不减当年。他和祖国、人民一起，为崇高的理想、为社会主义现代化、为中华民族新文化事业再赴征途，又不懈地奋斗了20载寒暑春秋。

在他90岁生日之后，他对身后之事作了不同寻常的安排：

他把价值百万的藏画，统统捐献给浙江省博物馆，条件是：不要奖金，不要奖状。他忘不了，是浙江父老们用官费送他去日本求学。

他把稀世珍宝"纳兰成德长卷"捐献给上海博物馆，条件依然如上。他忘不了，是上海这座光荣的城市把他引上斗争的舞台。

他把价值连城的珍贵集邮无偿地捐献给国家。

他把自己的全部藏书捐献给中国现代文学馆。

……

他还有什么可捐献的？字画、长卷、集邮、藏书，再珍贵也是有价的；而他对祖国、对事业的一腔热血、满怀忠诚却是无可估价的！

夏公终于以九五高寿离世而去了；但他的精神必将永存！

我们愿再次引述恩格斯评价欧洲文艺复兴运动时所作的著名论断："这是一次人类从来没有经历过的最伟大的、进步的变革，是一个需要巨人而且产生了巨人——在思维能力、热情和性格方面，在多才多艺和学识渊博方面的巨人的时代。"并强调了人们的特征是："几乎全都在时代运动中和实际斗争中生活着和活动着，参加政党进行斗争，一些人用笔和舌，一些人用剑，而许多人则两者并用。"伴随着巨人们的，既有中世纪凶残的遗产，也有新世纪黎明的曙光，这正是巨人们真正的光荣。夏公，无疑是这样的历史文化巨人之一。

于今，夏公的才干、智慧、意志、人格，他那光芒夺目的人文精神已汇入中华民族悠久文化传统的博大海洋之中；同时，他又以现代人的至高品格丰富了这一巨大的文化海洋。

作为深受夏公教益的后辈，谨以此文敬献于夏公灵前。

1995年2月

力求新径　薪尽火传

——悼俞敏师

　　俞敏师走了。他走得那么突然，又那么洒脱！

　　就在几天之前，我还为了一个古汉字的用法趋府请教。俞敏师一如既往，热情、细致地为我讲解、指点；之后又一起说天道地、谈笑风生，直到不忍再耽误他的宝贵时间，我才告辞而去。怎么也没想到，几天之后竟得到了老人家溘然仙逝的消息，让我愣在那里，半晌无法相信。

　　初识俞敏师，是在1955年大学新学年开始以后。当时，我从北京师范大学工农速成中学毕业，被保送到北京师大中文系学习。初入国家高等学府，心中充满憧憬与兴奋。中文系名师云集，声名赫赫，有黄药眠师、钟敬文师、穆木天师、陆宗达师、李长之师、启功师……当然，还有在国内外有重大影响的语言学大师俞敏先生。我们这些莘莘学子，能受教于这么多大家名师，实在福分匪浅。大学的学习生活自成格局，对于我们，一切都那么新鲜，诸如课与课之间在不同的大楼"跑"教室、晚饭后到图书馆阅览室抢座位……还有就是要为每门课程准备一个小小的辅导本，有了问题仔细地记在上面，交给课代表，转给任课的老师。然后，课代表就会通知同学：某日某时某人到某教研室由老师专门答疑辅导。第一次单独面对俞敏师，正是由于这一特殊机缘。因为汉语课堂上有些听不懂的问题，我交了辅导小本。得到通知后，当天晚自习时我按时到系里的汉语教研室，俞敏师正在等着我。他端坐桌前，态度和蔼慈祥，翻开我的辅导答疑本，问道："这是你写的吗？你的字有'游击习气'啊！"接着就耐心、细致地为我解答需要辅导的疑难问题，直到我真地明白了，才放我离去。回到自习教室，我仔细地端详着小本上的字迹，觉得字体确实很幼稚，不规范不工整。这一指点使我警醒，从此注意练字和写字，下决心改正这个缺点。以后，我的字逐渐有了进步，这和俞敏师第一次当面给予的指导有着直接的关系；而且，这句师训一直影响着我，直到如今仍言犹在耳。

在史无前例的"十年浩劫"之中，尽管我只是青年教师，也和许多同事一样也在劫难逃，毫不例外地被造反派实行了"专政"，其中包括和几位老先生一道种菜改造自己。这一次，我又有幸与俞敏师同处一组，每日清晨便到学校开辟的菜地劳动，直到日落乃许离开。在此期间，虽然身处逆境，遭受极不公正的待遇，俞敏师却依然泰然自若，不仅安详如昔，而且或在锄草、间苗时，或在小息片刻时，不断以风趣的语言论古谈今，讲故事、说笑话、论方言、解俗语，宽慰大家的情绪，让众人暂时忘却险恶的环境而破颜一笑。他那睿智的头脑与学者的风度，给我们留下了终身难忘的记忆。

"四人帮"终于覆灭，神州大地充满阳光。党中央确立了"改革开放"的方针路线，广大知识分子能够挺起腰杆干"四化"了，俞敏师以其博大精深的学识与在语言学领域之卓越成就，率先招收博士生，直至逝世前夕，七九高龄，仍课徒不辍。这个时期，因为专业区别过大，更因为俞敏师担负着校内、校外众多学术工作，任务过于繁重，不敢无事打扰，只是每年春节到来时必趋府拜望，恭祝他和师母在新的一年中万事顺遂、健康长寿！每次也必得到俞敏师与师母的热诚关怀与热情款待。

自然，一旦遇到语言学方面的疑难问题，我仍会立刻拿起电话，得到俞敏师同意后，前去排难解疑。不但每次我都能得到俞敏师和师母的热情欢迎，而且能一如既往地获得指点而走出迷津。就在夏衍同志逝世的当天，一家刊物紧急约稿，力嘱一定要在很短时间内完成一篇超过万字的长稿，不仅要有怀念的内容，同时要有具体实在的事实。这个任务无论如何是不能推卸、不敢怠慢的啊。执笔展纸，感慨万千，第一句话想了很久，最后落在纸上八个字："哲人长逝，唯余德馨"，意在表述对夏公仙逝的深切缅怀与深长敬仰。写下后反复斟酌，"唯余"二字虽说表明哲人逝去，留下的是无尽的德馨，但还似不够分量；再换个说法，又恐不合规范，贻笑大方。于是，很自然地又到俞敏师家去请教。听我详细地阐述了想法及疑虑后，俞敏师笑着说：这"唯余"二字，不如换为"千载"，"千载德馨"，不就把你心中所想更好地表达出来了吗？这句指点，真个是举重若轻，又一次让我恍然大悟，又一次获得了遣词达意的飞跃。这篇早已面见读者的拙文，起始第一句便是："哲人长逝，千载德馨。"它记载着我的老师俞敏先生对后学、后辈的悉心指导与关怀爱护。也许，它正是俞敏师一生实践的座右铭"力求新径，薪尽火传"的一个小小佐证。

俞敏师走了！他走得那么突然，又那么洒脱。他的形象将永远活在我的记忆之中！

1997 年 1 月

春风化雨　润物无声

——怀念沈嵩生先生

　　嵩生先生走了，虽然早已知道他有相当严重的心脏病；虽然也曾几次在他发病时去医院看望，有时甚至是在重病监护室；虽然每次见面总是由衷地提醒他多多注意保重身体，不要太不在乎，但是面对他神采奕奕、谈笑风生的形象，却常常会忽略了他的健康问题，而被他的精神感动着。因而，在那天听到沈先生逝世的噩耗，感到那么突然，那么不可相信，乃至怀疑是自己的耳朵出了差错。然而，我们大家非常爱戴的、敬重的沈嵩生先生，还是悄悄地离去了。

　　沈嵩生先生，是我国杰出的电影教育家，是一位权威的电影艺术家，是我们北京师范大学艺术系师生敬爱的师长。给我们留下最深记忆的，是他一贯的无私奉献精神、为事业献身的精神，感召着电影界、教育界的同仁与学子，被誉为德高望重的师表与楷模。我有幸拜识沈先生，是因为 1992 年奉调至我校艺术系，特别是奉命筹建北京师范大学影视艺术学科。当时，我已在学校中文系任教 34 年，而且已经 58 岁，是一个名副其实的老教师了，却又被要求去创建新的学科，一无所有，从零开始，心中的忐忑不安是可以想见的。而 50 年代过来的人，一般来说不会和组织上讲价钱、讲条件，让干什么就去干什么。于是只能硬着头皮接受任务；于是急迫地需要各方面的支持与帮助，尤其是影视教育的专家、权威们的指导与扶植。我冒昧地找到了嵩生先生家，急切而诚挚地向他报告了我们筹建专业的种种情况和困难。沈先生认真地听取后，以一位老影视教育家的热诚，表示了对我们这个新建专业的关注，他慨然应允接受我们的聘请，担任兼职教授，在新专业起步之初，予以我们巨大的动力。我们从一株幼小的嫩苗成长到今天，有了从大专学制到本科学制、从硕士点到博士点的发展；招收了 160 名影视教育专业本科生、120 名博士生、硕士生，以及成人教育系列的大专生、续本生近 400 人次。其间沈先生对我们的教学与科研，给予了多方面的关心、爱护、扶植，犹如春雨润物，细致入微。至今我还清楚地记得，为了办好影视教育专业，使之尽快进入轨道，实现良性循环，曾多少次叩开嵩生先生的家门，扰乱了他和葛德先生的正常工作，而他们总是凡请教必接待，并一一地给了圆满的回答。

在原来中文系影视戏剧教学、科研的基础上，我们奋力拼搏，努力建设艺术系的影视教育专业；并在学校领导的关心下，向国务院学位委员会陆续申报影视学科的硕士点、博士点。在此期间，我们不断地得到嵩生先生关于学科建设的重要指导和帮助，包括课程的开设与准备、科研的选题与定位、梯队的组建与发展，以至哪些薄弱环节需要特别加强，等等。还记得当我们第二次申报影视学博士点时，在沈先生家里，他曾十分真诚又风趣地说：为了中国电影事业的发展，突破零的空白，建立电影电视学博士点，实在是非常必要的。这一次电影学院没有申报，我可以去掉很大的顾虑了，否则，还真不知道怎么办才好，我总是应该首先考虑电影学院的嘛。而你们，作为重点综合大学，也确有自己独特的优势呀……一番坦诚的话语，既使我们信心倍增，又让我们有了更清楚的认识，更加努力地办好学科、创造条件。经过国务院学位办的审核，我们在1993年获得了一个影视学科的硕士点，1995年又获得了影视学科的一个博士点、一个硕士点；之后，我们不敢有丝毫松懈，在沈先生与文化界、影视界、教育界许多专家的帮助下，一点一滴地进行着新型的、有中国特色的影视学科点建设。几年来，已出版了专业教材、著作20多部，发表学术论文、文章500篇以上；并获得了国家级、省部级与学校的"八五"、"九五"规划课题项目10多项；"中国影视美学研究"系列丛书已与出版社签定合同，将陆续出版；我系老师创作的小说、传记、剧本、专题片等正式出版或播出10余部；由我们主持、主办或主要参与的大学生电影节、"理想杯"大学生电视作品大赛、戏剧演出等，一再得到影视界、教育界、新闻界的广泛关注与好评；多人多次参与各影视单位的艺术实践活动，如策划、撰稿、编导、制作、授课、评论等，在艺术教育界、影视界形成一定的影响力；我系师生获得各种奖项40余项。可以说，这些成果的取得，与沈嵩生先生扶持我们起步，有着内在的、不可忽视的重要关系。

1994年，中国电影基金会为促进影视事业的发展，提高影视从业人员的素质，找到我们商讨发挥联合的优势，通过成人教育方式，吸收社会上具有影视艺术潜力的青年，组织系统的学习，以培养既有政治文化修养、又懂得影视艺术专业知识与制作技巧的高等专业人才。经过学校有关部门批准，我们决定开办"影视节目制作大专班"，并立即付诸实施。于是，在周坤老师的敦请下，甘作人梯的嵩生老院长又责无旁贷地承担起首席顾问的职责；于是，他传道、授业、解惑不辞其劳，从招生到录取，从上课到辅导，从作业到考试，事无巨细，无不躬亲参与；于是，多少次看到他在条件很差的、或暑热蒸人、或寒气袭人的教室里上课，面对学子们循循善诱，诲人不倦；多少次看到他坐在主考桌前，对着应考者仔细地听，细心地记，耐心地问；多少次看到他聚精会神地审看在校学生拍摄的录像作业……事实证明了，他这位"顾问"真的是极端负责的既顾又问啊！他是在用自己的心血，浇灌着中国影视事业未来的璀璨花朵，所以，他得到了学生们发自内心的爱戴，受到了老师们众口一词的赞誉。几年来，"影视节目制作大专班"已有三届毕业生，其中绝大部分进入了影视界的各种岗位，有的已经成为单位的骨干力量，乃至负责了影视作品的主要创作工作。由于办学成绩斐然，影响渐远，每年有许多考生争相报名应试，期盼能有机会到校深造。

让我们没有料到的是，我系影视艺术学科基础教材系列中的《影视语言教程》，竟成为嵩生先生最后审定的一部书稿。为了保证出版教材的质量，我们与出版社商定，每部书稿必须请至少一位公认的本方面权威学者审稿，并有书面评审意见。那是在1997年冬，经过认真撰写、反复修改后，著者交了他近40万字的文稿。经一再斟酌，这方面公认的权威非嵩生先生莫属，于是，明知临近岁末，他的各项工作非常繁多，仍然下决心又一次求上门去。果然没等央告，先生又一次慨然允诺下来，当时我心里的感动，的确非语言所能表达的。后来通电话时，他说只能在春节期间匀出时间来审看，实在让我心里很不安，但他却说没关系的，每天总还是要看书、做事嘛。中途还曾来电询问评审意见的要求，当我报告说既需要为我们严格把关，以免出毛病、出笑话，造成质量方面的严重问题；又请求有一定的宽容度，允许作者努力修改、逐步提高后，他笑着说：好的，知道了。在春天到来的时候，沈先生告知已经看过，可以来取文稿了。我们赶快取回了他费时费力费心审阅的文稿，仔细拜读，原来他写下了两份审读意见：一份是电脑打印稿，对这部教材的重要性、内容涵盖、主要特色等方面给予了很充分的肯定；又对书稿存在的问题如电视语言阐释不够充分等，作了明确的提示，最后亲笔签名；另一份则是手写的具体意见、建议，大小有十二条款，既有提法的准确问题，也有概念的斟酌问题，甚至同音字的误植问题，等等，我们深为沈先生的严谨学风与悉心指导所折服。但是万万没有想到，这一本影视专业必备的基础教材，竟是嵩生先生亲自审定的最后一部书稿；这两份凝聚着许多心血的评审意见，竟是嵩生先生给我们留下的最后墨宝，我们将把它珍藏到永久。

突然听到嵩生先生逝世的消息，心中十分震惊；连忙赶到沈府，向葛德先生和家人表示衷心的哀悼与慰问。一向知道葛老师是一位学有专长、著述甚丰的专家，一位热爱电影教育事业的师长，又是一位非常坚强的女性，当时默默执手相对，竟然不知该说些什么才好。尽管她在遭受如此沉重打击之下，体力不支，病倒卧床，却反转过来劝慰我们不要为她担心，她一定会勉力自珍，支撑起事业与家庭的重担……听着这些发自肺腑的话语，我又一次深深地受到了教育与激励。

沈嵩生先生过早地离开了我们，我和北京师范大学艺术系影视教育专业的师生们将永远铭记他，我们想，继承先生的不朽精神，才是对他的最好纪念，我们将以此自勉。

1998 年 3 月

我的老师杨敏如先生

　　时间过得真快，来到北京师范大学不觉已逾五十个年头，却恍若隔夜一般。在这里求学受业，得到众多前辈、老师的指教，徜徉于学海，个人的知识渐渐增长，阅历渐渐丰富，有赖先生们的熏陶与关爱。由于工作需要，组织决定提前毕业留校任教，前后三年半的学生生涯，有幸遇到多位名师给予教诲，其中印象深刻的一位便是杨敏如先生。

　　回忆当年踏入中文系，感慨作为全国具有权威性的学府之中具有权威性的系科，有着那么多权威学者日日传道、授业、解惑，为学生的成长倾注心血；还有那么多富有学术积累的中青年老师，在课堂上下活跃着他们一心一意为培养人才而付出智慧的身影，这里面就有敏如老师的光彩形象。当时的敏如老师应该不到40岁，但由于自小打下的坚实文化功底和在燕园、在未名湖畔接受的名师濡染，当然，更重要的还是敏如师自己的自觉性与主动性，造就了她的异常风采。此前曾反复拜读敏如师发表的美文《未名湖情结》，才对她何以如此光彩有了些许系统的认识。十八岁进入燕京大学，在今古交融、中西合璧的校园里，享受着大自然之美和古老又新鲜的文化气息；聆听了著名学者如中文系主任郭绍虞教授、外语系主任谢迪克教授、生物系主任李汝祺教授，乃至校长兼心理系主任陆志韦教授等人渊博而睿智的授课，以及旁听老师们和后来也成为文化名人的研究生如吴世昌、陈梦家等人的坦诚研讨，这些都给她以润物细无声却受用终生的丰厚滋养。更有缘听赏俞平伯、朱自清、浦江清等名教授演唱昆曲，如听仙乐，绕梁一生。而她师从古典词曲大家顾随先生，学习词曲，创作佳句如"相期相望，重山重水，渐行渐远"深得顾师赏识的求学经历，也积淀了敏如师在古典诗词方面的深厚造诣。特别是她的回忆中深情讲述的冰心先生出自个人创作经验和感受的动人课程，不仅使她迷上了中国艺术语言之美，而且获得了金针度人的传授与感悟。也许这里就包含了她数十年如一日倾心而教，从而深受学生爱戴的秘密。虽然由于提前毕业，我仅仅聆听敏如师讲授的"外国文学"课不到半个学期，未能跟随她的课程于始终，但她那生动鲜活的语言、真挚热情的姿态、善良炽热的心肠，不仅在课堂上令举座动容，而且在课堂下使学生倾倒，我自然从属其中。

对于敏如先生，众口一词地夸赞她教学水平的高超。我想，究其底里实有规律可以探寻。首先，应该是在于她主观上的敬业精神与仁爱之心。从旧中国到新中国，从英文到中文，从重庆到北京，从中学课堂到大学讲台，从外国文学到古典诗文，从正规学生到业余弟子，从少男少女到白发老人，从24年华到90高龄，她自始至终把教学工作放在最重要的位置，认定自己从事的是世界上最高尚最美好的事业。她用自己的身心把课堂变成了文学的圣殿；她用自己的智慧把杏坛化作了知识的宝库。她坚守清贫，点燃青春，把自己的一生奉献给教书育人，把自己的生命融入了三尺讲台。这正是她成为备受尊敬的良师的根本所在。其次，也由于她具有的出众才华与坚实功力。她的优美文笔展现出如此灵动的文风和斐然的文采；她出神入化的讲述，迷倒了多少台下的学生。因而才有可能面对各种各类不同的受教对象和不同的求学需要，发挥独具魅力的教学艺术，游刃有余地让他们各得其所，获得精神的满足，让他们思考人生，面对未来，受到激励和鼓舞，"对生活充满希望和乐趣"。更可贵的是，她对于自己选择的这条并非坦途的道路，无怨无悔地总结道："学与教正是人生的攀登之路。"

关于敏如先生，还有一点至关重要的认识：她真诚的人生态度和热诚的为人风格。在国家和民族生死存亡的危急时刻，她认定了"真理就是抗日"，毫不犹豫地放弃了"辉煌"的前途，毅然走向时代的前列，走向抗击日寇的大后方。在抗战陪都重庆，她一面开始自己的从教生涯，一面全力支持丈夫罗霈霖先生的革命工作，包括掩护中国共产党的地下工作者住在家中。当红日高升、新中国诞生时，她欣然服从祖国需要，先在天津南开大学等高校、后到北京师范大学中文系任教，无论何时何地，总是毫不懈怠地全身心投入教学工作。在"反右"、"文化大革命"等政治风暴的岁月里，她甘冒受牵连的风险，看望、安慰老友启功先生；和同被打成"牛鬼蛇神"的黄药眠、钟敬文、启功、陆宗达等先生结下深厚的友谊。在世纪之交，重庆南开中学 1943 年级校友欢聚会上，她作为被邀请的老师，在讲话中袒露胸怀："同学会中没有高低贵贱之分，不管是大人物或小人物，同出一个根……在"极左"政策的那些不堪回首的年代，许多人受到不公正的待遇，现在均已过去了，相信今后不会再重蹈覆辙。"她的大气与大度，由此可见一斑。特别可以作为明证的是，2006 年 6 月，敏如师应邀在中央财经大学"国学大讲堂"作"东坡词略讲"学术报告。历经风霜、年届九旬的老人家，精神矍铄，谈吐幽默，旁征博引，深入浅出，在十分精彩的演讲之中，结合着自己的经历，阐述了个人的世界观、人生观、价值观。她强调并赞扬了文学巨匠苏轼不屈不挠的精神，号召大家学习古人不畏逆境的品质。她语重心长地告诉学生们，要珍视短暂的生命，努力服务社会，力争做一个对社会有用的人。所有这些告诉我们，她是一个以祖国和人民为最高利益的人，是一个脱离了低级趣味的人，是一个有益于人民的人！

岁月倥偬，人生易老，作为敏如师的学生，自己也已不觉年过七旬。今年适逢先生九十华诞，最想对我终生的老师说一句话：祝愿您青春常在，福寿安康！

2006 年 10 月 1 日

金秋十月粤东行

——记"田家炳工程庆典"活动

面对案头一对白发苍苍的慈祥老人神采奕奕的照片，时常回忆起深深印在脑海中的、金秋十月的粤东之行。

有幸在香港拜识了大实业家田家炳先生及夫人田房惠英女士，田家炳基金会董事房德昭先生也在座，相聚欢谈一个半小时有余。虽与二位长者未及深谈，但田先生对祖国的一片赤诚、对发展教育事业的高瞻远瞩，特别是对师范教育的特别关注，使我们如沐春风，感铭心中。

十月，接奉田家炳先生的诚挚邀请，我们启程前往粤省，去参加大埔县家炳工程37项落成剪彩、奠基庆典活动。从广州到东莞、中山；再到梅州、大埔；最后到了家炳先生的家乡古野镇银滩村，一路风尘，年近八十高龄的田先生伉俪，偕幼子田定先先生及房德昭董事全程同行，时时对前来参与盛会的全国17所高校代表亲拂照料、关怀备至，感人至深。

10月19日晨，我们一行由广州前往东莞田氏化工厂有限公司参观，家炳先生及夫人已在工厂门前迎候，这一活动经精心安排、井井有条。众人听取了田先生及大公子庆先先生的报告，对田氏公司有了一个总体的本质认识：以严格的管理保证优质的产品及服务，而荣获了国际公认的 ISO9002 证书。接着，老先生又亲自带领大家在五万平方米的厂区内参观了车间机组、粉罐、发电房、发泡机、生活区……拥有当代最先进的生产设备和技术，在厂内看不到嘈杂的人群，听不到轰鸣的噪声，嗅不到刺鼻的气味，只有很少的人通过电脑或各种仪器，操纵着全部生产的正常运行，田氏化工厂已成为目前国内技术高、产品优、规模大的先进企业，这就难怪其年生产规模达到 2 万公吨 PVC 胶布和 2500 万米胶皮之巨，却仅有职工 450 名。所有这些，配合着卫生、整洁、花红、草绿，让人赏心悦目的环境，包括专门设计修建的实用美观的职工宿舍大楼、厂门内水流淙淙、一举两得的喷水池（美化环境兼消防设施），大厅入口醒目的叶选平同志题写的金色厂名，我们实实在在地领略了一座现代化大工厂的风采。回想家炳先生从 18 岁走出大山，闯荡世界，历经越南开拓瓷土产业（1937）；到奔赴印尼经营"土产洋杂"生意（1939）；整顿管理五金工业（1942）；创办树胶工厂（1945）；开创印尼第一家"人造皮革"企业（50 年代）；正当事业如日中天而望重一时之际，善于洞察情势的田先生敏锐地体察到印尼排华浪潮将起，毅然举家迁往香港，二度创业（1958），积极筹办田氏化工企业，以大气魄历大惊险，在屯门海滩填海造地，田氏工业城拔地而起（1960），之后又开辟了元朗分厂，兴建田氏大厦数座，逐步形成实力雄厚、称雄香江的"田氏王国"，被誉为香港"人造革大王"之崎岖征程，对田家炳先生经过千难万险艰苦创业、终达辉煌高峰的雄才大略，有了具体而微的亲身体验。

10月20日，我们到达了梅州市，立即参加了嘉应大学田家炳师范学院教学大楼奠基典礼，亲历了师生倾校出动、鼓乐喧天的感人场面。

田家炳先生对嘉应大学慷慨解囊，先后捐建了"田家炳科学馆"、"家炳园"；并为学校教育基金捐献巨款；以及捐资兴建了这座师范学院教育大楼。全校师生用发自内心的声音和行动，表达了对家炳先生热心教育的赤诚之心和仁爱无私的奉献精神的敬仰之情，在我们的心里，也受到了很大的感动。

是日下午，家炳先生伉俪和大家一起乘坐面包车，经过几个小时山路颠簸，抵达广东省东北部客家人聚居的、号称"山中山"的山城——大埔县城。下车后迎面而来的是几乎全城百姓出动的欢迎行列，从城边到中心，到县委招待所，张张笑脸似鲜花怒放，串串鞭炮已震耳欲聋，声势之浩大，确实从未经历过。在路边随便问一个小学生："你可知道田家炳先生吗？"孩子不假思索，干脆利落地回答道："我们大埔没有一个人不知道他的！"我想，这就是家炳先生在大埔人民心中的位置，是谁也不可能替代的！

从第二天起，我们随田先生参加各项活动，日程安排得极其充实：参加田家炳任永远荣誉会长的第二届世界大埔同乡联谊大会；参观华侨事迹展览馆（其中专辟田家炳展厅）；参加田家炳广播电视中心大楼落成剪彩；参加田家炳医院住院部大楼落成剪彩；参加《孙中山与华侨》国际美术展开幕式；参加田家炳实验小学奠基；参加田家炳实验幼儿园落成剪彩；参加西河北塘田家炳大桥剪彩，等等。当然，这仅仅是家炳先生本年度为支援家乡建设而设计与完成的 37 个项目之部分内容。在这里，我们知道了田先生每年都有几十项捐建工程奠基、落成，几年来他为大埔捐资建设的项目已达三百多项，总款额超过了一亿三千万元；我们也看到了大埔县城已有的田家炳第一中学到田家炳第十中学，以及田家炳职业学校、田家炳师范学校、田家炳电视大学……各类学校 34 所、医院 22 所（每个乡镇及县城至少一座）、桥梁百座以上。仅在他的母校大麻中学，除了独捐巨资把校舍修葺一新之外，并新建五层科学大楼、五层教师住宅楼、五层学生宿舍楼。他对桑梓之地的殷殷深情，滴水穿石般呈现在大埔乡亲面前；镶嵌在大埔乡亲心间。

离开大埔那天，大家前往田家炳先生的故居：古野镇银滩村。依然是田先生夫妇和我们一起乘坐面包车，只是由于路况又不如梅州到大埔的公路，颠簸更加剧烈；而近耄耋之年的二位老人，却依然神采奕奕、怡然如初，使我们十分敬佩，车行途中，欢声笑语不绝于耳。银滩村依山傍水，景色秀丽，民风淳厚，人杰地灵。家炳先生的祖居"拱辰楼"，似依山势而造，建筑古朴，装饰典雅，富有民族特色；楼门两旁书有一副红色对联曰："重实轻华恪遵祖训""象贤绳武还望后人"，体现了田先生谨守祖训、再传家风的心志。出门右转攀上石阶，筑有"万卷楼"，是家炳先生幼年读书处。站在"拱辰楼"前，西望巍巍背头山，东见潺潺韩江水，依稀间仿佛看到了幼年的"亚炳"，在严父慈母的呵护下开始了人生的学步；仿佛看到了少年的家炳，背着书包翻山越岭跋涉在求学的途中；仿佛看到了青年的家炳毅然离开家门，只身踏上通向异国的征程；仿佛看到年届古稀、已经成为香港大实业家的田家炳伉俪，风尘仆仆回到阔别了43年的故乡。将近半个世纪的风霜，染白了鬓发，也成就了不同寻常的大事业。那动人的事迹、不凡的轨迹，给予后人的启发与昭示将与世常在。

此番粤东之行，时日虽然很短暂，留下的幽思却是深长的。

第一，通过实际的接触，深深地感受到田家炳先生对祖国、对人民、对家乡、对后代的拳拳之心。尽管他不事宣扬，但大量事实证明着他为此竭尽全力、不图回报的崇高品格和他对国家、民族所作巨大贡献；正如那颗以他命名的2886号"田家炳星"，在宇宙穹苍中默默地、永久地闪耀着光辉。

第二，家炳先生念念不忘、反复强调的先父遗训"宁可实而不华，切忌华而不实"，他执着地总结个人成功的奥秘："家父给我一个'实'字，才有我今日的事业"；他所阐述的"关心社会，各尽所能，涓滴奉献，宏扬爱心"的人生哲理；"施比受更有福"、"独乐不如众乐"、"留财于子孙，不如积德于后代"的自奉古训……发人深思。

第三，家炳先生博施济众，在家乡，在全国各地，修建学校、医院、道路、桥梁、水电站、电视台、体育场、文化宫……凡机电、化工、农业、水利、文化、教育、医疗、卫生等各项有关国计民生的事情，无不在他的视野之内，可谓德泽广布。而他情有独钟、萦绕心头的便是"百年树人"的教育事业，因为他认定，这是强国富民之首要工作，直接关系着国家的盛衰。于是他把教育作为主攻方向，主动给省委领导写信，主动以倾家之财付之行动，办托儿所，办幼儿园，办小学，办中学，办大学，为兴学重教奔走呐喊不遗余力。他再三阐述：发展教育是关系到国家富强、人类进步、社会文明的根本大计；民族振兴的希望在教育，教育振兴的希望在教师，造就一支合格、优秀的师资队伍，是一项重大的战略任务。于是，他近年的捐资意向明确地向高等师范院校倾斜，这次邀请的也都是国家教委和师范院校、或师范性学科的领导与代表，并给予了最高的礼遇。对于我们这些长期从事师范教育工作的人，颇有"喜逢知音"的感触，为今后的工作增添了巨大的精神力量。

第四，在与家炳先生相处间，有一种独特的感觉：他把捐资助教当做了自己从事的一项严肃事业，而绝不仅仅是"乐善好施"的业余活动；更不是以此图务虚名。他讲原则，重许诺，对于已经或将要资助的每一所师范院校，认真地一一具体了解项目的必要性、可行性、目的、意义，重在"雪中送炭"，轻于"锦上添花"。这一特点在田夫人、定先生、德昭先生身上同样有着突出的体现。从他们对大家的悉心关注、殷勤照料中，"尊师重教"的田氏家风如涓涓细流，含而不露地渗透于言谈行动之中。于是在整个行程中，深感一方面受到鼓舞，一方面受到教育；由此而对自己作出承诺，要以同样的认真态度对待田先生的每一项帮助，而决不能敷衍塞责，忽视自己的责任和使命。

……

一路行来，感受良多，思绪绵延，言不尽意之处，只有留待今后了。

1997 年 11 月 18 日

节奏，是艺术的生命

—— 夏淳导演艺术探微

在北京人民艺术剧院的舞台上，夏淳先生导演过许多名作，其辉煌、其悱恻、其韵味，曾经一次又一次地令首都观众倾倒，在人们心中留下了不可磨灭的印记。现在，"北京人艺演剧学派"的实践、经验、理论，已经引起国内外戏剧界的关注。作为人艺著名导演的夏淳先生，为这一学派的形成与崛起贡献了宝贵的智慧和才能。这里仅就他在导演艺术中特别强调的"节奏"问题，谈一点不成熟的看法。

作为音乐名词，节奏的含意是清楚的——它是音乐的时间形式，音乐的旋律离不开节奏的制约。中国传统的戏曲有很强的音乐性，所以特别重视节奏。其中的"梆子"、"板子"、"锣鼓经"都是从戏剧音乐的角度强调节奏，借以增强戏剧的表现力。一般说来，这种节奏更多是外在型的，其振响的程度带有胁迫性，控制不好会适得其反，造成形式与内容的脱节。这些都是显而易见的。

　　然而，将"节奏"这个概念引入话剧导演艺术中，特别是用它来评判一出话剧的成败、得失时，这一概念的含意似乎变得模糊起来。人们常说焦菊隐先生与夏淳合作导演的《茶馆》，节奏鲜明，处置得当，不愧是大气魄、大手笔！但要追问一句：怎么个鲜明？怎么个得当？要回答清楚起码是颇费周折的。在话剧艺术中这是一个需要并值得探讨的问题。

　　夏淳先生告诉我们，他在抗战时期就听到过话剧的节奏说，但并不明白。那时，张骏祥先生从美国留学归来，写了一本书，系统地阐述了戏剧的节奏问题。由于当时的环境，骏祥先生的议论并未引起广泛注意。我国著名戏剧家洪深、田汉、夏衍等也都很强调话剧的节奏。新中国成立初期夏淳导演在北京排演的《民主青年进行曲》，演出效果非常好。张骏祥先生的评价是：想不到这样的戏排得这么好，有节奏！也许，这出戏的成功使他对"节奏说"有了进一步的认识。

　　夏淳的师友、戏剧艺术大师焦菊隐曾多次对他说：导演手法的高超，取决于两条：一，对生活理解的深刻和独到；二、对节奏的把握。这两个问题逻辑上有先后，内容却有密不可分的关联。焦先生在这里不仅强调了节奏的重要地位，而且揭示了节奏的唯物主义基础。夏淳在一系列导演实践中，倾心于对节奏的探索和把握，取得了很大的成效。

　　那么，到底该如何理解话剧的节奏？夏淳认为这是一个很宽泛、很丰富的概念，诸如快慢、轻重、张弛、对比、欲擒故纵，等等，皆属于节奏的内容。比如《茶馆》，第一幕前后上场角色多达四十余人，足足抵得上一个重型的交响乐团，而"演奏"的内容竟是一个凄楚瑰丽、震撼大地的时代挽歌。戏很足，情很浓，波澜壮阔，倾倒了国内外无数观众。焦菊隐先生以宏大的气魄，在东方"乐坛"上成功地演奏了中国名曲《茶馆》，宣告了中国演剧学派的诞生，淋漓尽致地展示了"节奏说"的功能和内涵。

　　在排《洋麻将》时，夏淳十分注意充分把握这出"洋"戏的节奏。

此剧中有两个角色、一副牌桌。全剧的主要动作是打牌，从开始到结束，一共写了十四付牌。排好这出戏难度极大。如果导演没有对剧作的独特理解，没有对角色内心世界的深刻发掘，没有对人物心理节奏的准确把握，将难以获得成功。夏淳和他的合作者愉快地完成了这一杰作。在小小的牌桌旁，从幽默的"序曲"开始，经过层层铺垫、酝酿，徐徐地把角色的内心世界深入地展现在观众面前，使观众预感到命运的危机步步迫近，最后终于将人物推入波涛汹涌的大海。不管两位老人如何挣扎，统统无法摆脱悲惨的命运。可以认为，这出"洋"戏的成功，关键在于对剧作内在节奏的把握。所谓动于中才能形于外，说来容易，驾驭起来极难，没有实力则只能望"洋"兴叹。

前年为庆祝曹禺先生八十寿辰，夏淳重排了名剧《北京人》。对于这出戏剧界公认不好排的戏，日本著名导演戏剧家内山鹑看后感到十分惊讶，说他在日本曾想排演这出戏，反复三次均未成功，这次来华观剧后非常激动，全剧节奏如此活跃，真正体现了曹禺的风格。与内山鹑先生同来的小林宏先生赞叹不已，说：真服了，节奏排得这样鲜明、充满生机！新排的《北京人》，充分运用了对比，使全剧起伏跌宕，张弛有致，以强烈的反差，突出了戏剧内在节奏的变化，这大约正是夏淳导演攻克《北京人》难处之秘密所在。

中国戏曲的锣鼓经，是一种外在型节奏工具，它的功能是借助音响的轻重缓急把角色的内心世界外化。这种节奏是可以描述的，能够把握的。而话剧的内在节奏却是无形的，它潜藏在剧作的最深处，隐伏在人物的内心里，连接着生活的大海洋，肉眼看不见它，艺术家的直觉、想象和独具匠心的创造则是决定性的。事实上，同样的剧本，在不同风格的导演手里会有不同的处理。这说明剧作中潜藏着的艺术生命异常丰富，关键在于如何发掘，如何选择，如何寻找最佳切入口。夏淳在1954年曾排过《雷雨》，近年又重排此剧，与以往有了很大的差异，这是由于如今更深刻地理解了人物，因此节奏处理也迥然不同。又如他对《茶馆》结尾处戏剧节奏的多层次精心设计。第一层：三个老头离去两个后，场上出现从未有过的安静；第二层，王利发想该干些什么，忽然发现桌上、地下到处是纸钱，便习惯性地去捡拾；第三次：一抬头看到椅背上搭着的腰带，长长的布带，曾经系在他的腰上，给他以温暖，给他以力量，可现在，这条伴随他多年的布带触动了他的思绪，触动了他劳碌困顿、委曲求全、徒劳挣扎的可怜生命，他的血液闪电般地凝固了，手里的纸钱随手飘落；第四层：还有什么可留恋的呢？没有了，没有了，他拿起腰带走进去，舞台上空场足足半分钟，大幕才慢慢地落下。戏剧在这里出现了惊人的停顿，真正是"此时无声胜有声"。难怪《茶馆》在西欧演出时，法兰西戏剧专家一致赞誉这是最精彩的结尾。戏剧大师斯坦尼斯拉夫斯基曾讲过的"有魅力的停顿"，在这里果然收到奇效，可见艺术的规律是相通的。黑格尔也认为：音乐的本质是节奏，它可以从一个人内心深处找到相适应的东西。因此可以说音乐有一种天然的亲和力，它可以和语言、舞蹈、戏剧、宗教仪式、节日庆典相结合，从而引起人们的兴趣。从夏淳的导演实践中我们体会到，鲜明的戏剧节奏，不仅可以塑造美，还可以在千百万观众中发现美，创造美。

戏剧大师金山指出："节奏是艺术中一种最高的表现形式"，"是主宰艺术生命的钥匙"，这是十分精辟的艺术见解。把握住戏剧的节奏，排演出戏剧的神韵，使之达到出神入化的理想境界，这是北京人民艺术剧院舞台上许多艺术杰作的共同特点，也是夏淳导演的许多杰作令人叹服的特点。

1995 年 12 月

试论丁荫楠导演的艺术追求

以自己独特的艺术追求奠定了独特影像风格的丁荫楠导演，在中国新时期以来的电影创作领域，开拓了独树一帜的艺术天地。就其艺术追求，似可归纳如下。

一、电影慧眼

丁荫楠导演曾自言："电影不断被我发现。"我想，这正是他在艺术创造力的发展过程中不断飞跃的走势，其中艺术家的自觉思考与自觉实践是极其可贵的；他的所有创作实践证明了，他的不断跨越来自于他对于艺术创造的深入探究，而贯穿其间的自省与反思，更是艺术工作者难得的重要品格。从首度独立执导《春雨潇潇》后，他经过认真思考，发现影片沉浸于讲故事，导致情节性的强化，而中断了作品的神韵，失去了生活的氛围，以致镜头跟着戏跑，变成了工具，失掉了灵性。他由此获得感悟，"必须挣脱戏剧电影化的枷锁，树立起独立的电影思维：声音与画面的思维，传达给观众生活本身所固有的魅力"，从而有意识地舍弃在艺术理解与技巧运用过程中，以戏剧化的情节为主的创作思路，而在以后的创作里着力于将情节溶解在生活的氛围中，组成活生生的图景，运用电影独有的声画思维，传达给观众生活本身固有的魅力。继而在《逆光》的创作中，丁荫楠导演强调让生活本身的光彩占领银幕，摆脱戏剧情节的编造。此刻，他进一步明确了电影独具一格的声画思维，是其他艺术无法比拟的造型思维，应当成为导演构思的主导。这一体悟，对于他以后的飞跃极其关键。于是，在《孙中山》的创作中，他认定要以其一生的心理线索为主线，谱写一曲震撼人类灵魂的悲歌，凸显一部哲学性心理片。因此，他大力探索以震撼心灵的造型力量，进行哲理的传播，构成其独有的极具东方气质的艺术个性。为了体现独特的美学价值，他坚决排斥编造情节的戏剧结构，而以情绪积累式的组织手段，展示人物最具有心理光彩的片断，他称之为"拼七巧板"，以凸显拯救祖国、肩负人民伟大使命的、被时代造就的伟人形象。在《周恩来》的创作中，他首先确定了整部影片的"魂"——人民心中的周恩来，以求得亿万人民的认同与共鸣。于是，他选择淡化事件、淡化情节，而以浓墨重彩渲染情感情绪，着力描写周恩来在重大历史时刻的情感与情绪，以诗化他的人格，使他的崇高精神得以升华，于是有了影片里的五情并重：领袖情、战友情、同志情、夫妻情、父女情，沁人心脾；再进一步深入主人公的国家情，自觉地运用情感场面构筑起情感的阶梯，一层层深入，一级级攀登，引领观众登上感情的高峰。在《相伴永远》的创作中，导演突出描写李富春与蔡畅及其战友们的感情生活，有意运用大量内心描写，靠闪回和情绪延伸加以渲染，从而富有浪漫气息，打造了一部抒情的电影诗。电影中三个时空、四大情节的设计，用不相关联的板块结构，靠心理、情绪作为连接的手段，追求"形散而意不散"的艺术特质。在《邓小平》的创作中，他将影片风格确定为"一部充满活力的电影诗"。因此，这部影片依然排斥编造，强调创作者运用情绪积累的方法，形成贯穿全剧的一条情绪线，以紧紧扣住观众的心弦，留给他们无穷的回味与思索。

二、艺术妙悟

丁荫楠导演自言："我一贯主张'造型先行进入剧作'，其实质就在于，造型不仅是一种表现剧作的手段，也不仅是一种参与剧作的因素，而且还应当主导剧作技巧。"作为一流的导演艺术家，他对于电影创作中的艺术与技巧十分在意，特别强调影片的艺术造型，认为其他艺术无法比拟的高招，就在于电影的造型思维，包括声音造型和画面造型，应当成为导演构思的主导。

其一，造型构思的深刻体验。在第一部独立执导的《春雨潇潇》完成后，丁荫楠导演总结经验已明确认识到"给人印象最深的是造型构思"——片中的"潇潇春雨"。尽管当时还处于"无意识"的艺术追求起步阶段，到了《逆光》，便已进入"有意识"地追求造型思维在影片中的主导作用。摆脱了情节的束缚，应用三个时空（现在时、过去时、回忆时）的造型构思，以第一度空间"生活的远征"的细雨蒙蒙的情境、第二度空间"生活的闪光"的灿烂阳光，第三度空间"生活的思索"的虚幻诗意，重点刻画人物的思想转折，形成造型与心理的交响诗。此后，有《孙中山》中丰富而交错的环境背景，黑色、红色、金色的主导色调和富有强烈对比感的、两大相互撞击的潮流，等等；有《周恩来》中借助于画面中的声、光、色、镜头运动的节奏、音乐、剪接点的准确，把一系列不相关联的"戏"依靠情感的带动，在观众面前连贯呈现，使观众接受到导演的造型构思，产生了理解与认同；有《邓小平》中把历史事件推远，以残缺的形式，用拼图的手法拼接，形成情节的蒙太奇，而人物内心发展的转弯处，就是导演确定的"戏眼"，亦即人物灵魂的闪光点，由此构成与叙事结合的艺术造型效果。此中蕴含着一个重要的道理：重视造型艺术，发挥造型艺术在影片中的艺术魅力，利用造型艺术的手段，向观众传达出富有内涵的感觉，是一个导演必须具备的修养。

其二，叙事结构的独特追求。在丁荫楠的影片中，自始至终把叙事结构放在创作的首要位置。如《周恩来》，打破了常规的剧作结构法，采用情感、情绪的"相垒法"，以保证影片的每一段戏、每一个场面都属于周恩来，把有限的篇幅集中于中心人物。影片中的闪回与回忆，也是基于对主人公的历史观照和心理观照。而在描写中心人物时，又有意淡化事件，将感情与情绪浓缩，着重于他一生中最富有感情的片段，一层层地积淀于观众心中，最后造成总爆发的情感轰动效应，此即为"感情积淀情绪结构"的魅力。如《相伴永远》则采用了"空间叙事"的方式来构筑全片。丁荫楠阐述说："个人在历史中，在革命潮流中还是有充满个性色彩的岁月。到了今天，我们跟那段历史拉开距离的时候，我们就要从'阶级'和'集体'中把个人突现出来、'恢复'出来，以刻画他们个性化的精神生活和心理历程。"基于此点，导演选择以李富春与蔡畅相濡以沫的浪漫爱情为叙事主线，把历史变革和重大事件作为叙事背景，将二人相爱的故事从空间上以四处不同地点加以浓缩：法国巴黎的相识、相知、相爱；香港惊险的地下工作经历；东北昂扬的战斗岁月；北京"文化大革命"时期的痛苦与相依为命。在主流体系中，从人性化的角度完成了革命历史人物的传记式人生表述。

其三，影像语言的诗意风格。这一特色同样贯穿于丁荫楠影片之始终。从起始的影片中便已凸显他对于诗意的偏爱与追求。在他发现电影的过程中，诗的意境成为他重点关注的问题，他还发现镜头的长度是准确传达影片情绪的关键，镜头的叠化技巧中有着诗的韵律。《春雨潇潇》通过"雨"，构成一幅富有形象寓意的抒情画卷，到以后的多部创作，无不在镜头与影调的诗意运用上下大功夫。如《孙中山》的构思，就完全避免了传统的历史剧创作方法，通过艺术的概括与诗化的处理，使历史的庄严时刻得到升华。如《相伴永远》的精心设计：巴黎浪漫的相恋，以镜头的快速移动渲染青春的明朗与激情；地下工作的紧张气氛，以冷调的镜头切换强化表现；东北战场的革命气息，也同样加入了男女主人公热烈而浪漫的相逢镜头；而"文化大革命"带来的痛苦与沉重，多是借镜头的固定与缓慢推进，来突出"在生活悲壮的冲突里显露出人生与世界的深度"。如《邓小平》，首先确定："是一部富有激情而不是靠情节取胜的影片"。因此，"不作传，不求全"，避开过程，强调诗化、虚化、哲学化、情绪化，一切从特定人物的心理出发，将历史事件情节化，把人物心理情绪化，运用鲜明的造型叙事手段，以及充满魅力的音乐、音响、台词，赋予观众遐想的翅膀，让人们在充满感召力的环境中，得到艺术享受和心灵陶冶。

三、形象启迪

受到爱戴和尊敬的领袖人物无不具有大公之心，在数十年的电影生涯中，丁荫楠导演为中国影坛献上了以历史巨子为题材的一批重量级作品。他自言："我总是试图去探索这个作为领袖和政治家的主人公的内心情感和精神活动，他的人生历程和爱与恨的深度……因为只有真正把这个历史中的人凸显出来，重大历史才能获得艺术上的再现。"这里渗透着导演对于如何富有个人特色地塑造影片的主人公的独特追求与艺术领悟。

例如，孙中山的形象塑造。经过深思熟虑，他认定必须从人类发展史、中国社会史及哲学史的高度确立创作基点，把握孙中山的伟业、思想、人格及其整个人生的存在价值，因而也就认定必须以宏大气势，把影片成就为一幅惊天地、泣鬼神的历史画卷。导演围绕着孙中山历经挫折、牺牲、背叛的一生，描绘其复杂丰富的人格和心理，折射新旧世界更替中的鲜活生命质感。在他的掌控下，呈现出一个具体的、独特的、富含悲剧美且具有巨大感召力的领袖人物。

又如，周恩来的形象塑造。经过反复琢磨，他牢牢地把握住主人公力挽狂澜、稳定国家，光明磊落、廉洁奉公，修养有素、彬彬有礼等形象特质，彰显其动人的人格魅力。作品由"文化大革命"展开，带出历史上相关的片段，以有利于最大限度地再现人物的思想和性格，通过突出人物本身，张扬出一部中国式的崇高历史悲剧。

再如，邓小平的形象塑造。经过认真对比，他为自己定下了很高的标尺："一定要超过我的前两部片子。"他对周、邓二人做出比较，周恩来是在一个极端复杂的情况下表现他的人格，是支撑江山大厦渡过难关的领袖；而邓小平则是一个披荆斩棘、开创全新世界的领袖人物。由此得出"这个性格跟忍辱负重的悲剧性格不同"的明确结论。于是，从性格到心理，从风格到节奏，乃至精心的影片气质设计，使领袖心理情绪通过大自然的气息加以表现，通过风、雪、雷电、旭日、夕阳加以渲染。他着意以全力营造一个巨大的邓小平的气场——磁场，以覆盖在场观影的所有受众。

我们探索电影之美，实质是追寻人文之魂。电影是生命的传奇，传奇人物是电影永远探寻的命题，因为万事万物原因在人、结果在人、解决在人、结论在人。从人物的角度切入时代，抒写时代，既是非常直观的，又是极其复杂的，这不仅需要精湛的电影素养，更需要渊博的学识、深厚的阅历、敏锐的观察力和顽强的精神。

丁荫楠导演在谈论电影创作时，有一段言简意赅的话："大凡一部优秀艺术影片诞生，都极为鲜明地表现出自己的个性，表现出一个导演的'自我'。不论外国影片，还是中国影片，能给人以哲理展示，发人深省的，无不充满个性特色。失去'自我'的影片是苍白无力的。"这是一段富有真知灼见的语言，是他近30年兢兢业业投身电影艺术创造得出的宝贵感悟，他正是以不断的追求、不懈的奋斗，建树起自己洋溢着艺术个性的、不可替代的丁氏电影王国。

从清徐畅达的《春雨潇潇》到激情澎湃的《逆光》，从质朴沉静的

《孙中山》到至情至性的《周恩来》、大雅若朴的《邓小平》，丁荫楠的作品典型地呈现出一种恢宏的时代感和史诗气质，这都源于他数十年如一日的辛勤思考和作为一名电影人的热忱情怀。在这个波澜壮阔的大时代里，祝愿丁荫楠导演百尺竿头、更进一步，以电影的名义，传递人世间永恒的爱、光明和希望。

《电影艺术》2009 年第 5 期

王朝柱的"双丰"与"双赢"

　　我觉得王朝柱的艺术创作是"双丰"、"双赢",这种双丰、双赢来自于"双统一"。他有22部长篇大作。尤其难得的是他所有的作品没有一部是分量轻的。他呕心沥血换来的是他的双赢,一方面是他艺术创作的成功,是一种赢得;另一方面更是一种文化的赢。他是文和艺两个方面的统一,是双赢的一个人物。他这种双丰和双赢在于他的双统一。简单地说,双统一首先是为人和为文,他的做人和他的做文是统一的。他是一个非常真实的人。我觉得他在做人上体现的一种生命的真诚,也体现在他的创作当中。他为了民族,为了人民,不惜牺牲,不怕奉献。再一个统一就是他把历史和艺术做到了统一。首先是他的格局大。在大格局中,他有非常坚实的历史观,既是坚实的又是坚持的。他的艺术观体现在他的人物塑造和作品结构上。他在大的交响乐当中还贯穿了一个内在的魂，我个人体会这就是他的大情怀。这种大的情怀每时每刻、从头至尾在他的大乐章之中充溢着。

《当代电视》2013 年 3 月

试论"中央电视台"形象特质

古人云:"光阴似箭"、"时光如流",以感叹时间的飞逝。随着年龄的增长,对于这样的形象概括,也有了越来越深的体验,尤其是在祖国飞速发展、民族迅猛振兴的当今,更深切地感受到一日日、一月月、一年年竟在不知不觉间消失。眼看着中国的电视荧屏几乎与日俱进的五彩缤纷,回想着中央电视台矗立于长安大街延长线上的勃勃英姿,似乎那只是发生在不久前的事情,却未意识到它已经走过了将近半个世纪的征途。它的诞生,它的成长,它的发展,它的壮大,它在国内具有的举足轻重的影响力,它在国际发挥的至关重要的辐射力,也已牵动着亿万民众的心扉,散发着无可匹敌的凝聚力。因此,我们今天来祝贺它的四十五寿,有着独特的意义。自然,个人对于中央电视台的形象把握,也是一步步由浅入深的,扼要说来,大体有如下三点。

中央电视台独特的"标志"特质。因为我国与世界各国的不同国情，我们的电视事业的发端也迥异于其他国家。在世界上有了"电视"这一新生事物22年之后，中国的电视事业才开始起步（港、澳、台地区的电视事业也在此前后起始）。面对世界性的封锁，依靠自力更生的精神，1958年5月1日，当时的北京电视台（如今的"中央电视台"）试播成功；并于6月15日直播了中国第一部电视剧《一口菜饼子》，这标志着中国电视艺术的发轫。以后，历经六十年代的艰难创业、"文化大革命"的萎靡凋零，中国电视事业可谓命途多舛、举步维艰。直到1979年，中国迎来了"改革开放"的璀璨春天，中国电视事业也获得了展翅腾飞的大好机遇，与新时代同行，开始了飞速发展的进程。人们惊异地看到，经过短短的近25年时间，如今全国已拥有无线、有线、教育电视台3000有余，观众覆盖面达10亿人以上，电视机拥有量超过3亿台，成为名副其实的世界第一电视大国，并向着电视强国疾进；而中央电视台当然处于龙头地位。回眸45年风雨历程，以中央电视台为代表的中国电视，走过了一条曲折发展的道路，至今，打开中央电视台各个频道，各类节目相继取得了令人瞩目的辉煌成就，我们可以确定无疑地说，"央视"业已深入千家万户，成为中国百姓生活中重要的精神食粮，从咿呀学语的幼儿，到耄耋之年的老人，都与之相伴而行。"中央电视台"确已成为中国电视第一品牌，其庞大的存在，对我国的政治、经济、思想、文化产生着不可估量的影响；特别是对于青少年一代的成长，对他们的心理素质、精神状态、道德情操、价值观念、思维方式，等等，发生着不可忽视的作用。同时，中央电视台制作的精品节目，也已走出国门远涉海外，为展示中华民族的美好形象做出了重要贡献。我们可以这样认为，"中央电视台"这五个字，在中国，代表着电视事业的形象；在国际，代表着中国电视的形象，因而，具有独一无二的"标志"意义。

中央电视台具有独特的民族特质。在我国，以中央电视台为代表的电视业，通过各类电视节目的非凡影响力，成为培植良好的民俗民风、塑造独特的民族性格、推进社会主义精神文明建设之利器，这已是不争的事实。正是鉴于电视巨大的、奇妙的魅力，"央视"电视人以极大的努力，提高电视制作的生产力，力求以高质量、高品位、高格调的电视成品覆盖中华大地，并进而叩响世界文化大门，将博大的中华文明融入世界潮流之中。我们都知道，电视属于典型的舶来品，来到中国（亦即"央视"之诞生）仅有45年历史；但是，中国电视并不是、也不能是欧美电视的翻版，它必然具有鲜明的中国文化特征。因为，它不仅是科技工业，也是文化事业；科技手段固然没有国家和民族的界限，然而文化事业却有着明确的民族性格。换句话说，尽管电视文化具有国际性，其科技部分是世界通用的；但其文化的认知与功能，却有鲜明的民族色彩。其内容的民族性格是明显的；其形式亦有丰厚的民族性特色。事实上，电视文化每一种功能的发生，都离不开民族文化的土壤，因此可以说，它输入中国的历史，也正是它逐步本土化的过程。由此视角观照中央电视台，首先，我们可以观察到"央视"代表着中华民族精神风貌的整体形态。今日的"央视"，由当年几十人的队伍、极简陋的设备、播出的节目甚至不能覆盖北京市区的初生小台，发展到拥有几千名员工，最先进的现代化装备，14个富有专业化特色的频道，每日向全国、向世界传播丰富多采节目的"旗舰"式顶级大台。它所制作的节目，不论是新闻类、文艺类、专题类，皆以"为中国亿万大众服务"为目标，以其民族化的思想、情感特征，展示出独特的人文内涵。其中的大量节目、特别是已形成著名品牌的如"新闻联播"、"新闻调查"、"东方时空"、"实话实说"、"焦点访谈"、"艺术人生"、"春节晚会"等，无不蕴含着民族的品格与气质，呈现着"央视"电视人对生活的观照与思考。他们自觉地运用最现代化的技术手段，去展现我们的民族精神在新的时代条件下的发展与创新。其次，在内容与形式两个方面，我们也可以发现"央视"电视人的民族化追求和体现。其节目内容的理念创意、策划选题、内涵品位等，与我们民族传统美学中独特的"人仁论"、"形神论"、"情理论"

的内在契合；其节目形式的框架设置、氛围营造、节奏把握等，与我们民族传统美学中内涵独具的"意味说"、"气韵说"、"虚实说"的相通相连。我们民族的认识论，对于所有相对范畴的分析判断常常是合一兼备的，由此从内容和形式两个方面观察"央视"的建设与追求，也是很有意味的事情。打开中央电视台的荧屏，我们随时可以看到，不论是频道、栏目、节目，选取题材从老百姓的视点出发，牢牢抓住广大观众所关心的、乐于接受的信息或事件，特别注意贴近社会、贴近生活、贴近群众。因为他们把目光凝注于老百姓，就有了取之不尽、用之不竭的资源；同时又特别注重中国民众喜爱的生动、丰富的表现形式，如条理清楚，章法井然，使人一目了然，等等。这也正是社会主义的荧屏应该具有的品质。无数事实已经证明，我们民族在数千年的文明史中，不断融汇、吸收、改造外来文化形式，逐渐确立了自己独有的审美方式和价值取向。这一文化传统，已深刻地体现在我们的电视文化和观众评价之中。以我们的民族文化及美学观念，去观照中央电视台的电视成品，从而对于我们民族文化特质给予一种现代诠释，可能正是使"央视"不断推陈出新，并作用于其日复一日的节目制作的良好方式。

中央电视台具备独特的"理论"特质。当今，在电视领域，实践先行、理论滞后的现象，已成为不容忽视的问题。长期以来，中国的电影电视理论基本上来自西方或苏联，我们民族自己在影视领域的理论建设还很贫弱，尤其是电视理论，更未能形成系统化的体系建构。对比着中国电视实践成果经验与教训都已相当丰富的现实，亟须尽早建立起自己的、有中国特色的、与中国文化相匹配的、能够有效地指导中国电视实践的电视理论。在一定意义上说，这一严峻任务未得解决，制约着中国电视事业的健康发展。事实上，直至当前，我国的电视理论与评论，仍常有急功近利、盲目迎合，以及西化现象：不管中国电视的民族文化特点的血脉相继，不论中国电视与民族文化传统的内在关联，只要是流行的就是合用的，只要是存在的就是合理的。由此造成电视理论和评论脱离社会、脱离生活、脱离群众的需要，反复地炒冷饭；也使电视这个最富影响力的大众传媒渐渐不再具有中国文化的内涵。所幸的是，作为电视业龙头的中央电视台，多年来十分重视电视理论的建设，并呈现出系统化、多元化的发展态势。第一，80年代初成立了中央电视台研究室，正式组建了研究机构，配备了研究人员，建立了图书资料室，这标志着"央视"的电视理论研究步入正轨；其首发成果是《当代中国的广播电视》的《电视编》，它属于中国电视诞生后第一部阐述电视事业发展与成就的书籍，应该说具有中国电视理论建设方面开创性的重要意义。第二，连续推出两套系列丛书：《中央电视台〈电视丛书〉》，有8部专题论集、5部史述，共13册（人民出版社1993年版）；《跨世纪电视丛书》有6部论集、4部史录文案，共10册（北京出版社1998年版）。通过这些著作，比较完整、全面地体现了中央电视台领导以恩格斯的名言"一个民族要想站在科学的最高峰，就一刻也不能没有理论思维"为指导的理论追求。他们明确地提出："在中国电视事业巨大发展的背后，该有一种怎样强大的理论力量作为它的支柱和灵魂？"因而动员台内外的理论力量，做成了2套23册凝聚着"央视"电视人理论建树和实践总结的大型著述，也成为全国电视人的重要范例。第三，主办具有权威性的专业期刊《电视研究》月刊，迄今已出版163期。刊物不仅重点地开展了部长、台长"论坛"和重大事件宣传，更有经常性的理论研讨与实践总结；不仅着重于中央电视台的研究成果，也有对地方电视台，特别是西部电视台的殷切关注。其中有理性思考、具象解剖；有管理透视，观众互动；有创作手记，论辩争鸣；有技术瞭望，环球视野。可谓丰富多采，日臻完善。在刊物的周围，团结了台内外与京城内外的电视人和专家学者，使他们拥有一方对中国电视发言的天地；同时，也创造了凝聚全国电视人和相关领域专家学者的基础条件。这一刊物已被国家新闻出版总署评定为"中国期刊方阵·双效期刊"及"全国广播电视优秀学术期刊"、"中文核心期刊"，呈现出中央电视台理论建设的突出成效。第四，在逐渐形成的学术氛围之中，我们高兴地看到不同岗位的"央视"人，从领导层到管理层、业务层、实践层，诸多从业者的理论思考与经验论谈；在《电视研究》中不断发现他们的理论文字，其中确不乏真知灼见，使人从中得到许多启示与借鉴。一些负有重要责任的主管，亦在百事缠身的繁忙中不忘理论的探求，完成一本又一本的宏篇大著，例如"央视"国际部主任张子扬主编的《电视丛书》（已出 13 册），例如"央视"社教中心主任高峰的《电视纪录片及其审美选择》、《电视纪录片论语》和他主编的《青春与未来——青年电视论文选》，等等。从"央视"孜孜不倦的理论建树中，我们可以感受到中国电视理论思维的进步，并且预示着这将对于中央电视台，乃至全国各地电视台的可持续发展发挥不可替代的重要作用。

四十五年，在人类历史的长河中只是一瞬间；但在中国电视的前进路途中却有着很重的分量，融汇着"央视"人多少辛劳、艰难、痛苦与欢笑。如今，当"央视"人和中国电视同步向着五十寿诞迈进的时刻，同步踏入新世纪、新起点的时刻，我们怀着深深的情意，向他们表示衷心的祝贺，更对他们即将做出的新奉献抱有殷切的期待。相信他们一定会坚守理论的探求和实践的创新，在现有的基础上不断超越，勇敢迎接21 世纪的挑战。

《电视研究》2003 年特刊

让观众眼前一亮的电影频道

电影频道出品电影繁荣的背后，是一个百花齐放的时代。它的历程，是一个文化传统与现代精神、艺术品位与生活情趣之间进行多边对话的气韵和合的境界，之中交织着中国影视的独特文化意蕴和进取中的大国风度，并外化为一系列创新型形态。

电影频道出品电影的静态价值在于电影与电视优势交集的最大化；在于题材、体裁的灵活性和可扩展性；在于文化秉承、艺术品位、现实力度、日常情趣，与影视资本运营行为引起诸多特性之间的和谐同构。

优秀的电影频道出品电影，能够敏锐地照见过去与现在，把握时代风云与日常生命，感知公众微妙的心脉律动和隐秘的心理流程，为纷繁复杂的时代提供越来越有价值的公共话题体系，创造一种深具情趣的公共影像时空和日常生活参照系。

电影频道节目中心是以宣传电影、培养电影观众、传播影视文化为宗旨的专业频道。该频道主办的电影"百合奖",犹如幽香清雅、沁人心脾的百合花,以其独特的气韵风采,推动着以影视互融而独树一帜的新型艺术品种,由破土发芽到枝叶伸展,因其深得受众青睐而迅速发展。观众屡屡赞叹它"让人眼前一亮","得到意料之外的审美愉悦",因而与她建立起"如约而至"的亲密关系。我们一再被她的丰姿所吸引,在获得强烈的审美享受之后,不禁思考着她所以深具生活的质感、生命的活力和艺术的魅力之由来。

这一簇在华夏大地百花园中茁壮成长、并呈现出枝繁叶茂发展态势的奇葩,因其内在的艺术追求,开拓出使自身得以不断扩展的艺术平台。究其底里,至少可以从中发现一条主脉、两个分支。

一条主脉:中华传统美学与现代艺术特质的交融

就主脉而言,可归结为中华传统美学与现代艺术特质的交融。首先,作为生长并繁衍于本土的一种艺术形态,它本身天然地熔铸着中华传统文化的精髓。据统计,自 1999 年国家广电总局电影频道开始制作"电视电影"以来,平均年产 110 部,播出范围日益扩大,每部作品在黄金时间首播时,观众人数约在 2000 万至 3000 万人次。面对着成千上万的受众,其审美对象的审美习性也自然地带有民族传统的深刻烙印。加之创作者们的理性体认与激情投入,他们的成功作品也就必然饱含民族传统精神。同时,作为富有时代特征的一种艺术样式,它本身具有的现代性质,又决定了它的当代文化内涵;而它的生存于现实社会的规定性受众,也自有其当代审美特性。因此,在历届取得突破性成就的作品中,不论题材体裁抑或正剧喜剧,不论状绘历史抑或描述现实,不论客观写实抑或主观抒情,在其厚重的生活质感与灵动的生命活力之中,都能发现蕴藉其间符合受众审美需求的民族文化底蕴和现代艺术特质的相互交融,尤其渗透着民族精神在新的时代条件下的发展创新。优秀的电影频道出品电影作品,在现代市场经济大潮冲击下的转型社会,仿佛有一种空谷百合般的飞韵流光，它着意艺术格调和电影机趣，又不舍事态民生，以质朴的心灵直入民族气性与时代风云，悄静截取飞转岁月中之一隅，观照个体生命的日常人生，呈现一个群落、一个集体、一个阶层的精神与命运，印证波澜壮阔而又动人心弦的时代。电影频道出品电影繁荣的背后，是一个百花齐放的时代，引得各路影视才俊千帆竞发、争相书写奔腾年代。它的历程，是一个文化传统与现代精神、艺术品位与生活情趣之间进行多边对话的气韵和合的境界，之中交织着中国影视的独特文化意蕴和进取中的大国风度，并外化为一系列创新型形态。

就分支而言，在主脉的覆盖之下，大致可着重把握有二：其一是生活的深化；其二是创新的探索。

分支之一：对生活精深的体认与彻悟

电影频道出品电影着力抒写时代、激扬历史、挥洒性情的背后，是对生活精深的体认与彻悟。生活像一条奔腾不息的河流，时而风平浪静，时而激流汹涌，时而海阔天空，时而百舸争流；其间有多少悲欢离合的故事、喜怒哀乐的人生。但是，我们也常常遗憾地感叹，在我国的银幕与荧屏上，恰恰难见令人感动久远的力作、佳作，以获得期盼的审美享受。而18年来出现在电影频道中的"电视电影"，却为受众带来了意外的惊喜与满足。可以不夸张地说，它大大弥补了人们对于影视艺术的渴求。于是，我们欣喜地看到，历届入围作品在生活的开掘方面显示出的长足进展。在生活深化之中，可以把握到其间贯穿着鲜明而自觉的精品意识与追求。这主要表现在：

首先，体现于题材多样化的深层发现，意味着艺术魅力的更大释放。面对多姿多彩的现实生活宝贵矿藏，创作者们潜入其中，深入开掘，八仙过海，各显神通。通过他们精心设计的镜头，让观众满意地观赏到在不同领域丰富的生活空间里发生的故事。丰富的作品，带给受众的正是心灵的温馨抚慰与精神的家园守望。其次，体现于体裁多元化的美学特征，意味着艺术本体价值的更大伸张。影片呈现出多种多样的艺术类型，其中有正剧形态的，在形神兼备的美学追求之中，凸显了历史的厚重感，渗透出民族的正气与自豪感；有喜剧形态的，在别有一番人生况味的现实中，以情景交融的美学观照，从容展现出人物性格冲突和生活自身的幽默感，成为独具特色的温情喜剧；还有历史剧形态的，以今观古，以古鉴今，很好地体现了传统与现代的融汇。如是种种，无论写实或写意，无论庄重或浪漫，凡是能够既展现出生活的本质真实又达到了艺术升华的作品，皆以其生活的质感与生命的活力，具有了艺术的饱满度和强烈的冲击力量。在受众体验影视艺术审美的分量方面，这些电影频道出品的电影毫不逊色于影院电影，乃至可与"大制作"一比高下。

数字电影的前身是"电视电影"，其本质是电影与电视的"中庸境界"。从两极到中介，"中庸"之美是一种极其微妙难言的境遇，它往往意味着漫长的探索、曲折的行进；也意味着两极之间不断比较、碰撞、存疑、追寻乃至进行清理性选择的系统辩证的过程。"百合"辉映出的电影频道出品电影的兴盛，有力地证明了其形态的静态价值在于电影与电视优势交集的最大化；在于题材、体裁的灵活性和可扩展性；在于文化秉承、艺术品位、现实力度、日常情趣，与影视资本运营行为引起诸多特性之间的和谐同构。"电视电影"之"亦大亦小""亦真亦幻"，既可以小见大，也可大事化小，兼容多种体裁、多种题材、多种内涵，能够面对多层次受众。受众对于"电视电影"的喜爱，又从一个侧面宣告了影视合流格局的到来。

分支之二：对电影、电视本体展开创新探索

电影频道出品电影的行程，引发的是影视文化艺术的"分子式"创作。众多人士不约而同地探索传统电影与传统电视之间，在集约原则之下进行有效优势互补的具体可行策略和操作范式，对电影、电视本体展开视角广泛的深层次探索，此可谓：创新的探索。创新本是艺术创作的常规追求，只有"创新"方能给予艺术作品以鲜活的生命，但这也正是艺术家艰难跋涉的要隘险关，冲过去则生，冲不过去则亡，例证比比皆是。观看历届入围影片，多能触碰抵达电视与电影之间的"和合"之境，在电影表现力和电视传播力的特殊性之间游刃有余，殊为难得。很多创作者自觉的创新追求给人留下了深刻的印象。

首先是理念的创新探索。这在多部成功的作品中都有鲜明的体现。新的理念为观众带来新颖、新奇的生活体认与生命感悟，从而产生了巨大的审美魅力。其次是角度的创新探索。影片创作者自觉地追寻切入角度的新颖，也是入围作品的一大亮色。与众不同的艺术视角，为影片的审美指向增加了力度，使观众获得了新的感动。再次是结构的创新探索。通过创作实践，深深体悟到一部作品的完成，最重要的当属"人物"，最困难的则是"结构"，因为布局谋篇一面必定是作品的起始，另一面又必定由作品的最后加以印证。在历届优秀的影片中，成功地展示出创作者的艺术匠心，正所谓以意料之外体现情理之中，通过特殊性展示了生活的普遍意义。最后，在人物塑造方面的创新探索也很出彩。摒弃了在生活中随手拈来的、在茫茫人海中随时可能擦肩而过却不能给人留下记忆的芸芸众生，下大力气深入发掘具有特别意象、特别意味而又令人惊异、惊喜、惊叹的特别形象。这体现出摆脱一般化、追求独特性的美学特征。

电影频道出品电影出入时代洪流之庙堂、往来寻常百姓之家园，自信而执著、质朴而灵动，它为中国影视的民族化风范、现代化取向与国际化行程，创设了低成本的实现渠道和高效益的循环空间。优秀的电影频道出品电影，恰如百合一般明丽照人，它与大千世界构成一种普遍的和谐性和可适应性，能够敏锐地照见过去与现在，把握时代风云与日常生命，感知公众微妙的心脉律动和隐秘的心理流程，为纷繁复杂的时代提供越来越有价值的公共话题体系，创造一种深具情趣的公共影像时空和日常生活参照系。

我们的电视电影能够在短短几年有了如此让人惊喜的发展与成就，电影频道的艰辛创建、管理者的心血经营，自然是成功的保障；但根本的支撑，却在于热爱它的艺术创作者们倾心倾力的创造性劳作，一步一个脚印、一步一级台阶，它从萌芽到开花到结果，由稚嫩小苗长成参天大树，为亿万喜爱电影的广大受众奉献出了丰硕、充盈的灿烂成果，获得了审美的愉悦和享受。被观众认可的作品，构成了具有品牌特征的"电视电影"艺术标示，最后，由创建者、创造者与观赏者共同书写了史册，流传于广袤的艺术天地直至久远。

《文艺报》2012 年 8 月 29 日

为了永恒的纪念

——北京电视台的崭新奉献

半个世纪前的昨日，经过了艰苦卓绝的抗争奋斗之后，世界反法西斯战争暨中国抗日战争取得了辉煌胜利；半个世纪之后的今天，经历了艰难曲折的开发奋进之后，世界人民和中国人民隆重地纪念这个日子；前事不忘，后事之师，确实具有十分深刻的意义。

围绕着这一重要纪念日，我国各类大台传播媒体进行了声势浩大、内容丰厚、形式斑斓的多方位、多层面宣传报道。其中北京电视台更以夺人之势显示出巨大的冲击力，概括起来可有几个"最"字：一、规模最大。从 7 月起，首播抗战题材电视剧 22 部 114 集；重播电视剧 11 部 88 集；播出电影 48 部，纪录片、专题片 12 部 197 集，大型、小型文艺晚会 16 台，充分地体现了宣传报道的强度与力度。二、时间最长。各类节目播出前后历时 90 余天，每日上午、下午、晚上用时 850 分钟，其中黄金时间播出量达 85％～95％，而前期筹备工作则在 1994 年便已启动。三、形式最多。涵盖了电影、电视剧、新闻、专访、纪录片、专题片、文艺晚会、各类节目，等等。凡可供使用的电视样式，无不纳入视野之内。四、全台业务部门参与量最大，各部门的人力、物力投入也最大。不论新闻部、专题部、文艺部、影视部、国际部、青少部、社教部，乃至总编室……或奋勇当先，或狂飚突进，从世界到中国、从全局到地区、从宏观到具象，突出人民战争之伟力、讴歌英雄烈士之伟绩，通过深入的开掘、匠心的构思，将在危难中崛起的民族意志、民族精魂，再现于活生生的"声画"世界之中；将那场举世瞩目的战争中擂响的反抗的鼙鼓、进攻的号角、不屈的呼唤，展示于鲜亮亮的"荧屏"形象之中，从而使世界再度认识我们伟大的祖国——屹立于东方的中华人民共和国。

如上所述，北京电视台为此而举办了大小 16 台文艺晚会，其中较大型的有《岁月不了情》、《为了明天》与《人民必胜》等。由于时间与篇幅，将重点对《人民必胜》进行些许评点。

炎黄子孙应该如何回忆那段有屈辱更有抗争，有苦难更有希望，有挫折更有必胜信心与勇气的历史呢？由中共北京市委宣传部和北京电视台联合举办的文艺晚会《人民必胜》，为观众献上了一份崭新而壮观的回顾与展望。

"新"是这场晚会的最大特点。第一，它表现在：近两个小时的演出中，没有出现任何一段人们耳熟能详、可以信手拈来的老歌旧曲。一组气势磅礴的《八路军组曲》，犹如不尽长江滚滚来，贯穿始终，将耳目一新、眼界大开的观众带入到史诗般结构完整、气势雄浑的历史画卷中，充分感受到那段岁月的峥嵘，和人民战争犹如地火般的铺展及火山般的喷发。这组英雄赞歌由"东渡黄河"、"平型首捷"、"敌后飞兵"、"百团大战"、"艰苦岁月"、"阻击之夜"、"易水国魂"、"垦荒军歌"、"鱼水情深"、"战略反攻"以及终曲"和平颂"组成。第二，它表现在美术设计的匠心独运，晚会为每一支歌曲配置了大幅黑白色调的战争背景，有黄河、白洋淀、延安宝塔山、太行山等。冷峻的影调暗示着战争生活的严酷；而绚丽多彩的灯光设计又在冷调暖调的不停转换中演绎着严峻的生存环境与人民群众的乐观主义、英雄主义精神的颉颃并行。黑白背景、多彩灯光与作为主体的表演者构成了一个主体式的层次丰富、视觉形象生动多样的整体演出效果，使观众如同正在欣赏一幅气韵流畅、郁郁葱葱的长卷，可以选择，可以感受，可以陶醉其间。

对于"人"的重视，是这台晚会的另一个重要特点。首先，整台晚会始于今天的人们对历史的沉思。天真未凿的少年抚摸着"卢沟晓月"碑柱上的弹孔，伴随着师长的讲解，卢沟桥 50 年前的枪声再度响起。灯光雷霆电闪般地明灭闪亮，惟妙惟肖地重现了当年"暗夜"中触目惊心的一幕。其次，舞蹈"卢沟风云"的表演者，初看似乎杂乱无章，但却惊人地步调一致；仔细观察，则可发现这是一支由军人（包括共产党军人和国民党军人）、农民、学生、商人、知识分子等组成的人民队伍。从卢沟桥枪声响起的那一刻，被惊醒的不仅是当局关于和平的迷梦，更有人民大众顽强不屈的斗争精神和反抗意志。这支"人民之舞"展示了如此激昂的斗志和坚定的决心，使观众仿佛看到这样一幅画面：坚冰解冻，小河流淌、聚合，逐渐融汇成一条浩浩荡荡的大河，奔腾呼啸着流向人民战争的汪洋大海之中。这股力量犹如春天来临般地摧枯拉朽，不可抗拒。特型演员扮演的"毛泽东同志"和"朱德同志"，发出了东渡黄河的指示、全民抗战的号召，顿时掀起"河山依旧战旗红"的吟啸。其后，以"东渡黄河"为首的《八路军组曲》，喷薄着长江后浪推前浪的气势，层层深入地展现出人民战争的伟大力量：奇袭机场的敌后飞兵；气壮山河的狼牙山五壮士；抗日根据地战斗着和生产着的军民，以及他们之间深厚的鱼水深情。每一支歌曲、每一个眼神和微笑都在试图传达这种深情、这种化滴水为汪洋的神奇力量。最后，在终曲《和平颂》中，我们又看到了开场时曾出现过的处于"现在时"、处于和平中的少年们，完成了现实向历史的进入、历史向现实的回归这一循环。在这段向历史的回溯中，每一个环节都在突出"人"的力量，甚至形式上也如此。例如《八路军组曲》，基本上是以合唱形式出现的，但表演者站位多变，布局看似松散，实则错落有致，与壮阔的背景尽可能合而为一，构成较好的整体视觉效果。合唱队员们好像正置向于白山黑水之间，追溯着壮烈的以往，一边寻觅，一边表现，一边传达。

整台晚会的视觉手段多种多样。叠化的大量运用，丰富了节目的层次；摄像机游弋于一排排表演者之中，特写与全景的交替运用及运动中的推进镜头，使观众感受到时而阔大、时而激昂的情绪变化。

但晚会也不是完美无憾的。它的灯光设计别有特色，如"艰苦岁月"段落，先用蓝色调表现艰苦的斗争环境；歌曲末尾转为红色调，以表现在艰苦中奋斗的抗争精神。而在有些片段中，如"卢沟风云"、"东渡黄河"等，光的变化显得过于绚烂，极尽繁华热烈之能事，与战争时期的壮烈气氛不太合拍。此外，"卢沟风云"中的舞蹈动作看来过于生硬，缺乏艺术的美感；整个晚会以歌曲为主，其他艺术形式较少出现，原先设计的几个小品未能出台，造成了某些"单调"的感觉。

总体上说，《人民必胜》这台晚会，在相当大的程度上传达出人民的力量和胜利的信心，以全新的内容、富于创意的舞美灯光设计，为广大观众进行了一次崭新的回顾。

以史为鉴，可知得失。50 年的时光磨洗，不会使那场惊心动魄的全民抗战的光彩黯淡。50 年过去了，今天正是回顾、展望、继续奋起、迎接新世纪的重要时刻。感谢北京电视台，在纪念世界反法西斯战争暨中国抗日战争取得辉煌胜利的重大活动中一马当先，为观众作出了自己独特的、巨大的贡献。

1995 年 8 月

《前事不忘，后事之师》北京出版社 1995 年版

祝愿与期待

——北京电视艺术中心"二十"寿

今天到这里参加"北京电视艺术中心"成立二十周年的庆祝会，感到非常高兴也非常荣幸。昨天看了关于"中心"二十年发展历程的专题片，今天又听了这么多经验介绍，回想和"中心"的接触过程，第一个突出的感觉是：二十年间，"北京电视艺术中心"办成了一所大学校。记得著名学府清华大学的老校长梅贻琦先生说过一句话，解释什么是大学，他说：大学者，非大楼之谓也，乃大师之谓也。就是说，一所大学的标志，不在于有没有大楼，而在于有没有大师。北京电视艺术中心已经走过了二十岁月，虽然不能说所有的创作者都已成为大师，但确有不少杰出人才趋向于大师，它的成就是非常辉煌的。我理解梅校长说的话，应该主要体现在出成果、出人才方面；而从"中心"在这二十年中培养了这么多优秀人才，出品了这么多优秀成果来看，我想，它的确已经成为一所了不起的大学校；而且是一所非常有成就、有贡献的大学校。对此，我谨表示衷心的祝贺。

第二，就个人而言，我还想对北京电视艺术中心致以真诚的感谢。因为本人和电视的结缘，正是开始于"中心"。记得在 1985 年，一次偶然的接触：认识了蔡骧同志；又因此而认识了赵正晶、张永经等同志。那是由于"中心"拍摄的长篇电视连续剧《四世同堂》，对于这部作品如何评价，应不应放行，当时有许多不同意见。《北京晚报》记者前来采访，问我怎么看这个问题。我认为，这无疑是一部很好的戏剧，并且用了一个分量比较重的词语："里程碑"。没想到这个词语又引起了异议和批评。由于这件事，蔡骧同志拉着我和我的爱人绍武参加了"中心"组织的《四世同堂》研讨会，我们在会上作了发言，并写成一万多字的文章交给老蔡发表，也就此结下深厚的友谊。此后，又吸收我进入刚刚组建的北京电视艺术家协会，并被选入理事会、担任了高校电视文化工作委员会主任，从此开始了我和电视的缘份。以后在学校与师生一起艰辛创业，组建影视学科，直到今天，我们北京师范大学成立了艺术与传媒学院，学院的影视学科有了长足的发展。应该感谢"中心"为我创造的这一机缘；这也是我和"中心"的一种缘份。我的感谢是真真切切的、实实在在的；因为如果没有那次接触，也许这一生就不会和电视相连，这不由让人体味到人的命运有时真是很奇特的。

第三，在这里还想说一点心愿，浓缩为两个字："期待"。今天会上龙新民同志说了一句分量很重的话，他说："'北京电视艺术中心'的辉煌已经是过去的事了，现在要从零起步。"从零起步，重铸辉煌，这个责任太重了。可是反过来想，如果不这样，我们的"中心"又如何再度腾飞，二十年后再开这样的盛会呢？这是我们大家的期待，是非常强烈的期待，伴随着非常强烈的信念。因为，"中心"从当初那样艰难的处境走到今天，发展到如此的辉煌，充分证明了它具有这样的潜质；而要再进一步深入地开掘这种潜质，如何"创新"可能是关键所在。我想，我们的"中心"继续起航，需要努力追求创作的不可替代性，这是否可以作为"创新"的一个目标。在"中心"制作的电视剧作里，大约可以分解为三个"力"：一是电视的威力，一是戏剧的魅力，一是人文的张力。"中心"的成果十分丰硕，已有1732集、150部之多，其中优秀者应该说都具有这样的特质。电视的威力与戏剧的魅力且不去说，当今观众对于人文张力的要求是越来越高了，因此我想在这一方面表达自己的特别期待，希望北京电视艺术中心今后的作品特别注重人文内涵的开掘，这可能是"中心"的作品不断成功的核心环节。这种人文内涵包容着剧作内在的生命力、生命的流动感，以及对于人性的深层关怀。从《便衣警察》、《四世同堂》、《渴望》、《编辑部的故事》，到《北京人在纽约》、《永不放弃》，等等，正是在这一点出了彩。我热诚地期待着"中心"今后陆续推出更多的佳作。同时，作为"北京电视艺术中心"的一个老朋友、老观众，还有一点隐忧：就是"中心"培养出来的大批杰出人才资源的流散现象。我从内心想说一句：你们还是抱起团来吧！我国权威的科学家钱学森先生曾一再强调过"群落思想"，指出从事尖端科学研究，必须要有一个坚强的群落。由此而想到，"中心"的再度辉煌，十分需要其杰出人才资源的再开发，需要大家咬紧牙关，团结在一起，凝聚在一起，通过每个人才华和智慧的再整合，形成丰厚的、坚强的群落，把"中心"的事业再推进。我们特别期待看到这些非常优秀的人才在"中心"里再度聚拢；从而在下一个十年当中创造一部又一部精品电视剧，以此呈现自己不可替代的锐气与实力，向祖国献礼，向人民献礼。

《电视艺术》2002年第3期

久远的情缘　深长的体验

——我与北京人艺

　　北京人民艺术剧院，是中国话剧顶尖级的艺术殿堂。现在已经度过五六华诞了，的确是一件让人为之动容的事情。承蒙厚爱，收到了北京人艺关于《我与北京人艺》的征稿函，此事自然不应推辞。

　　如今回忆起和北京人艺的接触，不觉之中已经长达五十年之久，似乎可以称之为"老友"了。在自己的人生历程中，有意思的是，竟然偶然而又必然地与话剧结下了不解之缘；而且，因为主要生活、工作在首都，因而和北京人民艺术剧院有了如此长久的缘分。细细想来，大体可以归纳为三个层次。

　　首先，是"初识北京人艺"。20世纪五六十年代，是我在北京师范大学中文系学习、工作的阶段。作为一个话剧爱好者、现代文学专业的年轻教师，无论从个人兴趣，抑或从教学需要，都需要抓紧一切机会去观摩话剧演出，经受艺术的陶冶，以强化自身戏剧艺术知识的积累；而作为最高、最好的话剧艺术殿堂，北京人艺必定是首选之处。于是，紧盯着北京人艺的演出剧目，尽可能争取观看演出的机会，从现代题材的《龙须沟》、《考验》、《明朗的天》，到历史题材的《虎符》、《蔡文姬》、《关汉卿》；从外国经典剧目《伊索》、《悭吝人》、《三姐妹》，到中国经典剧目《雷雨》、《日出》、《北京人》，乃至当时刚刚出炉、后来享誉世界的《茶馆》，等等，都是从学校赶往北京人艺的剧场——享有盛名的"首都剧场"，欣赏北京人艺的艺术家们的精彩演出，使自己在一场场美妙的视听盛宴中，不断地得到充盈的艺术滋养，获得经久难忘的艺术审美熏陶。虽然当时还不可能和北京人艺的著名艺术家有近距离的接触，但他们光彩、辉煌的形象，已经深深刻印在我的脑海之中。

其二，是"深入北京人艺"。20 世纪七八十年代，在文化界前辈夏衍先生的指引和帮助下，我们（我和爱人绍武）开始了话剧创作，并与北京人艺和于是之院长有了比较密切的接触。当时，为了迎接新中国成立 30 周年，在夏公的指导下，我们投入了话剧《故都春晓》的创作。还记得，在 1979 年春节前夕的一个下午，在老人家的办公室里，有中共北京市委主管文化的项子明同志和北京人艺的于是之院长，还有我们夫妇二人在座，由他亲自主持，经过讨论，定下了这部作品的写作提纲。开始动笔后，又是在老人家严格的督促下，一幕一幕地推进。最后，在老人家住院期间，年近耄耋的老人，躺在医院病床上，从头到尾听了两遍，推敲琢磨再三而完成定稿。但是，由于北京人艺工作程序比较繁琐，一时未能建组开展排练。老人家又亲自将剧作送到《剧本》月刊，赶在当年第 12 期发表，以实现新中国成立 30 周年献礼的原定目标。我们始料未及的是，1980 年春节，中央实验话剧院找到我们，表示看到刊出的剧本很兴奋，决定立即倾全院之力，建 A、B 两组突击排练。我们诚惶诚恐地说明，此剧已与北京人艺约定排演。他们则表示，公开发表的作品已成为社会财富，各剧院完全可以自行选择，并举例如曹禺的剧作，时常会有许多剧团演出。他们还十分诚挚地邀请我们到剧组给以辅导；我们却未敢应承，始终没有前去。不久，北京人艺也建立了剧组投入排演，由著名艺术家蓝天野、苏民导演，吕齐、苏民主演。于是，在1980年春夏，首都舞台上出现了中央实验话剧院、北京人民艺术剧院和中国评剧院移植改编先后公演《故都春晓》而轰动一时的盛况。

其三，是"体验北京人艺"。20世纪八九十年代，作为北京师范大学中文系的教师，80年代初期，被分配重点进行戏剧课程的教学。于是，观看名家话剧演出，求教于话剧界专业人士，成为必经之路，由此也就和北京人艺的艺术家有了比较多的交往，例如，因课组织的戏剧小组，曾经到夏淳导演的家中拜访，得到关于学习戏剧艺术的指导，使我们受益匪浅；例如，参加北京人艺召开的演出研讨、座谈会，聆听并参与关于话剧艺术的探讨；例如，专门邀请大艺术家于是之院长，到学校开设戏剧讲座，获得学生十分热烈的欢迎，这些富有教益的活动都留下了珍贵的照片。之后，我在开设的"中国现代戏剧研究"课程中进行教学改革的尝试，试图从实践入手，把学生从教室里引到舞台上。于是，组织学生创作剧本，排练演出，深获师生好评，取得很大成功。这一演剧活动得到了北京人艺夏淳导演、吕中老师等人的热情指导和帮助，并获得了中国戏剧家协会的关注，特邀我们参加首届"中国莎士比亚戏剧节"。为了完成这个重大的任务，1986年"北国剧社"成立了。1月10日的成立大会，迎来了众多话剧界权威艺术家、专家，如原文化部副部长吴雪，中国戏剧家协会副主席吴祖光、刘厚生，著名影剧作家黄宗江等，其中来自北京人艺的有曹禺院长、夏淳导演、苏民副院长等人，三位并应邀担任了北国剧社的顾问和艺术指导，曹禺前辈特意为北国剧社题写条幅"大道本无我，青春长与君"，成为剧社师生的座右铭；由我担任首任社长、绍武担任艺术指导的北国剧社，随即排演莎翁名剧，北京人艺为剧社派出了助理导演张福元，表演指导马群、鲍大志、孙凤琴、丛林等专业戏剧工作者给予无私帮助，对于这次获得国内外强烈赞誉的演出，发挥了重大作用。及至公演时，北国剧社有幸登上了"首都剧场"的舞台，因此，又得到了北京人艺后台各个部门，包括化妆、服装、道具、灯光、舞美等方面的鼎力支撑，使得前后七天公演，没有发生任何纰漏而圆满落幕，曹禺老院长亲自陪伴外国友人莅临观赏，并带来给《第十二夜》的纪念题词"女扮男爱的徒劳，假也真终成眷属"。在"演出说明书"致谢栏目中，北京人民艺术剧院理所当然地列于第一位置。演出中，当时的国务院总理赵紫阳专门发来贺信，并委托中宣部部长朱厚泽、文化部部长王蒙到首都剧场观剧；中共中央总书记胡耀邦通过文化部副部长高占祥，转达了赞扬和鼓励，并特地写信，要王蒙代他到场表示祝贺。此后，北国剧社继续在话剧百花园中攀登，为"祝贺曹禺先生从事戏剧活动六十五周年"，由北京人艺著名导演顾威亲自执导，排演曹禺剧作《镀金》，与《雷雨》（第二幕）一起，在北京人艺舞台美术处大力协助下，再度登上首都剧场舞台；以后，又作为北京唯一演出团体，为"田汉诞辰九十四周年与中国左翼剧联成立流失周年纪念"，排演了田汉早期剧作《咖啡店之一夜》、《苏州夜话》（特邀北京人艺艺术家严敏求执导）和丁西林代表作《三块钱国币》（特邀北京人艺艺术家，也是北京师范大学校友学长杜澄夫执导），在北京人艺舞美处的大力协助下，三度登上首都剧场舞台；再后，北国剧社参加"北京大学生话剧调演"，以原创剧作《教育世家》，四度登上首都剧场舞台；直到 2006 年，又以原创剧目《枣树》，五次登上首都剧场舞台……这份长达 20 余年剪不断的情缘，经历了深长的体验，仿佛一坛历经岁月酿造的美酒，越久远，越芳香。

　　以上，仅从记忆的海洋里撷取了几朵浪花，作为一份匆忙的答卷，谨此回应北京人艺的征稿。

"北京人艺 50 年纪念"2008 年

北美艺术人才的摇篮

——访约克大学艺术学院

北京，多伦多，相距 13200 公里，时差 13
小时，飞机在云端航行达 17 个钟点。

我们由北京师范大学派出，前往陌生的国
土——加拿大，执行短期讲学及访问考察的任
务。中午 1 时许由北京起飞，万里晴空，一望
无垠。客机很快升入高空，机翼两旁一片白茫
茫的云海，途经东海、渤海、日本海，皆无处
可觅。大约夜 12 时，天际突然显现几颗异常明
亮的星星；未几，前方天空呈桔红色彩，起始
是一条窄线，渐渐变成宽带，然后半边天一片
鲜红；看看表，此刻正是深夜呀！继而一想，
恍然大悟：此乃"时差"之奥妙也。天光大亮
了，红的是霞，白的是云，煞为壮观。在云与
海互为表里的景象中飞越浩瀚无际的太平洋，
又在温哥华小憩一小时再度起飞，广袤的加拿
大、丰饶的森林、辽阔的大地、绿色的群山、

银色的川流，扑人眼帘又倏忽而去，大自然给予人的愉悦美感油然而生。当地时间晚 7 时到达多伦多上空，天气突然剧变，机舱外涌起大块大块的乌云，耀眼的闪电、轰响的巨雷，不断在机翼两边爆裂，一时颇感惊心动魄。飞机极小心地穿云破雾，寻找最佳的下降时机。啊，终于看到了多伦多灯光闪烁的瑰丽夜景。客机安全地降落于这座加拿大最大的城市。入境手续很简便，出海关便见到东道主、约克大学艺术学院的唐·汝宾教授和管理学院的彭尼卡索主管。他们风趣的欢迎词是：刚刚发生一场十年未遇的暴风雨，真担心你们下不来啦！不过，雷雨只坚持了 10 分钟就败退了，可见多伦多是非常好客的啊！车行 40 分钟，来到约克大学城，这是加拿大学生最多（6 万人）的一所著名学府，它的艺术学院被公认为加拿大及北美最好的。我们临时的家被安排在文特学院，有硕大、舒适的客厅和温暖、明亮的卧室，卫生间一尘不染，小厨房随时可用。这一夜，我们熟睡在异国他乡。

约克大学是一所多学科、高水平的综合性大学，位于多伦多西北部，校园广大，有公共汽车直通，并在校内停靠四站。各类不同风格的建筑，纵横交错地构成一簇簇相互关连的群落。大小绿地占满空间地带，小松鼠、灰白鸽在树丛间、草地上自由自在地玩耍、觅食，见了人不惊怕不退避，看起来这是人与自然的关系处理得很好，这也是文明的一种标志吧。

艺术学院包容五个系：戏剧、影视、音乐、美术、舞蹈，占有两座造型奇特而漂亮的大楼。前后三任院长和五位系主任分别会见我们，彼此交流介绍情况获益匪浅。综合性大学的艺术学科与专业艺术院校的区别何在？这是我们考察的重要内容之一，几位院长和系主任不约而同地强调了"综合性"；强调培养有"头脑"的人才；强调专业与学术并重，理论与实践并重；强调通过不同思想方法的撞击使学生的"头脑"得到综合提高、文化素质得到全面培养。他们认为：这是非常高、非常难、但必须努力达到的标准。为此，其学科设置既重历史、文学，又重写作、训练（操作）；既重人文科学，又重自然科学。本科 4 年要学满 20 门课程，其中 10 门本系课，10 门人文科学、自然科学课，全部及格者可以获得艺术学学士学位或文学学士学位。五种艺术门类之间的交融；艺术与文学、与哲学、与数学、与人类学、与心理学、与经济学、与自然科学的交融，成为约克大学艺术学院一个很大的特点。例如美术系课程中有："与电视媒介结合的美术实验"，要求把美术与影视创作结成一体。院长说：对于全体学生，不断改变审美视角，乃课程中的重要部分。艺术学院不仅要造就各类人才、造就艺术家，而且要造就观众。它要给予全大学以艺术的体验，提醒着六万学生：艺术就在他们身边。

影视系属于我们考察的重点。与系主任吉姆教授在办公室会见，热情、友好、准备充分。他坦率地陈述观点：办学指导思想是培养真正的影视艺术家而不是技术员，这一点与我们的想法相当一致。本科生 200 人，有三个主流方向：剧作、制作（含导、表、摄）、研究（含理论、评论、历史）；前二者仍然强调理论课程。学生自行选定某一方向，系里掌握总的招生比例。影视专业硕士研究生学制二年，一年学 4 门课，一年写论文（或写剧本、拍摄影视作品）。他给我们看亲自拍摄、制作的电视专题片（关于残疾人生活），构思严谨，画面讲究，制作精致，音像均佳，达到相当的艺术水准。他还亲自陪同我们逐一参观影视教学设备，从库房到演播厅、录音棚、制作室、音响动效室……电视的摄、录、美、化、服、道、剪辑、制作、特技、洗印等，分门别类一应俱全，这无疑需要相当巨大的投资。我们到大小教室观摩影视课。摄像机使用课上，五台不同型号的机器用于 11 个学生练习操作，一位教授在旁指导。其现代化程度及健全的保管维修系统令人感叹。制作实践课，10 名学生分别担任导演、表演、摄像、录音、灯光，现场切换、编辑、配音乐效果，同时混录合成；再各自改换岗位重新组合，同样有教授随时指导。影视评论课上，10 多位学生围坐在老师四周，师生共同就一部影片分析评点，每个人畅所欲言。学生们在课上可以吃东西，饼干、饮料、口香糖、三明治，吃得有滋有味，兴奋时坐上桌子，但态度认真，发言踊跃，气氛活跃，这样的课堂确实是过去不曾想象过的。

在约克，我们结识了个性鲜明的格林教授。他创办了艺术学院，担任过院长，现在主持着极有特点的专业：艺术媒介管理。他热情洋溢，风趣健谈，从事艺术管理研究已25年，培养弟子4500名。此专业无本科，只招研究生，毕业后从事政府文化官员、艺术企业经理、经纪人等职业。也开设进修班、大专性质短训班，帮助在职者继续提高专业素质，主要学习大众传播类课程：文化、广播、电影、电视、出版等；同时要学经济与商业，要求艺术与经济的有机结合。毕业生既有企业管理的知识与能力，又有艺术修养与功力。他最近几周的课专门研究筹款问题（他曾一次性筹得500万美元）。他盛情邀请我们先喝咖啡再听课，那是我们听到的最生动的一堂课。11名研究生来自英、法、瑞典、瑞士、意大利、中国香港及加拿大，曾涉足戏剧、影视、电台、电视台、音乐、出版等领域。课程内容是筹集资金的战略头脑问题。格林出示了一张大表，上面是一个环形图案，分三层有三个圆，由外及里：1）建立目标、发展、行动、监督、反馈、分析；2）执行、控制；3）集中于圆心：策划、循环。师生围绕此表讲述、研讨，关键是如何为艺术筹得钱。在听课中深深感受到他系统而深入的理论修养。他还友好地提议将来联合办学。我们彼此互感相见恨晚，相约今后加强联系，为这门新兴学科出把力气。

出访前，汝宾教授建议我们分别在几所大学讲授中国文化、中国戏剧、中国电影与电视，据此做了准备。但因参加学校90周年大庆，迟行月余，抵加时间已欠宽余，只能在约克大学与多伦多大学举行了中国文化与中国戏剧讲座。会场内座无虚席，许多迟到的学生只好坐在台阶上、过道间，甚至讲台旁的地毯上。我们讲述中国文化的三个特点、三种哲学与三段时期；讲述对于中国戏剧历史及现状的思考，大学生们似乎闻所未闻，笑声时起，掌声不绝，对陌生而神秘的中国文化及艺术表现出极大的兴趣。汝宾先生和其他教授们说：像这样踊跃的听众、这样热烈的场面，在约克等校的讲座中很少出现；他为会场组织未能保证人人有座位而向大家致歉。

讲座之后，我们出席了学校专诚举办的规格很高的欢迎酒会，参加者都是文科、艺科的名流；约克大学前校长、现国际委员会主席麦克唐纳教授始终与会，艺术学院院长、各系主任也都来到，双方致词诚挚地互表心意。主席先生一再致意，觉得我们的访问深入细致，印象深刻。他愿为两校间建立正式学术合作关系提供支持与帮助。院长表示在双方接触中发现北京师范大学关于艺术学科的发展设想富有革新精神令人振奋，并高兴地看到约克大学可以在其新学科建设中发挥作用以建立良好关系，校长苏珊·曼还专门写信表示期望北京师范大学和约克大学之间的交流能够得到进一步发展。在热烈而亲切的交往中，不仅加深了两校的友谊，而且播下了新的友好的种子。

要准时赶回北京，受停留时间所限，去蒙特利尔、里贾纳等城市的计划只得作罢。参观游览也只能挑选与文化艺术、电视电视有关的项目在繁忙的日程表中插空进行，仅举二例。

多伦多市中心，一座巨型电视塔耸入云天，高达 553 米，雄冠北美洲。我们乘电梯到 335 米的旋转厅，向下俯瞰，整个城市尽收眼底。远处蔚蓝色的安大略湖波涛微起；近处造型奇妙的摩天大厦鳞次栉比；脚下伏起圆拱形的歌剧院和多功能的体育场；街上行驶的汽车宛如搬运粮草的小蚂蚁，相形之下人已显得那么渺小。底层，一位扮成小丑的艺人乐呵呵地免费同游人合影留念。这座电视塔保证着市民对电视文化的审美需求。我们在房间里便可以接收 30 多个频道，每天从早到夜 24 小时播出；主要围绕着当地生活：政治、经济、新闻、气象、服务、广告、成人生活及儿童教育……东方文化很少涉及。文艺节目也很丰富，歌舞、戏剧、电影、电视剧连续不断。播出者有国家电视台、省电视台、市电视台、法语电视台，还有一家"多民族电视台"，在不同时间用华语（广东话）、阿拉伯语、俄罗斯语、印度语等播放，遗憾的是没有时间更多地观赏。

市内的安大略省博物馆建筑恢宏，第一层以相当大的面积辟作中国馆，陈列着从商朝到晚清的各种文物，有新石器时期的陶瓷到宋代的细瓷；有明代的家具和清代的服饰；有几十吨重的石人、石马、石牌坊、石门楼，甚至连古代的帝王墓也搬到这里。这些宝物不知是何时何人用何手段运来的，边看边想感触良多！

返航的时刻到了。雷电迎宾，风雨送客，大雨中登上飞机，在太平洋上空连续度过两个白天之后，终于降落在首都机场。噢，亲爱的祖国，我们回来了！

1993 年 4 月

深深的记忆

三十一年前的十二月，一个阳光灿烂、寒风凛冽的清晨，在震天动地的锣鼓声中，我穿上向往已久的绿军装，告别曾经像慈母一样哺育了我的母校，踏上了人生的征程。三十一年来，每当回想起在母校度过的短暂、然而关系着一生道路抉择的少年时代，我的心情仍然像当年迈出校门的刹那那样难以平静。

由于家庭的变故，很小就离开了疼爱我的妈妈，整日在后母的打骂、呵斥下讨生活，我幼小的心灵中常常闪过这样的念头：人活着怎么那样艰难？或许还不如死了更好？就在这时，祖国大地欢庆解放，明媚的阳光照进我苦涩的心田，我格外地感受到：新的生活是那样幸福、甜蜜；党的温暖是那样强烈、深沉！

在师大附中的崭新天地里，我也得到了新生。老师、同学们待我如同亲人，特别是学校领导和班主任老师,把我当成自己的孩子一样抚育着。紧张的学习、充实的生活,使我的心胸日益开阔了,目标逐渐明确了,内心充满着对美好理想的憧憬和追求!我和同学们一样,怀着一颗赤诚、纯真的心,以把自己的一切献给祖国作为最大的光荣。

在党的精心安排下,我们的生活是那样丰富多彩,充满朝气。在课堂上,为了能做一个祖国的好学生,不论文史地、数理化,门门要"争",课课要"搏",唯恐落在同学后面,配不上祖国的挑选;在课堂外,为了多学一些武装头脑的科学理论,我们几个同学每星期都有几次去区里,参加《社会发展史》、《新民主主义革命史》的课外学习会;为了多学一些为人民服务的本领,我们在每星期日奔向劳动人民文化宫,参加文学小组、戏剧小组的活动;为了使在旧社会失学的幼童有学习文化的机会,我们办起了儿童补习学校,每天下午,走出当学生的教室,又走进作小老师的课堂;此外,还能有精力参加学校的话剧队、腰鼓队、歌咏队,为活跃文娱生活而组织一次次的演出。

最难忘的是一九五〇年十月,当我们正在幸福的生活里无忧无虑地成长的时刻,美帝侵朝战争爆发了,战火很快烧到祖国大门口——鸭绿江边。全校师生热血沸腾了!刚刚建立的人民共和国,决不能再遭践踏;沐浴在阳光下的人民,决不能再返回到黑暗的旧社会,学校里响起了怒吼声。一瞬间,街头宣传队组成了,十几个节目排好了,马上出发到大街小巷宣传美帝的侵略罪行。围墙上,贴满了墨迹未干的大字报,要求参军赴朝,抗击美帝,保家卫国。有的同学贴在墙上的、交给组织的,已不是墨写的决心,而是血写的誓言:誓把自己的生命献给保卫祖国的神圣事业!每天早晨,天刚刚发白,操场上已响起有节奏的跑步声,那是大家用行动,为实践崇高的理想而进行准备啊!

在烈火燃烧的热潮中,我们班上有四名同学——包括我,被光荣批准参军了!实现自己美好理想的时刻来到了!当我迈出母校大门的时候,多少双含泪的眼睛,投来了亲人般的祝福,多少双热情的双手,倾注着师友的深情！在我的心上，深深地铭刻着师长们的教诲、同学们的嘱托。

三十一年后，在党和人民的的培养下，我由战士、学生而成为一名大学老师。我愿意以勤勉的劳动，为祖国的青年一代献出自己的一切，以此来报答哺育我成长的祖国和母校。

1981 年母校校庆时

半个世纪的情缘

——我与北师大

面对"我与北师大"这一命题，心中涌起千言万语，却又不知究竟从何说起才好。一时间脑海里跳出"缘份"二字。何谓"缘份"？从专门诠释古文词义的《辞源》到权威的现代词典《辞海》，以及发行上百万册的、民众常用的《现代汉语词典》、《新华词典》等辞书中，几乎都能查找到这个词语，而其释义也大致相同："因缘定分，命中注定的机遇"、"泛指人与人或人与物之间发生某种联系的可能性"等。在这里我想说的是：如果世间确有"缘份"之说，我便相信自己与北京师范大学似乎有着一生的缘份——情缘：从中学到大学；从当兵到教书；从单身到成家；……概言之，从少女时代直到两鬓斑白，我几乎都与她息息关联。

那是 1950 年春寒料峭的二月，将近 16 岁的我随同父亲从上海回到北京，经过考试插班进入北京师大附中初三年级。这可以算作我与北师大的第一次结缘，到今天一晃已经过去了半个世纪。那时的我由于家庭的变故，离开疼爱我的妈妈已经十年，整日在后母的打骂、呵斥下讨生活，幼小的心灵中曾常常闪现这样的念头：一个人活着怎么那样艰难？或许还不如死去更好？就在难熬的时刻，祖国大地迎来了人民解放的喜庆节日，明媚的阳光照进我苦涩的心田，内心格外地感受到：新的生活是那样幸福、甜蜜；党的温暖是那样强烈、深沉！在师大附中的新天地里，我也得到了新生。至今还清晰地记得，被人们亲切地称为"年轻的老革命"、从解放区来的班主任于老师，把我当成了自己的亲人，她为我的每一个小小的进步或表现，高兴得咧着嘴笑；为我的每一个过失或缺点，生气地严厉批评；她哪怕吃一碗饺子，也必定给我这身旁没有亲娘的学生留下一半。……在她和老师们"春雨润物"般的关怀下，紧张的学习、充实的生活，使我的心胸日益开阔了，目标日益明确了，心里充满着对美好理想的憧憬和追求，充满着对亲爱祖国的眷恋和深情。我和同学们一样，怀着一颗赤诚、纯真的心，以把自己的一切献给祖国作为最大的光荣。在课堂上，不论文史地、数理化，门门要"争"，课课要"搏"，唯恐落后，配不上祖国的挑选；在课堂外，为了多学一些武装头脑的科学理论，每周有几次到区里参加《社会发展史》、《新民主主义革命史》的课外学习会；同时，开办失学儿童补习学校，组织话剧队、腰鼓队、歌咏队，丰富多彩，充满朝气。但正当我们蓬勃成长的时候，美帝国主义侵朝战争爆发了。全校师生热血沸腾，纷纷要求参军赴朝，抗击美帝，保家卫国。许多同学，也包括我，贴在墙上的、交给组织的，已不是墨写的决心，而是血写的誓言！在烈火般燃烧的热潮中，我们班上有 4 名同学，包括我，被批准光荣参军，我迎来了第一次以自己的身心报效祖国、报效人民的机缘。当我迈出母校大门的时候，多少双含泪的眼睛，投来了亲人们的祝福；多少双热情的手，倾注着亲人们的深情！在我的心上，深深地铭刻着老师们的教诲、同学们的嘱托！

那是 1954 年春寒料峭的 1 月，不满 20 岁的我身穿带着炮火、硝烟气味的军装，来到北京师范大学附属工农速成中学报到，插班进入文科二年级一班。这可以算作我与北师大的第二次结缘，计算起来，距今也已 43 年。此前，我曾作为中国人民志愿军随部队跨过鸭绿江，进入朝鲜战场，从此，硝烟、战火、炮声和鲜血，充满了我的青春花季。我在阵地上参加过实战，目睹过战友的阵亡，掩埋过烈士的遗体，也曾几次与死神擦肩而过。我一生都不会忘记那些为国捐躯的英勇战士，他们无怨无悔地把最宝贵的生命奉献给自己的祖国，甚至连名字都没有留下，我们这些活着的人还有什么理由只为自己而存在呢？停战协议签订后，部队回到了祖国。没有牺牲在战场上，就要进学校发奋学习，以后才能继续为祖国效力。于是我一再向组织请求再度上学，部队为我设法联系，才有了到北师大工农速中读书的机会，有了接续与北师大的那份已有情缘的机会。在这里，同班同学都是来自部队及工业战线、农业战线，或是党政机关的干部，许多人的党龄比我的年龄还大得多。我一面和他们同堂听课，一面赶紧弥补已经过去的一年半课程，以求得与他们减少差距，齐头并进。时光显得如此匆匆，终于在毕业之前我的各科成绩都进入了优秀行列；并且最后被列为直升北京师范大学中文系的保送生。

　　那是 1955 年金黄色的初秋，我和几位同学来到北师大中文系，登上了我国最高学府的神圣殿堂。这自然是我与北师大结下不解之缘的又一个关键时刻。由此，我作为学生，经历了丰富的三年半人生；由此，我又作为教师经历了复杂的、坎坷的、又是多彩的四十一年人生。其中可以经常品味的确有许许多多"人与人或人与物之间发生某种联系的可能性"的际遇，乃至"人与人的遇合或结成关系"的缘份。试分段如下。

　　1955 年至 1958 年，这是我一生中十分宝贵的大学求学生涯。至今还记得，当时的北师大中文系主任黄药眠先生在开学典礼上对我们语重心长的教导，而坐在下面的我，却在为见到这位国内外著名的大学者、并亲耳聆听他的讲话兴奋不已。在这里，与同学们一起，我们学习政治课、公共课、专业课，有幸遇到许多知名教授如钟敬文、彭慧、穆木天、刘盼遂、王古鲁、文怀沙、谭丕模、启功、王汝弼、郭预衡、俞敏、陆宗达、徐士年、萧璋等，大大开阔了学术的视野，增加了知识的积累，在古今中外的文化海洋里有滋有味地欢畅遨游，痴迷沉醉；把为了祖国的兴盛而努力加强自身专业实力的追求落到实处。在这里，我与绍武结成伴侣，相扶相依相伴走过了将近半个世纪的风雨人生。本来我们凭着对祖国的赤诚之心，相约毕业后到边疆大干一场，因为我们深信，只有奉献自己才能活得更有意义。未料在"大跃进"年代，因为学校的需要而由组织决定，与几位同学一起，分别于1958年8月、11月提前毕业留校任教了。

1958年至1992年，这是一段经历了数不清的酸甜苦辣的漫长岁月。如今回想起来，即使身处最艰难的逆境，也没有动摇过自己对祖国、对人民、对党的信仰与忠诚，这正是源于人生目标的确立；也正如一位知我者文章中所言：那段经历了生与死考验的从军经历，"成为支撑她全部事业的性格基础：热情、坚韧，并始终对自己的事业葆有一份强烈的责任感"。在这所历史悠久、学科齐全、有众多国内一流学者励志耕耘的学府里，我放下专攻中国古典"诗词歌赋"的愿望，服从分配到现代文学教研室，沉浸于"鲁、郭、茅、巴、老、曹（鲁迅、郭沫若、茅盾、巴金、老舍、曹禺）"及中国现代文学史之中。因为做班主任有成绩，得到过团中央、北京市委的表彰；也为此在"文化大革命"中被扣上"修正主义黑苗子"的帽子，受到非常痛苦的残酷批斗，并与我敬仰的老教授一起劳动改造。直到粉碎"四人帮"，进入"新时期"，我已经当了20年助教。室主任进行教学改革，决定把这门课程分为四大块：小说、戏剧、诗歌、散文，以谋求新的突破。因为在"文化大革命"中我曾偷偷地与绍武一起创作《梅岭星火》（先是戏剧剧本、后是电影剧本），我被分派从事于戏剧教学。之后，在恩师唐弢先生的关怀下，《梅岭星火》剧惊动了中国电影巨匠夏衍，并得到老人家的特别关注；由此，发现国内基本上没有对于夏公的系统研究，又开始了我俩的夏衍研究系列（包括生平年表、传记撰写、理论评论、资料搜集、作品编辑、电视专题，等等），以致在国际友人访问夏公时，他会风趣地说：去找他们吧，她对我的了解比我更多些；并在尊敬的夏公关心与指导下，继续进行着电影、话剧、电视、文学的创作。于今想来，正是由于夏公，我才会由文学到电影、到戏剧、到电视，不断地拓展自己教学与研究的领域。从1978年到1988年十年间，我在北师大完成了从助教到讲师、副教授、教授的演变。

　　1992年以后，这是我自己都未料想到的跨专业、挑重担、重新创业的人生阶段；北师大对我提出了更高要求，赋予了更重任务。在未能推辞的情况下，在我已经58岁的时候，勉为其难地接任了艺术系主任，并与师生一起艰苦奋斗，为北师大创建新兴学科——影视教育专业、重新开展音乐教育专业、并努力创造条件，逐步开设美术、书法、舞蹈等专业……转眼又已将近10个年头了。在这期间，我们创办了北京师范大学北国剧社，并因其光彩夺目的演出引起轰动，在国内外产生了一定的影响；我们创办了以北师大艺术系牵头的"大学生电影节，"迄今已成功举办8届，以"青春激情、学术品位、文化意识"为宗旨，赢得了电影界、文化界、教育界盛情赞誉；我们组织师生拍摄的电视作品，也曾两次获得全国高校"理想杯"大赛冠军。特别是，我们在学科建设上奋力拼搏，由系内没有一个硕士、博士点的状况下发展，现今已有电影学、电视学、音乐学、美术学4个硕士点，并在多届影视学科硕士教育的基础上，经过申报与层层审议，得到国务院学位委员会批准，1995年中国高校第一个影视学博士点在北京师范大学艺术系正式建立了。至今，第一届影视学博士生已于1999年毕业，以很高的学术评价获得博士学位；到2002年我校百年大庆时，我们将招收第7届影视学博士生，并将有4届23位合格的博士（包括4位外国留学生），以其雄厚的实力进入学界、业界，作为向祖国和母校的隆重献礼。

　　到2002年，我便经历了人生的68个寒暑春秋，其中的一大半岁月——47 个年头，是在我的母校北京师范大学度过的；如果再加上师大附中、师大工农速成中学的三个年头，在母校百年华诞的时刻，我也正好在她的怀抱里生活了 50 年——整整半个世纪。她记录着我的成长历程，更蕴含着伴随我成长的心路历程；同样，在我的心头，深深地铭刻着她母亲般的关怀和温暖，铭刻着她给予我的广博知识和无穷力量！这是多么丰富而又充实的半个世纪，多么富有意义的半个世纪啊！回顾五十年风雨征程，我始终把自己与北师大紧紧相连，要求自己对祖国、对人民、对师大负起应尽的责任，不论对于同行的老师，还是受教的学生；不论对于学校的发展，还是学科的建设，我都真诚地献出自己微薄的力气，毫不吝惜。可以说，五十年间，在我的心里，积淀着一种挥之不去的"北师大意识"，这就是对于母校的一份情、一份义！这是怎样的命中注定的 50 年的缘份、50 年的情缘啊！我要发自内心地、郑重其事说一句：永远难忘您，我的母校！

《我与北师大》北京师范大学出版社 2002 年版

知识的海洋　心灵的驿站

——我与北师大图书馆

　　我们从小上学，或者可以从更早初识人世算起，就开始和知识打起交道，直到离开世界的那一天，人对于知识的渴求与汲取，是无尽无休的。而我们积累知识的途径，也是多方面、多层次、多源流的，有耳提面命而来，有耳闻目睹而来，有从书本来的，也有从实践来的，等等不一而足。就我自己而言，自从进入学校，主要是中学以后，才有了图书馆的概念，才慢慢地学会到图书馆去寻找自己当时最需要、最喜爱的书籍、报刊、各类信息。每当进入图书馆，心头常常涌起一种期盼、一阵喜悦。对于在人生旅途中艰难前行者，图书馆，可谓知识的海洋、心灵的驿站。

　　今年十分有幸地欣遇母校北京师范大学百年校庆，承学校图书馆盛情相邀，要求我交出一篇与图书馆相关的文章，恭敬不如从命，志忐命笔如下。

遥想当年，往事历历如在眼前。最早与北京师范大学图书馆相交是1955年，我们就读于北京师范大学附属工农速成中学毕业班的同学，在学校的组织下集体到母校参观，我们几乎走遍了校园，看了教室、实验室、图书馆阅览室、宿舍、食堂等，当时的第一感觉是北师大真大、条件真好啊！其中，窗明几净、琳琅满目的阅览室给我留下了很深的印象。我们毕业后要力争到这里深造！不久，北京师大工农速成中学决定保送30余名毕业生免试进入北京师范大学文、理系科，这个美好的愿望终于得以实现。

从1955年9月入学到1958年11月提前毕业，我在这里度过了三年有余的学习时光，自然也和校园图书馆有了更密切的接触。回想起来，有几个细节是颇有兴味的：一是：由于学生众多，阅览室相对较少，因而每天上自习课要到阅览室抢座位。于是我们时常疾风扫落叶般把晚饭装进肚里，然后跑步前进，到阅览室外排队等候开门。这队伍每每曲曲弯弯排列得很长，形成了北京师大校园里一道有趣的景观。直到1959年独立的新图书馆大楼完工，有8个阅览室、19个小研究室可供师生使用，情况才有了根本的改观。二是：由于阅览座位不够，学校决定增辟食堂和教室供学生自习，并把馆藏的常用参考书、工具书、新购图书及外文书籍在新增自习室开放时间开架陈列，并有专人管理以满足师生的需求。我们进校后怀抱着发奋求知、努力以优秀学业报效祖国的决心，如饥如渴地吸取精神营养。1956年学校提出"向科学进军"的口号，更激励了万千学子的学习积极性。当时我对于中国古典文学中的诗词歌赋情有独钟，希冀未来在此领域获得佳绩，正逢增辟自习室的举措，真如天旱遇甘霖。记得那时我们常在晚饭后早早来到学校的研究生食堂，用证件借出一方墨绿色的桌布，平整地铺在擦净的饭桌上，再到管理员处借来《辞源》、《辞海》、《康熙字典》、《说文解字》，以及各种古书、典籍，摞在桌上，然后便一头扎进了风景独好的天地之中，几乎忘却了身边的一切。直到 10 点钟耳边响起管理员轻柔的声音："时间到了，大家回去休息吧。"这才恋恋不舍地起身，有时还会到校园里的夜宵营业处，买一碗馄饨、一个鸡蛋、一个小烧饼，细细品尝之后，心满意足地返回宿舍。

1958 年留校任教，没能如愿以偿。因工作需要被分配到现代文学教研室，开始集中精力于"鲁、郭、茅、巴、老、曹"（鲁迅、郭沫若、茅盾、巴金、老舍、曹禺）及中国现代文学史论的教学、科研之中。面对新的任务，我惶恐地开始了新的跋涉。当时工资很低（每月 56 元），买不起大量书刊，于是，图书馆又成为我进入新领域的学习主阵地，经常借书，经常还书，经常查阅，经常探寻，它帮助我渡过了难关，踏上了通途。经历了漫长的三十四度春秋，1992 年学校决定把我调到艺术系，和师生一起开创影视教育新专业，并全面振兴我校艺术学科。对于我这是又一项艰巨的新任务，在从无到有，从小到大，从弱到强的发展过程中，图书馆依然是我们依靠的所在。

47 年间，遨游于学校图书馆的知识海洋里，从中获得了无尽的财富与力量；同时，还结识了多位好友，至今友谊常青。现在，我校图书馆走过了百年风雨历程，由 1902 年京师大学堂师范馆图书室发展到今天，总建筑面积已达 22300 平方米，馆藏书刊 282 万册，位居全国高校图书馆书刊入藏量的前列；并另有音像资料 5000 余种，电子光盘 150 余种、3000 余片，其局域网已与国际互联网连接，初步具有了重点大学图书馆的规模与效应。我深信，它将与国家现代化的迅猛发展同步，走向新的辉煌；它永远是我们生活中必须的知识的海洋、心灵的驿站，永远是不可或缺的重要存在。

感谢母校图书馆的厚爱，才有了这将近 50 年的美好回忆，才有了这篇不成敬意的小文，多谢了。

2002 年 1 月 23 日

北京师范大学出版社 2002 年版

访谈录

90 年代的中国电影

——访北京师范大学艺术系主任黄会林教授

《三月风》：穆小琳"访谈"录

记者：黄教授，您好！作为大众传播媒介的电影与电视剧，无疑是最受人们欢迎的艺术形式。近几年来，中国的电影与电视剧在取材、制作、表现形式等方面取得了令人瞩目的成就，中国的电影在国际上频频获奖，中国的电视剧已打入海外市场。当然，作为探索和发展中的中国影视，各种问题与危机的出现在所难免，某些趋向亦令人担忧。黄教授，请您为我们的读者谈谈 20 世纪 90 年代以来中国电影与电视剧的现状、所面临的困难与发展前景。

黄：我先谈谈电影吧。

关于 90 年代的中国电影总的评价，可以用八个字来概括，"步履艰难、前途可期"。对电影，我始终是个乐观主义者，我不相信电影会消亡。但我认为，它的发展肯定是有曲折的，会起伏不定，这是正常的规律。进入 90 年代后，中国影坛出现了不少各具特色的佳作，像纪实片《焦裕禄》（1990 年）、历史巨片《大决战》（1991年）、言情片《心香》（1991 年）、《凤凰琴》（1993 年）、故事片《过年》（1991 年）、《秋菊打官司》（1992 年）、警匪片《龙年警官》（1990 年）、武打片《双旗镇刀客》（1990 年），等等。

从影片的制作上看，1991 年的重大历史题材影片格外引人注目，这些影片可分为两类：纪事和传人。纪事片像《大决战》、《开天辟地》、《决战之后》等。这些片子带有一定的文献故事片性质，一般是以重大事件为主题，以事件带人，具有雄浑、宽广的气势。其视点一般是通过宏观的历史把握来进行叙事，使观众进入历史之中。这个"历史"是"主流历史"，能够唤起观众的历史感。传人的影片，像《周恩来》、《毛泽东和他的儿子》系列片等，是以重要人物作主题，一般通过人物来带起事件，具有传记性的特征。风格比较沉郁，甚至带有悲剧的诗意。从叙事视点上看，从一个个体切入，然后由此带起一个非常宏大的历史时期。通过此种手法，使人们能够在一个比较大的历史背景之下，获得与伟人的沟通。这些影片在创作手法上有各自不同的特点，有的以纪实性见长，有的以散文化见长。叙事方法上有的以写实为主，有的以写实与写意相结合进行造型，有的通过人物的普遍性来表现世界，有的又通过人物的特殊个性来描写历史。不管哪种，我认为都是一些新的探索、一种新的开拓，对中国电影的发展都有很好的作用。而且，从这些反映革命历史的题材的影片看，无论纪事或传人，一般都改变了常常是以局部来表现全体的，以一种主观视角来俯视，对受众有一种教育姿态的制片方式，采用全局性的、客观视点，以一种平等的、全景式的方式来表现历史和人物，把叙事者隐藏起来，使观众和银幕上所表现的生活、人物构成一种很平等的交融。不是有一个人在那里指点，在那里告诉你该怎样看历史，怎样对待历史人物。这样，观众就会有自我体验，感到自己就是历史的见证人。而且在叙事形式上，像多重时空的交叉组合，对过去那种单一时空直线结构是有很大的突破。在造型方面也有许多宏大的场面，比如《大决战》，写辽西会战，一个场面动用了16000人，5部摄像机来拍摄，这样，就能使观众看到一个非常宏大的场景，有亲临其境的感觉。《大决战》用360度的环摇镜头，显示出较强的客观性。在机位的部署上，在角度的选择上，有了很多远景、中景、全景，特写比较少，造成一种宏大的气势。这些巨片的制作者比较注重表现人物在历史中的作用，像《大决战》写到林彪、《开天辟地》里写到陈独秀，《决战之后》写到杜聿明等，开掘这些比较独特的个性人物对历史事件发展的影响。这也是使影片具有某些深度的因素。

记者：就普通观众的欣赏心理而言，轻松、消遣式的娱乐片恐怕更易受到他们的欢迎。另外，反映现实生活的影片，像《过年》、《秋菊打官司》等也颇受人们的喜爱。对于这些影片，您是否可以简略地谈一谈。

黄：毋庸讳言，娱乐片在数量上占据着相当的比例。1991年，共拍了130部左右的影片，其中武打片、警匪片占40%，此外，还有喜剧片、言情片、歌舞片，等等，这类影片的大量产生是一种大众文化的体现。电影本身就是一种大众文化，它是要广大受众去参与、获得、喜爱的。这类影片的制作最初是参照好莱坞娱乐片。这种参照并非不可取，但中国的国情与美国的好莱坞还是有很大差别的。中国的传统文化和社会制度都强调一种集体主义精神，而西方则相反，强调的是个性主义、个人主义、享乐主义。因此，中国的娱乐片不可能完全模仿好莱坞，而且一味地模仿，必然不利于自身的生存。广大的电影工作者都意识到了这一点，他们在借鉴海外的同时，也注意结合中国国情。这几年的娱乐片也有不少比较好的作品，如《龙年警官》、《遭遇激情》、《双旗镇刀客》等。这些影片体现了一种主旋律和娱乐性的统一，而且是民族文化传统和现实文化性的结合。像1991年的《烈火金刚》，就把传统的战争片和现代的枪战片结合起来了，使得主流文化和大众娱乐性得到了统一，自身也获得了良好的发展。我认为今后的发展倾向也会如此的，这就是适合中国国情，寓教于乐，使受众在面对生活、面向现实中受到启迪。此外，贴近生活的现实片也不断地发展，像刚才提到的《过年》，是用传统的叙事方式、常规的电影语言来拍摄的。它选取一个老年人的视角把人、人性、人伦这样一些"情"和喜剧片的"趣"结合起来，得到广大观众的喜爱。又如《心香》，它叙事精巧，追求一种文化的韵味，在造型上也很新颖。这部影片通过一个孩子晶晶和一位女性莲姑，写出了人类一种非常美好的情感。还有像1992年的《四十不惑》，写平凡的现实人生，写了人生的沉重、人生的困惑、人生的艰难，非常贴近现实生活，也受到观众的喜爱。获威尼斯电影节大奖的《秋菊打官司》，写了人对自我尊严的追求，它通过一个农村的妇女，写出人的尊严的不可逾越和忽视，有一种内在的魅力。像这样一些现实片，会对今后电影发展产生很好的影响。同时这些现实片也在努力把商业性、娱乐性融铸进去，使得它的主流文化意识和艺术的创新、商业娱乐性诸种因素融为一体，表现中国普通人的生活、境遇和喜怒哀乐。这些影片所取得的成果还是值得瞩目的。

记者：自90年以后在国际上获奖的中国影片接连不断，这是否标志中国的影片已经走向世界？

黄：中国电影已经开始走向世界，不断有中国影片在国际上获奖，这说明我们的电影同世界愈来愈接轨和接近。但是，这些获奖影片当中，某些获奖因素是值得思考的。目前，有一种影片制作模式十分流行，即"采用国际化的电影策略、吸收跨国的资本、针对电影的国际市场，用寓言的方式来表现中国的民俗和中国旧文化的生活"，有人将此类影片概括为"时间是空间化的，造型是意念化的，叙事是寓言化的，采用中国的风俗奇观来描写中国的历史和人生，争取国际上的认同，然后返销回国。这些电影有些方面还是可取的，值得在电影创作方面总结一些好的经验。但是，某些评论家已经指出，这类影片有一种迎合的趋势，热衷于从西方人的眼睛来看中国民族生活，这是"立足传统文化，面向西方大国，争取跨国认同"的倾向。它可以拍，也可以存在，但不能成为主流，不可能在中国的广大电影市场上，在中国上亿观众当中获得非常大的反响。一些海外人士对这类影片也提出了自己的看法。某位学者在自己的一篇文章中就谈到了这个问题，他说，"中国电影的前景，还是要走自己的路，切记，以猎奇之心去取悦洋人，结果如何，不言而喻"。他这篇文章是就第66届奥斯卡金像奖角逐时，中国有3部影片在争取最佳外语影片落选一事而谈的。他认为这3部影片的编导、演员、摄影都是一流的，但他们有一个共同的、致命的缺点，就是"负面故事"效应。他提出如果有一部有正面意义又能代表中国的好剧本，以张艺谋、陈凯歌、李安，还有其他许多大导演的深厚的功力，是绝对能拍出获奖巨片的。他说，去参赛的3部影片，一部是写一个悲惨无知的女人，不择手段地争夺一个可鄙的男人（指《大红灯笼高高挂》），另一部写妓女的畸儿、戏班中的辛酸童年、成名后的性别错乱（指《霸王别姬》），还有写疯狂的性欲的（指《喜宴》），如果说这就是代表华人荣耀的作品，试问有几位中国义母敢带子女去观看这些打杀人类希望的杰作呢？假如十几岁孩子问，这就是你们引以为荣的中国和中国人，我们的根？请问我们如何回答？我觉得，像这样海外炎黄子孙的呼唤，还是非常真挚、诚恳的。90年代以来，出现一批非常有才华、比较年青的四十岁上下的导演，像孙周、夏刚、宁赢、李少红、张建亚，等等，可以说是异军突起。他们采用流畅的语言和节奏，来讲普通中国人的日常生活和体验，得到了广大中国观众的认同。他们的影片一般都是写都市的，像《大撒把》、《无人喝采》、《找乐》、《都市情话》、《四十不惑》等。他们写出一种真实的人生困顿的体验。他们似乎不很看重一定要在国际上得什么奖，也不是完全迎合商业化的、媚俗的趋势。他们强调的是贴近时代，塑造真实可信的人生，既大众化，又带有机警的个性特征。他们的作品能够保持相当的文化品味，具有自己独特的风格。就都市电影的发展趋势来看，如果他们在传统文化、现实生活中的主流文化、艺术的创新、满足电影市场的商业需求这几个方面能够更好地融合，势必能更加开拓他们的事业。

记者：近来，常听说"西方文化霸权"这一名词，但关于这一问题的提出与由来尚不清楚，它对中国的影视界有哪些影响。请您谈谈这个问题。

黄："西方文化的霸权"是目前争议较多的论题。我去西方一些国家讲学时，发现他们的学者很重视美国电影文化的入侵问题。而在国内的理论界谈得更多的是如何接受西方文化。关于这一点，我想谈谈自己的看法。我认为美国是一贯推行这种文化霸权主义的，这是因为他们的经济实力和生产文化产品的优势。1992年，美国的影视片对欧共体12国的出口金额达37亿美元，相反，欧共体对美国的影视片出口只有12亿美元，不足美国的1/12。法国影院上映的美国片的票房已占到60%，而法国片在美国的票房数额只占0.5%。据德国1993年上半年的统计，在德国放映的美国片票房已达86%。因此，欧共体对美国影视片的进口警觉起来。去年10月，在世界关贸总协定乌拉圭回合谈判中，美国又进一步要求欧共体全面放开影视文化贸易，引起欧洲国家的强烈反应。法国文化部长撰文指出，如果法国同意把文化商品也列入关贸总协定谈判的范围之内，那么不出十年，我们欧洲的所有电影或电视节目都将成为美国或日本的原装货或改写本了。法国一位著名演员在电视里发表演讲，说现在已经到了要么让美国文化和电影全部占领西欧，要么发挥法国人的创造性的时候了。在去年9月，欧洲有4400位影视名人联名，呼吁欧共体保护12国的影视业，免受好莱坞的强大冲击。他们指出，美国电影公司的目标是完全征服实际上已被他们基本控制的市场，从而扼杀欧洲影视业拥有的一切创造性的努力。所以他们要求保护扶植欧洲本土文化，以免西欧被淹没在美国文化的汪洋大海之中。由于欧共体国家的强烈反对，影视文化的自由贸易最终未写入关贸总协议，对此，美国至今耿耿于怀。因为视听产品出口已成为第二大财源（第一大财源是航空），像

《侏罗纪公园》在国外的票房是 7 亿美元，这一方面是经济利益，另一方面是意识形态的控制和笼罩，掌握好莱坞主要电影公司的美国电影协会，在本届美国总统选举时把宝压在了克林顿身上，不惜重金支持克林顿中选，而克林顿当选后果然力求把视听产品的自由贸易写入关贸总协议，这就是上面提到的视听产品贸易争端的由来。当然，好莱坞有其自身的强大优势，有悠久的历史，有强大的资本和世界网络人才，可以好不夸张的说好莱坞操作着世界电影业，但这一切并不能说是它吞没其他国家和地区文化的理由。反过来看，美国的电影也从来都是牢牢地掌控在自己手中，丝毫没有向世界开放的意思。他们向美国观众灌输着一种意识，既美国的电影是世界上最好的电影，在美国很难上映外国优秀影片，即使有也很少上英文字幕。来自法国、意大利的一流影片也只能在指定电影院放映。

一位青年学者指出，当今世界文化呈现出剧烈趋同与剧烈反抗的悖谬现象，一方面是以美国为首的西方发达国家文化借助强大的经济实力、科技实力迅速向发展中非西方国家渗透，形成无所不在的文化霸权。另一方面是非西方发展中国家在迅速现代化的同时，倡导民族化，以抵抗西方霸权。所以，不要按西方人口味来制造东方，不要让中国文化变成他姓。像《大红灯笼高高挂》这部刻意追求东方情调的影片——封闭、对称的四合院，阴柔、诡异的东方女性，只有被引入声音的男性权威，和反复出现的大红灯笼，不厌其烦的锤脚场面，都构成了一种东方的奇异景观，使其成为东方奇观大荟萃。但对于观众而言，中国观众都有一种神奇而陌生的感觉，何况海外华人和西方观众？那么，这样的影片还能说是反映了东方的文化吗？这种所谓的传统文化是真正的中国传统文化吗？《大红灯笼高高挂》的编导在潜意识里仍然是迎合西方霸气主义，使影片成为"东方他姓"，很多这类影片所表现的是中国社会与文化中和目前中国现代化中相去最远的部分，而带着理想、渴望和信心正在走向现代化的当今中国——这是真正的希望所在，却没有被纳入他们的视线。

西方所设定的中国形象，是诡异、阴柔的小脚女人，是荒蛮、原始、贫困的东方土地，是上一世纪的中国，而不是现在。西方人需要向后看，而我们需要的是现实，是向前看。当然我们也可以向后看，但向后看也是为了向前看，因为我们的子孙后代是要在未来生活，而不是重返过去。

《三月风》1994 年 12 月

中国电影：不要按西方人口味制作东方电影

——孙小宁"访谈"录

作为综合高校，北京师范大学对于中国电影的关注可以直接体现在连续四年举办的大学生电影节上。据说，连电影界人士也很在乎这个大学生电影节，因为它体现着难得的"青春激情、学术品位、文化意识"。这也许跟北师大有个艺术系，而且有个影视艺术的硕士点有关，跟系里从事影视教育专业的诸位老师和一个叫黄会林的教授有关。黄会林是艺术系系主任，她现在的时间与精力几乎全被与影视相关的教学、科研活动所分割（北京大学生电影节只是其中一项），关于中国电影的话题就只好在活动的间隙见缝插针地进行。好在许多问题她已思考良久，无需费心再做准备。

——主持人题记

孙： 在综合大学，设影视教育专业，听说您为此付出了相当的心血。您以前是教现代文学专业的，现在改弦更张，转到影视教育的教学上，这里面一定渗透着您的忧思。

黄：你说对了。影视这些年的发展不能说不迅速，但影视教育跟上来了吗？没有。山西省一位官员大声疾呼：再不能 6＋1＝0，指的就是这一现象。学生的六天学校教育不及一天在家看影视剧的影响。这里不排除对影视剧的低调看法，但关键是：我们成人又给了青少年怎样的知识水准、科学的判断和艺术审美力呢？可以说，这方面的引导与教育是极其不够的。光大学设立几个影视教育专业也还远远不够，应该让每个人从小学、中学起就受到正确的引导，这样长大了才会有一个对影视作品良好的鉴别力。不仅如此，影视教育对于培养整个民族的艺术素质、跨世纪人才的科学头脑以及崇高的审美追求都有积极的作用，所以我才在这方面不遗余力地去做。

孙：这样做当然是很必要的，但要从根本上改变 6＋1＝0 的局面，让影视真正成为陶冶人的情操、给人以美好的艺术享受的一方领域，还得从影视本身做起。中国过去曾创作了许多经典的艺术作品，但近些年却有一个令人担忧的艺术倾向，就是以片子在国外获奖为成功的最大标志，认为这就是走向了世界。

黄：中国电影在国外获奖，首先应该肯定，确实有一批是代表中国气派的，值得我们骄傲的。但也有一些片子，获奖的因素值得考虑。有评论将这类片子归结为这样一种制作模式："采用国际化的电影策略，吸收跨国的资本，针对电影的国际市场，用寓言的方式表现中国的民俗和中国旧文化的生活"，说直白一些就是迎合西方人的口味。

我觉得这是不足取的，它在一定意义上助长了"西方文化霸权"。有一件耐人寻味的事是：国内学者谈的是如何接受西方文化，而我们艺术系请加拿大学者讲学，他讲的却是加拿大电影如何排斥美国电影的殖民统治。

说来说去，中国电影还是得立足于自己的民族。把东方制作成西方人心目中的东方，不厌其烦地再现西方所设定的中国形象，类似沉默、阴柔、奇诡的东方女人，荒蛮、贫困、原始的东方土地，那主要是上一世纪的中国，对于带着理想、充满渴望迈向 21 世纪的中国文化没有多大的意义。中国的电影需要关注现实，向前看，即使向后看也是为了更好地向前看。

孙：您所说的是一个中国电影的定位问题。即立足何方、拍给谁看。

黄：对，定位不明确，你永远是跟别人跑。要是注意收集信息，就会发现，发达国家现在已经把视听产品作为经济效益、社会效益的巨大来源。特别是美国，视听出口已成为它的第二大财源。1993 年美国影视片对欧共体 12 国的出口额是 37 亿美元；法国文化部 1993 年有一个统计：法国影院上映的美国影片的票房已占 60%，而法国影片在美国市场票房只占 0.5%，即便如此，美国在与欧共体进行的乌拉圭贸易谈判中，仍要求对方放开影视文化贸易。好在欧共体已经集体意识到了这个问题的严重性，法国文化部部长指出："如果我们允许美国这样做，不出 10 年，我们欧洲所有的电影电视节目都将成为美国或日本的原装货或改写本了"，4000 多位欧洲影视名人联名呼吁，强调美国的目标是完全征服这个实际已经被他们基本控制的市场，从而扼杀欧洲影视业拥有的一切创造性努力，以此将其淹没在美国文化的汪洋大海中。

这是欧共体可贵的觉醒，值得我们中国影视界反思。

孙：您的话让我想到这两年中国电影市场的大片引进。作为激活中国电影业的一个手段，倒也无可厚非，但传媒的铺天盖地攻势，大有让国产片相形见绌之势（似乎在声势上就输掉了）。难怪影视界有人惊呼：狼来了。我觉得真正的担心不在于人家的艺术质量是不是真让中国电影黯然失色，而是在于中国人的心理被这种攻势攻破了，认为中国影视真的没有辉煌的那一天了。

黄：我们不必因噎废食，反对大片的引进，但我们自己得有一个清醒的认识，即进口大片的最根本目的还是为了重塑中国电影业辉煌，而不是让人单纯去揣摹西方人的口味。美国那么倡导放开影视文化贸易，可它自己的大门是不是向别国敞开的呢？其实并不是，美国向自己的观众灌输的意识是美国人就应看美国自己的影片，外国片在哪家影院放映，都有明确的限制与规定，而且很少配英文字幕。它的意思很明确，就是在获取经济利益的同时把美国的生活观、价值观、人生观、宇宙观通过电影推销出去。

我想对这些问题认识清楚了，中国电影才能够真正做到既继承传统又吸取世界电影精华，找到自己的根本出路。

《中国文化报》1996 年 4 月

建立影视艺术的"中国学派"

——访黄会林

《光明日报》祝晓风"访谈"录

记者（以下简称"记"）：中国影视美学这一课题的提出，意味着您对中国影视文化现状的一个基本判断。那么，这是怎样的一种现状呢？

黄会林（以下简称"黄"）：中国电影自1950年拍出戏曲片《定军山》以来，已历经九十余年，走过了一条艰难而又辉煌的道路。中国电视从1958年开始创业，目前已拥有正式批准的无线、有线、教育电视台3300家之多，观众覆盖面达10亿以上。从这一点来说，中国是名副其实的世界电视第一大国。但从另一方面来看，我们的电视，当然也包括电影，在创作和理论方面，都还是相对落后的。

记：现实的问题很多。比如电视对青少年的负面影响，在他们当中普遍存在的"电视病"，等等，都是很明显的。

黄：这既是中国目前存在的问题，也有世界电影、电视所面临的共同问题。美国的有识之士就一再提醒电视可能带给少年、儿童的不良影响。

记：在这样的情况下，提出建设中国的影视美学有什么现实意义？

黄：电影、电视虽然是舶来品，但中国的电影、电视并不是欧美的翻译版，它具有鲜明的中国文化特征。电影、电视不仅仅是科技工业，也是美学与艺术，而美学与艺术却有着鲜明的民族色彩。影视艺术输入中国的历史，也是它们逐步中国化的历史。中国电影在三四十年代、五六十年代，还有八九十年代出现过三次创作高峰，都有过十分优秀的、具有鲜明中国文化特色的作品，比如《渔光曲》、《十字街头》、《林家铺子》、《甲午风云》、《芙蓉镇》、《红高粱》，等等。

记：既然我们有丰富的文化传统可以继承。我们的民族美学与民族文化可以对电影电视艺术产生深刻的、良好的影响，为什么在目前的影视创作中，具有中国气派的作品还不多呢？

黄：这也许要归咎于中国影视理论研究的欠缺。我们有些影视理论与评论常有急功近利、盲目迎合西方的毛病，不管中国文化的特点怎样，不论民族传统如何，仿佛只要是流行的就是合理的，于是便脱离社会和观众的需要，反复炒冷饭。这些都造成了影视文化面临的某些实践难点。

记：这些实践和理论中的问题大致说来有哪些？

黄：在研究中主要表现为对现状关注较多，对文化开掘较少；实践积累较多，理论提炼较少；从作品角度研究较多，从传播角度研究较少。影视文化教育既体现为艺术创作的作品形态，又是大众传播渠道中的社会存在物。但由于资料及方法等原因，至今的研究主要集中在前者，而对后者的考察则显得相对贫乏。而且，中国传统美学体系相对模糊，对其本体特征的把握有很大困难，而影视艺术是一种具象的、综合的视听艺术，由表及里地发现二者的内在联系，将是一个长期的探索过程。

记：用一种文化的眼光来考察 20 世纪中国电影、电视的演进，您曾提出过许多有意义的课题，比如，如何解释初期阶段国产电影在商业上的成功，左翼文化运动以何种方式获得群众的认同，完成这一大众传媒"向左转"的过程？用这种文化的眼光来考察当下的中国电影、电视，比较迫切的问题是什么？

黄：在内在逻辑上，当前中国影视的发展正面临着从"超超主题"向"特色主题"的转换。影视技术虽发源于西方，但影视文化则必须立足于本土；影视语言可以是世界的，但影视语法必须是民族的。90 年代中国影视的发展已拥有了相对坚实的物质基础和初具雏形的传播网络，而具有中国本土特色的影视文化的精神主体则尚未确立。传统文化和民族精神的失落已成为一个亟待解决的问题。而同时，在外部环境上，由于卫星电视、互联网的发展，世界范围的文化交流和融合正在加速。这时必须注意到另一方面的潜在危机，那就是发展中国家的民族文化日益受到来自西方的影视文化的包围和侵蚀。因此，在影视文化领域制定民族文化的应对策略已是一项刻不容缓的任务。

记：江泽民同志指出：中国电影只有具有中国特色、中国风格、中国气派，才能堂堂正正地走向世界。是否可以这样说，民族文化及传统美学观照下的当代影视文化的理论成果，将会有力地推动中国影视学术的进步。

黄：影视艺术是一种世界性艺术样式，但它同时又以美学性和文化性区分了不同民族与国家的艺术风格，如电影在发展中形成了苏联学派、美国学派、法国学派、日本学派，等等。而中国电影也以一大批有民族风格的优秀作品，为世界电影"中国学派"的创立打下了基础。但是，中国电影理论界对本土创作缺少全面的、系统的、本质的、富有理论高度的研究与总结，更少以中国影视艺术为支点，提出具有中国文化性的影视理论。如今，越来越多的人们认识到，应当以中国美学的独特视点去研究中国影视艺术现象，既吸收世界影视艺术的精华，又坚持中国文化的民族性，实现中国美学与西方美学在中国当代影视艺术实践中的融汇。只有这样，我们才能创造出具有现代意识与民族风格的影视作品，建立影视艺术的"中国学派"。

《光明日报》1999 年 4 月 13 日

构建民族化的影视艺术理论

——访影视艺术学者黄会林教授

《中国文化报》胡智锋、郑世明"访谈"录

问：大家知道您曾经长期在北京师范大学中文系从事现代文学的教学、研究，是什么原因促使您后来转入到影视美学研究领域呢？

答：进入影视美学研究主要有两个渊源。一是因为创作。我的老伴绍武对创作情有独钟。1972年陈毅元帅去世，"四人帮"捏造了许多不实之词诬蔑陈总，作为老兵的我们，决心写点东西给后代留些真实的记录。我们选择陈总在赣南开展游击战那段历史。从1972年到1976年，在我的恩师唐弢先生指导下悄悄进行。这部剧本直到1976年10月粉碎"四人帮"以后才见了天日。唐弢先生把它推荐给夏衍。《梅岭星火》最后由夏公定稿，后来被珠江电影制作厂拍摄成故事片，这可算是我们和电影的首次结缘。进入影视研究的第二个渊源是1978年拜识夏公以后，我经常去帮他整理一些信件、文字，1979年夏公住院，我又参与了医院值班。当时我和绍武商量，趁这个宝贵的机会做夏公研究。遍观国内所有的出版物，当时没有一本是专门研究夏公的。这样，从夏衍研究开始，我进入了电影理论的研究。

问：在您主持艺术系以后，北京师范大学影视艺术学科得到很大发展，并在1995年争取到全国高校第一个影视学博士点。您能谈谈这方面的情况吗？

答：师大艺术系立足于不事张扬，埋头苦干；立足于方向明确，脚踏实地。我始终相信一分耕耘，一分收获。我们背靠北师大历史悠久、根基扎实的综合学科背景，有人文、理工学科的强大支持。我们这个研究群体的同志受过十几年或几十年的文学、美学、文化熏陶，有坚实的理论功底、创作经验，所有这些，可以使我们较快地进入角度更高、视野更开阔、思考更深入的影视文化研究。另外，由北师大艺术系联合兄弟单位创办，已连续搞了七届的大学生电影节，为我们的研究提供了第一手数据资料。这些都使我们更有信心从事这一课题的学术研究。

问：目前有哪些主要的成果？

答：近几年已经获得四个由我主持经正式批准的项目：一、国家"九五"社科基金项目《当代中国文化研究》；二、国家"九五"规划"全国艺术科学规划研究课题"项目《中国影视和中国文化传统研究》；三、北京市"九五"规划"哲学社会科学研究课题"重点项目《中国影视美学研究》；四、教育部人文社会科学研究"九五"规划项目《中国影视民族化研究》，现已推出成果200余项。我们课题组将成果总体命名为《中国影视美学丛书》。从1997年以来，我们先后完成并向出版社交稿的有：第一辑"借鉴与思考"5部书稿；第二辑"梳理与开掘"3部书稿；最近一部36万字左右的《中国影视美学民族化特质辨析》则作为第三辑"探索与攀登"的总体性成果。

问：您对国内影视领域的研究现状如何评价？

答：我以为中国影视的现状是：实践先行，理论滞后。现有理论许多是西方理论的翻版，有翻译，有介绍，但更多的是把西方理论拿来套用，不管中国文化的特点怎样，不管民族传统的继承如何，只要是流行的就是可用的，只要是存在的就是合理的，由此而造成影视理论和评论脱离社会和观众的需要，反复地炒冷饭，也使影视这个最富影响力的大众传媒渐渐不再具有中国传统文化的内涵。

问：是否可以这样说，在这样的背景下，您的课题研究在学术界更自觉地举起影视民族化研究的旗帜呢？

答：我常说，国有国格，人有人格，影视艺术也有自己的品格。回眸中国影视艺术的成长过程，我以为，她的最高品格便展现在"民族化"之中。中国影视并不是欧美影视的翻译版，它具有鲜明的中国文化特色。因为，影视不仅仅是科技工业，也是美学与艺术。科技手段没有民族和国家的界限，然而美学和艺术却有鲜明的民族性格。换句话说，尽管影视使用的语言是国际性的，但影视使用的语法，却必定是民族性的。影视艺术输入中国的历史，也是它逐步本土化的过程。我认为，中国影视能否在世界上拥有它应当具有的地位，关键在于中国影视是否生成了具有民族性的艺术风格。

问：作为国家广电总局电影审查委员会的委员，您参与了大量影视评奖、监审等工作。面对加入 WTO 将要带给中国影视界的挑战，您有什么看法？

答：加入 WTO 以后，每年将有更多好莱坞和外国影片进入中国，这不可避免地会给国产电影带来巨大的冲击。美国某电影公司首脑，曾经发出过"铁盒大使"的狂言，他说："带有正式国书的美国大使，并不比千千万万铁制的拷贝盒更有办法。这些铁盒里装有卷得很紧的一本本影片，印着美国电影制作者的思想、想象和创造才能走遍世界。"这种冲击，不仅是商业问题，也是涉及国家文化之根的问题。因此，在影视文化领域制定民族文化的应对策略，已是一项刻不容缓的任务。如今，越来越多的人认识到，应当以中国美学的独特视点去研究中国影视艺术现象，既吸收世界影视艺术的精华，又坚持中国文化的民族性。只有这样，我们才能创造出具有现代意识与民族风格的影视作品，建立影视艺术的"中国学派"。华语片近期在国际上的频频得奖便是一个信号。所以，我认为影视艺术民族化的追求，是中国影视的必由之路，也是我们应对好莱坞影片冲击的法宝。"行到水穷处，坐看云起时"，我想对这些问题认识清楚了，在实践中去摸索、创造，中国影视必然会有一个光明的未来。

《中国文化报》2001 年 3 月 10 日

民族化：电视艺术的现实路径与未来目标

——访北京师范大学艺术与传媒学院院长黄会林教授

《现代传播》：杨乘虎"访谈"录

黄会林教授是北京师范大学艺术与传媒学院院长、博士生导师，她曾参加过抗美援朝，立功受勋；年近花甲方从事影视教育，仅仅三年就跨越了本科教育、硕士点、博士点学科建设三大台阶；与师生创办的大学生电影节已十二届，成为中国电影界的一个著名品牌，堪称中国影视教育界的传奇人物。在学术上，她是中国影视民族化研究的倡导者、执著者和矢志不渝者，强调本土艺术传统的生命力和长远价值，始终是黄会林教授的学术立场。

民族化：中国电视本土化的新理念

杨乘虎（以下简称"杨"）：早在上个世纪

50 年代，我国电影界就提出了"对电影的民族形式的探讨"，但多停留在实用技巧层面，未从文化角度进行深入开掘。到了 80 年代，中国电影界又一次对"民族化"问题展开了热烈的讨论，在当时的历史语境下，"民族化"是一个非常敏感的话题，其中不仅附加了浓厚的政治意识形态的内涵，还有人把提倡"民族化"与发展现代化对立起来。时过境迁，1995 年，您再次提出"民族化"问题，又是基于怎样的社会背景和现实的文化语境？

黄会林（以下简称"黄"）：电视已经成为当今世界文化传媒中传播最广、最快，对人们的思想意识、生活方式影响最大的艺术创作和文化传播方式之一，它以视听综合、时空综合、艺术与技术综合的独特优势而引人注目。中国电视从 1958 年开始创业，不到半个世纪，已经成为有着世界上最广泛的受众、覆盖面达 10 亿人以上的世界电视第一大国，这就是一个很有说服力的例证。

但是就竞争力来说，我们只是电视大国，远不是电视强国，我们的影视艺术还没有在国际上占据应有的地位，这也许要归咎于我国影视理论研究的重大欠缺。在世界影视发展中，理论研究颇具规模，并且直接影响着影视的创作和各种流派风格。而我国的影视理论和评论常常表现出急功近利、盲目迎合，以及各种狂热西化现象：不管中国文化的特点怎样，也不论民族传统的继承如何，只要是流行的就是合用的；只要是存在的就是合理的。

杨：理论上的西化现象，我认为，一个不容忽视的历史原因是中西经济上的差距，导致了一种严重的自卑心理和媚俗、功利心态。另一方面，国内电视业界近年来对西方电视制作版式颇为兴盛地搬演和克隆，恰好就与这些熟练操持着学术"西语"的理论新锐形成了实践与理论研究的一种"假定性"对应关系。这是我们电视本土理论研究中的一个瓶颈。

黄：这样的结果是造成电视理论脱离社会和观众的需要，使得电视这个最有影响力的大众传媒渐渐不再具有中国传统文化的内涵。对中国本土的影视创作进行全面的、系统的、本质的、富有理论高度的研究和总结依然非常薄弱，更缺少以中国影视艺术实践为支点，具有中国文化特征的影视理论。可以说富有中国本土特色的影视文化主体精神尚未确立，这一深层的文化困惑，已经造成了目前影视文化面临的某些实践难点。尤其在电视艺术领域，传统文化和民族精神的失落，成为一个亟待解决的问题。

在这样的情形下，1995 年，我们获得国家批准设立中国高校第一个影视学科博士点。这个博士点开步怎么走？如何从无到有、从小到大、从弱到强地建设起这个新兴的艺术学科？当时思想上的压力很大。通过学科、学理和实践的综合论证，我们逐渐达成一种共识：影视艺术是一种世界性的艺术样式，但它同时又以美学特征和文化性格区分了不同民族与国家的艺术风格。在一个世纪的漫长过程中，中国影视艺术积累的经验和教训的核心问题，正是中国影视艺术的民族化问题。

杨：上个世纪 90 年代中国电视发展经历了电视纪实、电视栏目化、电视谈话节目、电视直播、电视游戏娱乐五种新观念的流变，这些观念的沿革，不仅体现了中国电视对媒体本质属性的多维认知，对电视传播规律日益科学的把握；更是电视对社会民情、文化民意的逐步满足、调动和协调的过程。在节目生产、传播的一系列环节中，我们看到电视本土化的脉络越来越清晰。

黄：电视虽然属于典型的舶来品，但是中国电视并不是欧美电视的翻译版，内容、形式、功能、价值都有着鲜明的中国文化特征。尽管影视理论中的本体论部分有着通行的认知意义，但是功能论部分却有着鲜明的民族色彩，这是因为影视艺术每一种功能的发生，都离不开民族文化的土壤，影视艺术输入中国的历史，也就是它逐步本土化的过程。

这个本土化的起点和终点，其文化的意义层面就是中华民族几千年持续发展的文明传统，它具有极为丰富的文化资源，从"有无相生"注重整体功能的宇宙观，"天人合一"的和谐观等文化观念，到具体的审美方式，都有着大量可供汲取的民族智慧的精华。既然我们有如此丰富的文化传统可以继承，我们的民族美学与民族文化可以对电影电视艺术产生深刻的、良好的影响，为什么不能得到大力发扬？

杨：这无疑是一个富有开创性的理论构想。电视媒介是多元化的文化现实。然而，谁也不可否认，在多种文化形态的多元化系统运转中必然蕴藏着一元的内核，这是相对与绝对的辩证。这个一元的内核，我的理解就是电视艺术的文化属性和民族根性。

黄：我们的出发点也很简单，就是希望证明：向悠久的中国文化传统寻求滋养，坚持民族文化精华和传统美学的熏陶，建立富有民族特色的影视文化主体，将是中国影视艺术今后的发展轨迹。我们认定以博士点建设为核心的学术目标是：创建中国影视理论的民族化审美研究。从中国文化的基本精神出发，对传统美学进行深入考察分析，从中国美学的特殊角度，观照中国影视乃至世界影视的历史和现象。只有这样，我们才能更自觉地创造出具有现代意识和民族风格的影视作品，建立影视艺术的中国学派，在影视领域里摸索出一条具有民族文化特征的中国之路。

民族化：通古约今，横贯中西

杨：任何美学体系结构和艺术思维的生成，都不可能脱离特定的文化背景，所以东西方形成了风貌迥然的美学理论及其观照下的艺术创作观念。可能就是这种艺术思维方式的差异，萌生了一些观点，认为零散、感悟型的中国传统美学无法对高科技萌生的电视艺术进行有力的阐释。

黄：我们先来看两种艺术思维究竟有何不同：中国艺术有着自己独特的思维认知方式，它不以摹仿自然、酷肖自然为最高境界，而力求实现主客融合、相互贯通的整体性，追求充满感性生命的人生体悟和对宇宙人生的独特真切感受。艺术的目的就在于体悟这种"天人一体"、物我和谐默契的境界。中国艺术虽然也注意到描摹"客观世界"的"形似"重要性，但是比起西方要更早洞察到"形"的局限性和有限性，所以它的审美中心放置于"神似"，"神似"中包含着"形似"，这是一种主客体水乳交融的状态。你看我们传统艺术中备受推崇的是"得鱼忘筌"、"得意忘形"、"大音希声"、"大象无形"、"羚羊挂角、无迹可求"这样一些境界，就说明中国艺术更多的是采取了"以虚写实"的思维过程。

电影电视进入中国，标志着一种新的思维和认知方式的引入。19世纪末20世纪初，摄影术、电影及随后的电视出现，为西方艺术在20世纪初完成一次转化提供了契机。转化是指面临危机的西方写实主义由传统艺术种类如小说、戏剧等转交予新兴的艺术——以摄影（像）为基础的电影和电视。应该说，影视的出现才真正把西方写实主义的传统推向了登峰造极的程度，同时也将西方美学的基石——模仿说发展到了极致，影视成为最理想的模仿现实、记录现实的工具。影视艺术建立起具有强大表现力的语言体系，可以表现复杂的情节和内涵，甚至能够揭示深刻的心理世界和抽象的思维过程；但是这一切都是建立在"照相物理本性"之上的。所有的主题、情感、心理、哲理等潜在内涵，都要通过实实在在的、可以直接作用于人的视听感官的"影像"体现出来，这就是所谓的"以实写虚"的过程。

杨：也许正是这种不同，在影视理论研究中，我们更容易偏爱西方美学理论，对于中国传统美学知之甚少，对基本精神和理论内核缺乏准确的把握，导致继承与吸收多年来只是一个响亮的口号，中国传统美学的个别概念常常成为理论点缀，其深刻、丰富的内涵并没有完整充分地显露。

黄：这将面临诸多的难题：一方面是中国传统美学本身体系模糊，基本上处于潜藏散布的状态，对其本体特征的把握有很大困难；另一方面影视艺术是一种具象的、综合的视听形态，需要由表及里去发现二者的内在联系。

新中国电影领导者，电影剧作家夏衍先生曾经特别强调指出："'民族化'不应该单从形式上去花工夫，最主要的还是要写出有中国特色的人物，有中国特色的人与人之间的关系——包括伦理、道德。"这启示我们，民族化最关键的还是展示独特的、鲜活的、民族的生活内容、人格特点和精神气质。所以我们第一步工作就是要对当前中国影视发展的文化处境作出总结和评判；努力系统清理中国传统文化留赠给当代影视的宝贵遗产，这包括了审美心理、叙事母体、艺术风格、价值取向、传播特征等诸多层次。

杨：研究中一个很基础、却非常重要的工作，我想是实现中国传统美学重要范畴、基本概念与影视艺术理论的对接和转化，实现传统美学与当代美学的贯通，中国美学与西方美学的融合，否则，民族化美学研究只能是一个充满民族情感的理论主张，而不可能成为推动中国电视本土化发展的现实路径。

黄：所以这些年我们在教学里连续开设了中华传统美学与中国影视的系列课程：像人、气、道与中国影视；情理论与中国影视；形神论与中国影视；虚实论与中国影视；意象论与中国影视；气韵论与中国影视，等等，尝试着从一开始就着眼于挖掘中国伟大文化里蕴含着的影视美学元素。

中华民族在数千年的文明史中，不断融汇、改造外来艺术形式，逐渐确立了自己独有的美学范畴、审美方式、美感构成，其中我们可以清晰地把握中国的文化传统与影视艺术之间的天然联系。中国古代就有灯影、皮影、木偶戏等艺术样式，反映了人们对活动影像的追求愿望；而古典戏曲、诗词、绘画等艺术作品所传递的时空关系和形神意蕴，也能为我们今天影视艺术创作和发展提供美学的启示。中国古典美学传统中还有许多命题与范畴，都可以通过对影视作品的考察给以现代解释。

民族化：现实路径与未来目标

杨： 如果从中观、微观的层面来看，经由了节目——栏目——频道观念的沿革，电视发展的步伐越来越快，生存压力和危机也越来越大。现在每天都有栏目因收视率挣扎在生与死的边缘，改版策划会在处处召开，但是最终的出路往往并不是技术层面的，还是在内容的建设上。内容为王，进而到内容产业概念的提出，说明我们已经跨越了技术崇拜这个阶段，进入到品牌建设时期。

黄： 其实，民族化的题材资源，可以为中国电视品牌建设提供无限的宝藏。民族特有的题材，直接指向了电视艺术的民族化风格。如果电视艺术创作能从现实生活中寻找贴近观众审美心理积淀的题材，在凝炼作品的精神内蕴时更注重鲜明的民族化风格，就可以为观众提供真实的或想象性的参与空间。如果这种艺术的真实，又是观众在生活体验范围内能够感受、把握的丰富的生命表现，那么他们就会对这感动有所期待，希望能够安慰、充实自己的生命，电视艺术认知意义的功能向审美主体的转化就可以实现。

我们有理由认为，民族化的艺术品格，正是中国老百姓习惯接受、乐于体味的一种审美需求，理应成为我们电视艺术的现实创作路径及未来方向。

杨： 一些人文电视节目的逐渐升温就是一个很好的证明，不论是历史地理类、情感谈话类，还是纪录片类，它们都有意识地在文化的层面，激发观众去寻找悠远的历史烟云与现实生活之间的文化关联、精神延续，这也正是中国人民族性格中积淀着的特质：执著于现实而又不困于现实，在超脱的心境中体味历史的深意。这种取向表达出了中国人特有的宇宙意识、生命情怀、艺术境界，正是中华文化精神的蕴含所在。

黄： 这就是民族化的思想、情感特征赋予了中国电视以独特的人文内涵。中国电视艺术蕴藉着民族的性格和民族的气质，深入地表现了当代艺术家对现实生活的观照和思考。仔细体会我们的电视艺术，不论是文艺性节目，还是电视剧作品；不论是再现历史，还是展示现实，往往充盈着伦理化的思想判断和情感诉求，并体现在种种富有民族特色的艺术创造之中。比如浓郁的宣教意识、忧患意识、苦难意识、团圆意识等。强烈的是与非评判、鲜明的真善美与假丑恶对照、"情"与"理"的二元对立，发生在一个巨大的抒情文化传统之内，造就了"主情"的民族文化精神。任凭风云变幻，中华民族在几千年间形成的民族审美意识与情感方式不会轻易改变。

杨：所以，屏幕上滥情、矫情、伪情的大行其道必然使得电视陷入了备受指责的尴尬境地：电视只能提供快餐文化、庸俗文化，对受众产生的负效应正在抵消积极的作用。这种批评针锋相对地看到了电视文化中媚俗、焦躁、轻浮、低俗暗潮的涌动。

黄：这并不是危言耸听，我们看到：在内容上有不顾观众的审美需求，只顾营造个人化的艺术金字塔，孤芳自赏；有的不问观众的审美感受，只追求最高的商业利润，不惜追腥逐臭；还有的不管观众的审美情趣，只满足少数人的感官刺激，娱乐消遣，等等。在形式上，比如亦步亦趋低水平地摹仿日韩快餐式电视剧，引发国内众多青少年追逐穿另类衣、染五色发，竞相"哈韩""哈日"的时尚潮流；比如电视综艺节目里主持人的打情骂俏，只见低俗不见"艺"；再比如播音主持人的港台腔调、表意含混、信口开河。像这样一些叙事含混、情节游离、意境迷乱的作品，一旦与受众心灵深处的对话和潜对话机制相遇，后果将是十分严重的。

回过头来想，节目内容的理念创意、策划选题、内涵品位等，其实是与我们民族传统美学中蕴藉的"人仁论"、"情理论"、"形神论"有内在契合关系的；节目形式的框架设置、气氛营造、节奏把握等，也与我们民族的传统美学中内涵独具的"气韵说"、"意味说"、"虚实说"相通相连。正是民族化的艺术表现特质，成就了中国电视艺术独有的美学范畴，深刻地体现在我们的电视创作中，积淀在观众的审美心理评价之中。假如我们能够以民族文化及美学观念去观照我们的电视创作和研究，从而对我国民族文化特质给予一种现代诠释，可能正是使之推陈出新并作用于中国电视品牌建造的一种良好方式。

杨：这不仅对业界有益，而且也会相应地促进学界的理论创新。在实际的影视创作中，也还存在狭隘地理解民族化，或者是以"民族化"的名义，但实质却在颠覆这一立场，比如说一些按照西方世界观念打造的东方奇观式的影像景观，比如说那些游戏历史、辗转情海的电视作品。

黄：他们的惯用手法是以"出新"为说法，把经典名著胡乱改编，不仅消解、歪曲了原著的思想内涵，也造成观众艺术观念的混乱；或者以"展示民族文化"为由，大肆宣扬江湖义气、封建落后的陈旧观念、深宫大院、三妻四妾、勾心斗角。我们的电视艺术怎么可以置当下的现实于不顾，轻易地将那平常百姓的生活悲欢付之一笑，而钟情于戏说历史？在那些"生动"的形象里，传递的是什么呢？错位的史实，混乱的历史观念！这对不熟悉历史的观众将造成什么样的误导、导致什么样的错位呢？我们的受众在这样历史文化观的长期濡染中，又将如何正确理解和传承中华民族精神的不朽精魂呢？

所以，如果电视艺术在历史与现实、内容与形式、建设与破坏、本土与异域等重要关系上把握失当，就必然会在历史观、价值观、审美观等根本性方面出现问题。在任何时候，主导性的、健康向上的主体精神都是不可迷失或削弱的。

《现代传播》2005 年第 2 期

与影视专家对话红色经典

——邓树林访黄会林先生

"红色经典"一词源自电视连续剧《激情燃烧的岁月》。"红色经典"是指新中国成立以来到新时期，即改革开放以前这一阶段的重要的作品，除文学作品以外，还包括舞台戏、电影等。

一段时期以来，在中国大地上，人们对红色经典的议论，或者说争论多了起来。从而引发了如何看待红色经典，如何看待电视剧的改编，如何看待中国电视剧的发展方向等一系列的问题。本刊记者就与红色经典有关的问题，采访了影视戏剧方面的专家黄会林教授和宋家玲教授。

红色经典，是围绕着革命历史创作的、优秀的、具有永恒生命力的一些作品。

"红色经典"一词源自电视剧《激情燃烧的岁月》。"红色经典"是指新中国成立以来，到新时期，即改革开放以前这一阶段的重要的作品，除文学作品以外，还包括舞台戏、电影等。

今日中国：何为"红色经典"？"红色经典"一词是怎么来的？

黄会林：我想，"红色经典"是从经典一词延伸出来的一种说法吧。用红色来界定、限定它，可能指的是跟中国革命历史相关的、有特定文化价值的作品，给它命名为红色经典。我个人认为不包括名著。经典不能跟名著等同，不管是古代的《三国演义》、《红楼梦》、《西游记》、《水浒传》四大名著，还是近现代的经典性作品，像郭沫若、老舍、曹禺的著作。红色经典是具有一种自身独特的持久性的生命力，而且具有一种时代的标志性的作品。能称之为经典，应是具有一种永恒的魅力。红色经典，我个人理解，是围绕着革命历史创作的、优秀的、具有永恒生命力的一些作品。

有的学者不同意这种说法，认为那些名著还可以称为经典，而反映中国百年来历史这样的作品，称不上经典，也就够不上红色经典。

如果按这一理解，上世纪五六十年代出版的《红旗谱》、《青春之歌》、《保卫延安》等，还有更早一些时候出版的，如延安时期的《白毛女》等，都可以属于红色经典。

宋家玲：（从略）

正常的改编，使得原作的生命力延续了，能够传承，能够扩展，能够有更多的人接触它，接受它。反常的改编，或者说是不那么正常的改编，所改编的作品变了质，变了形，把原作本质的因素变了，甚至把它原来的特质都变了。有些改编甚至是胡改乱编，对原作拆解、颠覆。

而红色经典则不同，在人们的心里，它反映了时代精神，跟历史紧密联系在一起。在那个时代，人们对英雄的崇拜，不是虚假的。你现在完全把它颠倒过来，你很难让大家认可。

今日中国：电视剧改编者为什么偏偏盯上了红色经典，这是出于什么样的原因？

黄会林：对于经典，我个人的看法是这样的：作为经典，它是可以传承的，一代一代地传下去。经典的改编也是一种非常正常的现象，不管是中国，还是世界文化领域，经典改编的情况比比皆是，不管是莎士比亚的作品，还是苏联的作品，还是美国的作品。经典作品的改编到现在还是长盛不衰，这都是挺正常的。

允许不允许改编？这不应该成为问题，当然允许改编。事实上，许多作品是在改编的过程中延长了生命的。我认为，问题不在于能不能改编，这个答案是肯定的。问题是如何改编，这才是问题的焦点。关于改编的问题，说简单也挺简单，不只是可以改编，而且是通过改编延长经典的生命力。但是，一旦着手改编，问题就复杂了。改编分为两种，一种是正常的改编，一种是反常的改编。正常的改编，大家可以接受，可以认同的。它的指向、它的结果，它使得原作的生命力更延续了，能够传承，能够扩展，能够有更多的人接触它，接受它。这是正常的改编。

但现在出现了一种反常的改编，或者说是不那么正常的改编。这种反常的改编，问题主要集中在改编的作品变了质，变了形，把原作本质的因素变了，甚至把它原来的特质都变了。有些改编甚至是胡改乱编，对原作拆解、颠覆。

正常的改编，新作比原作更具有审美的意义。反差的改编，它可能出于文化的原因，也可能出于经济的原因。从文化来说，改编者出于自己的某些观念、某些理念，出于对经典的看法，融进了他个人的读解，甚至认为经典就应该拆解，就应该颠覆，就应该反其道而行之，这才叫改编。这可能属于所谓的后现代理念，受西方思潮的影响。

还有就是经济的原因，为了获得更大的经济利益。借助红色经典在人们中的长久声誉、长久影响，原作本身就存在卖点，拿来改编要比重新创作一部新的东西更具有经济效益。我想，改编者也许是出于这两方面的原因吧。

另外，可能有些人是好意，想改编之后得到各种社会效益。可是由于他本身对红色经典的把握不很准确，就匆匆忙忙对原作重新动手术，就会出现一些反常的结果。这种情况，从内容到形式，都可能找到，如《林海雪原》。又如鲁迅的作品被改编得一塌糊涂，重新嫁接，把孔乙己、祥林嫂等全部组合到一块，搞得非常荒谬，乃至荒诞，已经完全不是鲁迅原来的作品了。

电影界也有一些很好的、很有口碑的年轻一些的导演，把过去的经典影片重新拍摄，如田壮壮重新拍的《小城之春》，又如蒋晓真重新拍的《十字街头》，于仁泰重拍的《夜半歌声》。重拍，好像变成了一种潮流。可是很难，很难搞好。因为它既然称得上经典，一定是经过非常潜心的创作。现在你要改编，要超越它，不是主观上想想就能做到的。

宋家玲：（从略）

今日中国：红色经典的改编，总的印象是成少败多，这是为什么？红色经典的改编存在着"误导原著，误导观众，误导市场"的问题，那为什么他们还一个劲地改编？

黄会林：红色经典的改编涉及的不只刚才所说的电影，电影只是给出一种新诠释，或者新解读。有些红色经典的改编是拿红色经典来说事，不负责任地去颠覆它。目前出现的关于红色经典改编的整治反常现象，我觉得核心就是一个问题：价值观。价值观的不同，就会导致一些混乱。对一些红色经典通过重拍、重演、重读、重解，实际上，其中有价值观的取舍问题，要去掉红色经典的红色，或者说去掉它的革命性。

事实上，历史是不可以被抹掉的。历史不可能这样随便改编。历史是固定化了的。不尊重原意的对红色经典改编，这个"去"字可就比较麻烦了。有些肆意的改编，它把红色经典最核心的东西，即爱国的、正义的、勇敢的、牺牲的，特别是革命英雄主义、革命人道主义，这样一些内容都去掉了。这个核心一去掉，就不可能拿出一个正确的作品来。

正确的做法是应该在强化其中健康的内核，才能端出一个比原作更精美、更高的作品来。把内核去掉了，怎么可能比原作更好呢？

现在有些改编，不是"渗水"的问题，真的就是颠覆。把红色经典中美好的东西都去掉了。正如刚才我说的，这个"去"字，是很要命的。因为它去掉了作品美好的内核，去掉了真善美的内涵，去掉了人们为之抛头颅，洒热血，拿命换来的东西。

红色经典，不只是五六十年代的作品，还应包括鲁迅的作品。鲁迅的作品，一般不冠以红色经典，因为他的作品大多数创作于旧中国二三十年代，但如果宽泛一点，也可以把他的作品包含进红色经典中去。我看到一份报纸，列了 39 部拟改编影视的红色经典，其实还不全。那天文学艺术界人士开会，谢铁骊导演说，柔石的《二月》，夏衍先生把它改编成电影《早春二月》。现在又要把《早春二月》拍成电视剧，里边有多大的改变，他不知道，没有人找过他，他不知道会改成什么样子。夏衍先生三十年代第一部电影是《狂流》，第二部就是改编茅盾先生的《春蚕》。八十年代，意大利举行中国电影展，把《春蚕》拿去放。意大利的电影同行们说，我们老说，新现实主义出自意大利，想不到在三十年代的中国就有了。人家是这样的评价。过去，曹禺先生改编巴金先生的《家》，改得多好啊！现在不是这种情况。

宋家玲：（从略）

> 说改编者"浮躁"，"浮躁"是人人都看得见的。这里边有浮躁的因素，有文化的因素，有经济的因素，想从这里得到一些经济上的效益，或者在里面体现个人的文化意识。从根本上来说，还是一个价值观的问题。
>
> 成功的改编，第一，尊重原著。第二，它必有新的张扬。

今日中国：您怎样看待目前这种现象？

黄会林：改编者不去问作者本人，或作者的家属。在作品拥有者还不知道的情况下，就改了，就编了。在那天文学艺术界人士的座谈会上，大家呼吁，主管文化的机构，应该对此有一种管理的责任。专家们问中宣部、广电总局的官员，你们为什么不管？

这是属于思想领域、或者说是属于文化意识的问题，很难强求一律。但应该有一个国家的、大多数人的正常认识。我们认同红色经典是正常的，是应该的，应该宣扬，传播，我们应力所能及地去说服而不是置之不理。说改编者"浮躁"，"浮躁"是人人都看得见的。这里边有浮躁的因素，有文化的因素，有经济的因素，想从这里得到一些经济上的效益，或者在里面体现个人的文化意识。从根本上来说，还是一个价值观的问题。

那天在文学艺术界人士座谈会大家就谈到，改编者为了要让好人性格"多样化"，加了许多不是原来作品中人物所具有的另类的、各色的一些内容。对那些所谓不好的，不是真善美的，假恶丑的东西，要让他"个性化"、"人性化"，加了很多的亮色进去。这样就含混了。有人要提出异议，他就反过来说你是教条，是教条主义，是公式化，是概念化，是为党立言，不为民立言。其实，广大的读者，绝大多数的受众，他们是赞同真善美的。

一些改编者不认为他改编的作品是"误导原著、误导观众、误导市场"，他认为，这是人的个性。这是获取社会效益、经济效益的途径。

今日中国：什么样的改编才算得上是成功的改编？

黄会林：当然，红色经典的改编，也有成功的。比如《钢铁是怎样炼成的》。里面有个别地方，大家有不同的看法，但整体上，张扬了革命英雄主义，牺牲主义，理想主义，为了民众的利益而放弃个人的追求精神。而另一些改编者，恰恰反其道而行之。

改编者是否有个潜台词，我要用我的思想来影响读者，影响观众。所有的创作者，都有一个起点、一个终点，除非自说自话，自娱自乐，也就没有什么意思了。他只要从事创作，必然要影响别人的，还是要别人来读来看，来接受来认同的。当然，他会按他的价值观，按自己的审美观、美学观来创作。

改编，是重新创作。成功的改编，或者说好的改编，第一，尊重原著。不尊重原著，谈不上改编，更不能说好与坏。尊重原著的什么呢？尊重原著的核心，尊重原著内核的实质，尊重原著的艺术和它的思想倾向。一句话，要吃透原著。第二，它必有新的张扬。新的张扬，是在原有内核的基础之上，给予新的、时代的读解，使原来的精神更往上提升，真善美更趋完美，这样做可能是成功的。《早春二月》、《祝福》、《林家铺子》的改编，都是成功的、好的，不是现在那种"去"字当先的改编。

不成功的改编，则是去掉了原作的内核，去掉了"红色经典"的革命性，去掉了它的红颜色，去掉了它内核里的爱国主义，去掉了它的牺牲精神，去掉了它的理想主义、它的奉献精神、它的勇敢、它的正义。一句话，把张扬真善美的东西去掉。所谓的拆解、所谓的颠覆、所谓的后现代的时代特色，就是拆解一切，颠覆一切。

谈到红色经典的改编存在"误导原著、误导观众、误导市场"的问题，这个总的根子还是在误导原著。误导原著，引起误导观众，误导市场。

不要把人家的东西拿来，拿人家的外壳，装自己的东西，再把它拿出来。

今日中国：改编者为什么不去搞原创呢？

黄会林：每个人都应该有自己的艺术追求，只要不违背宪法，不违背国家的基本法则，都可以创作，不能尊重人家的原作，完全可以自己去写，写自己想说的，至于老百姓接受不接受，老百姓自己会选择。不要把人家的作品拿来，拿人家的外壳，装自己的东西，再把它拿出来。这一点，我是不赞成的。所以我说，有正常的改编，也有反常的改编。

我不认识郑凯南这位女艺术家，但《钢铁是怎样炼成的》真的做得不错，有了小说，也有了其他形式，再拿过来做成这样费了很大力气。

我对她是很尊敬的，但看了《林海雪原》，我就有点困惑。我也看到她说，对现在这些对《林海雪原》的批评，感到很委屈。可能是她真实的表露。搞《钢铁是怎样炼成的》是那样一种追求，而改编《林海雪原》又会是这样呢？我还是那两句话，一是文化意识的因素，一是经济利益的驱动。这两个改编为什么会这样大相径庭呢？《林海雪原》的改编，我个人是不大认同的。从改编《钢铁是怎样炼成的》到《林海雪原》，她变化了。她的意识发生了变化。要么，她在这里面，有一个是真实的，有一个是非真实的。作为一名受众，我能够接受她前面的改编，对后面一个认同不了。应该说，《钢铁是怎样炼成的》既有社会效益，又有经济效益，达到了双赢。

世风很庞杂，浮躁只是它的一面，还有很多的怪现象。文艺思潮的主流是好的，但在看到主流的同时，还有很多其他的流。年轻人很容易相信求新求变，他们很容易逆反。但是我始终相信，年轻人具有很强的可塑性，如果你给他非常精美的文化营养，他们也很乐意接受。你让他们自己选择，就不大一样了。我们当老师有责任，尽力而为吧！

宋家玲：从略

任何国家对待艺术作品都是有规则的，并不是说我们社会主义中国特别严格。国家进行调控是正常的。

中国电视剧未来的发展，会走多元的审美发展途径，很难单一化。"萝卜白菜"各有所爱。现在是市场经济，市场的需要会是一个很重要的导向，所以会是多元的。市场面对的是购买者，就是广大的受众，受众的需要导引创作者去创作。

电视剧的形式、形态可能更多样化，有可能出现一种网络剧，创作者和观赏者一起互动。

今日中国：您如何看待电视主管部门出台的四个法规？它会影响电视的创作吗？

黄会林：任何国家对待艺术成品都是有规则的，并不是我们社会主义中国特别严格。国家进行调控是正常的。对电影进行分级，对电视进行分档，发达国家不是也这样做的吗？少儿不宜的东西，就是不能播出。比如美国，对电视新闻的审查，非常严格，认为有一点不符合国家利益的，绝对不能播出。所以，国家的调控，是必然的。现在广播电影电视主管部门出台的四个法规，都是从保护未成年人的目标出发。我个人是赞成的。这样的保护是必要的，因为我们的未来寄托在未成年人身上。不要让这些未成年人从小在价值观，在文化观，甚至在宇宙观，被搞得很乱。如果搞得很乱，不利于我们的民族。一定不要搞不利于，甚至有害于未成年人健康成长的作品，这样有悖于民族的整体利益。有些创作者，对这四个规定发出各种各样的声音，也不奇怪，也是必然的。好像不那么自由了，想做什么受到了限制。人总归不愿意受到限制。但人活在世界上，在社会中生存，必然要有限制。

如果从这次关于红色经典的讨论中，得出些什么，我认为，这种讨论是很必然的。从计划经济到市场经济，整个中国社会在变化之中，从时代的转型中，出现这样的一些现象，不奇怪，对这些现象视若无睹，完全不给予任何规范，不给予关注，不给出一种说法，那将是政府职能的一种缺失、一种失职。需要对这样的问题给予关注，给予规范，给予一定的指导，今后还会是这样的。同时，这种规范又不要影响到我们创作的繁荣发展，影响到大家的创作热情、创造力、想象力、艺术的追求。只要不是这样，一种必然产生的问题、一场必然要发生的讨论，经过规范，规则化，经过大家去分辨，去辨析，最后让它逐渐更有序，同时又不影响它的生长。

宋家玲：从略

今日中国：中国电视剧今后会向什么方向发展？

黄会林：说到中国电视剧未来的发展，电视剧会走多元的审美发展途径，很难单一化。"萝卜白菜"，各有所爱。现在是市场经济，市场的需要会是一个很重要的导向，所以会是多元的。市场面对的是购买者，就是广大的受众，受众的需要导引创作者去创作。或者说，是百花齐放。在百花之中会有几朵是奇形怪状的，是不被艺术规律左右的，也不被科学的价值观和科学的文化观左右的。我想，永远会有的，现在会有，今后也会有。但是，我还是一个乐观主义者。现在国家把这个关，文化人也在思考这个问题，呼吁这个问题。另外，有一句老话，叫做"十年河东，十年河西"，事情总是在反反复复之中前进，螺旋式上升的，否定之否定，辩证法的胜利。今后电视剧的发展，整体来说，不至于大翻船。目前，清宫戏比比皆是，从皇帝到皇后，到宫女，到太监，如果一直这样下去，受众也会抛弃。我想，从国家对意识形态的总控，到主要消费者本身接受选择的定位，以及它的需求，对电视剧的前景不必太悲观。但这中间肯定还有各种各样的另类的花、另类的草、另类价值观的表现，会成为一段时间的潮流，一段时间的时尚，也会在人们的选择中，优胜劣汰。

《今日中国》2004 年第 7 期

"永远把目光放在最前面"

——访北京师范大学艺术与传媒学院院长黄会林

实习记者　夏卉旋　董　华

采访黄会林院长的地点，约在她家的客厅。整个采访中，她始终微笑着，哪怕是说话，眼角的皱纹也似乎在欢跃。她的外表、她的声音，让我们难以置信，她已经年过古稀；然而，她全身散发的那股自信和魅力，却无时不在透露出，就是她和她的团队，撑起了北师大艺术与传媒学院的一片天。

艺术与传媒双翼齐飞

记者：在学院建设的发展规划中，我们看到这样一句话，"艺术与传媒将成为学院起飞的双翼"，能请您解释一下这句话的含义吗？

黄会林：根据建院14年来走过的印迹，我们总结出影视学科如何健康、有效发展的办学经验，大体归纳为：一个目标、两个翅膀、三个支柱、四个特色。而关于这个"双翼",就是其中的"两个翅膀"。

所谓"两个翅膀",在于从大的方面着眼,我们的发展思路切忌狭隘化,而应着力于艺术与传媒之双翼飞翔。事实上,在本校的艺术学科领域内,影视学科因其拥有本学科全部两个博士学位授予点和两个硕士学位授予点,构成了特有的学术体系,被列入北京市重点学科,获得国内外广泛认同,因此成为艺术的"龙头"系科;同时又因为拥有广泛的艺术教育多学科综合实力,包括艺术学科的艺术学博士授予权一级学科和艺术学博士点、其他艺术学二级学科全部硕士点;以及已分别招收本科生、硕士生、博士生的数字媒体专业;形成以"影视传媒"学科牵头,各个姊妹艺术学科亲密组合的态势,合成为一个强有力的"强势群落"。

记者:那么,这对"双翼"算不算是贵院独有的特色呢?和其他院校的影视专业相比,对传媒教育又有怎样的影响?

黄会林:双翼齐飞,既有利于发挥艺术的传统学科优势;又可促进开掘传媒的现代教育属性。传统艺术和现代传媒互动影响积极,特别适应于21世纪艺术教育专业化与综合化结合的必然趋向,对于影视学科向纵深发展和向社会辐射,具有比较突出的后续条件。而在建构艺术科学研究的理论优势的同时,开发传媒平台社会产业化发展路径,亦可强化艺术学科的社会应用价值。另外,注重开拓数字媒体、科学与艺术等相关教学、科研的新领域,可以突出现代化高科技的新特质。

总之,在专业有机整合的基础上,可以力求以艺术教育体现综合大学的人文理念,传达社会科学的文化品质;并以传媒教育拓展实践学科的社会空间,逐步与国际相关领域接轨。上述二元组合的学科配置,使我们的艺术与传媒学院成为我国艺术教育体系中建制全面而重点突出的独特艺术学科。

一个目标
三个支柱 四个特色

记者:根据前面您提到的办学经验,除了"双翼",还包括"一个目标、三个支柱和四个特色"，这又分别代表什么呢？

黄会林：简单点说，"一个目标"是要把影视专业建成培养中国影视传媒教育人才、研究人才和创作人才的重要基地；"三个支柱"是指教学、科研、实践是建设影视学科三个必不可少的方面；而"四个特色"则是指整合建制特色、人才培养特色、理论研究特色和实践品牌特色。

记者：那么，在"一个目标、三个支柱和四个特色"的指导下，贵院又是如何具体发展的呢？

黄会林："一个目标"，需要明确中国高校影视学科专业的目标定位。而我们的目标是，建成培养中国影视传媒教育人才、影视传媒研究人才、影视传媒创作制作人才的重要基地。要达到这一目标，必须培养本专业学生具有一定的影视传媒理论素养、比较开阔的影视传媒文化视野，以及良好的影视传媒从业品质，使他们毕业时能够胜任影视传媒业界和其他文化艺术部门的理论研究和实务工作，或者成为学校和教育部门从事相关专业教学、管理的高级人才。因此，在培养过程中，一方面，必然紧密围绕影视专业的本身领域，不断深入其间；而另一方面，绝不可忽视本学科背靠综合大学实力雄厚的文理学科和氛围浓郁的人文环境。

所谓"三个支柱"，包括建设影视学科必不可少的三个方面，即教学、科研和实践。这就需要厘清构建符合于综合大学影视学科生长的、具有可持续发展空间的学科体系之必备内涵。这三个支柱缺一不可；只有两个则属平面，难以支撑，有了第三个，便可构成立体锥形而稳固直立，持续进展。经历了 14 年的尝试，事实已充分证明了它的必要意义。

"四个特色"，是指需要把握本学科具有的相关独特特色，以利于本学科的长足发展，以明晰本学科如何达到事半功倍的切实绩效。就 14 年的前行轨迹而归纳之，我以为可以大体认定为四个特色。一为整合建制特色。二为人才培养特色。我们以"人才是事业发展的决定因素"为理念，多年来注重队伍建设与人才培养。三为理论研究特色。经过将近十年的稳步建设，我校影视学科已逐渐成为我国影视理论民族化研究领域不可替代的重要基地。四为实践品牌特色。标志性的举措是成功举办 13 届的"北京大学生电影节"。为本学科教学、科研提供了一方独特的宽广天地。

传媒回音
毕业生后劲十足、有优势

记者： 在这种比较完善而又独特的学院建设中，贵院的毕业生在进入新闻行业时，和其他新闻类院校的毕业生相比，有什么样的优势？

黄会林： 客观地说，我觉得各有各的优势。我们不应贬低他人，但我们也很自信。比如，中央电视台、中国电视总公司等很多单位都表示，"很乐意吸收北师大的学生"，因为我们的毕业生后劲足。

在经过 4 次修订的"影视学专业"课程设置中，学校的平台课程包括计算机与信息技术应用、数理统计、体育文化以及人文科学、社会科学、自然科学、生命科学等，占全部学分 31％。有了这些学科的强力支撑，专业师生得以获得宽广的文化滋养、广博的知识背景。在时代的激烈竞争中，他们可以面对社会需求的广泛性，从事影视传媒的教育教学、理论研究、实践操作、行政管理、产业运营等工作岗位。

记者： 在您的学生中，有一批像元元、海霞这样的名人学生。作为他们的老师，能谈谈感受吗？

黄会林： 我觉得有两个特点：第一，对于学校来说，他们只是学生，和大家一样的学生。同样经过统一的入学考试，获得入门资格。入学以后，无论是学分要求，还是论文答辩，也绝对没有特殊"照顾"。他们的学位论文基本上都要经过三至四稿的修改，才最后提交答辩。不管对方名气有多大，我们都是一视同仁，一切按照学校的规章制度，进行正常的学习。

第二，对于他们自身来说，这是这些同学自觉追求的一次充电的机会，是一种求知的渴望。面对社会的发展和进步，他们所肩负的责任和压力也越来越大，为了更好地适应社会的需求，他们从心底里萌生求知的欲望。这是他们要求进步，要求自我提升的表现，是一种发自内心的追求，而并非为了浪得虚名，或是混个文凭。所以，他们也会自觉地按照普通学生那样要求自己。学校曾经考虑要给他们另辟学习环境，与普通学生区分开来，但遭到了他们的一致拒绝，要求和普通同学一样坐在教室里普通的课桌旁听课、学习。

当然，对于这些名人学生，我们都会给予尽可能多的文化补充和思想启发，努力帮助他们再次腾飞。

成功
取决于努力和认真

记者：14 年来，贵院发展之迅速，和您的领导和决策是分不开的。作为在文学、戏剧、影视等多个领域颇具威望的专家学者，请问您是怎样把您的学术背景融入到学院建设之中的？

黄会林：我自认为是一个过渡性的人，我能获得比较普遍的认同，可能是因为这个领域文化的积淀还不是非常丰厚的缘故。

而我也沾了数十年文化积累的光。我在北京师范大学中文系读书时喜欢古典文学，但毕业留校却被分配教现代文学。学校给我的熏陶和我自己学到的东西，这是非常重要的基础。改革开放时期，学科需要转型，我们开始进入电影领域，然后又是戏剧领域，最后走上了研究影视的道路。

当然，我想有一点也是重要的，那就是我做事很认真，也很努力。无论是学院建设、学科建设，还是教学工作，我从来不会懈怠，都一定认认真真地完成。

学院走到现在，绝不是我一个人的作用。1＋1 永远大于 2，1－1 永远小于 0。这是我的信念。

我是努力的，而且，我认为，我们学院的所有老师都是非常努力的。

用发展的眼光
建设影视传媒学科

记者：如何更好地利用资源，发挥优势，发展一所综合大学中的影视传媒学科，能否请您给我们一些更多的建议？

黄会林：从事影视传媒，尤其是传媒工作，我认为跟上前沿思想是特别重要的。过去的是积淀，不能舍弃，但也一定要具备发展的眼光，永远把目光放在最前面。比如，如今的数字媒体、文化产业，特别是创意产业，其实就是这些课题。

影视传媒是最接近科学前沿的。时代的更新，更把我们的影视教育与学科发展推向了新的高潮。对于它的建设，一定要心里有个根，脚下有个底，然后眼光往前看。

《新闻与写作》2006 年第 10 期

中国文化应绽放本土颜色的"花朵"

记者/杨连成

近日，在珠海举行的首届文化传播院长论坛上，北京师范大学教授黄会林提出，中国文化要树立起绝对自信，绽放出具有本土颜色的美丽"花朵"。

黄会林说，我们的文化艺术在历史上就是独特的和具有很强生命力的，中国文化艺术源远流长，随着我国综合实力的不断提升，文化艺术的自觉意识、主体意识也自然显示出来。但目前一个不容忽视的问题是，在以西方发达国家利益为主导的全球化规则面前，中国文化存在着不顾客观实际，渴望强国认可和以他人的标准为准则的"文化焦虑症"，从而盲目操作，甚至削足适履，误入他人的文化藩篱，由此导致部分人一味地妄自菲薄、随波逐流，在急切的文化焦虑中乱了中国文化自身的阵脚。

黄会林认为，今天的文化艺术创造者如果

不能深入中国的土壤，开出的花朵就不会是本土的颜色；倘若不能把握中国的灵魂，就不能成为真正的文化主流。在外来文化铺天盖地涌入时，我们应唤醒更多的人们自觉保持自己的文化定力，坚守清醒的民族意识，坚守本土的文化自信，展示无可替代的中国文化的魅力，努力争取文化交流的话语权，不断用气大道正的文化产品去赢得世界的尊重和认可。

《光明日报》2010 年 5 月 24 日

艺术的自觉与精神的涤荡

——黄会林谈建党 90 周年献礼片

采访、整理/赵益

今年的献礼影片包括《建党伟业》、《秋之白华》、《湘江北去》、《乌鲁木齐的天空》、《歼十出击》、《通道转兵》、《星海》、《吴大观》等风格题材多样的几十部作品。与以往的主旋律电影相比，建党 90 周年献礼片有着显著的进步。创作者有比较鲜明的艺术创作和文化追求的自觉，同时将深刻的主题和强烈的艺术表现尽可能有机结合，使影片本身的艺术表现力和思想水平均达到一定高度，在这个值得纪念的时间，集中展示中国共产党一路走来的艰辛与辉煌。

影像叙事和人物塑造是体现影片艺术追求的两个典型方面。这次的献礼片整体重视叙事的影像需求，大部分作品的叙事结构有粗有细、详略得当。创作者很好地把握了影片叙事的主次关系，基本做到重场戏震撼心灵，过场戏简洁流畅。《秋之白华》的创作者曾说，影片的艺术追求在于"把人性还给革命，把青春还给革命者，用当代方式讲早期领导人的故事"。因此，影片的叙述重心并不像以往同类电影，通过写事件、写历史描绘革命的伟大，而是通过浓烈浪漫的爱情，刻画出人物崇高的品性与精神。影片通过瞿秋白和杨之华，写人的品格、人的理想，以及人之所以选择革命道路的原因，凸显出一种生命的质感。其中，既有具体事件，又有"印章"的细节作为内核线索，影像叙事很饱满。《建党伟业》中五四运动的宏大场面，按说不大容易催人泪下，然而很多观众甚至是青年观众，在这个地方流泪了，被深深打动了。究其原因，正是影像叙事的强大张力，使观众受到了灵魂的震撼和涤荡，以及精神的熏陶和重塑。此外，影片对毛泽东和杨开慧之间天然、纯净的爱情的刻画，对袁世凯急迫称帝而绝望崩溃的细节处理，也都颇具匠心。《通道转兵》则将十分重要、却几乎不为人知的史实通过影像叙事展现出来，使得观众在观影后对这些关键性事件有更加全面、准确的认识。

一部好电影，在做到故事架构完整、影像叙事流畅的同时，必须注重人物的塑造；而抓住人物的独特性，是成功塑造人物的要点，独特的个性是人物行为方式的内在驱动力，这样的人物才经得起推敲。《建党伟业》中冯远征饰演的陈独秀，在以前的教材和党史中一直都是右倾机会主义、教条主义的代名词，而本片却对他使用了相对厚重的笔墨加以刻画，表现出党的早期领导者不对共产国际亦步亦趋，而是根据国情制定策略的清醒姿态。陈独秀激昂的演讲，倾其心力与大学生、青年劳动者进行思想交流，以及他对于革命理念文采斐然的阐释，都使得人物丰富、真实。这是主创者独具匠心的安排，而表演者冯远征也用心捕捉了陈独秀的内心气质，把握得成熟、到位。《秋之白华》通过描绘瞿秋白坚定不移的革命精神和真挚炽热的爱情，成功地展现了瞿秋白从一介书生成为党的领导者的蜕变过程。瞿秋白就义一场戏，一反惯用的强化悲壮、惨烈氛围渲染，为我们展示的是一种崇高的静谧之美，他没有慷慨激昂的陈词，而只是说了"我不会，我绝不会"，从容地走向刑场。这种源于生命的声音，有着涤荡人们灵魂的艺术力量。

电影艺术功能多样，其中一部分具有娱乐性是必然的、必要的，也是必需的。与贺岁档影片的轻松、娱乐相比，献礼片不应以娱乐作为主要的审美倾向，而应更多地着力于刻化能够震撼人心的、内在的精神力量。同时，献礼片的丰富性也并不因为明星的加盟而成为弊端，既然是当代人讲过去的故事，那么就需要用一种符合现代人审美要求的方式建构作品。在一定意义上，明星的影响力会给人物角色增加更多的辐射力，因此，我以为只要选择适当也是值得肯定的。

作为一个参加过朝鲜战争的老战士，我想无论是我们，还是青年人，永远不能忘记那些为祖国、为人民贡献生命的人。这是我们献礼片中文化基因的组成部分，这种对于民族的信仰的力量，在今天也同样适用。并且，这种无怨无悔的精神，正是当今一份宝贵的精神财富。

《影博影响》2011 年第 7 期

以文化自觉的精神　探索文化强国路径

　　在国家提倡文化强国的今天，怎样通过文化力量塑造中华民族精神，塑造软实力？昨天，北京师范大学中国文化国际传播研究院与美国国家地理学会合作举办国际论坛，30多位国内外政治、经济、传媒、文化艺术界杰出人士和人文社会科学知名学者专家就此进行了研讨。

　　论坛倡导者、中国文化国际传播研究院院长黄会林教授认为，中国知识分子应以文化自觉的精神，探索中国文化的强国路径。她说，百年前以孙中山为代表的革命者引发了近代中国的历史性巨变，九十年来中国共产党引领人民把积贫积弱的"东亚病夫"建设成繁荣富强的新中国，到如今"邂逅"乔布斯的"苹果"对文化传播方式的改变，中华文明一直在时代洪流中不断演进，始终是"第三极文化"聚焦的核心。北京师范大学教授梁玖在研讨中建议，增强中国文化的传播力，应该将"艺术文化外交学"作为一门新兴的学问来认真研究。

　　据了解，北京师范大学中国文化国际传播研究院 2010 年 11 月成立，一直在文化强国的目标指引下，努力通过各种方式实践中国文化的国际传播，曾成功举办了邀请美国青年"看北京"DV 项目。本月初，该研究院与美国国家地理学会签订了合作谅解备忘录，力图推动中国文化国际传播开展战略合作、帮助中国培育文化国际传播人才、共同举办各种培训活动。

《北京晚报》2011 年 12 月 9 日

繁荣文化要先补钙

当代中国的文化正处在一个转折性的发展关头。一方面，以扩大物质生产、加快消费为主的发展方式不可能无限延伸，忽视文化力量的社会将面临着"精神缺钙"的危险。而另一方面，在今天，文化艺术的自觉意识、主体意识也自然显现出来。物态、制度和行为三个层面的文化，为心态层面的文化提供了良好的发展机遇和条件。

在过去很长的一段时间里，中国文化在西方文化面前一直都处于弱势地位，黄会林说："全球化一方面带来所谓文化趋同，但另一方面更加凸显了各自的差异性，并带来了危机感和紧迫感。独立和自觉是融入世界的基础和先决条件。费孝通曾经明确提出应该立足 21 世纪，加强文化自觉。因此，我们必须有自觉的文化发展思维和战略。在全球一体化和西方强势文化的冲击下，中国当代文化缺乏足够定力，模仿、照搬之风盛行，中国文化被歪曲、降格、肢解，存在着被通俗文化、高度发达的美国文化日益同化的危险。面对强势文化的包围，我们不能妄自菲薄，忽视中国文化的优良传统和自我更新能力，而应在全球意识的观照下，加强文化自信，寻找中国文化的坐标，发展和传播中国文化，使中国文化精神与时代要求接轨。"

中国文化第三极

不仅仅是中国文化在发展，在全球化时代，世界文化的格局也在重新形成。黄会林和她的同仁们提出了第三极的概念，即让中国文化成为世界文化的第三极。

黄会林说："如果认为欧洲文化、美国文化为世界文化之两极，则中国文化可称为世界文化之'第三极'。此提法并非数字排序，并非居于欧美之后的第三种派生物，或者是吐纳之后新生成的文化。这是特别要强调的。第三极文化首先要在中国文化自身系统内部进一步梳理、总结、继承和发扬其最为突出、最具特色、最有代表性的内容，这些内容成为中国文化自身范畴内的'极'。其次在第一层的基础上，把中国文化放在世界文化的背景下加以观照。与其他文化相互影响、相互借鉴，共同构成丰富多彩的人类文化图景。所以说，这个第三极其实是并非相互隔绝、相互孤立，而是相互作用、相互吸收、相互融合的。"

那么，究竟哪些东西可以成为中国文化的核心内容？黄会林说："它应该是几千年来中国传统文化的核心价值，和基于这些核心价值所生成和建构的民族精神。如'天人合一'、'和而不同'、'礼之用，和为贵'的价值观；'任重而道远'、'先天下之忧而忧，后天下之乐而乐'的家国情怀和道义担当；'厚德载物'、'仁义礼智信'的精神品格和道德追求；'兼相爱，交相利'、'天下为公'、'世界大同'的人文追求等。它们共同构成了中国文化的核心价值，也是任何时代都适用的。"

《北京晨报》2011 年 12 月 14 日

借青年之眼，让世界看到中国

——黄会林谈 2011 年中美青年 DV 计划

半年前，9 位来自美国波士顿大学的年轻人兴奋地游走于北京的风景名胜和大街小巷，拿着 DV 到处拍，引得不少路人对他们投以好奇的目光……这源于由北京师范大学中国文化国际传播研究院主办，美国波士顿大学洛杉矶中心、北京师范大学艺术与传媒学院影视传媒系协办的"看北京"2011 中美青年暑期 DV 计划。据中国文化国际传播研究院院长黄会林介绍，此举意在加强中美之间跨文化沟通交流，让更多外国年轻人接触、了解和传播中国文化，同时拓展中国学生的国际化视野。而此时再说"看北京"，是因为在此之后我们还要"looking"些别的，还有一些中国开眼看世界、世界开眼看中国的更具学术色彩的活动正在起步。

DV 之眼，不一样的北京

"看北京"（"Looking Beijing"）计划，在黄会林的言语中被形容得很简单：活动邀请波士顿大学影视专业的优秀应届生及毕业生来北京进行为期两周的交流，在中国学生的协助下，通过实地考察、创意交流等方式，以"美国青年眼中的北京"为题，各自拍摄一部以中国文化为主题的 DV 短片。"我们本来邀请了 10 位美国青年，再组织 10 位中国青年协助他们，一对一交流，但美国方面临时有一位学生因为签证问题来不了，那我们多了一位中国学生，怎么办？很简单——他来拍摄整个活动的影像纪录片《看他们，看'北京'》。"

任务分配好了，摄影机、编辑机准备好了，7 个独立导演、两个在校大学生刚刚从飞机下来，"一到首都国际机场 3 号航站楼，立马傻眼——北京的设施怎么比美国还厉害！"黄会林回忆起当时的场景，仍然感觉很有乐趣。

到了北京，视觉的惊喜与文化的震荡一浪接着一浪。"前三天，中国的学生陪着他们，考察不同的地方，确定拍摄方案——想去拍珍珠，我们带他们去红桥市场；想去拍骑自行车的人，我们带着去跟拍；想深入到北京胡同居民的生活，我们的学生也跟着……"在拍摄期间，从通州到潘家园，从老舍茶馆到首都博物馆，9 组同学的足迹遍及了北京的大街小巷。据活动组织方介绍，每天他们都从凌晨 4 点起，一直工作到夜晚。

而短片的形式也从纪录到访谈，无所不包，异彩纷呈——两周之后，"看北京"计划的短片成果在北京当代 MOMA 百老汇电影中心进行了展映。9 部短片分别表现了北京城传统与现代元素的交织，视觉化地展现北京富有特色的文化元素，探索中国的珍珠文化、茶传统，讨论侠文化和中国功夫的精神，记录北京市民生活中传统和现代的冲突与交织……

从不同视角呈现不一样的北京。

远离文化臆想

对于这些初来北京的美国青年来说，他们借助 DV 之眼，不仅是看北京，也在看每一个与他们接触的中国人，中国文化的烙印会镶嵌在他们的记忆中，成为他们对中国的印象。

虽然他们都是第一次来到北京，但是他们中有些人对中国文化并不陌生。据中国学生杨筱珺介绍，波士顿大学影视专业大四学生 Daniel Salgarolo 对中国哲学、中国历史很感兴趣，在拍摄期间，不论是接受媒体采访还是吃饭，都要先向师傅鞠躬，请示后才进行。而杨筱珺为 Daniel Salgarolo 介绍中国的禅宗、道等中国传统文化，对于他探寻中国功夫的精神和智慧很有启发。在他们共同合作拍摄的影片《侠》中，从寺院里的僧人到身体残障的习武者，都对中国功夫进行了阐释：中国功夫是有力量而不逞强，是一种心平气和，是一种境界；中国功夫是助人，而不是用力量制人——他们用影像探寻了"中国功夫"和西方世界臆想的迥然不同。

在与美国学生的合作中，中国学生也学到了美国青年怎样用影像诠释文化的概念。杨筱珺说，与美国学生的合作之所以很愉快，在于双方能在对于中国功夫的理解上达成共识，也在对于中国文化的了解和认知上有许多相通之处，"最高层次的交流是思维层次的交流，是心灵的沟通"。而在这些让世界了解中国的进程中，每个中国人都是文化交流的使者。

2012 年，以我们的眼睛看世界

"他们用自己独特的视角，拍出了北京的传统与时尚，勾勒出北京人的生活状态。对他们来说，最大的成果不仅是合作拍出了短片，更重要的是收获了一份珍贵的跨国友情。"黄会林说，好几位美国青年都在回国后给他们发来了热情洋溢的邮件，感谢这个项目为他们打开了一扇了解中国文化的窗户。

传播最便捷直观的方式就是通过影像，影像传播之于具有独特性的中华文化，具备特定的优势，而这也是黄会林在文化交流之中选择"首先拿影像开刀"的缘由。"用图像、电影、电视的形式，通过这些从来没来过中国的学生，以他们的眼光来看中国，可能会发现一些我们无法看到的事情，给人以不同的印象。"

"中国文化传播学院希望有效整合社会各界优势资源，通过开展扎实、深入的学术研究和富有中国文化特色的艺术创作，把中国文化更有力地推向世界。此次活动就是传播中国文化的一次重要尝试，美国青年以独特的视角看北京、了解中国，再通过其影像将其了解记录的中国传播至全世界，将增进世界各地对中国的理解和认知。"黄会林说。

不仅仅要"看"，还要"思考"——思考随着中国影响力的不断提升、世界越来越渴望了解中国的今天，我们如何提升文化的传播力与扩散力，让世界体验到中国文化，体验到中国文化的精髓，进而产生对中国文化正确的或者全面的印象和诠释？

2012 刚开年，中国文化国际传播研究院仍要继续"looking"——"今后，我们将继续联手美国和欧洲的大学举办'looking'系列，将这个系列作为研究院的品牌建设下去。我们不仅要组织国外青年'看中国'，还要组织中国青年'看世界'。"——据黄会林透露，他们正在积极联系在 2012 年伦敦奥运会期间组织中国青年"看伦敦"，将伦敦奥运会与北京奥运会联系起来，"以我们的眼睛看世界"。

《中国艺术报》2012 年 1 月 18 日

中国文化走出去需要更好的视觉化呈现

北京师范大学中国文化国际传播研究院院长黄会林以"第三极"的概念来应对这一问题。黄会林认为，电影或者电影文化是文化的载体和表征，同样也呈现出与当今世界文化格局相适应的分野。在当今世界多元文化格局中，秉持着华夏文明数千年之辉煌又阅尽百年沧桑而充沛着现代变革活力的中国电影文化，恰恰可以构成与欧洲电影文化、美国电影文化并肩而立的"第三极"电影文化。"第三极"电影文化的核心要素是代表中国几千年来优秀传统的人文精神，首先是将尊重和维护人的价值与尊严放在最突出的位置。这也正是中国电影的魅力之所在——以人为贵，凸显人的尊严，表现对人的尊重。中国的电影创作应该发轫于中国文化当中"以人为贵"的传统，透过人物的性格与命运来反映历史或现实的独特性与多样性，从而与世界展开对话。黄会林认为，坚守民族文化本性，是"第三极"电影文化的根本所在，但"第三极"电影文化并不排斥外来电影文化，只有在坚持民族文化主体性的基础上，根据时代发展和社会需要不断吸收、借鉴、融合外来电影文化，才能进一步丰富、发展和创造真正植根民族文化传统的、具有鲜明民族特色的电影文化，这种电影文化反过来会更有利于民族文化的传播和弘扬。

《文艺报》2012 年 12 月 26 日

中国电影走出去难在哪儿？

和国内电影票房的不断创下新高相比，中国电影在海外市场的境遇可谓"冰火两重天"。由北京师范大学中国文化国际传播研究院编制的《银皮书：2012中国电影国际传播年度报告》近日在京发布。该报告显示，中国电影的国际传播在过去一年呈现传播效果提升、票房收益下降的状况。

"2012年中国电影的海外传播乏善可陈，令人担忧。"《银皮书：2012中国电影国际传播年度报告》主编、北京师范大学中国文化国际传播研究院院长黄会林教授说，2012年全年仅有75部影片销往80多个国家和地区，海外票房和销售收入仅为10.63亿元人民币，比2011年海外营销的20.24亿元大幅度滑坡，海外票房收入减少了48%。

黄会林说，2012年是我国电影产业改革发展的第10年，中国已经跃居为世界第三大电影生产国和世界第二大电影市场。中国电影的高速发展令人欣喜，但在这欣喜的背后，中国电影的国际传播能力与国内电影市场对引进影片的接受状况严重不平衡，中国电影的国际影响力与我国在政治、经济方面的国际影响力相比，还很不相称。

在国内大火、票房超过 12 亿元的《泰囧》在北美市场却遇"囧"，收入不到 6 万美元。专家分析，作为一部公路喜剧类型片，《泰囧》借鉴了好莱坞大量成功的同类电影的创作手法，在笑料包袱上融合当下流行的话题，满足了国内观众的心理期待。但在情节设计上，对国外类型片模仿、借鉴有余，发展和创新不足，没有找到本土性与全球性的最佳契合点，另一方面，中国式幽默在跨文化交流中无法引起海外观众的共鸣。

2012 年，海外票房收入表现较好的电影有《一九四二》、《十二生肖》、《消失的子弹》等，但票房无一过亿元，与 2009 年《赤壁》、2010 年《功夫梦》超过 10 亿元的海外票房相去甚远。

在国产电影票房不断飘红的背景下，为何海外票房连续两年大幅下降，国产电影"走出去"愈加艰难？对于众多复杂的原因，报告认为，中国电影在创作中的"三薄三厚"现象与在国际传播中的"三多三少"问题，是制约中国电影发展与传播的关键所在。

"生产的影片数量多，实现出口的少；参加公益性对外交流的影片多，实现商业性海外销售的少；国产片在海外艺术院线发行和华语电影频道播出的多，进入外国商业院线和主流电视频道的少。"黄会林分析说，除了在国际传播中的"三多三少"问题，在创作方面，中国电影创作的主体性以及艺术的创新力，已经被一种"吸金"的思维定式所代替，黄会林概括为"薄了创作厚了制作"、"薄了艺术厚了技术"、"薄了人文情怀厚了商业利益"三个方面。她说，相较于过去，中国电影创作既不缺钱，也不缺技术和设备，很多硬件水平已经达到或接近世界先进水平。中国电影现在最缺的是创意和人才等"软件"。

调查数据显示，海外观众并非对中国故事不感兴趣，有接近 50% 的受访者认为中国电影故事逻辑混乱、难以理解，编剧和翻译水平有待改进。

黄会林表示，调研发现，走出国门的中国电影的字幕翻译存在严重缺陷，已经成为外国观众接受的极大障碍，深深影响外国观众对中国电影的理解与认知，这个重要的信息也从对中外电影都非常精通的外国电影专家那里得到了普遍的印证，有超过半数的外国电影资料馆馆长或负责人在访谈中提到了中国电影字幕的翻译问题。一方面，他们接触到的很多中国电影没有英文字幕，电影的故事和影像虽然都不错，但是完全不知道剧中人在说什么；另一方面，中国电影翻译过来的外文种类很少，一些对英文不能完全掌握的国家的观众观看有困难；更应该引起重视的是，现有的字幕翻译水平很差，直接影响到影片的观看效果。

据了解，《银皮书：2012 中国电影国际传播年度报告》在分析票房等数据的基础上，还以外国观众为对象开展了问卷调查。共涉及 107 个国家，英语、法语、德语等 40 种语言的电影受众，共回收有效问卷 1117 份，受访者主要是各国年轻人以及电影业内人士。

报告发现，虽然票房数目不佳，但外国观众对中国电影观看数量和接受程度有了大幅度提高。其中一项关于中国电影"关键词"的调查显示，动作片、功夫片、动画片依次是中国电影国际传播的主打类型与最受欢迎品种，占到海外票房收入的七成以上。此外，中国电影行业中的多家民营企业，开启了与国际著名电影公司的合作模式，为未来电影"走出去"奠定了基础。

调查还显示，此次上榜的中国电影既有《英雄》、《南京！南京！》等商业大片，也有《人在囧途》、《失恋 33 天》等中小成本影片，有些外国观众还观看了《暖》、《活着》等文艺片。黄会林表示，虽然中国电影总体影响力有限，但在缓慢提高。与 2011 年相比，对中国电影不感兴趣的受访者比例由 19％降至 9％，说明外国观众对中国电影的兴趣在增加，对中国电影的了解不再局限于几个武打明星或功夫片，他们对中国电影的了解在加深。

《中国文化报》2013 年 3 月 25 日

中国文化发展需要一个坐标

北京师范大学中国文化国际传播研究院院长黄会林读完这本书后发表了自己的看法:"怎样以世界的视野看中国,这本书给了我们启发。"在黄会林看来,中国的文化发展与经济相比落差太大。"我们的经济发展迅猛,让美国都目瞪口呆,美国人认为这是一个谜团。我认为是民族精神让中国人奋起。但我们的文化并没有随着经济的发展在世界上形成相应的影响力。"在 2012 年的一次讨论会上,她被邀请为第一个发言者:"中国文化还有'两缺',第一是传统文明缺少传承,第二是中国当代人的精神缺钙。"她没有想到,后面的发言者基本围绕着这"两缺"而展开。"大家都在忧虑,中国文化需要一个坐标,需要一个定位。"黄会林说。

针对当前的世界文化格局,黄会林提出了第三极文化的概念,找到了坐标。"在 21 世纪,中国文化应该向上攀登。欧洲文化是一极,美国文化是一极，我们是不是可以提出来，具有深厚根基和强大生命力的中国文化要成为第三极文化？"这一提法得到了许多学者的认同。具体地讲，第三极文化的要义可以概括为：继承中华文明传统，融汇世界文明精华；确立当今文化标准，打造中国文化品牌；彰显民族独特形象，共建人类和谐家园。这也是对"文化自觉、文化自信、文化自强"的一种注解。

黄会林说，中国文化走向世界，一定要跟世界沟通融合，才能够双赢。去年，黄会林所在的研究院组织专家团在南加利福尼亚大学举办中美电影学术论坛。"我们邀请了5位美国顶级的专家给中国电影号脉，让他们告诉我们中国电影应该怎样做才能走出去，才能面向世界观众。"其中一位教授对黄会林说："我只有一个建议，你们不要克隆好莱坞，一定要拍中国人自己的电影，再拿给世界观众看。"这句话说到了黄会林的心里。中国要想缩小与美国文化的差距，在全球文化格局中占据有利地位，就应该建立一个在本土与全球之间双向运行的文化体制。

《中国文化报》2013年5月25日

多元格局下的精神独立

　　一个缺少文化自信的民族必然是精神乏力的民族，一个精神乏力的民族，注定是没有希望的民族。

　　如果丧失了文化自觉，遑论文化自信！

　　从前些年开始兴起的国学热，到近日的中高考改革，这些看似文化觉醒和文化自觉的努力是否可以提振我们的自信和中国精神？围绕相关问题，《中国科学报》记者采访了北京师范大学中国文化国际传播研究院教授黄会林。

　　《中国科学报》：您认为当代中国人是否具有文化自信？

　　黄会林：中国文化的现实处境是"古老文明式微，当代人精神缺钙"。

　　有五千年历史的中华民族创造了光辉灿烂的文化，而且曾经为世界文化和整个人类文明进步作出了其他文化无法替代的贡献。遗憾的是，在全球化的今天，中国文化在世界的影响力明显式微了。

我认为造成文化自信力缺失的原因有以下几点：随着经济社会发展和全球化影响，我国的社会文化格局发生了深刻的变化，以欧洲文化、美国文化为代表的西方文化随着全球化浪潮一起大量涌入，再加上全方位的媒体传播效应推波助澜，社会各界和普通民众从思维方式、行为方式、生活方式、价值观念、语言习惯等方面对外来文化的崇拜、向往、模仿到了前所未有的程度。外来文化在社会公众中的影响力非常大。面对着光怪陆离、眼花缭乱的"洋文化"，人们和中国传统文化的核心价值渐行渐远。

近三十年来，中国创造了经济奇迹，人们的生活和财富大幅提高，文化娱乐消遣方式丰富多彩，可是在这些物质背后，人们的心灵深处是虚无的，找不到心灵归宿，整个社会弥漫着一种普遍的焦虑症，这种焦虑症是由精神空虚导致的。这正是缺乏文化自信、民族精神不振的一种表现。一个缺少文化自信的民族必然是精神乏力的民族，一个精神乏力的民族，注定是没有希望的民族。

《中国科学报》：亚洲国家在融入世界的过程中处于一种什么样的心态？

黄会林：我认为对亚洲后发国家而言，"崇洋"心态可以说是一个必经的阶段。这是一个从弱到强，或者说重新振作、奋起、复兴的过程。比如美国在19世纪时也经历过对欧洲文化的仰慕和崇拜。而与我们同处于东亚文化圈的日本至今仍然对西方文化推崇备至。虽然现在日本、韩国和中国台湾对传统文化的继承颇受中国大陆称道，但他们在发展的最初阶段也经历了"崇洋"的过程，随着经济的发展和实力的提升，这种文化自信才得以慢慢恢复。

这是历史发展的必经阶段，但我们必须有文化自觉去认识它，并且要努力去改变这种现状，确立起自己的精神。如果丧失了这种文化自觉，遑论文化自信！

《中国科学报》：对于当前的中国而言，西方文化是否可视为一种参照系的作用？

黄会林：我认为是这样。从当今世界文化格局的角度来看，其关键词即为"多元"，在多元格局当中，就其影响力而言，有主流、支流之分。一种文化是否成为主流文化要看其覆盖力和影响力。19世纪是欧洲文化覆盖的世纪，20世纪是美国文化覆盖的世纪。

现代世界的观念来自英国工业革命，此前的世界是一个个局部的、孤立的存在。自从现代世界形成之后，人类的生存方式发生了巨大变化。了解西方文化，对理解现代文明，对世界各个文明的相互理解、相互融合，共享全球化带来的物质和精神成果有不可替代的作用。

中西文化之争已经延续了上百年，现在，我们需要摒弃的是东西文化两极论，现在的世界和世界各国文化绝不是相互隔绝、相互孤立的，而是相互作用、相互吸收、相互融合的。

《中国科学报》：我们应如何看待本土文化与西方文化的关系？

黄会林：中西文化应该走向相互融合。正如费孝通先生所谓"各美其美，美人之美，美美与共，天下大同"。

首先要"美"自己的文化，要有对自己文化的肯定和自觉。"美人之美"，这里的"人"就是世界性的，包括其他所有异质的文化。然后自己的"美"要与他人的"美"融通起来，汇通以求超胜，世界走向大同。

关于中国精神的重新确立，我提出过"第三极文化"的概念。即指中华民族几千年繁衍生息过程中逐步创造、积累并传承下来的文化复合体。这其中最重要的内涵是，作为主导文化的儒家文化在与其他文化派别、少数民族文化及外来文化相互影响、相互作用、相互融合、相互借鉴、共存共生、共同发展的过程中，逐步形成、确立、巩固并为人们所普遍认同、自觉遵守、代代相传的核心价值，以及这些核心价值所生成的民族精神。

这种精神独立无法寻求一个确切的标志，但可以寻求文化自觉和文化自信的努力。在经历了全球化热潮后，今天我们应该可以看到文化发展的趋势，对人类文化和自身文化进行深入冷静的思考，并进行合理定位。独立和自觉是融入世界的基础和先决条件，正如费孝通先生所言：我们要对文化有"自知之明"。

《中国科学报》2013 年 10 月 28 日

犹在镜中

——多元文化与中国电影

2013年11月，中国共产党第十八届三中全会胜利闭幕。这对中国是一件大事，对世界也是一件影响巨大的事情。十八大之后，作为一个在政治、经济、文化、外交等方面拥有巨大潜力的国家，中国的发展战略将对世界格局变化产生直接的、持续的影响。《中共中央关于全面深化改革若干重大问题的决定》突出了"改革"一词，在文化发展方面涉及文化管理体制、文化市场体系、公共文化服务体系和文化开放四个方面。《决定》明确提出"提高文化开放水平"，"坚持政府主导、企业主体、市场运作、社会参与，扩大对外文化交流，加强国际传播能力和对外话语体系建设，推动中华文化走向世界"。改革是发展的动力，文化领域的改革将如何塑造中国电影产业的未来尚不明确，但是毋庸置疑，这次改革将对中国电影的创作和传播产生重要影响。

国家新闻出版广电总局发布的中国电影上半年的有关数据显示：截至 2013 年 6 月 30 日，全国票房收入 109.9413 亿元，达到 2010 年全年票房总和，其中国产电影票房 68.5037 亿元，进口电影票房 41.4376 亿元，国产电影票房高于进口电影 27.0661 亿元。与 2012 年相比，国产电影票房增长 144％，而进口电影票房下降 21.3％。2013 年上半年，票房超过 5 亿的国产电影就有四部。

以上是一些关于中国文化发展的大背景和中国电影的具体数据。改革在多元文化背景下发生，直接影响中国电影的形态，最终表现为各种数据。在中国电影的文化主体性、中国电影的创新能力、中国电影的传播能力三个方面分析中国电影与多元文化的关系，可以用"中国梦"、"创新驱动发展"、"正能量"三个关键词概括。

第一，"中国梦"解决了多元文化中中国电影主体性问题，解决了中国电影应该表现什么、传播什么的核心问题。中国梦是中国电影镜像的本体。

实现中华民族伟大复兴的"中国梦"理论极具包容性，习近平总书记在多个场合不断阐释"中国梦"理论的内涵。我们可以参照"美国梦"对美国电影的影响。许多世界上最优秀的电影工作者怀着"美国梦"去美国，美国电影成为"美国梦"的布道者。"美国梦"是美国软实力的象征，给美国带来巨大的政治、经济、外交、文化利益。

中国文化源远流长，但是鸦片战争之后，各种社会理论不断冲击中国的知识分子，造成文化和思想多元化的局面。中国电影根植于中国文化的土壤，具有独特的个性。但是，由于多元文化的影响，诸如表现什么、传播什么这样的问题常常是仁者见仁、智者见智。"中国梦"作为一个文化核心理论，解决了方向性问题，解决了中国电影应该立足于什么样基础的问题。

"中国梦"体现了中国文化的吸引力和包容性，抓住了"中国梦"就抓住了中国文化的核心，就抓住了中国文化对外传播的核心，就抓住了中国电影的精神内核。只有本体确定，镜像才可能美丽。

第二，用"创新驱动发展"理论解决中国电影体制发展、技术发展、创作发展的问题。创新可以擦亮中国电影镜像的镜子。

中国电影的发展有目共睹，数据不断更新，这是中国电影行业从管理者到从业者数百万人的努力。作为现代创意产业的一部分，中国电影行业的潜力还很大。中国拥有庞大的电影市场，观影人群每年递增20％以上，观影市场不断成熟。中国电影不断革新，从新技术应用到院线建设都与世界前沿一致，有些甚至走在世界的前列。然而，中国电影行业存在的问题依然突出。

我主持的"中国电影文化的国际影响力"调研项目，连续三年对外国观众观看中国电影的状况进行调研。从调研结论看，外国观众对中国电影及中国文化有浓厚的兴趣。但是受访者普遍反映，中国电影在表现手法、表达方式上有许多需要改进的地方，这些问题影响了他们对中国电影的理解。问题背后的原因是复杂的，但是归根结底需要通过创新实现发展。无论是电影体制的创新、电影创作方法的创新、电影营销手段的创新，特别是电影创作内容的创新，都是必要的和必须的。如果只是沉溺于中国文化的吸引力，不认真分析方式和方法，中国电影难以取得长远的发展。

第三，用"正能量"理论解决中国电影国际传播的问题。持摄影机的人是有态度的，摆镜子的人也是有倾向性的。

多元文化既有积极的、富有活力的一面，同时也必然存在消极的一面。摄影机并不是客观记录的工具，当创作者拿起摄像机的时候，他已经有了倾向性。既然倾向性是不可避免的，那就应该努力发掘"正能量"，通过操控摄影机的人的手，向观众传达"正能量"。

传达"正能量"的方式不应该是呆板的、僵化的，应该同样充满正能量。电影工作者应当积极承担社会责任，引导观众追求真善美，鄙弃假恶丑。我们国家需要一支充满正能量的电影工作者队伍。

追求"正能量"并非一味歌颂、赞扬，对社会发展中出现的问题视而不见，而是应该用积极、正面的态度面对问题、解决问题。如果一个社会的主流思想能够理性地面对问题、解决问题，那么其发展就能更加稳定。

中国电影需要正能量，不需要厚黑学。厚黑的东西太多，电影过于阴暗，观众的接受能力就会降低。毕竟很多观众去电影院是为了娱乐，能够寓教于乐是最好的。中国电影需要在多元文化中发现正面的、具有正能量的东西，只有真诚地表达对光明和美好的诉求，中国电影才能够打动国内外观众。

中国文化本身是多元文化和大一统文化的矛盾统一体。多元化和大一统都是中国文化的内在需求。因此，中共十八大三中全会提出的改革的指向性是"包容"与"平等"。对中国电影而言，不仅要面对中国国内多元文化的挑战，也要面临走出去、国际上多元文化的挑战。多元文化对中国电影的影响是两方面的，一方面是电影中反映的中国社会更加丰富多彩；同时，也许会造成中国电影反映的内容越来越片面。一些负面的情绪和图像，造成了对中国形象的损伤。无论处于何种考虑，损伤毕竟是不好的。我们需要在更高的理论层面上解决这些问题。这不仅是电影创作者面对的问题，也是电影创作的指导思想和主流倾向的问题。因此表现"中国梦"，以"创新驱动发展"，传达"正能量"应该是中国主流电影的方向。

2013年10月29日至11月14日，第八届巴黎中国电影节成功举办。在此期间，北京师范大学中国文化国际传播研究院和法国巴黎第八大学以及巴黎中国电影节组委会联合主办了"中国电影与文化主体性"的学术论坛。论坛聚集了中法电影界知名专家学者，被法国媒介称为近年来在法国举办的少有的高水平、高规格的关于中国电影的学术论坛。中方专家包括中国文化国际传播研究院院长、北京师范大学资深教授黄会林，中国文化国际传播研究院执行院长、北京师范大学教授、原中国电影资料馆馆长、中国电影艺术研究中心主任傅红星，中国艺术研究院副院长、研究员贾磊磊，北京电影学院教授黄式宪、杨远婴。法方专家包括国际电影资料馆联合会主席、法国电影专家埃立科·乐华，法国著名汉学家、法国教育部汉语总督学白乐桑，法国最著名的电影学院 La FEMIS（法国高等国家影像与声音职业学院）对外关系处主任帕斯卡·波含斯坦、巴黎第八大学电影系教授骆宾·德赫等。双方专家分别作了主题演讲，从不同角度对中国电影的历史和发展做出审视和展望。

我在发言中介绍了"第三极电影文化"的学术概念和理论设想，认为拥有一百多年历史的中国电影文化可以构成欧洲电影文化和美国电影文化之外的"第三极电影文化"。"第三极电影文化"通过弘扬和传播"第三极文化"所代表的核心价值和民族精神，在提供休闲娱乐、审美愉悦和艺术享受中重塑全民族文化自信，建构社会核心价值体系，并达到从"各美其美"到"美美与共"，最终建设人类美好精神家园。

国际电影资料馆联合会主席埃立科·乐华介绍了 2012 年国际电影资料馆联合会年会在北京召开的情况，称这是自 1938 年国际电影资料馆联合会（FIAF）成立以来第一次在中国召开，称中国电影资料馆将这次年会办成了 75 年以来最好的一次年会，是世界电影资料馆的转折点。

傅红星教授从中国电影资料馆近 30 年在法国的学术放映的角度，观察了中国电影的文化主体性和法国观众的关系，用一系列数据阐述了中国电影作为中国文化遗产、影像档案、艺术珍品为中法之间的文化交流所做出的贡献。中国电影资料馆 30 年来共举办 16 次大型影展，展映过 281 部中国影片，使国外观众通过中国的影像了解了中国。

法国著名汉学家、法国教育部汉语总督学白乐桑教授从法国中小学中文教育范围的扩大、法国中学中文教学课程的设置，论述了中国电影在中文教学中的重要性。

北京电影学院黄式宪教授介绍了中国近期青春片电影的制作和放映，认为中国的青春片在弘扬民族文化主体性中有着重要价值，以中国元素为内核的青春电影，弘扬着向真、向善、向美的情怀，不仅吸引了中国观众，创造了很高的票房，也将能赢得世界更多观众的期待和喜爱。

法国最著名的电影学院 La FEMIS 对外关系处主任帕斯卡乐·波含斯坦，通过介绍在"法国高等国家影像与声音职业学院"学习的中国学生的学习情况，强调中国学生如何克服自身的障碍，尽快适应法国独特的影像教学模式，适应拍片实践，提出了自己的看法。

北京电影学院杨远婴教授，介绍了当下独特的中国女性电影导演群体和她们所导演的作品，通过对中国女性电影导演的成功案例和作品的生动分析，阐释了中国女导演及其作品在整个中国电影构成中的独特价值。

巴黎第八大学电影系教授骆宾·德赫通过回顾第八大学的发展历史，以及第八大学在中国电影的研究和教学方面的独特性，强调了第八大学在中国电影的研究和教学方面的独特性。

中国艺术研究院副院长贾磊磊研究员强调了中国电影应该具有与人类共通的文化价值观。他特别强调了孔子与耶稣、释迦牟尼、穆罕默德四位影响人类历史的文化伟人的共通性，指出中国主流电影的创作所体现的"仁爱"思想，以此证实儒学具有跨越空间的文化价值与超越时间的恒久意义和在跨文化传播中的独特作用。

在近四个小时的论坛中，中法专家对中国电影研究的独特视角、精彩发言，赢得了在座近 200 位师生的阵阵掌声。

法国巴黎举行的"中国电影与文化主体性"学术论坛正是对于本次论坛主题"从'各美其美'到'美美与共'——跨文化语境下的文化共享"的回应与实例印证。

在文化领域深化改革的时代大潮中，在多元文化的背景下，"犹在镜中"的中国电影国际传播面临新层面的机遇与挑战。从"各美其美"到"美美与共"，这是承载"中国梦"的中国文化走向世界的必由之路，这条路任重而道远，但我们会坚定自信地走下去。

《"第三极文化"论丛》2014 年版

博导原来是女兵

——记中国高校第一位电影学博导黄会林

孙建三

让我们从 1995 说起

1995 年是我们的电影百年华诞，对全世界的电影人来说，这是一百年才有一次的盛大节日！

当全中国和全世界电影人一起，以空前的激情热烈庆祝这节日时，笔者访问了一位资深的研究电影史的学者。笔者问："在这全世界庆祝电影百年华诞之时，从电影史研究的立场出发，您认为在 1995 年，在我们这个世界电影观众最多的国家中，和电影关系最密切、对中国电影发展最重要的、最值得一提的人和事是什么？"

这位学者告诉笔者："1995 年对于中国电影而言，是一个特大年，从史学的视野看，值得大书大讲的事和人是很多很多的。但是，如果在这些众多的人和事中，只讲一个人，只说一件事，那么我们就讲我国专门培养教师历史最长、水准最高、师资阵容最强、招生范围最广、规模最大的高校——北京师范大学，在经历了多年的准备之后，1995 年开始招收电影学的博士研究生。"

"要讲一个人，就是经过长时间努力奋斗，在推动创建我国高校电影电视学科博士生教育中，出了大力气，而成为我国高校中的第一位电影学博士生导师的黄会林教授。"

"一所高校开设电影学博士生课程，一名教授成了博士生导师，真的这么重要吗？"

史家回答："对于面对 12 亿观众的中国电影来讲，长期以来，最缺少的是什么？是高水准大批量的电影学教师群体。有人在 1992 年年初作过一次统计，当时我国人口已接近 12 亿，全国有 1200 万教师，可全国的电影学科教师还不足 450 人！而当时的中国体育教师，竟有 100 万之多！"

"12 亿人口，1200 万教师，只有不到 450 名教电影的教师，这就是中国电影最大的问题所在。"

"从 1995 年中国人拍第一部电影始，至 1995 年北京师范大学开设电影博士止，90 年中，中国高校一直没有电影博士教育！因此，北京师范大学正式开办电影学博士教育这一件事，结束了中国高校没有电影博士教育的可悲历史，同时开启了中国高校中从此而始拥有了电影博士教育的历史。"

"从 1896 年，电影进入中国开始，中国就有人学习电影。从 1905 年中国人排出第一部电影开始，中国就有人在催动我们民族的电影教育。从 1936 年开始，中国人拥有了自己的电影高等教育。一代又一代的英才为中国的高校电影教育奋斗了终生。今天，当全世界共庆电影百年华诞之际，在伟大的中国共产党领导下，北京师范大学，这个中国最大的教师制造厂，终于开始设置了电影学博士教育，从中国电影教育史的角度而言，难道不该将它是中国电影众多大事中的头等大事吗?"

清川江边那一百个功臣中
她是唯一的女兵

在学者如林，博士生导师就有一百多位的北京师范大学中，笔者第一次见到黄会林教授时，她那一身的儒雅之气，使人怎么也不会想到，她是经历过九死一生，经历过美国轰炸机群地毯式轰炸，在烈士堆中活了下来的前志愿军功臣。

黄教授出生在一个知识分子家庭，父亲是一位对中国话剧做过贡献的人物，40年代，老人家在天津担任明星电影院经理，后来又担任南北剧社社长。这个影院又放电影又演话剧，在这样一个大环境中，黄教授在孩子时代就对电影、戏剧、文学发生了很大的兴趣，也使她在幼年时就有条件和机会看大量的电影、戏剧和文学作品。九岁她开始读《红楼梦》、《水浒》、《三国》，还有鲁迅、巴金、茅盾的作品。

1950年10月，抗美援朝开始。当时正在北师大附中初三年级读书的黄会林，和全校同学一起报名参军，结果全班只有四名同学被批准入伍，16岁的黄会林便是其中的一个。

入伍后被分配到华北防空军司令部炮兵处作战科当标图员，1952年随部队入朝，在高炮部队政治处宣传队当宣传员。"当兵的生活是难忘的，其中最难忘的有两件：死神曾和我擦肩而过。入朝之后，我们宣传队几乎每天都上阵地，正走着，美国的轰炸机来了。我和两位战友跳进了身边的一个弹坑中，只听轰轰两声巨响，身下的大地在猛烈颤动，泥土石块铺天盖地从头上砸下来。就在这一瞬间我想过这回可'抗美援朝啦!'（就是牺牲了的意思）我们完全被土埋在了弹坑里，当我们终于从土下边爬出来时，一看，我们两边各一个大弹坑!离我们只有十几米，我们刚好在中间……"

"那时美国人的飞机天天轰炸，我们高炮部队从入朝头一天开始就一直打到停战回国。作为军人，我经历过一场大的恶战。当时，我所在部队的高炮团，和兄弟部队的高炮群一起驻守清川江边，任务是保护清川江大桥。这座大桥，对于志愿军前线补给的运输大动脉来讲，是关键的要害处，如果这座桥被炸掉，整个志愿军前线的补给就断了！朝鲜停战前那段日子，美国人发动了特别猛烈的进攻。美军大机群参与作战，出动上千架次轰炸机来炸清川江大桥，每当敌机一来，作战警报一响，江两岸的几个高炮群一起对空开火，这一仗打了七天七夜。我们宣传队又送炮弹，又抬伤员，在阵地上，弹片打得头上的钢盔当当直响。每次飞机一走，宣传队员们马上进行战地动员，七天七夜下来，美国飞机被打落不少，大桥平安无事。战后总结，我所在的 512 团牺牲了一百名战士、评出了一百名功臣。"在这一百名功臣中，18 岁的黄会林是唯一的女兵。

没有死在战场上，进了学校
就要发奋学习

经历过美国飞机地毯式轰炸，曾亲眼看到自己不少战友阵亡，当她终于带着朝鲜民主主义人民共和国银质军功章和中国人民志愿军功臣称号走进学校、走进教室时，18 岁的姑娘发誓：一定要发奋学习！

她做了插班生。同班有一位学习非常优秀的男同学，很快成了她的好朋友。这个男同学叫绍武，是一位烈士的儿子。还在绍武 10 个月时，父亲就过世了。抗日战争开始后，做教师的母亲带着他参加了八路军。1941 年，只有 8 岁的绍武正式入伍当了八路军。1942 年，在那次著名的"五·一"大扫荡中母亲壮烈牺牲。从此他随部队转战，在养父母身边长大，解放战争中参加了太原战役，参加了进军大西南。1952 年毛主席指示兴办工农速成中学，选拔优秀年轻的工、农、兵、干部入学。绍武成了第一批入学的调干生。

经历了抗日战争的血雨腥风，经历那么多国恨家仇，亲眼看到多少同胞惨死，多少战友阵亡，又经历了解放战争！多少忘不了的日日夜夜，多少曲曲折折生生死死。他想把经历过的一切都写出来。不写出来对不起那些壮烈牺牲的英灵。他立志要从事文学创作，要写那辉煌壮丽的中国革命，要写抗日战争和解放战争……在班里他是学习最努力最勤奋的，他成了所有功课全部5分的好学生。

18岁的黄会林把绍武当成了自己学习中的竞争对手，这一场学习比赛的结果，不仅使这位经过战火、当时班里最出色的姑娘成了三好学生，而且她还真诚地接受了这位男同学的爱情。后来他们双双被保送进了北师大中文系，再后来，绍武终于对黄会林说："咱们结婚吧。"

1956年春节，对很多今天年过六旬的人讲，那是50年代最令人快乐的一个节日。在这个节日中，黄会林正式做了绍武的妻子。

大学生时代，这一对年轻人一直有一个志愿——毕业后一起到边疆去大干一场。没想到，因为这对年轻人的学习和表现好，两个人都前后留校了。

绍武去了政教系，黄会林留在了中文系。

北京师范大学是一所历史悠久的著名综合性大学。它现有12个学院、24个系、50个博士点、95个硕士点、12个博士后流动站、36个研究中心、近300多名正教授、700多名副教授、在校本科生7000多人、研究生2000多人，在这里，电影所包含的声、光、机、电、化（硬件）、文、史、哲、教、经济（软件）的所有学科都有国内一流学者在耕耘。

在这样一个大环境中，黄会林一步步从助教升为讲师、副教授、教授。她耕耘于鲁、郭、茅、巴、老、曹（鲁迅、郭沫若、茅盾、巴金、老舍、曹禺）和"二史一论"中。改革开放新时期开始时，她所在的中文系现代文学教研室把教学分成四大块——小说、戏剧、散文、诗歌。也许是志趣，也许是命运，她被分派从事戏剧教学。

在"文化大革命"那场灾难的后期，命运把这一对夫妇带到了中国电影的巨匠夏衍的身边。

随着电影巨人走进电影

在中国共产党的十大元帅中，有一位"将军本色是诗人"的文豪元帅陈老总陈毅。50 年代陈老总曾和夏衍有过一次长达 50 小时的谈话，老总把自己在江西南部三年游击战争生活的传奇经历，那些最精彩的段子生龙活虎地讲给这位中国电影史中的传奇人物夏衍听。这是一个伏笔。

1972 年，"文化大革命"把国家搞得一片混乱，大学里该做学问的做不了学问，该教书的教不了书。一心想用文学来为人民革命战争唱赞歌的绍武，一头钻进了革命战争的史料当中。在史料中神游时，他看到了陈老总那神奇的战争经历。他被深深打动！一股冲动涌上心头——这要是拍成一部电影该多好！

为什么不自己写一个剧本呢？他问自己。他和妻子开始了艰苦跋涉。

他们不仅为电影取了一个很诗意的名字——《梅岭星火》。而且带着一种无法平静的冲动，开始了创作。那时，"四人帮"当道，这种创作只能秘密进行。在创作中又秘密地得到了著名文学大师唐先生的指导。1976 年 10 月"四人帮"被打倒，创作由秘密转向公开。为了写好这个剧本，1977 年 4 月至 7 月，夫妇两人深入到江西陈老总当年打游击的地方调查和体验生活。到 1978 年 3 月，他们把几经修改的剧本送给唐先生。唐先生觉得剧本已经成形，把本子交给了夏翁。由于有前边的伏笔，夏翁看这个剧本很认真，很兴奋。老人在剧本的原稿上用红蓝铅笔留下了大量的文字。

在这部电影剧本的创作过程中，这对夫妇发现当时夏衍没有秘书。又发现当时没有一本研究夏衍的专书，于是主动承担起夏衍的一些文秘工作，同时成了研究夏衍最初的耕耘者。1978 年以后，先后发表了《夏翁年表》2 万 3 千字。《夏衍戏剧研究资料》55 万字，《夏衍剧作集》三卷共 120 万字，《夏衍传》27 万 5 千字，《夏衍电影剧作集》33 万字。后来还拍摄了反映革命家夏衍生平的电视专题片《冲寒松柏》、《窃火者之歌》等片，并分别制成 20 分、40 分、120 分三种版本。除此之外，还先后发表了一批研究夏衍的论文。

在剧本《梅岭星火》的创作完成之后，中国电影的一代宗师夏衍发现了这对夫妇。他对他们讲："干下去，别停下。"

于是在《梅岭星火》之后，夫妇两人又先后完成了多幕话剧《故都春晓》、电影剧本《彭德怀在西线》、电视剧《南国烽烟》、电视小说连载《陷入绝境以后》，还有小说《骄子传》、《母亲三部曲》，等等。

为了使教学更生动更有活力，1985 年黄会林和丈夫一起在北师大创办了"北国剧社"。大学生本来就是有文化、有风采、充满活力的一族，从 6000 名大学生中选出的佼佼者，在这对充满激情的夫妇指导下，很快成了首都话剧舞台上光彩四射的一群。他们居然连续四次登上中国话剧的最高殿堂——北京首都剧场演出。在中国首届莎士比亚戏剧节中，演出了全部由女同学扮演的《第十二夜》，并且成为著名莎剧《雅典的泰门》在中国的首映。他们的演出不仅引起轰动，演出莎剧的剧照，还成为当年我国国家领导人出访英国时送给英国女王的礼品。

9 岁开始在父亲书房里读了大量文学作品，又在父亲的电影院中看了大量电影和话剧，有着深厚文学功底的黄老师和丈夫一起，在夏衍的指导下，逐步从文学、戏剧转入电影，并进入了电视。黄教授陆续发表文学、戏剧、影视领域著作、文章等约 160 万字；夫妇合作小说、戏剧、影视作品 10 余部，约 210 万字；编集或主编出版约 800 万字，在完成了 30 万字的《中国现代话剧文学史略》一书之后，又主编了 41 万字的《电视文本写作学》。参与主编了被国内高校广泛使用的 33 万字的《影视艺术教程》，和为中小学生使用的两本 50 万字的《电影观赏指南》以及《中国影视美学丛书》（已出版 8 部）、《影视艺术学科基础教程系列》（已出版 6 部），等等，多次获得国家、省部级奖项。

1987 年 1 月，北师大中文系正式建立影视剧教研室，黄会林做了主任。

拥有 12 亿人口的中国，电影教师太少太少，这一现实引起国家有关主管部门的重视，于是国家教委高教、师范、直属、艺教四个司联合审批，正式下达批文，北京师范大学于 1992 年创建"影视教育"专业。1992 年 8 月，此前已指导过 6 届影视剧硕士研究生的黄会林教授，受命出任北京师范大学艺术系系主任，并与师生一起艰苦创建"影视教育"专业。在艺术系建系之初，系里年轻的教师们议论发起创办大学生电影节的设想，得到了黄会林的热情支持。

　　可是办一个电影节谈何容易！黄会林四方奔走，发动全系教师、学生共同奋力拼搏，在校领导和社会各界的共同支持下，电影节终于在 1993 年正式开办起来！至今已成功地举办了 8 届。对中国的电影事业，对中国的电影教育事业，产生了积极的推动作用，他们在"青春激情、学术品位、文化意识"的口号下，发动几十万大学生参加观片和评选。在中国的电影界、文化教育界造成非常好的影响。

　　办电影节的前后，黄老师还组织师生开展拍摄"校园电视剧"的创作实践。她们拍摄的作品，两次获得全国高校"理想杯"冠军！

　　说起我国高校第一个影视学科博士点建在北京师范大学，黄教授告诉笔者"在进行电影文学创作和指导六届戏剧影视硕士研究生的实践中，一步步对电影电视有了更多的接触，在长时间的接触中，特别震惊的是电影电视对国人影响之巨大，从八九十岁的老人，到牙牙学语的娃娃，无不在电影电视的覆盖与笼罩之下。从正面讲，它有极为巨大的引导力，从反面讲，它的负面作用也常常表现得十分可观。它有着巨大的威力，能直接影响社会进步和精神文明的建设。"

　　"在研究过程中我们看到，有如美国这样的国家，电影、电视对于他们整个国家、民族的生活方式，价值取向和国力国威的形成，都发挥了重要的作用。美国人在影视教育与科研上，都给予了巨大的投入。"

　　"现在的世界，影视已成为社会不可缺少的内容，要使我们民族影视文化向理想的境界发展前进，就不能不培养大量的高水准人才。高水准人才从何而来，就需要尽可能多的高校大力开展电影电视教育。从而就迫切需要相当数量的博士、硕士水准的教学科研人才。

"目前我国电影电视学科建设还极其薄弱，特别是我国 1000 多所高校中，过去连一个电影、电视学科的博士点都没有。仅个别高校有影视学科的硕士点，这和我们民族巨大而急切的需求成了鲜明的对照。为此，我们认识到，在高校中建立电影、电视学科博士点的迫切与重要。正因此，在多届影视学科硕士教育的基础上，从 1993 年我们开始进行学科建设和申报影视学科博士点的大量准备工作。"

"北师大是一所有多学科综合背景的国家重点高校，开展影视艺术研究已有多年历史。在全国高校中，它拥有在这一领域取得突出成果的硕士学科。已有研究方向：影视学、影视历史及理论、影视艺术与高技术学、影视文化与大众传播理论、影视接受心理学。承担着国际、国家、省部委科研项目 11 项，已与美、加、英、日等著名大学建立了学术交流、专业合作关系。学校领导特别重视专业资料及设备的建设，有专业图书 225 万册，及上万种报可供使用，并有价值 100 万美元的影视教学、研究设备。拥有文理工各科博士点、博士后流动站。这些都说明北师大具备设置影视理论博士点的基本条件。再加上，学校各级领导对于这一学科建设都给予了特别大的关心与支持，因此，经过有关部门的层层研究、审议，最后经国务院学位委员会正式批准，中国高校的第一个电影电视博士点，就开设在北京师范大学艺术系了。"

到此，我向一切关心中国影视事业的人们报告：中国高校的第一届影视学博士生已于 1999 年毕业，正式得到了博士学位。北师大迄今已招收了六届影视学博士生。

桃李满天下的黄老师今年已经 67 岁，她正在继续为建设中国综合大学中的电影电视学科而奋力工作着，让我们等着她的好消息吧……

《当代电视》2001 年第 8 期

她和春天有个约会

——黄会林教授与北京大学生电影节的一世情缘

文/董宁宁

今年，北京大学生电影节已经过了第十五个生日，黄会林教授也已经走过人生中第七十五个年头，接触过黄教授的人都私下对她像年轻人一样的干劲钦佩不已，也有人猜想黄教授的秘诀就是每年春天里和一群年轻人像赛跑一样为了大学生电影节而奔忙，还有人曾当面求证，黄先生只是淡然一笑，却不经意间营造出一种返璞归真的无言氛围，这种境界提醒人们，一个走过七十多载春秋的慈祥长者，怎样执着地将生命与电影血脉相连。

一

一夕轻雷落万丝，霁光浮瓦碧参差。这是北宋词人秦观的《春日》，那流光溢彩的浪漫激情，正是黄会林教授心中的别样风景，凭着这份纯真和灿烂的热情，黄会林教授带领一批青年人精神抖擞地投入到北京大学生电影节，那一年她即将迈入六十载华年。

尽管社会久已公认黄会林教授是北京大学生电影节的创始人，但每次提及必然遭遇黄先生严肃的指正，她怀着真诚的感动耐心说道：大学生电影节是我和一批年轻教师共同发起的，大学生电影节的主人，此人姓大，名学生。电影节的品牌，就是靠大学生来支撑的，靠一届一届的青年学生的坚守和努力，才能让电影节不断发展壮大、可持续发展。这么长时间以来，我一直坚信，什么是大学生？大学生天然就应该能做大事，敢做大事，敢于成为大手笔，才能成就大文章。

带着这种对青年人的使命感，黄会林教授和一批年轻教师在一穷二白的情况下，打出了北京大学生电影节的旗帜，招揽了一批又一批的年轻才俊，凝聚了五湖四海的青春学子，共同交织成每年北京春日里一道靓丽的风景。与其他电影节不同，北京大学生电影节所有奖项均由大学生和老师组成的评委会评定。评委会由来自全国各地的大学生和年轻教师组成，其中四分之三是学生评委，教师评委占四分之一。时光荏苒，大学生电影节的公信力和文化品位自成格调，人文品质和文化锐气风雨无阻，影响力和专业水准有口皆碑，事实证明，大学生们值得信任，担得起责任，尤其是能担重任。

十年以前，黄会林教授欣然力主将"飞虎"选取为北京大学生电影节的品牌标志，大学生电影节的奖杯也被正式确认为"飞虎杯"。"飞虎"质朴、大气，文采朗朗，壮志昭昭，非常符合大学的文化怀抱、青年的锐意锋芒和电影人的灵动精神，为北京大学生电影节品牌提供了一个完美的形象表达系统。虎，是万兽之王，是中华民族凝聚力的象征，具有强大的感召力。它不仅是祥瑞之兽，它还代表着一种精神，孕育着无限的生机和创造力。

二

"远木随天去，斜阳着树明，犬知何处吠，人在半山行。"在世人往往容易对春光明媚欢欣雀跃的时候，黄会林教授却用行动诠释了南宋诗人杨万里这首《春日》的内蕴：一年之计在于春，春之道在于弘毅笃行，才能成就夏的绚烂、秋的收获。

以六十岁体力，为青年人壮行，必有一番甘苦。黄教授却说，没有甘苦，只有经久的感动。每次提及大学生电影节，黄教授都感动不已，难忘多少个未眠夜，多少青春同路人。宿舍楼熄灯之后点蜡烛准备新闻稿；赶在下课之后食堂开饭之前骑自行车运拷贝；大清早就起床提着浆糊贴海报，为的是让电影节的消息第一时间公布在校园；陪着印刷机不睡觉，为的是让宣传册的每一页都没有版式错误……在电影节工作组的年轻学生们，付出了极大的努力，黄教授心疼孩子们，把辛苦的勋章都挂在他们身上，其实她亦是一样黎明即起，彻夜陪伴，帮助年轻人邀请嘉宾，校对稿件，很多细碎的小事都亲力亲为，这是黄先生多年来养成的一贯作风。黄会林教授经常谦虚地说：我只不过是个帮助摇旗呐喊的老水手，真正掌舵启航的都是那些可爱的孩子们。光荣和梦想属于他们。

在黄会林教授的带领下，大学生电影节从容行过十五载六十季光阴，终于在2008年的春天臻于一呼百应的卓然之境，舒展自如，自成高格，尽得风流背后的秘密是廉生信，静生威，素生高华。黄会林教授认为，"北京大学生电影节"品牌体系之所以形成比其他同类大型活动或文化品牌更重要和更长久的无形资产和核心竞争力，功劳决不在任何一个个人，而是在于历史积淀之厚重、兼容并包之大气，开放时代之机遇，首都地缘智缘的合力。首先，深沉的历史人文积淀是不可再生的。北京大学生电影节的主要承办方北京师范大学艺术与传媒学院背靠北京师范大学百年历史和人文积淀，依托艺术传媒学科九十余年的厚重生命力，为北京大学生电影节品牌铺设注入了天然的人文号召力和强大的文化凝聚力；其次，艺术传媒的综合文化学术积淀是不可复制的。艺术学、电影学与广播电视艺术学学科三位一体、紧密联动的"大电影"、"大艺术"、"大传媒"、"大人文"战略架构，为大学生电影节品牌成长提供了稳定的文化依托和学术支持，这也是大学生电影节品牌能够同步行进于主流时尚界而不失其文化品格、人文水准的根本缘由所在；与大学生电影节携手走过的一个激动人心时代是无法重复的。1993年，北京大学生电影节在筚路蓝缕的境地强行起飞，那是一个踌躇满志而生机勃勃的时代，也是一个不可多得的发展机遇。以上三点优势的相互依托，最终使得北京大学生电影节在首都的地缘、智缘优势和品牌积淀是难以逾越的。

三

"暮春者，春服既成，冠者五六人，童子六七人，浴乎沂，风乎舞雩，咏而归。"夫子喟然叹曰："吾与点也。"这是《论语·先进》中记载的大圣人孔子所推崇的春日。这段话之所以能引人共鸣，不仅因其奋发中自有闲情，更在于其恬淡中不舍远志。黄会林教授的志向里面也蕴藏着这种清淡之气与高远之境，那是她从幼年便开始积淀的对电影和文化教育事业的情愫。

为人质朴亲切的黄教授曾是"大户人家"出身的"女公子"，祖籍江西吉安，生在天津，长在上海等地。父亲黄梅轩，40年代曾任天津剧院经理，后又担任南北剧社社长。剧院是"中旅剧社"的演出基地，名重一时的唐槐秋父女、林默涵、周冈等常在那里演出。在此浓郁的艺术氛围濡染熏陶下，黄会林教授童年里就埋下了电影及戏剧情结，她的哥哥黄国林日后也在新中国戏剧界享有盛名，哥哥的妻子也就是黄先生的嫂子，就是著名电影艺术家陶玉玲。

后来黄会林教授考上了北师大附中。读初三时，正值抗美援朝，党和政府发出"抗美援朝、保家卫国"的号召，当年 11 岁还是一名中学生的黄教授，也写血书要求参军参战，先是在华北防空司令部炮兵处作战科，后来调到华北防空政治部文工团，从文工团里挑选 4 人入朝参战，4 人中又有黄会林。黄教授说，那是净化人的灵魂的一段岁月，正值清川江、大清江两座大桥保卫战，战火纷飞、枪林弹雨中，她跟队友三人一组参加行动。一次遭遇敌机袭击，三人艰难行进，田野上除了累累弹坑竟没有平地。当敌机俯冲时，三个人立即卧倒在一个浅坑里，等一阵震天撼地的爆炸声后，她们从尘土堆里钻出来，抖抖泥沙，都还活着，不禁泪流满面抱成一团。看看前后，都是刚刚被制造的新炸弹坑，相隔不到 10 米远！……"保卫清川江"战役，打了整整七天七夜。牺牲了 100 位战士，她们亲手掩埋牺牲的战友，心里百感交集。

战役结束后，评了 100 个功臣，黄会林教授便是其中的一个，是唯一的女兵。经历了战场洗礼，见证过生存与毁灭、战争与和平的最大戏剧，回到校园之后，黄教授投身于戏剧、电影、电视的学术研究工作，她追随戏剧、电影大家夏衍先生学习和创作，在北京师范大学创立北国剧社，写作电影剧本，乃至担任中国大学第一位电影学博士生导师，直到创建北京大学生电影节，黄教授为电影而求索的生涯逐渐拉开大幕，呈现出宏大的格局。

黄会林教授敏锐地觉察到影视研究的分量，从 1992 年开始，就在教室四处漏雨，没有任何设备，经费几乎空白，条件十分简陋的情况下带领寥寥 7 人，承传北师大拥有 80 年历史的艺术系建制，努力开辟影视学科新天地。今天，北京师范大学艺术传媒学科以中国大学第一个电影学博士点、广播电视艺术学博士点和影视学科所有相关的两个硕士学位点为核心，已经发展成为中国影视研究、影视教育和影视人才培养的重要基地。学科依托百年师大综合文化积淀，以中国民族化影视美学研究为中心，初步建立起中国本土影视美学理论研究体系。在《中国大学评价》

课题组发布的中国大学研究生专业排名中，"电影学"已连续两年名列研究生专业同学科排名榜首。艺术与传媒学院所在的现代化教学楼也是黄会林教授积极争取捐赠兴建的，她还私人捐赠数十万元在北京师范大学设立康毅奖学金，奖励为艺术教育做出贡献的大学师生。

四

"朝来庭树有鸣禽，红绿扶春上远林。忽有好诗生眼底，安排句法已难寻。"这是宋代诗人陈与义的《春日》。春到深处，步步生花，每年春天都惊鸿乍现的大学生电影节已经在首都文化蓝图中翱翔了十五年，影响着几代人。任何事物的"成"都是一个冒险、来之不易的过程，黄会林教授一路与北京大学生电影节同行，面对危局和困境，是"慎思"还是"谨行"？这两方面也许都无法得到黄先生的首肯，她用行动叮嘱我们：重要的是去"做"，而且在保证效率的同时兼顾品格。这是导师的"言传"，但她的"身教"是在"做"中既能懂得执著"得到"的重要，更能领悟轻松"舍弃"的玄机。做学问绝对不是钻在故纸堆里，而是要积极将所学应用到实践中，以"六经注我"的方式融会贯通。在乐此不疲、脚踏实地的忙碌中，黄先生始终保持着一种既与青春同步，又微微超前的行进姿态，这是一个不知疲倦永不停息的追求者的姿态。

"六十季桃李初长成，十五载青春正飞扬。登临过汉代的砖瓦，凝望过今天的城市，年轻的心没有边界。十五年弘毅笃行，我们相信，电影这个名字，值得赤子精诚追随。"黄会林教授在与今年春天第十五届北京大学生电影节的约会中如是说。她正是用她与电影的一世情缘，用脸部特写诉说的所有点滴往事、丝丝细节，幻化成燎原的火种，点燃了人性的光辉，在黄教授那并不声张的厚实里，有童心和智慧杂糅而生的花朵，在春天盛放，这些花朵最希望被铭记的不是芬芳，而是希望留下一颗记忆的种子，种植下一个世纪的激情，同时给我们的生命以单纯而丰富的提醒，让我们总是满怀希望在与春天的约会中执手相握，酝酿新的手笔、新的出发。

《传记文学》2012 年第 7 期

黄会林：如戏人生

祁雪晶

已是初夏，散漫的阳光在一瞬间收拢，斜斜穿过向南的窗子，洒落在胡桃色的家具上，轻轻地抹上一层柔和的颜色。茶几上散落着几张红色的请柬，都是刚刚落幕的北京大学生电影节、北京国际电影节的请柬。

靠墙的书柜里，珍藏着她参加过的大学生电影节的照片。那一张张或发黄、或鲜艳的照片，浓缩着北京大学生电影节 1993 年初创以来 19 年的风雨路程。

这是黄会林的家。如此静谧。

"4 月里，爱上电影吧！"这样的海报显眼地张贴在中国电影资料馆内，一条长长的"人龙"从放映厅排到了院子里，一张张青春面庞难掩兴奋之色，大厅里更是人头涌动，有学生在四处询问"有多余的票转让吗？"

这是刚刚过去的 4 月里最常见的场景，持续了一个月的大学生电影节，如此充满激情。

静谧和激情，恰似舞台上幕起幕落间的转换，都属于 78 岁的、北师大资深教授黄会林——大学生电影节的创始人。

她为年轻人打开了一个艺术世界，这个世界奇幻、斑斓，洋溢着青春的激情，而她自己的人生就像一台耐人琢磨的戏剧，长度也许有限，但幕幕厚重又奇异，远在你的想象之外。

搞戏剧，冥冥注定

他们问我你的生存指标是什么？我就说两个字"活着"，他说你再多说两个字，我说"活着干，死了算"。

黄会林出生在天津的一个大户人家。她高祖是颇具名望的清翰林殿阁大学士黄赞汤，祖母孙氏是京师大学堂创办人孙家鼐的女儿。因此，黄会林经常被人说出身名门，但她总是纠正："祖上是耕读世家，如今是戏剧之家。"

这句话是有特殊意义的，黄会林的确与戏剧有着不解之缘。

20 世纪初，天津是中国北方文化艺术的先锋城市、戏剧的福地。黄会林五六岁时，父亲黄梅轩在天津明星影院做经理，后又担任南北剧社社长。影院是中旅剧社（中国话剧史上第一个职业剧团）的演出基地，名重一时的唐槐秋父女、林默涵、周乌等常在那演出。

黄会林的父亲与许多剧社的导演、编剧、演员有密切接触。他们经常聚在家中谈论剧本、演出，幼小的黄会林不知道大人们在讲什么，但觉得他们讲的东西很美妙，因此在心中埋下了一枚种子——长大了，我也要做这些有趣的事。

这枚种子在黄会林看来是"冥冥注定"。

黄会林第一次对电影有深刻记忆是 1940 年在上海，她跟着家人去看电影，"日子虽然过得很苦，但大家看电影时还是很快乐的"。那时，她认为电影是个很神奇的东西，人们可以在电影中获得快乐，忘记悲伤。

1948年，14岁的黄会林进入苏州最好的振华女中读书。在振华女中，黄会林开始接触进步思想。她不但经常参加一些爱国演讲会、辩论会，还经常参与爱国演出。

不仅打小爱戏剧，黄会林的一生也像戏剧。1950年，朝鲜战争爆发，还在中学读书的黄会林报名参加了志愿军，那年她只有16岁。

"现在回想起来，一个弱小的女孩儿是怎样扛起120斤重的弹药箱送上阵地的？真是不可思议。"黄会林回忆道。"保卫清川江"战役打了整整七天七夜，团里牺牲了100多位战士。黄会林奉命掩埋了牺牲的战友。那些年轻的战友们，脸庞上沾满了血迹，甚至身首异处。黄会林和战友们将烈士们的血迹擦干，就地掩埋。"当时心里真有说不出的难过，我们甚至不知道他们的名字！"

这段经历深深影响了她一生。很多人问黄会林，为什么你总是精神很好？"我想，就一个原因，我个人的生存指标比较低，他们就问我你的生存指标是什么？我就说两个字'活着'，人活着就得干活，他说你再多说两个字，我说'活着干，死了算'。"

复兴校园戏剧

活着干，死了算，这句话充满了黄会林才有的味道：大胆、洒脱、投入，甚至带有那么点悲壮。这个"梳着两条辫子，文文弱弱，实在看不出是打完仗回来的"黄会林，在今后的岁月里，创造了带有鲜明个性烙印的戏剧人生。

1982年，一部反映"文化大革命"中被批判对象陈毅将军的电影《梅岭星火》成功上映，给刚刚从"十年浩劫"中转过神来的老百姓带来了一阵清风。黄会林和爱人绍武正是这部具有轰动影响电影的编剧。

也正是《梅岭星火》让黄会林结识了戏剧界的泰斗夏衍。当时，夏衍从另一位文学史大师唐弢手中得到了电影《梅岭星火》的剧本。看完剧本后，夏衍立即给黄会林写了一封信，信中说，"这个剧作是我最近看到的十几个本子中较好的一个，写陈毅同志的形象、气质、风采都很精彩"。

这封信如今依然完好地保存在黄会林家中。对于黄会林而言，夏衍的肯定让她充满了创作的力量。此后，黄会林的创作一发不可收拾。20世纪80年代，《故都春晓》、《彭德怀在西线》、《爱的牺牲》等一批话剧、电影剧本先后问世。

作为一个创作者，她的收成越来越多，但同时作为一个教育者，她不甘于墨守成规，她的创新，不是细枝末节的改，而是大胆向新的空间尝试。在这点上，她更像个拓荒者。

1985年，黄会林在北师大中文系主讲一门课——"现代戏剧研究"，"戏剧不能停留在舞台上"，老伴绍武偶然的一句话开启了这门课的教学改革。到戏剧课后半期，黄会林布置了考试题：考试时可以答题，也可以交一个原创剧作。不到100人的课堂，创作热情很快被点燃了。

学生最终交上了70个剧本。这个时候，黄会林又有了新的想法："我们为什么不能自己排、自己导，把同学们的作品搬上舞台？"

当时经济困难，学校更没有钱。黄会林只好用8分钱一张的白纸，糊起来就变成了一面墙，画出小院、家庭，最后选择考试周中间的周六开演。正式演出了四部戏，同学们问："有人看吗？"黄会林说："一个人看也算演了！"

"上世纪80年代的大环境都说中国戏剧要灭亡。没想到500座的演出教室爆满。走道里都是人，还有人和我们吵架说，为什么不给我票！"黄会林谈起那场演出记忆犹新。

"演出开始前，天公不作美，空气异常闷热，室内温度眼看逼近40度。"黄会林担心很多邀请的戏剧专家可能来不了。出乎意料，专家们齐刷刷地到了。演出结束后，下了场大雨，校园里积水太深，三位冒雨前来观看表演的戏剧专家只好扛着自行车回家。他们与黄会林热烈地谈论着大学生们的表演，大家激动不已，其中一位甚至高呼出"中国话剧不会灭亡"的口号，他们连夜赶写了《中国话剧不会灭亡》的文章。第二天，这篇文章刊登在了报纸上。

碰巧当时中国将在1986年举办"国际莎士比亚戏剧节"，全国的专业院团纷纷排演莎剧。当时中国戏剧家协会的专家向黄会林提议："是不是能让学生们排个片段？"黄会林则说："要演就演全剧！"最终剧协同意让他们试试。

很快学校决定要成立剧社。在命名时，黄会林说："田汉是校园戏剧的创始人，创立了南国社，中国自有戏剧当自南国始。仰慕田老、追随南国社，我们又在北京，就定名为'北国剧社'。"

北国剧社成立大会是在1986年1月10日晚上，当时北京人艺、青年艺术剧院、中国戏剧家协会的专家都来了。著名艺术家黄宗江迟到了，一进门就问"剧协改在这开主席团会呢？"大家哄笑了。

当时的戏剧泰斗曹禺为北国剧社亲笔题写了社训"大道本无我，青春长与君"。著名剧作家吴祖光也送了"点燃世界，美化生活"八个字鼓励北国剧社。

就这样，北国剧社，第一个写进中国话剧百年史的当代学生业余演剧社团诞生了。

成立之初，黄会林从物色演员、组织创作和演出，到跑经费、忙剧务、请导演，事无巨细，什么都干。连她的研究生都说："跟着黄老师，忙得团团转。"

付出总有回报。剧社成立当年，因莎翁之作《第十二夜》、《雅典的泰门》的出色演出，成为当年戏剧节上的一匹"黑马"，轰动了京城。"你们怎么可以演得这么好呢！"曹禺看完演出后对学生们说。北国剧社的四张莎剧演出照还被作为政府礼物送给了英国女王。

北国剧社因为"成立早、起点高"、"戏剧实践趋于多种样式的表现形式"等特点，逐渐成为了业界公认的高校戏剧的"第一举旗手"。

在黄会林的指导下，北国剧社的"标兵"地位一直延续到现在。2006年排演的话剧《枣树》再获"五个一工程"奖，就连专业话剧导演孟京辉也惊讶于北国剧社的表演。2011年排演的《最后的小丑》获北京市第三届大学生戏剧节最佳剧目奖。

"不了解黄会林的人，起初可能对她有些误解，但真正了解了她，就懂得她心中注满了一股'傻劲'、一种热忱。她给人的印象总是忙。但是，她万'忙'不离其宗，大都同戏剧有关。我还没看到过哪位大学教授像她一样，如此全身心地投入戏剧的。"中国话剧历史与理论研究会会长田本相曾这么评价黄会林。

黄会林总是认为，话剧艺术这朵奇葩有过含苞，有过绽放，有过凋零，却从未枯萎。她说，校园对于话剧乃至整个中国戏剧都有不可替代的重要作用，甚至可以说，校园是中国戏剧复兴的地方，"校园戏剧的存在意义和价值无可替代，它是承载学子青春活力和创造梦想的最佳载体"。

19 岁的大学生电影节

很多崭露头角的中国新锐电影人，都曾说对自己作品的第一次肯定来自大学生电影节。

正当北国剧社活动开展得如火如荼时，黄会林又面临一次重要的人生选择。1992年，学校任命黄会林担任艺术系系主任。而此时的黄会林已经58岁，还有3年就退休了。是安适终老，还是迎接新的挑战？

"其实我当时心里很嘀咕，真没有底。"黄会林当时还跟校长开玩笑说，你要是10年前发现我，48岁的我二话不说，马上就去！现在我都58了，该退了。最后校长说，不商量了，这就是指令！就这样，黄会林只有赴任了，"我觉得自己有一个特点，就是干什么事情，我都会拼命的"。

初创时期，整个艺术系加上她这个系主任，也只有 5 名教师，就连基本的办学条件都十分简陋。师大北校辅仁大学旧址后院的一个化学药品小仓库是建系时的"大本营"。

"那个地方下雨天上课是要拿脸盆接水的"，1994 年，艺术系开始招收本科生。但是黄会林认为，艺术系仅仅有教学，没有实践是远远不够的。

就在这个时候，创办一个大学生自己的电影节——这个创意在黄会林和艺术系的教师们心中萌发了。但是对于刚刚成立的北师大艺术系来说，举办电影节似乎有些异想天开。为了寻找赞助单位，59 岁的老太太到处碰壁。

就在这个时候，一个素不相识的姑娘帮了她一个大忙。她帮忙找到了第一笔赞助款项 15 万元。正是这 15 万元，催生了北京大学生电影节。

有了钱还不行，还要有电影和观众。于是，一帮年轻人在黄会林的带领下，开始奔波于北京各大高校和电影公司。他们费尽心力邀请那些遥不可及的导演和明星；他们说服导演，借他们的威望去拉免费的拷贝。

最初的艰难不得而知，但让黄会林始料不及的是，凭着自己的"傻劲"和"执拗"，她成功了。这一心血来潮迅速得到了全国大学生们的热烈响应。数以万计的大学生们开始重新涌进学校的大礼堂，甚至在露天操场上重温儿时看电影的幸福时光。

大学生电影节的影响力还让黄会林收获了意外之喜。1995 年，北师大艺术系建立了新中国第一个影视学博士点，她也成为全国影视学专业的第一位博士生导师。

到目前为止，大学生电影节已经举办了 19 届，影片的来源也从国内逐渐走向国际。第 19 届电影节为期一个多月的华语电影展映吸引了千万名大学生参与，电影制作商、发行商们竞相送来他们最新的影片拷贝，参赛影片近 200 部，几乎涵盖了上年度所有影片，拷贝投放量也超过

1500 个。

越来越多的中国年轻人又恢复了进电影院的热情，他们中的很多人说，自己对电影的喜爱是源于学生时代的大学生电影节。与此同时，更多崭露头角的中国新锐电影人，如张建亚、霍建起、李少红、张扬、宁浩等一批导演，都曾说对自己作品的第一次肯定来自大学生电影节，大学生电影节对于中国电影来说是一块试金石。

黄会林说，曾经有一次颁奖仪式，导演冯小刚委婉地告诫那些因故不能出席的获奖者："只要大学生邀请，就应该无条件地来。"这是电影业界对大学生电影节的莫大嘉许，他们意识到了大学生电影节授予的并非只是一座专业奖杯，而是代表了一个年轻的、活跃的文化知识群体对中国电影和电影人的关注与评价。

"世界上有百个电影节，每个电影节几乎都可以用一句话概括它们的特点，如戛纳阳春白雪，奥斯卡通俗精美，百花大众关注。那么，大学生电影节的风格是什么？青春激情、学术品位、文化意识这就是它的风格。"一说起大学生电影节，黄会林就会显得异常兴奋。

谈起已过"成人礼"的电影节，黄会林坦言："电影节可以说如我的孩子一般，如今她已经成人了。在成长过程中，她曾经很窘迫，举步维艰，也曾经被电影圈的光怪陆离迷离了双眼，如今她更是怀揣着对中国电影亟须走出国门的期盼。成人了，更需要成熟的思考，思考自己未来的路该如何走。"

中国文化走出去的梦想

细心的人会发现，只要黄会林出席公开场合，必定会穿着中式服装。

她有很多中式服装，其中以旗袍为她最爱。她的旗袍有色彩绚丽的绿底红花丝绸长旗袍，也有如意开襟、高领长袖的手绘中国水墨画花卉图案旗袍，还有许多款式别致，配以传统中国纹饰牡丹花、梅花等图案的旗袍式上衣。

在她看来，她自己就是一个中国"符号"，这是在传播中国文化。

黄会林的眼界不局限于国内，她心中有个更大的梦想，就是中国文化应该走出去，可以成为、更应该成为世界文化的一极。

中国电影是她熟悉的领域，她看准了电影能成为中国文化国际传播的最好"放大镜"。

然而，情况并不那么乐观。今年年初，黄会林针对美国、英国、法国、德国、日本、韩国等国家所作的"2011 中国电影国际影响力全球调研"显示，"有超过 1/3 的外国观众一点也不了解中国电影，一半的人多少有一点了解，只有 1/5 的被调查者较为关注，而较为关注的多是日语、韩语和德语观众"， "最受欢迎的中国电影类型是功夫片和动作冒险"……

尽管之前有心理准备，当看到全部统计结果时，黄会林还是觉得很惊讶，没想到中国电影在国外的"能见度"如此之低。

"中国电影基本还是在家门口徘徊，海外市场式微。"在国人沉迷于中国电影频频现身海外各电影节喜不自胜时，黄会林，这位将近耄耋之年的老人却始终冷静地观察着戏剧、电影这两朵艺术之花。

"不要被几个奖项迷昏了头。有中国电影获奖，只能说明我们的电影开始同世界接轨和接近，但说明不了中国影片真正走向了世界。"黄会林如此告诫电影人，同时她也意识到，电影作为中国文化国际传播最生动的媒介都如此"黯淡"，其他传播途径更让人不容乐观。

实际上，黄会林对中国文化国际传播的思考早在 20 世纪末就开始了。早在 1999 年，黄会林就在业界呼吁"中国文化进入了复兴时代，希望能早日汇成一股澎湃的春潮，引发全民族的文化自觉"。

从那以后，黄会林每逢公开场合都会不遗余力地宣扬"保护文化传统，让中国文化走向世界"的主张。北京大学教授张颐武对黄会林的这个"毛病"深有体会，"只要和老太太一起开会，她准提这事儿"。

直到 2009 年，黄会林和老伴绍武在家中谈论时局，谈到如何在世界文化格局中纵观中国文化，得出一个共同的结论——"多元化是世界文化格局的总特征，其主流大体有三种——欧洲文化、美国文化和中国文化"。

　　黄会林目睹了中国当代文化缺乏足够的定力，模仿、照搬之风盛行所带来的一系列乱象。那时，她深刻意识到中国文化找不着北了。随着讨论的深入，一个大胆的想法冒了出来，何不正视各种文化乱象，唤醒人们的文化自觉呢？解决这些问题的关键在于对中国文化重新定一个坐标！这是黄会林头脑风暴的产物。很快，一个崭新的概念被提了出来——第三极文化。

　　何谓第三极文化？"我们提出的'第三极'，取其'端'、'顶'之含义。如果认为欧洲文化、美国文化为世界文化之两极，则中国文化可称为世界文化之'第三极'。"黄会林如此解释。

　　而彼时，与中央发布《关于深化文化体制改革推动社会主义文化大发展大繁荣若干重大问题的决定》相隔一年多，黄会林再一次把握了时代的脉搏，找到了今后人生的"发力点"。

　　"中国文化不能随大流，不能东施效颦，东施再努力也只能是东施。"黄会林鲜明的观点和犀利的语言再一次让业界人士见识了这位优雅老人背后的深刻和执著。

　　她的想法也得到了国外文化界许多的回应。美国前总统卡特、美国国家地理学会泰瑞、法国电影学院院长亚丁先后来到北京，都与黄会林交流过中国文化如何走向世界的问题，他们还签订了战略合作协议。

　　黄会林总说，她要走的路还很远，需要做的事还很多。中国文化的复兴亦是如此。

语　　录

　　·我这个人就是脾气倔、死心眼，还是个乐天派。我认准了的事情，就会一股脑儿钻进去，管他有多大的困难、多大的阻碍。不过现在看来，这毛病倒是成就了我。我得感谢自己的性格。

· 文化共性是中国电影走出国门的"敲门砖"，也是中国文化走出去的"引路石"。通过寻求文化共性，把个体层面的情感转化到集体层面，才能真正被世界所认可和接受。

· 文化搭台、经济唱戏的思路有问题，这简直是舍本逐末。

· 回想这些年来，一方面，中国的影视作品以一种近乎焦灼的心态渴望着世界的目光，虽则有过几次被西方吹捧的热潮，但事实并不是如此。另一方面，我们在影视艺术创作中所取得的富有价值的探索，大多时候并没有引起自身足够的重视。这也是提出"民族文化自觉"的关键。

· 我最大的财富就是学生，最大的遗产就是书。本来一个人赤条条来去无牵挂，我走的那一天，有这样两个"最大"，我就非常满足了。

· 我对学生有三条要求：第一，受不了严格要求的可以另投名师；第二，做学生的一定要超过老师；第三条，要比尊重我还要尊重我老伴儿。

· 今天的文化艺术创造者如果不能深入中国的土壤，开出的花朵就不会是本土的颜色；倘若不能把握中国的灵魂，就不能成为真正的文化主流。

· 文化缺失和精神缺钙是当今社会发展将面临的危险之一。

《中国教育报》2012 年 5 月 4 日

后　记

　　真的是：人生易老天难老啊！岁月匆匆，倏忽之间，不觉已过八旬。回首往事，个中的酸甜苦辣，积淀于怀，却也未曾得到清理的机缘。

　　承蒙学校出版社的关注，得以在"京师学术随笔"丛书系列中忝列一席。因此对自从1978年开始正式发表的数百篇文字进行了梳理和回顾。面对着三十五载时光的翰墨留痕，经过多方比较，从中选择了如今编入书中的80篇。围绕此套丛书的整体要求，又从不同角度分别编为"静夜思"、"观赏汇"、"长相忆"、"访谈录"四个栏目。

　　简单概括之，"静夜思"，指向自己长期以来所从事的具体领域。如文学、戏剧、电影、电视和宏观涉足的中国文化国际传播方面的相关思考。"观赏汇"，是对于以上视界中个人所关注的作品评论之汇集。"长相忆",来自1992年之后对逝世尊师的悼念、对在世长辈的忆念、对艺术名家的敬念,以及对于曾经访问的海外名校的记忆和培育自己成长的母校的记忆。"访谈录",则从1994年到2014年二十年间数十篇有关我的访谈中,选取了有一定代表性的15篇文字,以呈现个人在学术历程中的点滴作为。最后以纪录者撰写的三篇关于我的综合记述,作为全书的结束。

让我感到特别感动和温暖的是,在选编此书的过程中,得到了谭徐锋社长的悉心安排,曾忆梦编辑的倾心投入,还有我的两位博士生杨杨(卓凡)、朱朱(朱政)细致入微的帮助,从收集文稿,到编排、打字,占用了她们大量的时间和精力,并且提出了许多宝贵的意见和建议。所有的情与义,将永久铭刻于心。

当思绪飞扬之时,笔墨常无从表述,谨以此寥寥数语,表达言之不尽的心意吧!

2014年11月13日

于北师大乐育2楼